LES BLANCS ET LES BLEUS

Tome II

Alexandre Dumas

LE 18 FRUCTIDOR

CHAPITRE PREMIER

Coup d'œil sur la province

Dans la soirée du 28 au 29 mai 1797, c'est-à-dire au moment où sa glorieuse campagne d'Italie terminée, Bonaparte trône avec Joséphine à Montebello, entouré des ministres des puissances étrangères ; où les chevaux de Corinthe descendant du Dôme et le lion de Saint-Marc tombant de sa colonne, partent pour Paris ; où Pichegru, mis en disponibilité sur de vagues soupçons, vient d'être nommé président des Cinq-Cents, et Barbé-Marbois président des Anciens, un cavalier qui voyageait, comme dit Virgile, sous le silence amical de la lune, *per amica silentia lunae,* et qui suivait, au trot d'un vigoureux cheval, la route de Mâcon à Bourg, quitta cette route un peu au-dessus du village de Pollias, sauta ou plutôt fit sauter à son cheval le fossé qui le séparait des terres en culture, et suivit pendant cinq cents mètres environ les bords de la rivière de Veyle, où il n'était exposé à rencontrer ni village ni voyageur. Là, ne craignant plus sans doute d'être reconnu ou remarqué, il laissa glisser son manteau, qui, de ses épaules, tomba sur la croupe de son cheval, et, dans ce mouvement, mit à découvert une ceinture garnie de deux pistolets et d'un couteau de chasse. Puis il souleva son chapeau, et essuya son front ruisselant de sueur. On put voir alors que ce voyageur était un jeune homme de vingt-huit à vingt-neuf ans, beau, élégant et de haute mine, et tout prêt à repousser la force par la force, si l'on avait l'imprudence de l'attaquer.

Et sous ce rapport, la précaution qui lui avait fait passer à sa ceinture une paire de pistolets, dont on eût pu voir la pareille dans ses fontes, n'était point inutile. La réaction thermidorienne, écrasée à Paris le 13 vendémiaire, s'était réfugiée en province, et là, avait pris des proportions gigantesques. Lyon était devenu sa capitale ; d'un côté, par Nîmes, elle étendait la main jusqu'à Marseille, et, de l'autre, par Bourg-en-Bresse jusqu'à Besançon. Pour voir où en était cette réaction, nous renverrions bien le lecteur à notre roman des « Compagnons de Jéhu », ou aux « Souvenirs de la Révolution et de l'Empire », de Charles Nodier ; mais le lecteur n'aurait probablement ni l'un ni l'autre de ces deux ouvrages sous la main, et il nous paraît plus court de les reproduire ici.

Il ne faut pas s'étonner que la réaction thermidorienne, écrasée dans la première capitale de la France, ait élu domicile dans la seconde et ait eu ses ramifications à Marseille et à Besançon. On sait ce qu'avait souffert Lyon, après sa révolte : la guillotine eût été trop lente. Collet d'Herbois et Fouché mitraillèrent. Il y eut à cette époque bien peu de familles du haut commerce ou de la noblesse qui n'eussent pas perdu quelqu'un des leurs. Eh bien ! ce père, ce frère, ce fils perdu, l'heure était venue de le venger et on le vengeait, osten- siblement, publiquement au grand jour. « C'est toi qui as causé la mort de mon fils, de mon frère et de mon père ! » disait-on au dé- nonciateur, et on le frappait.

« La théorie du meurtre, dit Nodier, était montée dans les hautes classes. Il y avait dans les salons des secrets de mort qui épouvanteraient les bagnes. On faisait Charlemagne à la bouillotte pour une partie d'extermination, et l'on ne prenait pas la peine de parler bas pour dire qu'on allait tuer quelqu'un. Les femmes, douces médiatrices de toutes les passions de l'homme, avaient pris une part offensive dans ces horribles débats. Depuis que d'exécrables mégères ne portaient plus de guillotines en boucles d'oreilles, d'adorables furies, comme eût dit Corneille, portaient un poignard en épingle. Quand vous opposiez quelques objections de sentiment à ces épouvantables excès, on vous menait aux Brotteaux, on vous faisait marcher malgré vous sur cette terre élastique et rebondissante, et l'on vous disait : « C'est là que sont nos parents. » Quel tableau que celui de ces jours d'exception dont le caractère indéfinissable et sans nom ne peut s'exprimer que par les faits eux-mêmes, tant la parole est impuissante pour rendre cette confusion inouïe des idées les plus antipathiques, cette alliance des formes les plus élégantes et des plus implacables fureurs, cette transaction effrénée des doctrines de l'humanité et des actes des anthropophages ! Comment faire comprendre ce temps impossible où les cachots ne protégeaient pas le prisonnier, où le bourreau qui venait chercher sa victime s'étonnait d'avoir été devancé par l'assassin, ce long 2 septembre renouvelé tous les jours par d'admirables jeunes gens qui sortaient d'un bal et se faisaient attendre dans un boudoir ?

» Ce que c'était, il faut le dire, c'était une monomanie endémique, un besoin de furie et d'égorgement éclos sous les ailes des harpies révolutionnaires ; un appétit de larcin aiguisé par les confiscations, une soif de sang enflammée par la vue du sang. C'était la frénésie d'une génération nourrie, comme Achille, de la moelle des bêtes féroces ; qui n'avait plus de types et d'idéalité devant elle que les brigands de Schiller et les francs juges du Moyen Âge. C'était l'âpre et irrésistible nécessité de recommencer la société par le crime comme elle avait fini. C'était ce qu'envoie toujours, dans les temps marqués, l'esprit des compensations éternelles, les titans après le chaos, Python après le déluge, une nuée de vautours après le carnage ; cet infaillible talion de fléaux inexplicables qui acquitte la mort par la mort, qui demande le cadavre pour le cadavre, qui se paie avec usure et que l'Écriture elle-même a compté parmi les trésors de la Providence.

» La composition inopinée de ces bandes, dont on ignora d'abord le but, offrait bien un peu de ce mélange inévitable d'états, de conditions, de personnes, qu'on remarque dans tous les partis, dans toutes les bandes qui se ruent au travers d'une société en désordre ; mais il y en avait moins là qu'il n'en fut jamais ailleurs. La partie des classes inférieures qui y prenait part, ne manquait pas de ce vernis de manières que donnent les vices dispendieux ; populace aristocrate qui courait de débauches en débauches et d'excès en excès, après l'aristocratie de nom et de fortune, comme pour prouver qu'il n'y a rien de plus facile à outrepasser que le mauvais exemple. Le reste couvrait sous des formes plus élégantes une dépravation plus odieuse, parce qu'elle avait eu à briser le frein des bienséances et de l'éducation. On n'avait jamais vu tant d'assassins en bas de soie ; et l'on se tromperait fort si l'on s'imaginait que le luxe des mœurs fût là en raison opposée de la férocité des caractères. La rage n'avait pas moins d'accès impitoyables dans l'homme du monde que dans l'homme du peuple, et l'on n'aurait point trouvé la mort moins cruelle en raffinements sous le poignard des petits-maîtres que sous le couteau du boucher.

» La classe proscrite s'était d'abord jetée avec empressement dans les prisons, pour y chercher un asile. Quand cette triste sauvegarde de l'infortune eut été violée, comme tout ce qu'il y avait de sacré chez les hommes, comme les temples, comme les tombeaux, l'administration essaya de pourvoir à la sûreté des victimes en les dépaysant. Pour les soustraire au moins à l'action des vengeances particulières, on les envoyait à vingt, à trente lieues de leurs femmes et de leurs enfants, parmi des populations dont elles n'étaient connues ni par leurs noms ni par leurs actes. La caravane fatale ne faisait que changer de sépulture. Ces associés de la mort se livraient leur proie par échange d'un département à l'autre avec la régularité du commerce. Jamais la régularité des affaires ne fut portée aussi loin que dans cette horrible comptabilité. Jamais une de ces traites barbares qui se payaient en têtes d'hommes ne fut protestée à l'échéance. Aussitôt que la lettre de voiture était arrivée, on balançait froidement le doit et l'avoir ; on portait les créances en avances et le mandat de sang était soldé à vue.

» C'était un spectacle dont la seule idée révolte l'âme, et qui se renouvelait souvent. Qu'on se représente une de ces longues charrettes à ridelles sur lesquelles on entasse les veaux pour la boucherie, et, là, pressés confusément, les pieds et les mains fortement noués de cordes, la tête pendante et battue par les cahots, la poitrine haletante de fatigue, de désespoir et de terreur, des hommes dont le plus grand crime était presque toujours une folle exaltation dissipée en paroles menaçantes. Oh ! ne pensez pas qu'on leur eût ménagé, à leur entrée, ni le repas libre des martyrs, ni les honneurs expiatoires du sacrifice, ni même la vaine expiation d'opposer un moment une résistance impossible à une attaque sans péril, comme aux arènes de

Constance et de Gallus ! Le massacre les surprenait immobiles ; on les égorgeait dans leurs liens, et l'assommoir, rouge de sang, retentissait encore longtemps sur des corps qui ne sentaient plus. »

Nodier avait vu et m'a nommé un vieillard septuagénaire, connu par la douceur de ses habitudes et par cette politesse maniérée qui passe avant toutes les autres qualités dans les salons de provinces ; un de ces hommes de bon ton, dont l'espèce commence à se perdre, et qui étaient allés une fois à Paris pour faire leur cour aux ministres et pour assister au jeu et à la chasse du roi, mais qui devaient à ce souvenir privilégié l'avantage de dîner de temps en temps chez l'intendant, et de donner leur avis dans les cérémonies importantes sur une question d'étiquette. Nodier l'avait vu, tandis que des femmes regardaient, paisibles, portant entre les bras leurs enfants qui battaient des mains, Nodier l'avait vu, et je rapporte les propres termes dont il s'est servi, « fatiguer son bras débile à frapper d'un petit jonc à pomme d'or un cadavre où les assassins avaient oublié d'éteindre le dernier souffle de la vie, et qui venait de trahir son agonie tardive par une dernière convulsion ».

Et maintenant que nous avons essayé de faire comprendre l'état du pays que le voyageur traversait, on ne s'étonnera plus des précautions qu'il avait prises pour le traverser, ni de l'attention qu'il donnait à chaque accident d'une contrée qui, au reste, paraissait lui être complètement inconnue. En effet, à peine suivait-il depuis une demi-lieue les bords de la Veyle, qu'il arrêta son cheval, se dressa sur ses étriers, et, se penchant sur sa selle, essaya de percer l'obscurité devenue plus grande par le passage d'un nuage sur la lune. Il commençait à désespérer de trouver son chemin sans recourir à prendre un guide, soit à Montech, soit à Saint-Denis, quand une voix qui semblait sortir de la rivière le fit tressaillir, tant elle était inattendue. Cette voix disait du ton le plus cordial :

– Peut-on vous être bon à quelque chose, citoyen ?

– Ah ! par ma foi, oui, répondit le voyageur, et, comme je ne puis aller vous trouver, ne sachant pas où vous êtes, vous seriez bien aimable de venir me trouver, puisque vous savez où je suis.

Et tout en prononçant ces paroles, il recouvrit de son manteau et la crosse de ses pistolets, et la main qui caressait une de ces crosses.

CHAPITRE II

Le voyageur

Le voyageur ne s'était pas trompé ; la voix venait bien de la rivière. Une ombre, en effet, gravit lestement la berge et en un instant se trouva à la tête du cheval, la main appuyée sur son cou. Le cavalier, qu'une si grande familiarité paraissait inquiéter, fit faire à sa monture un pas en arrière.

– Oh ! pardon, excuse, citoyen, fit le nouveau venu ; je ne sa- vais pas qu'il fût défendu de toucher à votre cheval.

– Cela n'est point défendu, mon ami, dit le voyageur, mais vous savez que, la nuit, dans les temps où nous sommes, il est convenable de se parler à une certaine distance.

– Ah ! dame ! je ne sais pas distinguer ce qui est convenable de ce qui ne l'est pas, moi. Vous m'avez paru embarrassé sur votre chemin ; j'ai vu ça ; je suis bon garçon, moi. Je me suis dit : « Voilà un chrétien qui me paraît mal sûr de sa route ; je vais la lui indiquer. » Vous m'avez crié de venir ; me voilà. Vous n'aviez pas besoin de moi ; adieu.

– Pardon, mon ami, dit le voyageur en retenant du geste son interlocuteur, le mouvement que j'ai fait faire à mon cheval est involontaire ; j'avais, en effet, besoin de vous et vous pouvez me rendre un service.

– Lequel ? Parlez... Oh ! moi, je n'ai pas de rancune.

– Vous êtes du pays ?

– Je suis de Saint-Rémy, ici près. Tenez, on voit le clocher d'ici.

– Alors, vous connaissez les environs ?

– Ah ! je crois bien. Je suis pêcheur de mon état. Il n'y a pas un cours d'eau à dix lieues à la ronde où je n'aie tendu des lignes de fond.

– Alors, vous devez connaître l'abbaye de Seillon ?

– Tiens ! si je connais l'abbaye de Seillon, je crois bien ! Par exemple, je n'en dirai pas autant des moines.

– Et pourquoi n'en diriez-vous pas autant des moines ?

– Mais parce que, depuis 1791, ils ont été chassés, donc !

– Alors, à qui donc appartient la chartreuse ?

– À personne.

– Comment ! il y a en France une ferme, un couvent, une forêt de dix mille arpents, et trois mille arpents de terre qui n'appartiennent à personne ?

– Ils appartiennent à la République, c'est tout comme.

– La République ne fait donc pas cultiver les biens qu'elle confisque ?

– Bon ! est-ce qu'elle a le temps ? Elle a bien autre chose à faire, la République.

– Qu'a-t-elle à faire, donc ?

– Elle a à faire peau neuve.

– En effet, elle renouvelle son tiers. Vous vous occupez donc de cela ?

– Oh ! un peu, dans les temps perdus. Nos voisins du Jura, ils lui ont envoyé le général Pichegru, tout de même.

– Oui.

– Dites donc, ça n'a pas dû les faire rire là-bas. Mais je bavarde, moi ! je bavarde, et je vous fais perdre votre temps. Il est vrai que, si vous allez à Seillon, vous n'avez pas besoin de vous presser.

– Pourquoi cela ?

– Dame, parce qu'il n'y a personne à Seillon.

– Personne ?

– Excepté les fantômes des anciens moines ; mais, comme ils ne reviennent qu'à minuit, vous pouvez attendre.

– Vous êtes sûr, mon ami, insista le voyageur, qu'il n'y a personne à l'abbaye de Seillon ?

Et il appuya sur le mot « personne ».

– J'y suis encore passé hier en portant mon poisson au château des Noires-Fontaines, chez Mme de Montrevel : il n'y avait pas un chat.

Puis, appuyant sur les mots suivants :

– C'étaient tous des prêtres de Baal, ajouta-t-il ; le mal n'est pas grand.

Le voyageur tressaillit plus visiblement encore que la première fois.

– Des prêtres de Baal ? répéta-t-il en regardant fixement le pêcheur.

– Oui, et, à moins que vous ne veniez de la part d'un roi d'Israël, dont j'ai oublié le nom.

– De la part du roi Jéhu, n'est-ce pas ?

– Je ne suis pas bien sûr : c'est un roi sacré par un prophète nommé... nommé... Comment donc nomme-t-on le prophète qui a sacré le roi Jéhu ?

– Élisée, fit sans hésitation le voyageur.

– C'est bien cela, mais il l'avait sacré à une condition. La- quelle ? Aidez-moi donc.

– Celle de punir les crimes de la maison d'Achab et de Jézabel.

– Eh ! sacrebleu ! dites-moi cela tout de suite.

Et il tendit la main au voyageur.

Le voyageur et le pêcheur se firent, en se tendant la main, un dernier signe de reconnaissance, qui ne laissa plus ni à l'un ni à l'autre le doute qu'ils n'appartinssent à la même association ; pour- tant ils ne se firent pas la moindre question sur leur personnalité ni sur l'œuvre qu'ils accomplissaient, l'un en se rendant à l'abbaye de Seillon, l'autre en relevant ses liens de fond et ses verveux. Seule- ment :

– Je suis désespéré d'être retenu ici par ordre supérieur, dit le jeune homme aux lignes de fond ; sans quoi, je me fusse fait un plaisir de vous servir de guide, mais je ne dois rentrer à la chartreuse que lorsqu'un signal m'y aura rappelé ; au reste, il n'y a plus à vous tromper maintenant. Vous voyez ces deux masses noires dont l'une est plus forte que l'autre ? La plus forte, c'est la ville de Bourg ; la plus faible, c'est le village de Saint-Denis. Passez entre les deux, à égale distance de l'un et de l'autre, et continuez votre chemin jusqu'à ce qu'il vous soit barré par le lit de la Reyssouse. Vous le traverserez, à peine si votre cheval aura de l'eau jusqu'aux genoux ; alors, vous verrez un grand rideau noir devant vous, c'est la forêt.

– Merci ! dit le voyageur ; une fois à la lisière de la forêt, je sais ce qui me reste à faire.

– Même quand on ne répondrait pas de la forêt à votre signal ?

– Oui.

– Eh bien ! allez donc, et bon voyage.

Les deux jeunes gens se serrèrent une dernière fois la main, et, avec la même rapidité que le pêcheur avait escaladé la berge, il la descendit.

Le voyageur allongea machinalement le cou pour voir ce qu'il était devenu. Il était invisible. Alors, il lâcha la bride de son cheval, et, comme la lune avait reparu, comme il lui restait à franchir une prairie sans obstacle, il mit son cheval au grand trot et se trouva bientôt entre Bourg et Saint-Denis.

Là, en même temps, l'heure sonna dans les deux localités. Le voyageur compta onze heures.

Après avoir traversé la route de Lyon à Bourg, le voyageur se vit, comme lui avait dit son guide, sur le bord de la petite rivière ; en deux enjambées, son cheval se trouva de l'autre côté, et, arrivé là, il ne vit plus devant lui qu'une plaine de deux kilomètres à peu près bordée par cette ligne noire qu'on lui avait dit être la forêt, il piqua droit sur elle.

Au bout de dix minutes, il était sur le chemin vicinal qui la bordait dans toute sa longueur. Là, il s'arrêta un instant et regarda tout autour de lui. Il n'hésitait point à faire le signal qu'on lui avait indiqué, mais il voulait s'assurer qu'il était bien seul. La nuit a parfois des silences si profonds, que l'homme le plus téméraire les respecte, s'il n'est pas forcé de les rompre. Un instant, comme nous l'avons dit, notre voyageur regarda et écouta, mais il ne vit rien et n'entendit rien. Il porta la main à sa bouche et tira du manche de son fouet trois coups de sifflet, dont le premier et le dernier fermes et assurés, et celui du milieu tremblotant comme celui d'un contremaître de bâti- ment. Le bruit se perdit dans les profondeurs de la forêt, mais aucun autre bruit analogue ou différent ne lui répondit.

Pendant que notre voyageur écoutait, minuit sonna à Bourg et fut répété par l'horloge de tous les clochers voisins. Le voyageur répéta le signal une seconde fois, et une seconde fois le silence seul lui répondit.

Alors, il parut se décider, suivit le chemin vicinal jusqu'à ce qu'un autre chemin vînt le rejoindre comme la ligne verticale d'un T joint la ligne horizontale, prit ce chemin, s'y enfonça résolument ; au bout de dix minutes, le voyant coupé transversalement par un autre, il suivit cet autre en appuyant à gauche, et, cinq minutes après, se trouva hors de la forêt.

Devant lui, à deux cents pas, s'élevait une masse sombre qui était à n'en point douter le but de son voyage. D'ailleurs, en s'approchant, il devait, à certains détails, s'assurer que c'était bien la vieille chartreuse qu'il avait sous les yeux.

Enfin le cavalier s'arrêta devant une grande porte, surmontée et accompagnée de trois statues : celle de la Vierge, celle de Notre-Seigneur Jésus-Christ et celle de saint Jean-Baptiste. La statue de la Vierge, placée immédiatement au-dessus de la porte, formait le point le plus élevé du triangle. Les deux autres descendaient jusqu'à la traverse formant la branche de la croix de pierre dans laquelle s'emboîtait une double porte massive de chêne, qui, plus heureuse que certaines parties de la façade, et surtout que les contrevents du premier étage, paraissait avoir bravé les efforts du temps.

– C'est ici, dit le cavalier. Voyons maintenant laquelle des trois statues est celle de saint Jean.

CHAPITRE III

La chartreuse de Seillon

Le voyageur reconnut que la statue qu'il cherchait était celle qui était placée dans une niche à droite de la grande porte. Il força son cheval de s'approcher du mur, et, se haussant sur les étriers, il atteignit le piédestal de la statue. Un intervalle existait entre la base et les parois de la niche ; il y glissa la main, sentit un anneau, tira à lui et devina, plutôt qu'il n'entendit, la trépidation d'une sonnette. Trois fois il recommença le même exercice. À la troisième fois, il écouta, il lui sembla alors entendre s'approcher de la porte un pas inquiet.

– Qui sonne ? demanda une voix.

– Celui qui vient de la part du prophète, répondit le voyageur.

– De quel prophète ?

– De celui qui a laissé son manteau à son disciple.

– Comment s'appelait-il ?

– Élisée.

– Quel est le roi auquel les fils d'Israël doivent obéir ?

– Jéhu !

– Quelle est la maison qu'ils doivent exterminer ?

– Celle d'Achab.

– Êtes-vous prophète ou disciple ?

– Je suis disciple, mais je viens pour être reçu prophète.

– Alors, soyez le bienvenu dans la maison du Seigneur !

À peine ces paroles avaient-elles été dites, que les barres de fer qui maintenaient la porte basculèrent sans bruit, que les verrous muets sortirent sans grincer de leurs tenons, et que la porte s'ouvrit silencieusement et comme par magie.

Le cavalier et le cheval disparurent sous la voûte. La porte se referma derrière eux. L'homme qui venait d'ouvrir si lentement et de la refermer si vite, s'approcha du nouveau venu qui mettait pied à terre. Celui-ci jeta sur lui un regard de curiosité. Il était vêtu de la longue robe blanche des chartreux, et avait la tête entièrement voilée par son capuchon. Il prit le cheval à la bride, mais évidemment plutôt pour rendre service que par servilité. Et, en effet, pendant ce temps, le voyageur détachait sa valise et tirait de ses fontes les pistolets qu'il passait à sa ceinture, près de ceux qui y étaient déjà.

Le cavalier jeta un coup d'œil autour de lui, et, ne voyant aucune lumière, n'entendant aucun bruit :

– Les compagnons seraient-ils absents ? demanda-t-il.

– Ils sont en expédition, répondit le frère.

– Les attendez-vous cette nuit ?

– Je les espère cette nuit, mais je ne les attends guère que la nuit prochaine.

Le voyageur réfléchit un instant. Cette absence paraissait le contrarier.

– Je ne puis loger à la ville, dit-il ; je craindrais d'être remarqué, sinon d'être reconnu. Puis-je attendre les compagnons ici ?

– Oui, sur votre parole d'honneur de ne pas essayer d'en sortir.

– Vous l'avez.

Pendant ce temps, la robe d'un second moine s'était dessinée dans l'ombre, blanchissant au fur et à mesure qu'elle approchait du premier groupe. Celui-ci était sans doute un compagnon secondaire, car le premier moine lui jeta aux mains la bride du cheval, l'invitant, avec la forme d'un ordre, plutôt que celle d'une prière, à le conduire à l'écurie. Puis, tendant la main au voyageur :

– Vous comprenez, lui dit-il, pourquoi nous n'allumons point la lumière... Cette chartreuse est censée inhabitée ou peuplée simplement par des fantômes ; une lumière nous dénoncerait. Prenez ma main et suivez-moi.

Le voyageur ôta son gant et prit la main du moine. C'était une main douce et, on le sentait, inhabile à tous les travaux qui enlèvent à cet organe son aristocratie primitive. Dans les circonstances où se trouvait le voyageur, tout est indice. Il fut aise de savoir qu'il avait affaire à un homme comme il faut, et le suivit dès lors avec une entière confiance. Après quelques détours faits dans des corridors complètement obscurs, on entra dans une rotonde prenant sa lumière par en haut. C'était évidemment la salle à manger des compagnons. Elle était éclairée de quelques bougies appliquées au mur par des candélabres. Un feu était allumé et brûlait dans une grande cheminée, entretenu par du bois sec, faisant peu ou point de fumée.

Le moine présenta un siège au voyageur, et lui dit :

– Si notre frère est fatigué, qu'il se repose ; si notre frère a faim, on va lui servir à souper ; si notre frère a envie de dormir, on va le conduire à son lit.

– J'accepte tout cela, dit le voyageur en détirant ses membres élégants et vigoureux à la fois. Le siège parce que je suis fatigué, le souper parce que j'ai faim, le lit parce que j'ai envie de dormir. Mais, avec votre permission, mon très cher frère, chaque chose viendra à son tour.

Il jeta sur la table son chapeau à larges bords, et, passant sa main dans ses cheveux flottants, il mit à découvert un large front, de beaux yeux, et un visage plein de sérénité. Le moine qui avait conduit le cheval à l'écurie rentra, et, interrogé par son confrère, répondit que l'animal avait sa litière fraîche et son râtelier garni.

Puis, sur l'ordre qui lui fut donné, il étendit sur l'extrémité de la table une serviette, posa sur cette serviette une bouteille de vin, un verre, un poulet froid, un pâté et un couvert, avec couteau et fourchette.

– Quand vous voudrez, mon frère, dit le moine au voyageur et lui montrant de la main la table prête.

– Tout de suite, répondit celui-ci.

Et, sans se séparer de sa chaise, il s'approcha de la table et s'assit devant elle. Le voyageur attaqua bravement le poulet, dont il transporta la cuisse d'abord, puis l'aile sur son assiette. Puis, après le poulet, vint le pâté, dont il mangea une tranche en buvant à petits coups le reste de la bouteille et en cassant son vin, comme disent les gourmands. Pendant tout ce temps, le moine était demeuré debout et immobile à quelques pas de lui. Le moine n'était pas curieux, le voyageur avait faim ; ni l'un ni l'autre n'avaient laissé échapper une parole. Le repas fini, le voyageur tira sa montre de sa poche.

– Deux heures, dit-il ; nous avons encore deux heures à attendre le jour.

Puis, s'adressant au moine :

– Si nos compagnons ne sont pas rentrés cette nuit, dit-il, nous ne devons pas les attendre, n'est-ce pas, que la nuit prochaine ?

– C'est probable, répondit le moine ; à moins de nécessité absolue, nos frères ne voyagent pas le jour.

– Eh bien ! dit l'étranger, sur ces deux heures, je vais en attendre une. Si, à trois heures, nos frères ne sont pas arrivés, vous me conduirez à ma chambre. D'ici là, si vous avez affaire, ne vous gênez pas pour moi. Vous appartenez à un ordre silencieux ; moi, je ne suis bavard qu'avec les femmes. Vous n'en avez pas ici, n'est-ce pas ?

– Non, répondit le chartreux.

– Eh bien ! allez à vos affaires, si vous en avez, et laissez-moi à mes pensées.

Le chartreux s'inclina et sortit, laissant le voyageur seul, mais ayant la précaution, avant de sortir, de déposer devant lui une seconde bouteille de vin. Le convive remercia par un salut le moine de son attention, et, machinalement, continua de boire son vin à petits coups et de manger la croûte de son pâté à petits morceaux.

– Si c'est là l'ordinaire de nos chartreux, murmura-t-il, je ne les plains pas. Du pommard à leur ordinaire, une poularde (il est vrai que nous sommes dans le pays des poulardes) et un pâté de bécas- sines... C'est égal, le dessert manque.

Ce désir était à peine exprimé, que le moine qui avait pris soin du cheval et du cavalier entra, portant sur un plat une tranche de ce beau fromage de Sassenage pointillé de vert, et dont l'invention remonte, dit-on, à la fée Mélusine. Sans faire profession de gourmandise, le voyageur paraissait, comme on l'a vu, sensible à l'ordonnance d'un souper. Il n'avait pas dit comme Brillat-Savarin :
« Un repas sans fromage est une femme à laquelle il manque un œil », mais sans doute il le pensait.

Une heure se passa à vider sa bouteille de pommard et à piquer les miettes de son fromage à la pointe du couteau. Le petit moine l'avait laissé seul, et libre par conséquent de se livrer à sa guise à cette double occupation. Le voyageur tira sa montre, il était trois heures.

Il chercha s'il y avait une sonnette, il n'en trouva pas. Il fut sur le point de frapper du couteau sur son verre ; mais il trouva que c'était prendre une bien grande liberté à l'endroit des dignes moines qui le recevaient si confortablement.

En conséquence, voulant se tenir la parole qu'il s'était donnée à lui-même, et gagner son lit, il déposa, pour ne pas même être soupçonné de vouloir manquer à sa parole, ses armes sur la table, et, nu-tête, son couteau de chasse au côté seulement, il s'engagea dans le corridor par lequel il était entré. À moitié du corridor, il rencontra le moine qui l'avait reçu.

– Frère, dit celui-ci au voyageur. Deux signaux viennent de nous annoncer que les compagnons approchent ; dans cinq minutes, ils seront ici ; j'allais vous avertir.

– Eh bien ! dit le voyageur, allons au-devant d'eux.

Le moine ne fit aucune objection ; il retourna sur ses pas et rentra dans la cour, suivi de l'étranger. Le second moine ouvrait la porte à deux battants, comme il avait fait pour le voyageur. La porte ouverte, il fut facile d'entendre le galop de plusieurs chevaux qui allait se rapprochant avec rapidité.

– Place ! place ! dit vivement le moine en écartant le voyageur de la main et en l'appuyant contre le mur.

Et, en effet, en même temps, un tourbillon d'hommes et de chevaux s'engouffra sous la voûte avec le bruit du tonnerre.

Le voyageur crut un instant que les compagnons étaient poursuivis. Il se trompait.

CHAPITRE IV

Le traître

La porte se referma derrière eux. Le jour n'était point encore venu. Cependant, la nuit était déjà moins obscure. Le voyageur vit avec un certain étonnement que les compagnons amenaient un prisonnier. Ce prisonnier, les mains liées derrière le dos, était attaché sur un cheval dont deux compagnons tenaient la bride. Les trois cavaliers étaient entrés de face sous la porte cochère. Le galop de leurs chevaux les emporta jusqu'au fond de la cour. Deux par deux, les autres étaient entrés ensuite, et les avaient entourés. Tous avaient mis pied à terre.

Un instant le prisonnier était resté à cheval, mais on l'avait descendu à son tour.

– Faites-moi parler au capitaine Morgan, dit le voyageur au moine qui, jusque-là, s'était occupé de lui. Il faut avant tout qu'il sache que je suis arrivé.

Le moine alla dire quelques mots à l'oreille du chef, qui s'approcha vivement du voyageur.

– De la part de qui venez-vous ? lui demanda-t-il.

– Faut-il répondre par la formule ordinaire, demanda celui-ci, ou dire tout simplement de la part de qui je viens, en effet ?

– Puisque vous êtes ici, c'est que vous avez satisfait aux exigences. Dites-moi de la part de qui vous venez.

– Je viens de la part du général Tête-Ronde.

– Vous avez une lettre de lui ?

– La voici.

Et le voyageur porta la main à sa poche ; mais Morgan l'arrêta.

– Plus tard, dit-il. Nous avons d'abord à nous occuper de juger et de punir un traître. Conduisez le prisonnier dans la salle du conseil, ajouta Morgan.

En ce moment, on entendit le galop d'une seconde troupe de cavaliers.

Morgan écouta.

– Ce sont nos frères, dit-il. Ouvrez la porte !

La porte s'ouvrit.

– Rangez-vous ! cria Morgan.

Et une seconde troupe de quatre hommes entra presque aussi rapidement que l'avait fait la première.

– Avez-vous le prisonnier ? cria celui qui la commandait.

– Oui, répondirent en chœur les compagnons de Jéhu.

– Et vous, demanda Morgan, avez-vous le procès-verbal ?

– Oui, répondirent d'une seule voix les quatre arrivants.

– Alors, tout va bien, dit Morgan, et justice va être faite.

Voici ce qui était arrivé.

Comme nous l'avons dit, plusieurs bandes, connues sous le nom de compagnons de Jéhu ou sous celui de Vengeurs, et même sous tous les deux, battaient le pays depuis Marseille jusqu'à Besan- çon. L'une se tenait aux environs d'Avignon, l'autre dans le Jura ; la troisième, enfin, où nous l'avons vue, c'est-à-dire dans la chartreuse de Seillon.

Comme tous les jeunes gens qui composaient ces bandes ap- partenaient à des familles du pays, aussitôt le coup prémédité ac- compli, qu'il eût réussi ou qu'il eût manqué, on se séparait et chacun rentrait chez soi. Un quart d'heure après, notre détrousseur de dili- gences, le chapeau sur le coin de l'oreille, le lorgnon à l'œil, la badine à la main, se promenait par la ville, demandant des nouvelles des événements et s'étonnant de l'incroyable insolence de ces hommes pour lesquels rien n'était sacré, pas même l'argent du Directoire. Or, comment soupçonner des jeunes gens dont les uns étaient riches, dont les autres étaient de grande naissance, qui étaient apparentés aux premières autorités des villes, de faire le métier de voleurs de grand chemin ? Puis, disons-le, on ne les soupçonnait pas ; mais, les eût-on soupçonnés, nul n'eût pris sur lui de les dénoncer.

Cependant, le gouvernement voyait avec grande peine son argent, détourné de sa destination, prendre la route de la Bretagne au lieu de celle de Paris, et aboutir à la caisse des chouans au lieu d'aboutir à celle des directeurs. Aussi voulut-il lutter de ruse avec ses ennemis.

Dans une des diligences qui conduisaient l'argent, il fit monter, habillés en bourgeois, sept ou huit gendarmes qui avaient fait porter d'avance à la voiture leurs carabines et leurs pistolets, et qui reçurent l'ordre exprès de prendre vivant un de ces dévaliseurs. La chose fut exécutée assez habilement pour que les compagnons de Jéhu n'entendissent parler de rien. Le véhicule, avec l'honnête allure d'une diligence ordinaire, c'est-à-dire bourrée de bourgeois, s'aventura dans les gorges de Cavaillon et fut arrêtée par huit hommes masqués ; une vive fusillade, qui partit de l'intérieur de la voiture, dénonça la ruse aux compagnons de Jéhu qui, peu curieux d'entamer une lutte inutile, mirent au galop leurs montures, et, grâce à l'excellence de leurs chevaux, eurent bientôt disparu. Mais le cheval de l'un d'eux avait eu la cuisse cassée par une balle et s'était abattu sur son cavalier. Le cavalier, pris par son cheval, n'avait pu fuir et avait été ramassé par les gendarmes, qui avaient ainsi atteint le double mandat qui leur avait été confié, celui de défendre l'argent du gouvernement et de mettre la main sur un de ceux qui voulaient le prendre.

Comme les anciens francs-juges, comme les illuminés du XVIIIe siècle, comme les francs-maçons modernes, les affiliés, pour être reçus compagnons passaient par de cruelles épreuves et fai- saient de terribles serments. Un de ces serments était de ne jamais dénoncer un compagnon, quelles que fussent les tortures que l'on endurât. Si la faiblesse l'emportait, si le nom d'un complice s'échappait de la bouche du prisonnier, se substituant à la justice qui faisait grâce ou qui adoucissait la peine en récompense de la déla- tion, le premier venu des compagnons avait le droit de lui enfoncer un poignard dans le cœur.

Or, le prisonnier fait sur la route de Marseille à Avignon, dont le nom de guerre était Hector, et le véritable nom de Fargas, après avoir longtemps résisté tant aux promesses qu'aux menaces, las en- fin de la prison, tourmenté par le défaut de sommeil, la pire de toutes les tortures, connu sous son véritable nom, avait fini par faire des aveux et par nommer ses complices.

Mais, aussitôt que la chose avait été divulguée, les juges avaient reçu un tel déluge de menaces, soit par lettres, soit de vive voix, qu'on avait résolu d'envoyer l'instruction se faire à l'autre bout de la France, et qu'on avait choisi, pour y suivre le procès, la petite ville de Nantua, située à l'extrémité du département de l'Ain.

Mais, en même temps que le prisonnier, toutes précautions prises pour sa sûreté, était expédié à Nantua, les compagnons de

Jéhu de la chartreuse de Seillon avaient reçu avis de la trahison et de la translation du traître.

C'est à vous, leur disait-on, *qui êtes les frères les plus dévoués de l'ordre, c'est à Morgan, votre chef, le plus téméraire et le plus aventureux de nous tous, de sauver ses compagnons en détruisant le procès-verbal qui les accuse, et en faisant un exemple terrible sur la personne de celui qui a trahi. Qu'il soit jugé, condamné, poignar- dé, disait la lettre, et exposé aux regards de tous avec le poignard vengeur dans la poitrine.*

C'était cette terrible mission que Morgan venait d'accomplir.

Il s'était rendu avec dix de ses compagnons à Nantua. Six d'entre eux, après avoir bâillonné la sentinelle, avaient frappé à la porte de la prison, et, le pistolet sur la gorge, avaient forcé le con- cierge d'ouvrir. Une fois dans la prison, ils s'étaient fait indiquer le cachot de Fargas, s'y étaient fait conduire par le concierge et le geô- lier, les avaient enfermés tous deux dans le cachot du prisonnier, avaient lié celui-ci sur un cheval de main qu'ils avaient amené avec eux, et ils étaient repartis au grand galop.

Les quatre autres, pendant ce temps, s'étaient emparés du gref- fier, l'avaient forcé de les conduire au greffe dont il avait la clé et où, dans les moments de presse, il travaillait parfois toute la nuit. Là, ils s'étaient fait donner la procédure entière, les interrogatoires, conte- nant les dénonciations signées de l'accusé. Puis, pour sauvegarder le greffier qui les suppliait de ne pas le perdre, et qui, peut-être, n'avait pas fait toute la résistance qu'il eût pu faire, ils vidèrent une vingtaine de cartons, y mirent le feu, refermèrent la porte du greffe, rendirent la clé au greffier qui fut libre de rentrer chez lui, et partirent au galop à leur tour, emportant les pièces du procès et laissant le greffe brûler tranquillement.

Inutile de dire que, pour faire cette expédition, tous étaient masqués.

Voilà pourquoi la seconde troupe, en entrant dans la cour de l'abbaye, avait crié : « Avez-vous le prisonnier ? » et pourquoi la première, après avoir répondu : « Oui », avait demandé : « Et vous, avez-vous le procès-verbal ? » Et voilà toujours pourquoi, sur la réponse affirmative, Morgan avait dit, de cette voix qui ne trouvait jamais de contradicteurs : « Alors, tout va bien, et justice va être faite. »

CHAPITRE V

Le jugement

Le prisonnier était un jeune homme de vingt-deux à vingt-trois ans, ayant plutôt l'air d'une femme que d'un homme, tant il était blanc et mince. Il était nu-tête et en chemise, avec son pantalon et ses bottes seulement. Les compagnons l'avaient pris dans son ca- chot, tel qu'il était, et enlevé sans lui donner un instant de réflexion.

Son premier sentiment avait été de croire à sa délivrance. Ces hommes qui descendaient dans son cachot, il n'y avait pas de doute, étaient des compagnons de Jéhu, c'est-à-dire des hommes appartenant à la même opinion et aux mêmes bandes que lui. Mais, quand il avait vu ceux-ci lui lier les mains, quand il avait vu, à travers les masques, les éclairs que lançaient leurs yeux, il avait compris qu'il était tombé dans des mains bien autrement terribles que celles des juges, entre les mains de ceux qu'il avait dénoncés, et qu'il n'avait rien à espérer de complices qu'il avait voulu perdre.

Pendant toute la route, il n'avait pas fait une question, et nul ne lui avait adressé la parole. Les premiers mots qu'il avait entendus sortir de la bouche de ses juges étaient ceux qu'ils venaient de prononcer. Il était très pâle, mais ne donnait pas d'autre signe d'émotion que cette pâleur.

Sur l'ordre de Morgan, les faux moines traversèrent le cloître. Le prisonnier marchait le premier entre deux compagnons, tenant chacun un pistolet à la main.

Le cloître traversé, on entra dans le jardin. Cette procession de douze moines, marchant silencieusement dans les ténèbres, avait quelque chose d'effrayant. Elle s'avança vers la porte de la citerne. Un de ceux qui marchaient près du prisonnier dérangea une pierre ; sous la pierre, il y avait un anneau ; à l'aide de cet anneau, il souleva la dalle qui fermait l'entrée d'un escalier.

Le prisonnier eut un instant d'hésitation, tant l'entrée de ce souterrain ressemblait à celle d'un tombeau. Les deux moines qui marchaient à ses côtés descendirent les premiers ; puis, dans une rainure de la pierre, ils prirent deux torches qui étaient là, pour guider de leur lumière ceux qui voulaient s'engager sous ces sombres voûtes. Ils battirent le briquet, allumèrent les torches et ne dirent que ce seul mot :

– Descendez !

Le prisonnier obéit.

Les moines disparurent jusqu'au dernier sous la voûte. On marcha ainsi trois ou quatre minutes, puis on rencontra une grille ; un des deux moines tira une clé de sa poche et ouvrit.

On se trouva dans le caveau des tombes.

Au fond du caveau s'ouvrait la porte d'une ancienne chapelle souterraine, dont les compagnons de Jéhu avaient fait leur salle de conseil. Une table couverte d'un drap noir s'élevait au milieu, douze stalles sculptées, où les chartreux s'asseyaient pour chanter l'office des morts, attenaient à la muraille de chaque côté de la chapelle. La table était chargée d'un encrier, de plusieurs plumes, d'un cahier de papier ; deux tenons de fer sortaient de la muraille, comme des mains prêtes à recevoir les torches. On les y enfonça.

Les douze moines se placèrent chacun dans une stalle. On fit asseoir le prisonnier sur un escabeau au bout d'une table ; de l'autre côté de la table se tenait debout le voyageur, le seul qui ne portât pas une robe de moine, le seul qui ne fût pas masqué.

Morgan prit la parole :

– Monsieur Lucien de Fargas, dit-il, c'est bien par votre propre volonté, et sans y être contraint ni forcé par personne que vous avez demandé à nos frères du Midi de faire partie de notre association et que vous êtes entré, après les épreuves ordinaires, dans cette association sous le nom d'Hector ?

Le jeune homme inclina la tête en signe d'adhésion.

– C'est de ma pleine et entière volonté, sans y être forcé, dit-il.

– Vous avez prêté les serments d'usage, et vous saviez, par conséquent, à quelle punition terrible s'exposaient ceux-là qui y manquaient ?

– Je le savais, répondit le prisonnier.

– Vous saviez que tout compagnon révélant, même au milieu des tortures, les noms de ses complices, encourait la peine de mort, et que cette peine était appliquée sans sursis ni retard, du moment que la preuve de son crime lui était fournie ?

– Je le savais.

– Qui a pu vous entraîner à manquer à vos serments ?

– L'impossibilité de résister à cette torture qu'on appelle le manque de sommeil. J'ai résisté cinq nuits ; la sixième, je demandais la mort, c'était dormir. On ne voulut pas me la donner. Je cherchai tous les moyens de m'ôter la vie ; les précautions étaient si bien prises par mes geôliers, que je n'en trouvai aucun. La septième nuit, je succombai !... Je promis de faire des révélations le lendemain ; j'espérais qu'on me laisserait dormir ; mais ces révélations, on exigea que je les fisse à l'instant même. Ce fut alors que désespéré, fou d'insomnie, soutenu par deux hommes qui m'empêchaient de dormir tout debout, je balbutiai les quatre noms de M. de Valensolles, de M. de Barjols, de M. de Jayat et de M. de Ribier.

Un des moines tira de sa poche le dossier du procès qu'il avait pris au greffe, il chercha la page de la déclaration et la mit sous les yeux du prisonnier.

– C'est bien cela, dit celui-ci.

– Et votre signature, dit le moine, la reconnaissez-vous ?

– Je la reconnais, répondit le jeune homme.

– Vous n'avez pas d'excuse à faire valoir ? demanda le moine.

– Aucune, répliqua le prisonnier. Je savais, en mettant mon nom au bas de cette page, que je signais mon arrêt de mort ; mais je voulais dormir.

– Avez-vous quelque grâce à me demander avant de mourir ?

– Une seule.

– Parlez.

– J'ai une sœur que j'aime et qui m'adore. Orphelins tous deux, nous avons été élevés ensemble, nous avons grandi l'un auprès de l'autre, nous ne nous sommes jamais quittés. Je voudrais écrire à ma sœur.

– Vous êtes libre de le faire ; seulement, vous écrirez au bas de votre lettre le post-scriptum que nous vous dicterons.

– Merci, dit le jeune homme.

Il se leva et salua.

– Voulez-vous me délier les mains, dit-il, afin que je puisse écrire ?

Ce désir fut exaucé. Morgan, qui lui avait constamment adressé la parole, poussa devant lui le papier, la plume et l'encre. Le jeune homme écrivit, d'une main assez ferme, à peu près la valeur d'une page.

– J'ai fini, messieurs, dit-il. Voulez-vous me dicter le post-scriptum ?

Morgan s'approcha, posa un doigt sur le papier, tandis que le prisonnier écrivait.

– Y êtes-vous ? demanda-t-il.

– Oui, répondit le jeune homme.

Je meurs pour avoir manqué à un serment sacré. Par conséquent, je reconnais avoir mérité la mort. Si tu veux donner la sépulture à mon corps, mon corps sera déposé, cette nuit, sur la place de la Préfecture de Bourg. Le poignard que l'on trouvera planté dans ma poitrine, indiquera que je ne meurs pas victime d'un lâche assassinat, mais d'une juste vengeance.

Morgan tira alors de dessous sa robe un poignard forgé, lame et poignée, d'un seul morceau de fer. Il avait la forme d'une croix, pour que le condamné, à ses derniers moments, pût la baiser en l'absence d'un crucifix.

– Si vous le désirez, monsieur, lui dit-il, nous vous accorderons cette faveur de vous laisser vous frapper vous-même. Voici le poignard. Vous sentez-vous la main assez sûre ?

Le jeune homme réfléchit un instant.

– Non, dit-il, je craindrais de me manquer.

– C'est bien, dit Morgan. Mettez l'adresse à la lettre de votre sœur.

Le jeune homme plia la lettre et écrivit :

À Mademoiselle Diana de Fargas, à Nîmes.

– Maintenant, monsieur, lui dit Morgan, vous avez dix minutes pour faire votre prière.

L'ancien autel de la chapelle était encore debout, quoique mutilé. Le condamné alla s'y agenouiller. Pendant ce temps, on déchira une feuille de papier en douze morceaux, et, sur l'un de ces mor- ceaux, on dessina un poignard. Les douze morceaux furent mis dans le chapeau du messager qui était arrivé tout juste pour assister à cet acte de vengeance. Puis, avant que le condamné eût achevé de prier, chacun des moines avait tiré un fragment de papier du chapeau. Celui auquel était échu l'office de bourreau ne prononça pas une parole ; il se contenta de prendre le poignard déposé sur la table et d'en essayer la pointe à son doigt. Les dix minutes écoulées, le jeune homme se leva.

– Je suis prêt, dit-il.

Alors, sans hésitation, sans retard, muet et rigide, le moine à qui était échu l'office suprême marcha droit à lui et lui enfonça le poignard dans le côté gauche de la poitrine. On entendit un cri de douleur, puis la chute d'un corps sur les dalles de la chapelle, mais tout était fini. Le condamné était mort. La lame du poignard lui avait traversé le cœur.

– Ainsi périsse, dit Morgan, tout compagnon de notre association sainte qui manquera à ses serments !

– Ainsi soit-il ! répondirent en chœur tous les moines qui avaient assisté à l'exécution.

CHAPITRE VI

Diana de Fargas

Vers la même heure où le malheureux Lucien de Fargas rendait le dernier soupir dans la chapelle souterraine de la chartreuse de Seillon, une voiture de poste s'arrêtait devant l'Auberge du Dauphin, à Nantua.

Cette Auberge du Dauphin avait une certaine réputation à Nantua et dans les environs, réputation qu'elle tenait des opinions bien connues de maître René Servet, son propriétaire.

Sans savoir pourquoi, maître René Servet était royaliste. Grâce à l'éloignement de Nantua de tout grand centre populeux, grâce surtout à la douce humeur de ses habitants, maître René Servet avait pu traverser la Révolution sans être autrement inquiété pour ses opinions, si publiques qu'elles fussent.

Il faut dire cependant que le digne homme avait bien fait tout ce qu'il avait pu pour être persécuté. Non seulement il avait conservé à son auberge le titre d'Auberge du Dauphin, mais encore, dans la queue du poisson fantastique, queue qui sortait insolemment de la mer, il avait fait dessiner le profil du pauvre petit prince qui était resté enfermé quatre ans à la prison du Temple et qui venait d'y mourir après la réaction thermidorienne.

Aussi, tous ceux qui, à vingt lieues à la ronde – et le nombre de ceux-là était grand – partageaient, dans le département ou hors du département de l'Ain, les opinions de René Servet, ne manquaient pas de venir loger chez lui, et pour rien au monde n'eussent consenti à aller loger ailleurs.

Il ne faut donc pas s'étonner qu'une chaise de poste, ayant à s'arrêter à Nantua, déposât, en opposition avec l'auberge démocratique de la Boule-d'Or, son contenu à l'hôtel aristocratique du Dauphin.

Au bruit de la chaise, quoiqu'il fût à peine cinq heures du matin, maître René Servet sauta à bas de son lit, passa un caleçon et des bas blancs, mit ses pantoufles de lisière, et vêtu seulement, par-dessus, d'une grande robe de chambre de basin, tenant à la main son bonnet de coton, se trouva sur le seuil de sa porte en même temps que descendait de la voiture une jeune et belle personne de dix-huit à vingt ans.

Elle était vêtue de noir, et, malgré sa grande jeunesse et sa grande beauté, voyageait seule.

Elle répondit par une courte révérence au salut obséquieux que lui fit maître René Servet, et, sans attendre ses offres de service, elle lui demanda s'il avait dans son hôtel une bonne chambre et un cabinet de toilette.

Maître René indiqua le N° 7 au premier étage ; ce qu'il avait de mieux.

La jeune femme, impatiente, alla elle-même à la plaque de bois sur laquelle les clés étaient pendues à des clous, et qui indiquait le numéro de la chambre qu'ouvrait chacune de ces clés.

— Monsieur, dit-elle, seriez-vous assez bon pour m'accompagner jusque chez moi ? J'ai quelques questions à vous faire. Vous m'enverrez la femme de chambre en vous en allant.

René Servet s'inclina jusqu'à terre et s'empressa d'obéir. Il marcha devant, la jeune femme le suivit. Lorsqu'ils furent arrivés dans la chambre, la voyageuse ferma la porte derrière elle, s'assit sur une chaise, et, s'adressant à l'aubergiste resté debout :

— Maître Servet, lui dit-elle avec fermeté, je vous connais de nom et de réputation. Vous êtes resté, au milieu des années san- glantes que nous venons de traverser, sinon défenseur, du moins partisan de la bonne cause. Aussi suis-je descendue directement chez vous.

— Vous me faites honneur, madame, répondit l'aubergiste en s'inclinant.

Elle reprit :

— Je négligerai donc tous les détours et tous les préambules que j'emploierais près d'un homme dont l'opinion serait inconnue ou douteuse. Je suis royaliste : c'est un titre à votre intérêt. Vous êtes royaliste : c'est un titre à ma confiance. Je ne connais personne ici, pas même le président du tribunal, pour lequel j'ai une lettre de son beau-frère d'Avignon ; il est donc tout simple que je m'adresse à vous.

– J'attends, madame, répondit René Servet, que vous me fassiez l'honneur de me dire en quoi je puis vous être agréable.

– Avez-vous entendu dire, monsieur, que l'on ait amené, il y a deux ou trois jours, dans les prisons de Nantua un jeune homme nommé M. Lucien de Fargas ?

– Hélas ! oui, madame ; il paraît même que c'est ici, ou plutôt à Bourg, que l'on va lui faire son procès. Il fait partie, nous a-t-on assuré, de cette association intitulée les Compagnons de Jéhu.

– Vous savez le but de cette association, monsieur ? demanda la jeune femme.

– C'est, à ce que je crois, d'enlever l'argent du gouvernement et de le faire passer à nos amis de la Vendée et de la Bretagne.

– Justement, monsieur, et le gouvernement voudrait traiter ces hommes-là comme des voleurs ordinaires !

– Je crois, madame, répondit René Servet d'une voix pleine de confiance, que nos juges seront assez intelligents pour reconnaître une différence entre eux et des malfaiteurs.

– Maintenant, arrivons au but de mon voyage. On a cru que l'accusé, c'est-à-dire mon frère, courait quelque danger dans les prisons d'Avignon et on l'a transporté à l'autre bout de la France. Je voudrais le voir. À qui faut-il que je m'adresse pour obtenir cette faveur ?

– Mais justement, madame, au président pour lequel vous avez une lettre.

– Quelle espèce d'homme est-ce ?

– Prudent, mais, je l'espère, pensant bien. Je vous ferai conduire chez lui dès que vous le désirerez.

Mlle de Fargas tira sa montre ; il était à peine cinq heures et demie du matin.

– Je ne puis cependant me présenter chez lui à une pareille heure, murmura-t-elle. Me coucher ? Je n'ai aucune envie de dormir.

Puis, après un moment de réflexion :

– Monsieur, demanda-t-elle, de quel côté de la ville sont les prisons ?

– Si madame voulait faire un tour de ce côté, dit maître Servet, je réclamerais l'honneur de l'accompagner.

– Eh bien ! monsieur, faites-moi servir une tasse de lait, de café, de thé, tout ce que vous voudrez, et achevez de vous habiller... En attendant que j'y puisse entrer, je veux voir les murs où est enfermé mon frère.

L'hôtelier ne fit aucune observation. Le désir, en effet, était tout naturel ; il descendit, fit monter à la jeune voyageuse une tasse de lait et de café. Au bout de dix minutes, celle-ci descendait et re- trouvait maître René Servet, avec son costume des dimanches, prêt à guider dans les rues de la petite ville fondée par le bénédictin saint Amand, et dans l'église de laquelle Charles le Chauve dort d'un sommeil plus tranquille probablement que ne le fut pour lui celui de la vie.

La ville de Nantua n'est pas grande. Au bout de cinq minutes de marche, on était arrivé à la prison, devant laquelle se trouvait une grande foule et se faisait une grande rumeur.

Tout est pressentiment pour ceux qui ont des amis dans le danger. Mlle de Fargas avait, sous le coup de l'accusation mortelle, plus qu'un ami, un frère qu'elle adorait. Il lui sembla tout à coup que son frère n'était point étranger à ce bruit et à la présence de cette foule, et, pâlissant et saisissant le bras de son guide, elle s'écria :

– Oh ! Mon Dieu ! qu'est-il donc arrivé ?

– C'est ce que nous allons savoir, mademoiselle, répondit René Servet, beaucoup moins facile à émouvoir que sa belle compagne.

Ce qui était arrivé, personne ne le savait encore bien positivement. Lorsqu'on était venu, à deux heures du matin, pour relever la sentinelle, on l'avait trouvée bâillonnée, les bras et les jambes liés, dans sa guérite. Tout ce qu'elle avait pu dire, c'est que, surprise par quatre hommes, elle avait opposé une résistance désespérée, qui n'avait eu pour résultat que de la faire mettre dans l'état où on la trouvait. Ce qui s'était passé, une fois qu'elle avait été attachée dans la guérite, elle ne pouvait en rien dire. Elle croyait seulement que c'était à la prison que les malfaiteurs avaient affaire. On avait alors prévenu le maire, le commissaire de police et le sergent des pom- piers de ce qui venait d'arriver. Les trois autorités s'étaient réunies en conseil extraordinaire et avaient fait comparaître devant elles la sentinelle qui avait renouvelé son récit.

Après une demi-heure de délibération et de suppositions plus invraisemblables et plus absurdes les unes que les autres, il avait été résolu de finir par où on eût dû commencer, c'est-à-dire d'aller frapper à la prison.

Malgré les heurts de plus en plus retentissants, personne n'était venu ouvrir ; mais les coups de marteau avaient réveillé les habitants des maisons situées dans le voisinage. Ceux-ci s'étaient mis à la fenêtre de leurs maisons, et des interpellations avaient commencé dont le résultat était qu'il fallait envoyer chercher le ser- rurier.

Pendant ce temps, le jour était venu, les chiens avaient aboyé, les rares passants s'étaient groupés curieusement autour du maire et du commissaire de police ; et, quand le sergent des pompiers était revenu avec le serrurier, c'est-à-dire vers quatre heures du matin, il avait déjà trouvé à la porte de la prison un rassemblement raisonnable. Le serrurier fit observer que, si les portes étaient fermées en dedans et au verrou, tous ses rossignols seraient inutiles. Mais le maire, homme d'un grand sens, lui ordonna d'essayer d'abord, et que l'on verrait après. Or, comme les compagnons de Jéhu n'avaient pu à la fois sortir en dehors et tirer les verrous en dedans, comme ils s'étaient contentés de tirer les portes après eux, à la grande satisfaction de la foule qui allait croissant, la porte s'ouvrit.

Tout le monde alors essaya de se précipiter dans la prison ; mais le maire plaça le sergent de pompiers en sentinelle à la porte, et lui défendit de laisser passer qui que ce fût au monde. Force fut d'obéir à la loi. La foule augmenta, mais la consigne donnée par le maire fut observée.

Les cachots ne sont point nombreux dans la prison de Nantua. Ils se composent de trois chambres souterraines de l'une desquelles on entendit sortir des gémissements. Ces gémissements attirèrent l'attention du maire, qui interrogea à travers la porte ceux qui les poussaient, et qui eut bientôt reconnu que les auteurs de ces gémissements n'étaient autres que le concierge et le geôlier lui-même.

On en était là de l'investigation municipale, lorsque Diana de Fargas et le propriétaire de l'Hôtel du Dauphin étaient arrivés sur la place de la prison.

CHAPITRE VII

Ce qui fut l'objet, pendant plus de trois mois, des conversations de la petite ville de Nantua

À la première question de maître René Servet :

– Que se passe-t-il donc, s'il vous plaît, compère Bidoux, à la prison ?

Celui auquel il s'adressait répondit :

– Des choses extraordinaires, monsieur Servet, et qui ne se sont jamais vues ! On a trouvé ce matin, en la relevant, la sentinelle dans sa guérite, bâillonnée et ficelée comme un saucisson ; et, dans ce moment-ci, il paraît qu'on vient de trouver le père Rossignol et son geôlier enfermés dans un cachot. Dans quel temps vivons-nous, mon Dieu ? dans quel temps vivons-nous ?

Sous la forme grotesque dont l'enveloppait l'interlocuteur de maître René Servet, Diana avait reconnu la vérité. Il était clair, pour tout esprit intelligent, que, du moment que le concierge et le geôlier étaient dans les cachots, les prisonniers devaient être dehors.

Diana quitta le bras de maître René, s'élança vers la prison, perça la foule et pénétra jusqu'à la porte.

Là, elle entendit dire :

– Le prisonnier s'est évadé !

En même temps apparaissaient dans la geôle le père Rossignol et le guichetier, tirés de leur cachot par le serrurier d'abord, qui leur en avait ouvert la porte, puis ensuite par le maire et le commissaire de police.

– On ne passe pas ! dit le sergent de pompiers à Diana.

– Cette consigne, donnée pour tout le monde, n'est pas donnée pour moi, répondit Diana. Je suis la sœur du prisonnier qui s'est évadé.

Cette raison n'était peut-être pas bien concluante en matière de justice, mais elle portait avec elle cette logique du cœur à laquelle l'homme résiste si difficilement.

– En ce cas, c'est autre chose, dit le sergent de pompiers en levant son sabre. Passez, mademoiselle.

Et Diana passa, au grand ébahissement de la foule, qui voyait commencer une nouvelle péripétie du drame, et qui murmurait tout bas :

– C'est la sœur du prisonnier.

Or, tout le monde savait à Nantua ce que c'était que le prisonnier, et pour quelle cause il était détenu.

Le père Rossignol et son guichetier étaient d'abord dans un tel état de prostration et de terreur, que ni le maire ni le commissaire de police n'en pouvaient tirer une parole. Par bonheur, ce dernier eut l'idée de leur faire boire à chacun un verre de vin, ce qui donna au père Rossignol la force de raconter que six hommes masqués s'étaient introduits de force dans sa prison, l'avaient forcé de des- cendre au cachot, lui et son geôlier Rigobert, et qu'après s'être empa- rés du prisonnier qu'on avait amené deux jours auparavant, ils les avaient enfermés tous les deux à sa place. Depuis ce temps-là ils ignoraient ce qui s'était passé.

C'était tout ce que voulait savoir momentanément Diana, qui, convaincue que son frère avait été enlevé par les compagnons de Jéhu, d'après cette désignation d'hommes masqués qu'avait donnée le père Rossignol sur les envahisseurs de la prison, s'élança hors de la geôle. Mais, là, elle fut entourée par toute la population, qui, ayant entendu dire qu'elle était la sœur du prisonnier, voulait apprendre d'elle quelques détails sur sa fuite.

Diana dit en deux mots tout ce qu'elle en savait elle-même, re- joignit à grand-peine maître René Servet, et elle allait lui donner l'ordre de demander des chevaux de poste pour repartir à l'instant même, lorsqu'elle entendit un homme annoncer tout haut que le feu avait été mis au greffe, nouvelle qui eut le privilège de partager avec l'évasion du prisonnier l'attention de la foule.

En effet, sur la place de la prison, on venait d'apprendre à peu près tout ce que l'on pouvait savoir, tandis qu'à coup sûr cet épisode inattendu ouvrait une voie nouvelle aux conjectures. Il était à peu près certain qu'il y avait collusion entre l'incendie du greffe et l'enlèvement du frère de Diana. C'est ce que pensa aussi la jeune fille. L'ordre de mettre les chevaux à la voiture s'arrêta sur ses lèvres, et elle comprit que l'incendie du greffe allait lui fournir de nouveaux détails qui ne seraient peut-être pas sans utilité.

Le temps s'était passé. Il était huit heures du matin. C'était l'heure de se présenter chez le magistrat pour lequel elle avait une lettre. D'ailleurs, les événements extraordinaires dont la petite ville de Nantua venait d'être le théâtre expliquaient, de la part d'une sœur surtout, cette visite un peu matinale. Diana pria donc son hôte de la conduire chez M. Pérignon : c'était le nom du président du tribunal.

M. Pérignon avait été éveillé un des premiers par la double nouvelle qui tenait en émoi toute la ville de Nantua. Seulement, il s'était porté sur le point qui, comme juge, l'intéressait avant tout, c'est-à-dire au greffe.

Il venait justement de rentrer, au moment où on lui annonça :

– Mlle Diana de Fargas !

En arrivant au greffe, il avait trouvé l'incendie éteint ; mais le feu avait déjà consumé une portion des dossiers qu'on lui avait don- nés en pâture. Il avait interrogé le concierge, qui lui avait raconté que le greffier était entré dans son bureau vers onze heures et demie du soir avec deux messieurs ; que lui, concierge, n'avait pas cru devoir s'inquiéter de ce qu'ils faisaient, le greffier venant quelquefois, pendant la soirée, chercher des jugements qu'il grossoyait chez lui.

Mais à peine le greffier était-il parti, qu'il avait vu une grande lueur, il s'était levé et avait trouvé un grand foyer allumé, de manière à communiquer avec les casiers de bois placés le long de la muraille et contenant les cartons.

Alors, il n'avait point perdu la tête, avait séparé les papiers brûlants de ceux qui n'étaient point encore atteints par la flamme, et, puisant avec un pot dans un bac plein d'eau qu'il y avait dans la cave, il avait fini par éteindre l'incendie.

Le brave homme de concierge n'avait pas été plus loin dans ses soupçons que de penser à un accident ; mais, comme la flamme avait causé différents dommages, qu'il avait, par sa présence d'esprit, empêché probablement un grand malheur, il avait, en se réveillant, raconté l'événement à tout le monde, et, comme son intérêt était plutôt de l'exagérer que de l'atténuer, à sept heures du matin on disait par toute la ville que, sans le concierge qui avait manqué périr dans l'incendie et dont les habits avaient été complètement brûlés, non seulement le greffe, mais probablement tout le tribunal, eût été la proie des flammes.

M. Pérignon, après avoir reconnu de ses yeux l'état dans lequel était le bureau du greffier, pensa judicieusement que c'était à celui-ci qu'il fallait s'adresser pour avoir des renseignements exacts. En conséquence, il se rendit à son domicile, et demanda à le voir. Il lui fut répondu que le greffier avait été atteint pendant la nuit d'une fièvre cérébrale et qu'il ne voyait qu'hommes masqués, dossiers brûlés et procès-verbaux enlevés.

En apercevant M. Pérignon, la terreur du greffier avait été à son comble ; mais, pensant qu'il valait mieux tout dire que de s'engager dans une fable qui n'aurait d'autre résultat que de le faire accuser de complicité avec les incendiaires, il se jeta aux pieds de M. Pérignon et lui avoua la vérité. Cette coïncidence entre les événements ne laissa pas de doutes au magistrat qu'ils ne fussent liés l'un à l'autre et accomplis dans le double but d'enlever à la fois le coupable et la preuve de sa culpabilité.

La présence chez lui de la sœur du prisonnier, le récit qu'elle lui fit de ce qui s'était passé à la prison, ne lui laissèrent plus aucun doute, quand même il en aurait eu.

Ces hommes masqués étaient venus à Nantua dans l'intention bien positive d'enlever Lucien de Fargas et l'instruction commencée contre lui. Maintenant, dans quel but le prisonnier avait-il été enle- vé ?

Dans la sincérité de son cœur, Diana ne doutait point que, mus d'un sentiment généreux, les compagnons de son frère ne se fussent réunis et n'eussent risqué leur tête, pour sauver celle de leur jeune ami.

Mais M. Pérignon, esprit froid et positif, n'était point de cet avis. Il connaissait les véritables causes du transport du prisonnier ;

il savait qu'ayant dénoncé quelques-uns de ses complices, il était en butte à la vengeance des compagnons de Jéhu. Aussi son avis à lui était-il que, loin de le faire évader pour lui rendre la liberté, ils ne l'avaient tiré de prison que pour le punir plus cruellement que ne l'eût fait la justice. Le tout était donc de savoir si les ravisseurs avaient pris la route de Genève ou étaient rentrés dans l'intérieur du département.

S'ils avaient pris la route de Genève et, par conséquent, gagné l'étranger, c'est qu'ils avaient l'intention de sauver Lucien de Fargas, et de mettre leur vie en sûreté en même temps que la sienne. Si, au contraire, ils étaient rentrés dans l'intérieur du département, c'est qu'ils se sentaient assez forts pour braver deux fois la justice, non seulement comme détrousseurs de grands chemins, mais aussi comme meurtriers.

À ce soupçon qui lui venait pour la première fois, Diana pâlit, et saisissant la main de M. Pérignon :

– Monsieur ! monsieur ! s'écria-t-elle, est-ce que vous croyez qu'ils oseraient commettre un pareil crime ?

– Les compagnons de Jéhu osent tout, mademoiselle, répondit le juge, et surtout ce que l'on croit qu'ils n'oseront point oser.

– Mais, fit Diana, tremblante de terreur, par quel moyen savoir s'ils ont gagné la frontière ou s'ils sont rentrés dans l'intérieur de la France ?

– Oh ! quant à cela, rien de plus facile, mademoiselle, répondit le juge. C'est aujourd'hui jour de marché ; depuis minuit, tous les chemins qui arrivent à Nantua sont couverts de paysans qui, avec des charrettes et des ânes, apportent leurs denrées à la ville. Dix hommes à cheval, emmenant un prisonnier avec eux, ne passent pas inaperçus. Il s'agit de trouver des gens venant de Saint-Germain et de Chérizy et de s'informer d'eux s'ils ont vu des cavaliers allant du côté du Pays de Gex, et d'en trouver d'autres venant de Volongnat et de Peyriat et de s'informer d'eux si au contraire, ils ont vu des cava- liers allant du côté de Bourg.

Diana insista si fort près de M. Pérignon, elle fit sonner si haut la lettre de recommandation de son beau-frère, sa situation, au reste, comme sœur de celui dont la vie était en jeu présentait un si grand intérêt, que M. Pérignon consentit à descendre avec elle sur la place.

Informations prises, les cavaliers avaient été vus allant du côté de Bourg.

Diana remercia M. Pérignon, rentra à l'Hôtel du Dauphin, demanda des chevaux et repartit à l'instant même pour Bourg.

Elle descendit place de la Préfecture, à l'Hôtel des Grottes-de-Ceyzeriat, qui lui avait été indiqué par maître René Servet.

CHAPITRE VIII

Où un nouveau compagnon est reçu dans la société de Jéhu, sous le nom d'Alcibiade

Au moment où Lucien de Fargas subissait la peine à laquelle lui-même s'était condamné d'avance, lorsqu'en entrant dans la Compagnie de Jéhu il avait juré sur sa vie de ne jamais trahir ses complices, le jour était déjà venu. Il était donc impossible que, ce jour-là du moins, le corps du supplicié subît l'exposition publique à laquelle il était destiné. Son transport sur la place de la Préfecture de Bourg fut donc remis à la nuit suivante.

Avant de quitter le caveau, Morgan s'était retourné vers le messager.

– Monsieur, lui dit-il, vous venez de voir ce qui s'est passé, vous savez avec qui vous êtes, et nous vous avons traité en frère. Vous plaît-il, tout fatigués que nous sommes, que nous prolongions cette séance, et, dans le cas où vous seriez pressé de prendre congé de nous, que nous vous rendions votre liberté prompte et entière. Si vous ne comptiez nous quitter que la nuit prochaine, et que l'affaire qui vous amène soit de quelque importance, accordez-nous quelques heures de repos. Prenez-les vous-même, car vous ne paraissez pas avoir dormi beaucoup plus que nous. À midi, si vous ne partez point, le conseil vous entendra, et, si ma mémoire ne m'abuse, nous étant quittés la dernière fois que nous nous vîmes compagnons d'armes, nous nous quitterons cette fois amis.

– Messieurs, répondit le messager, j'étais des vôtres par le cœur avant d'avoir mis le pied sur vos domaines. Le serment que je vous prêterai n'ajouterait rien, je l'espère, à la confiance que vous m'avez fait l'honneur de m'accorder. À midi, si vous le voulez bien, je vous présenterai mes lettres de créance.

Morgan échangea une poignée de main avec le messager. Puis, reprenant le chemin qu'ils avaient suivi, les faux moines repassèrent par la citerne, qui fut scellée et dont l'anneau fut caché avec le même soin. Ils traversèrent le jardin, longèrent le cloître, rentrèrent dans la chartreuse, où chacun disparut silencieusement par des portes différentes.

Le plus jeune des deux moines qui avaient reçu le voyageur resta seul avec lui et le conduisit à sa chambre, puis il s'inclina et sortit. L'hôte des compagnons de Jéhu vit avec plaisir que le jeune moine s'éloignait sans fermer sa porte à la clé. Il alla à la fenêtre, la fenêtre s'ouvrait en dedans, n'avait point de barreaux et donnait presque de plain-pied sur le jardin. Donc, les compagnons se fiaient à sa parole et ne prenaient aucune précaution contre lui. Il tira les rideaux de la fenêtre, se jeta sur son lit tout habillé et s'endormit. À midi, il entendit, au milieu de son sommeil, sa porte s'ouvrir, le jeune moine entra.

– Il est midi, frère. Mais, si vous êtes fatigué et si vous désirez dormir encore, le conseil attendra.

Le messager sauta à bas de son lit, ouvrit ses rideaux, tira de sa valise une brosse et un peigne, brossa ses cheveux, peigna ses moustaches, passa en revue le reste de sa toilette et fit signe au moine qu'il était prêt à le suivre.

Celui-ci le conduisit dans la salle où il avait soupé.

Quatre jeunes gens l'attendaient ; tous étaient démasqués. Il était facile de voir, à la simple inspection de leurs habits, au soin qu'ils avaient donné à leur toilette, à l'élégance du salut avec lequel ils reçurent l'étranger, qu'ils appartenaient tous les quatre à l'aristocratie de naissance ou de fortune.

Le messager n'eût pas fait cette remarque, qu'il ne fût pas resté longtemps dans le doute.

– Monsieur, lui dit Morgan, j'ai l'honneur de vous présenter les quatre chefs de l'association. M. de Valensolles, M. de Jayat, M. de Ribier et moi, le comte de Sainte-Hermine. Monsieur de Ribier, monsieur de Jayat, monsieur de Valensolles, j'ai l'honneur de vous présenter M. Coster de Saint-Victor, messager du général Georges Cadoudal.

Les cinq jeunes gens se saluèrent et échangèrent les politesses d'usage.

– Messieurs, dit Coster de Saint-Victor, il n'est point étonnant que M. Morgan me connaisse, et qu'il n'ait pas hésité à me dire vos noms ; nous avons combattu le 13 vendémiaire dans les mêmes rangs. Aussi vous disais-je que nous étions déjà compagnons avant d'être amis. Comme vous l'a dit M. le comte de Sainte-Hermine, je viens de la part du général Cadoudal, avec lequel je sers en Bretagne. Voici la lettre qui m'accrédite près de vous.

À ces mots, Coster tira de sa poche une lettre portant un cachet fleurdelisé, et la présenta au comte de Sainte-Hermine. Celui-ci la décacheta et lut tout haut :

Mon cher Morgan,

Vous vous rappelez qu'à la réunion de la rue des Postes vous m'offrîtes le premier, dans le cas où je poursuivrais la guerre seul et sans secours de l'intérieur ou de l'étranger, d'être mon caissier. Tous nos défenseurs sont morts les armes à la main ou ont été fusillés. Stoflet et Charette ont été fusillés. D'Autichamp s'est soumis à la République. Seul je reste debout, inébranlable dans ma croyance, inattaquable dans mon Morbihan.

Une armée de deux ou trois mille hommes me suffit pour tenir la campagne ; mais à cette armée, qui ne réclame rien comme solde, il faut fournir des vivres, des armes, des munitions. Depuis Quiberon, les Anglais n'ont rien envoyé.

Fournissez l'argent, nous fournirons le sang ! Non pas que je veuille dire, Dieu m'en garde ! que le moment venu vous ménagerez le vôtre ! Non, votre dévouement est le plus grand de tous, et fait pâlir notre dévouement. Si nous sommes pris, nous autres, nous ne sommes que fusillés ; si vous êtes pris, vous mourez sur l'échafaud. Vous m'écrivez que vous avez à ma disposition des sommes considérables. Que je sois sûr de recevoir tous les mois de trente-cinq à quarante mille francs, cela me suffira.

Je vous envoie notre ami commun, Coster de Saint-Victor ; son nom seul vous dit que vous pouvez avoir toute confiance en lui. Je lui donne à étudier le petit catéchisme à l'aide duquel il parviendra jusqu'à vous. Donnez-lui les quarante premiers mille francs, si vous les avez, et gardez-moi le reste de l'argent, qui est beaucoup mieux entre vos mains qu'entre les miennes. Si vous êtes par trop persécuté là-bas et que vous ne puissiez y rester, traversez la France et venez me rejoindre.

De loin ou de près, je vous aime, et je vous remercie.

Georges Cadoudal,

Général en chef de l'armée de Bretagne.

P.-S. Vous avez, m'assure-t-on, mon cher Morgan, un jeune frère de dix-neuf à vingt ans ; si vous ne me jugez pas indigne de lui faire ses premières armes, envoyez-le-moi, il sera mon aide de camp.

Morgan cessa la lecture et regarda interrogativement ses compagnons. Chacun fit, de la tête, un signe affirmatif.

– Me chargez-vous de la réponse, messieurs, demanda Morgan.

La question fut accueillie par un oui unanime. Morgan prit la plume, et, tandis que Coster de Saint-Victor, M. de Valensolles, M. de Jayat et M. de Ribier causaient dans l'embrasure d'une fenêtre, il écrivit. Cinq minutes après, il rappelait Coster et ses trois compagnons, et leur lisait la lettre suivante :

Mon cher général,

Nous avons reçu votre brave et bonne lettre par votre brave et bon messager. Nous avons à peu près cent cinquante mille francs en caisse, nous sommes donc en mesure de faire ce que vous désirez. Notre nouvel associé, à qui, de mon autorité privée, j'impose le surnom d'Alcibiade, partira ce soir, emportant les quarante premiers mille francs.

Tous les mois, vous pouvez faire toucher, à la même maison de banque, les quarante mille francs dont vous aurez besoin. Dans le cas de mort ou de dispersion, l'argent sera enterré en autant d'endroits différents que nous aurons de fois quarante mille francs. Ci-jointe la liste des noms de tous ceux qui sauront où les sommes sont et seront déposées.

Le frère Alcibiade est venu tout juste pour assister à une exécution ; il a vu comment nous punissons les traîtres.

Je vous remercie, mon cher général, de l'offre gracieuse que vous me faites pour mon jeune frère ; mais mon intention est de le sauvegarder de tout danger jusqu'à ce qu'il soit appelé à me remplacer. Mon frère aîné est mort fusillé, me léguant sa vengeance. Je mourrai léguant ma vengeance à mon frère. À son tour, il entrera dans la route que nous avons suivie, et il contribuera, comme nous y avons contribué, au triomphe de la bonne cause, ou il mourra comme nous serons morts.

Il faut un motif aussi puissant que celui-là pour que je prenne sur moi, tout en vous demandant votre amitié pour lui, de le priver de votre patronage.

Renvoyez-nous, autant que la chose sera possible, notre bien-aimé frère Alcibiade, nous aurons un double bonheur à vous envoyer le message par un tel messager.

Morgan.

La lettre fut approuvée unanimement, pliée, cachetée et remise à Coster de Saint-Victor.

À minuit, la porte de la chartreuse s'ouvrait pour deux cava-liers ; l'un, porteur de la lettre de Morgan et de la somme demandée, prenait le chemin de Mâcon et allait rejoindre Georges Cadoudal ; l'autre, porteur du cadavre de Lucien de Fargas, allait déposer ce cadavre sur la place de la Préfecture de Bourg.

Ce cadavre avait dans la poitrine le couteau avec lequel il avait été tué, et au manche du couteau pendait par un fil la lettre que le condamné avait écrite avant de mourir.

CHAPITRE IX

Le comte de Fargas

Il faut pourtant que nos lecteurs sachent ce que c'était que le malheureux jeune homme dont on venait de déposer le cadavre sur la place de la Préfecture, ce que c'était que la jeune femme qui était descendue sur cette même place à l'Hôtel des Grottes-de-Ceyzeriat, et d'où tous deux venaient.

C'étaient les deux derniers rejetons d'une vieille famille de Provence. Leur père, ancien mestre de camp, ancien chevalier de Saint Louis, était né dans la même ville que Barras, avec lequel il avait été lié dans sa jeunesse, c'est-à-dire à Fos-Emphoux. Un oncle qui était mort à Avignon, qui l'avait fait son héritier, lui avait laissé une maison ; il vint, vers 1787, habiter cette maison avec ses deux enfants, Lucien et Diana. Lucien, à cette époque, avait douze ans, Diana en avait huit. On était alors dans toute l'ardeur des premières espérances et des premières craintes révolutionnaires, selon que l'on était patriote ou royaliste.

Pour ceux qui connaissent Avignon, il y avait alors, et il y a encore aujourd'hui, il y a toujours eu deux villes dans la ville : la ville romaine, la ville française.

La ville romaine, avec son magnifique Palais des Papes, ses cent églises plus somptueuses les unes que les autres, ses cloches innombrables, toujours prêtes à sonner le tocsin de l'incendie ou le glas du meurtre.

La ville française, avec son Rhône, ses ouvriers en soieries, et son transit croisé qui va du nord au sud, de l'ouest à l'est, de Lyon à Marseille, de Nîmes à Turin ; la ville française était la ville damnée, la ville envieuse d'avoir un roi, jalouse d'obtenir des libertés, et qui frémissait de se sentir terre esclave, terre ayant le clergé pour seigneur.

Le clergé, non pas le clergé tel qu'il a été de tout temps dans l'Église gallicane, et tel que nous le connaissons aujourd'hui, pieux, tolérant, austère aux devoirs, prompt à la charité, vivant dans le monde pour le consoler et l'édifier sans se mêler à ses joies ni à ses passions ; mais le clergé, tel que l'avaient fait l'intrigue, l'ambition et la cupidité, c'est-à-dire ces abbés de cour rivaux des abbés romains, oisifs, élégants, hardis, rois de la mode, autocrates des salons et coureurs de ruelles. Voulez-vous un type de ces abbés-là ? Prenez l'abbé Maury, orgueilleux comme un duc, insolent comme un laquais, fils d'un cordonnier, et plus aristocrate qu'un fils de grand seigneur.

Nous avons dit : Avignon, ville romaine ; ajoutons : Avignon, ville de haines. Le cœur de l'enfant pur partout ailleurs de mauvaises passions, naissait là plein de haines héréditaires, léguées de père en fils depuis huit cents ans, et, après une vie haineuse, léguait à son tour l'héritage diabolique à ses enfants. Dans une pareille ville, il fallait prendre un parti, et selon l'importance de sa position, jouer un rôle dans ce parti.

Le comte de Fargas était royaliste avant d'habiter Avignon ; en arrivant à Avignon, pour se mettre au niveau, il dut devenir fanatique. Dès lors, on le compta comme un des chefs royalistes et comme un des étendards religieux.

C'était, nous le répétons, en 87, c'est-à-dire à l'aurore de notre indépendance. Aussi, au premier cri de liberté que poussa la France, la ville française se leva-t-elle, pleine de joie et d'espérance. Le moment était enfin venu pour elle de contester tout haut la concession faite par une jeune reine mineure, pour racheter ses crimes, d'une ville, d'une province, et, avec elle, d'un demi-million d'âmes. De quel droit ces âmes avaient-elles été vendues pour toujours à un maître étranger ?

La France allait se réunir au Champ-de-Mars dans l'embrassement fraternel de la Fédération. Paris tout entier avait travaillé à préparer cette immense terrasse où, soixante-sept ans après ce baiser fraternel donné, il vient de convoquer l'Europe entière à l'Exposition universelle, c'est-à-dire au triomphe de la paix et de l'industrie sur la guerre. Avignon seule était exceptée de cette grande agape ; Avignon seule ne devait point avoir part à la communion universelle ; Avignon, elle aussi, n'était-elle donc pas la France ?

On nomma des députés ; ces députés se rendirent chez le légat et lui donnèrent vingt-quatre heures pour quitter la ville. Pendant la nuit, le parti romain, pour se venger, ayant le comte de Fargas à sa tête, s'amusa à pendre à une potence un mannequin portant la cocarde tricolore.

On dirige le Rhône, on canalise la Durance, on met des digues aux âpres torrents qui, au moment de la fonte des neiges, se précipitent en avalanches liquides des sommets du Mont-Ventoux. Mais ce flot terrible, ce flot vivant, ce torrent humain qui bondit sur la pente rapide des rues d'Avignon, une fois lâché, une fois bondissant, le ciel lui-même n'a point encore essayé de l'arrêter.

À la vue de ce mannequin aux couleurs nationales se balançant au bout d'une corde, la ville française se souleva de ses fondements en poussant des cris de rage. Le comte de Fargas, qui connaissait ses Avignonnais, s'était retiré, la nuit même de la belle expédition dont il avait été le chef, chez un de ses amis, habitant la vallée de Vaucluse. Quatre des siens, soupçonnés à juste titre d'avoir fait partie de la bande qui avait arboré le mannequin, furent arrachés de leurs maisons et pendus à sa place. On prit de force, pour cette exécution, des cordes chez un brave homme nommé Lescuyer, qui, dans le parti royaliste, fut à tort accusé de les avoir offertes. Cela se passait le 11 juin 1790.

La ville française, tout entière, écrivit à l'Assemblée nationale qu'elle se donnait à la France, et avec elle son Rhône, son commerce, le Midi, la moitié de la Provence. L'Assemblée nationale était dans un de ses jours de réaction ; elle ne voulait pas se brouiller avec Rome, elle ménageait le roi ; elle ajourna l'affaire.

Dès lors, le mouvement patriote d'Avignon était une révolte, et le pape était en droit de punir et de réprimer. Le pape Pie VI ordonna d'annuler tout ce qui s'était fait dans le Comtat Venaissin, de rétablir le privilège des nobles et du clergé et de relever l'inquisition dans toute sa rigueur. Le comte de Fargas rentra triomphant à Avignon, et non seulement ne cacha plus que c'était lui qui avait arboré le mannequin à la cocarde tricolore, mais encore il s'en vanta. Personne n'osa rien dire. Les décrets pontificaux furent affichés.

Un homme, un seul, en plein jour, à la face de tous, alla droit à la muraille où était affiché le décret et l'en arracha. Il se nommait Lescuyer. C'était le même qui avait déjà été accusé d'avoir fourni des cordes pour pendre les royalistes. On se rappelle qu'il avait été accusé à tort. Ce n'était point un jeune homme, il n'était donc point emporté par la fougue de l'âge. Non, c'était presque un vieillard qui n'était pas même du pays. Il était Français, Picard, ardent et réfléchi à la fois. C'était un ancien notaire établi depuis longtemps à Avi- gnon. Ce fut un crime dont l'Avignon romaine tressaillit, un crime si grand, que la statue de la Vierge en pleura.

Vous le voyez, Avignon, c'est déjà l'Italie ; il lui faut à tout prix des miracles, et, si le ciel n'en fait pas, il se trouve quelqu'un pour en inventer. Ce fut dans l'église des Cordeliers que le miracle se fit. La foule y accourut.

Un bruit se répandit en même temps, qui mit le comble à l'émotion. Un grand coffre bien fermé avait été transporté par la ville. Ce coffre avait excité la curiosité des Avignonnais. Que pouvait-il contenir ? Deux heures après, ce n'était plus un coffre dont il était question, c'était dix-huit malles se rendant au Rhône. Quant aux objets que contenaient ces malles, un portefaix l'avait révélé ; c'étaient les effets du mont-de-piété, que le parti français emportait avec lui en s'exilant d'Avignon. Les effets du mont-de-piété ! C'est-à-dire la dépouille des pauvres ! Plus une ville est misérable, plus le mont-de-piété est riche. Peu de monts-de-piété pourraient se vanter d'être aussi riches que l'était celui d'Avignon. Ce n'était plus une affaire d'opinion, c'était un vol, un vol infâme. Blancs et bleus, c'est-à-dire patriotes et royalistes, coururent à l'église des Cordeliers, non pas pour voir le miracle, mais criant qu'il fallait que la municipalité leur rendît compte.

M. de Fargas était naturellement à la tête de ceux qui criaient le plus fort.

CHAPITRE X

La Tour Trouillasse

Or, Lescuyer, l'homme aux cordes, le patriote qui avait arraché les décrets du Saint-Père, l'ancien notaire picard, était le secrétaire de la municipalité ; son nom fut jeté à la foule comme ayant, non seulement commis les méfaits ci-dessus, mais encore comme ayant signé l'ordre au gardien du mont-de-piété de laisser enlever les effets.

On envoya quatre hommes pour prendre Lescuyer et l'amener à l'église.

On le trouva dans la rue, se rendant tranquillement à la municipalité.

Les quatre hommes se ruèrent sur lui et le traînèrent avec des cris féroces dans l'église.

Arrivé là, Lescuyer comprit, aux yeux flamboyants qui se fixaient sur lui, aux poings tendus qui le menaçaient, aux cris qui demandaient sa mort, Lescuyer comprit qu'il était dans un de ces cercles de l'enfer oubliés par Dante. La seule idée qui lui vint fut que cette haine soulevée contre lui avait pour cause les cordes prises de force dans sa boutique et la lacération des affiches pontificales.

Il monta à la chaire, comptant s'en faire une tribune, et, de la voix d'un homme qui non seulement croit n'avoir aucun reproche à se faire, mais qui, encore, est prêt à recommencer :

– Citoyens, dit-il, j'ai cru la révolution nécessaire, je me suis comporté en conséquence.

Les blancs comprirent que si Lescuyer, à qui ils voulaient mal de mort, s'expliquait, Lescuyer était sauvé. Ce n'était point cela qu'il leur fallait. Obéissant à un signe du comte de Fargas, ils se jetèrent sur lui, l'arrachèrent de la tribune, le poussèrent au milieu de la meute aboyante qui l'entraîna vers l'autel, en proférant cette espèce de cri terrible qui tient du sifflement du serpent et du rugissement du tigre, ce meurtrier « Zou ! zou ! zou ! » particulier à la populace avignonnaise.

Lescuyer connaissait ce cri sinistre ! Il essaya de se réfugier au pied de l'autel. Il y tomba.

Un ouvrier matelassier, armé d'un gourdin, venait de lui asséner un si rude coup sur la tête, que le bâton s'était brisé en deux morceaux.

Alors, on se précipita sur ce pauvre corps, et, avec ce mélange de férocité et de gaieté particulier aux gens du Midi, les hommes, en chantant, se mirent à lui danser sur le ventre, tandis que les femmes, afin qu'il expiât les blasphèmes qu'il avait prononcés, lui découpaient ou plutôt lui festonnaient les lèvres avec leurs ciseaux. De tout ce groupe effroyable sortait un cri, ou plutôt un râle. Ce râle disait :

– Au nom du ciel ! au nom de la Vierge, au nom de l'humanité ! tuez-moi tout de suite !

Ce râle fut entendu. D'un commun accord, les assistants s'éloignèrent. On laissa le malheureux, défiguré, sanglant, savourer son agonie. Elle dura cinq heures, pendant lesquelles, au milieu des éclats de rire, des insultes et des railleries de la foule, ce pauvre corps palpita sur les marches de l'autel. Voilà comme on tue à Avignon.

Attendez, et tout à l'heure vous verrez qu'il y a une autre façon encore.

En ce moment, et comme Lescuyer agonisait, un homme du parti français eut l'idée d'aller au mont-de-piété – chose par où il eût fallu commencer – afin de s'informer si le vol était réel. Tout y était en bon état, il n'en était pas sorti une balle d'effets.

Dès lors, ce n'était plus comme complice d'un vol que Lescuyer venait d'être si cruellement assassiné, c'était comme patriote.

Il y avait en ce moment à Avignon un homme qui disposait de ce dernier parti qui dans les révolutions n'est ni blanc ni bleu, mais couleur de sang. Tous ces terribles meneurs du Midi ont conquis une si fatale célébrité, qu'il suffit de les nommer pour que chacun, même parmi les moins lettrés, les connaissent. C'était le fameux Jourdan.

Vantard et menteur, il avait fait croire aux gens du peuple que c'était lui qui avait coupé le cou du gouverneur de la Bastille ; aussi l'appelait-on Jourdan Coupe-Tête. Ce n'était pas son nom. Il s'appelait Mathieu Jouve ; il n'était pas Provençal, il était du Puy-en-Velay. Il avait d'abord été muletier sur ces âpres hauteurs qui entourent sa ville natale, puis soldat sans guerre – la guerre l'eût peut-être rendu plus humain – puis cabaretier à Paris. À Avignon, il était marchand de garance.

Il réunit trois cents hommes, s'empara des portes de la ville, y laissa la moitié de sa troupe, et avec le reste marcha sur l'église des Cordeliers, précédé de deux pièces d'artillerie. Il mit les canons en batterie devant l'église, et tira à tout hasard. Les assassins se dispersèrent comme une volée d'oiseaux effarouchés, se sauvant les uns par la fenêtre, les autres par la sacristie, et laissant quelques morts sur les degrés de l'église. Jourdan et ses hommes enjambèrent par-dessus les cadavres et entrèrent dans le saint lieu.

Il ne restait plus que la statue de la Vierge et le malheureux Lescuyer. Il respirait encore, et, comme on lui demanda quel était son assassin, il nomma, non pas ceux qui l'avaient frappé, mais celui qui avait donné l'ordre de le frapper.

Celui qui en avait donné l'ordre, c'était, on se le rappelle, le comte de Fargas.

Jourdan et ses hommes se gardèrent bien d'achever le moribond, son agonie était un suprême moyen d'excitation. Ils prirent ce reste de vivant, ces trois quarts de cadavre, et l'emportèrent saignant, pantelant, râlant. Ils criaient :

– Fargas ! Fargas ! il nous faut Fargas !

Chacun fuyait à cette vue, fermant portes et fenêtres. Au bout d'une heure, Jourdan et ses trois cents hommes étaient maîtres de la ville.

Lescuyer mourut sans que l'on s'aperçût même qu'il rendait le dernier soupir. Peu importait : on n'avait plus besoin de son agonie.

Jourdan profita de la terreur qu'il inspirait, et, pour assurer la victoire à son parti, il arrêta ou fit arrêter quatre-vingts personnes à peu près, assassins ou prétendus assassins de Lescuyer ; par conséquent, complices de Fargas.

Quant à celui-ci, il n'était point encore arrêté ; mais on était sûr qu'il le serait, toutes les portes de la ville étant scrupuleusement gardées, et le comte de Fargas étant connu de toute cette populace qui les gardait.

Sur les quatre-vingts personnes arrêtées, trente peut-être n'avaient pas mis les pieds dans l'église ; mais, quand on trouve une bonne occasion de se défaire de ses ennemis, il est sage d'en profi- ter : les bonnes occasions sont rares. Ces quatre-vingts personnes furent entassées dans la Tour Trouillasse.

C'était dans cette tour que l'Inquisition donnait la torture à ses prisonniers. Aujourd'hui encore on y voit, le long des murailles, la grasse suie qui montait avec la flamme du bûcher où se consumaient les chairs humaines. Aujourd'hui encore, on vous montre le mobilier de la torture précieusement conservé : la chaudière, le four, les chevalets, les chaînes, les oubliettes, et jusqu'aux vieux ossements, rien n'y manque.

Ce fut dans cette tour, bâtie par Clément IV, que l'on enferma les quatre-vingts prisonniers. Ces quatre-vingts prisonniers enfermés dans la Tour Trouillasse, on en était bien embarrassé.

Par qui les faire juger ? Il n'y avait de tribunaux légalement organisés que les tribunaux du pape.

Faire tuer ces malheureux comme ils avaient tué Lescuyer ? Nous avons dit qu'il y en avait un tiers, ou moitié peut-être, qui non seulement n'avaient point pris part à l'assassinat, mais qui même n'avaient pas mis le pied dans l'église. Les faire tuer, c'était le seul moyen : la tuerie passerait sur le compte des représailles.

Mais, pour tuer ces quatre-vingts personnes il fallait un certain nombre de bourreaux. Une espèce de tribunal improvisé par Jourdan siégeait dans une des salles du palais. Il y avait un greffier, nommé Raphel ; un président, moitié Italien, moitié Français, orateur en patois populaire, nommé Barbe-Savournin de la Roua ; puis trois ou quatre pauvres diables, un boulanger, un charcutier ; les noms se perdent dans l'infinité des conditions. C'étaient ceux-là qui criaient :

– Il faut les tuer tous ; s'il s'en sauvait un seul, il servirait de témoin !

Les tueurs manquaient. À peine avait-on sous la main une vingtaine d'hommes dans la cour, tous appartenant au petit peuple d'Avignon. Un perruquier, un cordonnier pour femmes, un savetier, un maçon, un menuisier, tous armés à peine, au hasard, l'un d'un sabre, l'autre d'une baïonnette, celui-ci d'une barre de fer, celui-là d'un morceau de bois durci au feu. Tous refroidis par une fine pluie d'octobre ; il était difficile de faire de ces gens-là des assassins !

Bon ! rien est-il difficile au diable ? Il y a, en ces sortes d'événements, une heure où il semble que la Providence abandonne la partie. Alors, c'est le tour de Satan.

Satan entra en personne dans cette cour froide et boueuse, il avait revêtu l'apparence, la forme, la figure d'un apothicaire du pays, nommé Mende ; il dressa une table éclairée par deux lanternes ; sur cette table, il déposa des verres, des cruches, des brocs, des bouteilles. Quel était l'infernal breuvage renfermé dans ces mystérieux récipients ? On l'ignore, mais l'effet en est bien connu. Tous ceux qui burent de la liqueur diabolique se sentirent pris soudain d'une rage fiévreuse, d'un besoin de meurtre et de sang. Dès lors, on n'eut plus qu'à leur montrer la porte, ils se ruèrent dans les cachots.

Le massacre dura toute la nuit ; toute la nuit, des cris, des plaintes, des râles de mort furent entendus dans les ténèbres. On tua tout, on égorgea tout, hommes et femmes ; ce fut long : les tueurs, nous l'avons dit, étaient ivres et mal armés ; cependant ils y arrivèrent. À mesure qu'on tuait, on jetait morts, blessés, cadavres et mourants dans la cour Trouillasse ; ils tombaient de soixante pieds de haut ; les hommes furent jetés d'abord, les femmes ensuite. À neuf heures du matin, après douze heures de massacre, une voix criait encore du fond de ce sépulcre :

– Par grâce, venez m'achever, je ne puis mourir !

Un homme, l'armurier Bouffier, se pencha dans le trou, les autres n'osèrent.

– Qui donc crie ? demandèrent-ils.

– C'est Lami, répondit Bouffier en se rejetant en arrière.

– Eh bien ! demandèrent les assassins, qu'as-tu vu au fond ?

– Une drôle de marmelade, dit-il ; tout pêle-mêle des hommes et des femmes, des prêtres et des jolies filles, c'est à crever de rire.

En ce moment, on entendit à la fois des cris de triomphe et de douleur, le nom de Fargas était répété par cent bouches. C'était, en effet, le comte que l'on amenait à Jourdan Coupe-Tête. On venait de le découvrir caché dans un tombeau de l'Hôtel du Palais-Royal. Il était à moitié nu et déjà tellement couvert de sang, qu'on ne savait pas, si au moment où on le lâcherait, il n'allait pas tomber mort.

CHAPITRE XI

Le frère et la sœur

Les bourreaux, que l'on eût crus lassés, n'étaient qu'ivres. De même que la vue du vin semble rendre des forces à l'ivrogne, l'odeur du sang semble rendre des forces à l'assassin.

Tous ces égorgeurs, qui étaient couchés dans la cour, à moitié endormis, ouvrirent les yeux et se soulevèrent au nom de Fargas.

Celui-ci, loin d'être mort, n'était atteint que de quelques légères blessures ; mais à peine se trouvait-il au milieu de ces cannibales, qu'il jugea sa mort inévitable, et, n'ayant plus qu'une idée, celle de la rendre la plus prompte et la moins douloureuse possible, il se jeta sur celui qui se trouvait le plus proche de lui, tenant un couteau nu à la main, et le mordit si cruellement à la joue, que celui-ci ne pensa qu'à une chose, à se débarrasser d'une cruelle douleur. Instinctive- ment, il étendit donc le bras devant lui, le couteau rencontra la poi- trine du comte et s'y enfonça jusqu'au manche. Le comte tomba sans pousser un cri ; il était mort.

Alors, ce que l'on n'avait pu faire sur le vivant, on le fit sur le cadavre ; chacun se jeta sur lui, voulant avoir un lambeau de sa chair.

Quand les hommes en sont là, il y a bien peu de différence entre eux et ces naturels de la Nouvelle-Calédonie qui vivent de chair humaine.

On alluma un bûcher, et l'on y jeta le corps de Fargas, et, comme si aucun nouveau dieu, ni aucune nouvelle déesse ne pouvait être glorifié sans un sacrifice humain, la Liberté de la ville pontificale eut à la fois, le même jour, son martyr patriote dans Lescuyer, et son martyr royaliste dans Fargas.

Pendant que ces événements s'accomplissaient à Avignon, les deux enfants, ignorant de ce qui se passait, habitaient une petite maison que l'on appelait, à cause des trois arbres qui l'ombrageaient, la maison des trois cyprès. Leur père était parti le matin, comme il le faisait souvent, pour venir à Avignon, et c'était en voulant les rejoindre qu'il avait été arrêté à l'une des portes.

La première nuit se passa pour eux sans trop d'inquiétude. Comme ils avaient maison à la campagne et maison à la ville, il arrivait souvent que soit pour ses affaires, soit pour son plaisir, le comte de Fargas restait un jour ou deux à Avignon.

Lucien se plaisait à habiter cette campagne qu'il aimait beaucoup. Il y était seul, à part la cuisinière et un valet de chambre, avec sa sœur plus jeune que lui de trois ans, et qu'il adorait. Elle, de son côté, lui rendait cet amour fraternel avec cette passion des âmes méridionales qui ne savent rien haïr ou aimer à moitié.

Élevés ensemble, les jeunes gens ne s'étaient jamais quittés ; ils avaient eu, quoique de sexe différent, les mêmes maîtres et avaient fait les mêmes études ; il en résultait que Diana, à dix ans, était quelque peu garçon et que Lucien, à treize ans, était quelque peu jeune fille.

Comme la campagne n'était éloignée d'Avignon que de trois quarts de lieue à peine, on sut, dès le lendemain matin, par les fournisseurs, les meurtres qui s'y étaient commis. Les deux enfants tremblèrent pour leur père. Lucien ordonna de seller son cheval ; mais Diana ne voulut pas le laisser aller seul, elle avait un cheval pareil à celui de son frère, elle était aussi bonne, peut-être meilleure écuyère que lui, elle sella son cheval elle-même et tous deux parti- rent au galop pour la ville.

À peine furent-ils arrivés, et eurent-ils pris les premières informations qu'on leur annonça que leur père venait d'être arrêté et avait été entraîné du côté du Château des Papes, où se tenait un tribunal qui jugeait les royalistes. Le renseignement venait d'être donné, que Diana partait au galop et escaladait la rampe rapide qui conduit à la vieille forteresse. Lucien la suivait à dix pas. Ils arrivèrent presque ensemble dans la cour, où fumaient encore les derniers débris du bûcher qui venait de dévorer le corps de leur père. Plusieurs des assassins les reconnurent et crièrent :

– À mort les louveteaux !

En même temps, ils s'apprêtaient à sauter à la bride des chevaux pour faire mettre pied à terre aux orphelins. L'un des hommes qui toucha le mors du cheval de Diana eut la figure coupée d'un coup de cravache. Cet acte, qui cependant n'était que de la défense légitime, exaspéra les bourreaux, qui redoublèrent de cris et de me- naces. Mais alors Jourdan Coupe-Tête s'avança ; soit lassitude, soit suprême sentiment de justice, un rayon d'humanité venait de traver- ser son cœur.

— Hier, dit-il, dans la chaleur de l'action et de la vengeance, nous avons bien pu confondre les innocents avec les coupables ; mais aujourd'hui, une pareille erreur ne nous est pas permise. Le comte de Fargas était coupable d'insulte envers la France, de meurtre envers l'humanité, il avait pendu les couleurs nationales à l'infâme potence, il avait fait égorger Lescuyer ; le comte de Fargas méritait la mort, vous la lui avez donnée, tout est bien ; la France et l'humanité sont vengées ! Mais ses enfants n'ont jamais été mêlés à un acte de barbarie ni d'injustice, ils sont donc innocents ! Qu'ils se retirent et qu'ils ne puissent dire de nous ce que, nous autres, nous pouvons dire des royalistes : que les patriotes sont des assassins.

Diana ne voulait pas fuir, car, pour elle, c'était fuir que de se retirer sans vengeance ; mais, seule avec son frère, elle ne pouvait se venger. Lucien prit la bride de son cheval et l'emmena.

Rentrés chez eux, les deux orphelins se jetèrent dans les bras l'un de l'autre, et fondirent en larmes ; ils n'avaient plus personne à aimer au monde qu'eux-mêmes.

Ils s'aimèrent saintement, fraternellement.

Tous deux grandirent, et atteignirent, Diana dix-huit ans, Lucien vingt et un.

Ce fut à cette époque que s'organisa la réaction thermidorienne. Leur nom était une garantie de leurs opinions politiques : ils n'allaient à personne, on vint à eux. Lucien écouta froidement les propositions qui lui furent faites, et demanda du temps pour réfléchir. Diana les saisit avec avidité et fit signe qu'elle se chargeait de décider son frère. Et, en effet, à peine fut-elle seule avec lui, qu'elle attaqua cette grande question : noblesse oblige !

Lucien était nourri dans des sentiments royalistes et religieux, il avait son père à venger, sa sœur exerçait sur lui une immense influence : il donna sa parole. À partir de ce moment, c'est-à-dire de la fin de 1796, il fut affilié à la Compagnie de Jéhu, dite du Midi. On sait le reste.

On peindrait difficilement la violence des sentiments à travers lesquels passa Diana, depuis le moment où son frère fut arrêté jusqu'à celui où elle apprit qu'on venait de le transporter dans le département de l'Ain. Elle prit à l'instant même tout l'argent dont elle pouvait disposer, monta dans une chaise de poste et partit.

Nous savons qu'elle arriva trop tard, qu'elle apprit à Nantua l'enlèvement du prisonnier, l'incendie du greffe et que grâce à l'acuité du regard du juge, elle put voir dans quel but avait été fait cet enlèvement et accompli cet incendie.

Le même jour, vers midi, elle arrivait à l'Hôtel des Grottes-de-Ceyzeriat, et, à peine arrivée, se présentait à la Préfecture où elle racontait les événements de Nantua, encore inconnus à Bourg.

Ce n'était pas la première fois que les prouesses des compagnons de Jéhu arrivaient à l'oreille du préfet. La ville de Bourg était une ville royaliste. La plupart des habitants sympathisaient avec ces jeunes *outlaws,* comme on dit en Angleterre. Souvent lorsqu'il avait donné des ordres de surveillance ou d'arrestation, il avait senti comme un réseau tendu autour de lui, et, s'il n'avait pu voir clairement, il avait du moins deviné cette résistance occulte qui paralyse les ordres du pouvoir. Cette fois, la dénonciation qui lui était faite était claire et précise ; des hommes avaient, à main armée, forcé le greffier de leur remettre un dossier où se trouvaient compromis les noms de quatre de leurs complices du Midi. Ces hommes enfin avaient été vus, revenant à Bourg après la perpétration de leur double crime à Nantua.

Il fit venir devant lui et devant Diana le commandant de la gendarmerie, le président du tribunal et le commissaire de police ; il fit répéter à Diana sa longue accusation contre ces formidables inconnus ; il déclara qu'il voulait avant trois jours savoir quelque chose de positif, et invita Diana à demeurer pendant ces trois jours à Bourg. Diana avait deviné tout l'intérêt que le préfet lui-même avait à poursuivre ceux qu'elle poursuivait ; elle rentra à la nuit tombante à l'hôtel, brisée de fatigue, mourant de faim, car à peine avait-elle pris un repas complet depuis son départ d'Avignon.

Elle mangea, se coucha, et s'endormit de ce profond sommeil que la jeunesse oppose, comme un victorieux repos, à la douleur.

Le lendemain, elle fut éveillée par un grand bruit qui se faisait sous ses fenêtres. Elle se leva, regarda à travers les persiennes, mais ne vit qu'une grande foule de peuple s'agitant en tous sens. Quelque chose cependant lui disait, comme un pressentiment douloureux, qu'une nouvelle épreuve l'attendait.

Elle passa une robe de chambre, et, sans rattacher ses cheveux qu'avait dénoués le sommeil, elle ouvrit la fenêtre et s'inclina sur le balcon.

Mais à peine eut-elle jeté un regard dans la rue, qu'elle poussa un grand cri, se rejeta en arrière, se précipita par les escaliers, et, folle, échevelée, pâle jusqu'à la lividité, vint se jeter sur le corps qui faisait le centre du rassemblement en criant :

– Mon frère ! mon frère !

CHAPITRE XII

Où le lecteur va retrouver d'anciennes connaissances

Il faut maintenant que nos lecteurs nous suivent à Milan où, comme nous l'avons dit, Bonaparte, qui ne s'appelle plus Buonaparte, a son quartier général.

Le jour même, et à l'heure même où Diana de Fargas retrouvait son frère d'une façon si tragique et si douloureuse, trois hommes sortaient des casernes de l'armée d'Italie, tandis que trois autres sortaient d'une caserne voisine affectée à l'armée du Rhin. Le général Bonaparte ayant demandé à la suite de ses premières victoires un renfort, deux mille hommes avaient été détachés de l'armée de Moreau et envoyés, sous la conduite de Bernadotte, à l'armée d'Italie.

Ces hommes s'acheminaient en deux groupes marchant à quelque distance l'un de l'autre, vers la porte Orientale. Cette porte, la plus proche des casernes, était celle derrière laquelle se passaient en général les duels nombreux que la rivalité de bravoure et la différence d'opinion faisaient naître entre les soldats venus du Nord et ceux qui avaient constamment combattu dans le Midi.

Une armée est toujours faite à l'image de son général ; le génie de celui-ci se répand sur ses officiers, et, de ses officiers, se communique aux soldats. Cette division de l'armée du Rhin, commandée par Moreau, qui était venue rejoindre l'armée d'Italie, était modelée sur Moreau.

C'était sur lui et sur Pichegru que la faction royaliste avait jeté les yeux. Pichegru avait été tout près de céder. Seulement, las des hésitations du prince de Condé, ne voulant pas introduire l'ennemi en France, sans avoir fixé par des conditions préalables les droits du prince qu'il amènerait et ceux du peuple qui le recevrait, tout s'était borné entre lui et le prince de Condé à des correspondances sans résultat, et il avait résolu de faire sa révolution, à l'aide non plus de son influence militaire mais de la haute position que ses concitoyens venaient de lui créer en le nommant président des Cinq-Cents.

Moreau était resté inébranlable dans son républicanisme. Insouciant, modéré, froid, n'ayant pour la politique qu'un goût égal à sa capacité, il se tenait sur la réserve, suffisamment flatté par les éloges que ses amis et les royalistes donnaient à sa belle retraite du Danube, qu'ils comparaient à celle de Xénophon.

Son armée était donc froide comme lui, pleine de sobriété comme lui, soumise à la discipline par lui.

L'armée d'Italie, au contraire, était composée de nos révolutionnaires du Midi, cœurs aussi impétueux dans leurs opinions que dans leur courage.

En vue depuis plus d'un an et demi, et à l'endroit le plus éclatant de notre gloire française, les yeux de l'Europe tout entière étaient fixés sur elle. Eux n'avaient pas à s'enorgueillir de leur retraite, mais de leurs victoires. Au lieu d'être oubliés du gouvernement comme les armées du Rhin et de Sambre-et-Meuse, généraux, officiers, soldats, étaient comblés d'honneurs, gorgés d'argent, repus de plaisirs. Servant sous le général Bonaparte d'abord, c'est-à-dire sous l'astre duquel s'échappait depuis un an et demi toute la glorieuse lumière qui éblouissait le monde ; puis sous les généraux Masséna, Joubert et Augereau, qui donnaient l'exemple du républicanisme le plus ardent, ils étaient initiés, par l'ordre de Bonaparte, qui leur faisait distribuer tous les journaux qu'il animait de son esprit, aux événements qui se passaient à Paris, c'est-à-dire à une réaction qui ne menaçait pas d'être moindre que celle de vendémiaire. Pour ces hommes qui ne discutaient pas leurs opinions, mais qui les recevaient toutes faites, le Directoire, succédant à la Convention et héritant d'elle, était toujours le gouvernement révolutionnaire auquel ils s'étaient dévoués en 1792. Ils ne demandaient qu'une chose, maintenant qu'ils avaient vaincu les Autrichiens et qu'ils croyaient n'avoir plus rien à faire en Italie, c'était de repasser les Alpes et d'aller sabrer les aristocrates à Paris.

Un échantillon de chacune de ces armées était représenté par les deux groupes que nous avons vus s'acheminant vers la porte Orientale.

L'un, que l'on reconnaissait à son uniforme pour appartenir à ces infatigables fantassins partis du pied de la Bastille pour faire le tour du monde, se composait du sergent-major Faraud, qui avait épousé la déesse Raison, et de ses deux inséparables compagnons, Groseiller et Vincent, arrivés tous deux au grade éminent de sergent.

L'autre groupe, qui appartenait à la cavalerie, se composait du chasseur Falou, nommé, on se le rappelle, maréchal des logis-chef, par Pichegru, et de deux de ses compagnons, l'un maréchal des logis et l'autre brigadier.

Falou, faisant partie de l'armée du Rhin, n'avait pas fait un pas depuis le jour où Pichegru lui avait conféré son grade.

Faraud, étant à l'armée d'Italie, en était resté, il est vrai, à ce même grade qu'il avait reçu aux lignes de Wissembourg, et où s'arrêtent les pauvres diables que leur éducation ne met point à même de passer officier ; mais il avait été mis deux fois à l'ordre du jour dans son régiment ; mais Bonaparte se l'était fait présenter et lui avait dit :

– Faraud, tu es un brave !

Il en résultait que Faraud était aussi satisfait de ces deux ordres du jour, et des paroles de Bonaparte, qu'il l'eût été de sa pro- motion au grade de sous-lieutenant.

Or, le maréchal des logis-chef Falou et le sergent-major Faraud s'étaient pris, la veille, de paroles qui avaient paru aux camarades mériter l'honneur d'une promenade à la porte Orientale. Ce qui veut dire que les deux amis, pour nous servir des termes usités en pareille circonstance, allaient se rafraîchir d'un coup de sabre.

Et, en effet, à peine furent-ils sortis de la porte Orientale, que les témoins des deux côtés se mirent en quête d'un endroit convenable où chacun aurait une part égale de terrain et de soleil. Le terrain trouvé, on fit part de la découverte aux deux combattants, qui suivirent leurs témoins, parurent satisfaits du choix fait par eux et se mirent immédiatement en devoir de l'utiliser en jetant à terre leur bonnet de police, leur habit et leur gilet. Puis tous deux retroussèrent la manche droite de leur chemise jusqu'au-dessus du coude.

Faraud portait, gravé sur ce bras, un cœur enflammé, avec ces mots pour légende : « Tout pour la déesse Raison ! »

Falou, moins absolu dans ses affections, portait cette devise épicurienne : « Vive le vin ! vive l'amour ! »

Le combat devait avoir lieu avec des sabres d'infanterie appelés briquets, probablement parce qu'ils font feu en frappant l'un contre l'autre. Chacun d'eux reçut son sabre des mains d'un de ses témoins et s'élança vers son adversaire.

– Que diable peut-on faire avec un pareil couteau de cuisine ? demanda le chasseur Falou habitué à son grand sabre de cavalerie, et maniant le briquet comme il eût fait d'une plume. C'est bon à couper des choux et à gratter des carottes.

– Ça sert aussi, répondit Faraud avec ce mouvement de cou qui lui était habituel et que nous avons signalé chez lui, ça sert aussi à couper les moustaches à leurs adversaires, aux gens qui n'ont pas peur de regarder de près.

Et, faisant feinte de porter un coup de cuisse, le sergent-major porta un coup de tête à son adversaire, lequel arriva à temps à la parade.

– Oh ! oh ! dit Falou ; tout beau, sergent ! Les moustaches sont dans l'ordonnance ; il est défendu dans le régiment de les couper et surtout de se les laisser couper ; et, en général, ceux qui se permettent une pareille inconvenance en sont punis... en sont punis !... répéta le chasseur Falou en cherchant sa belle ; en sont punis par un coup de manchette !

Et, avec une rapidité telle que Faraud ne put arriver à la parade, son adversaire lui lança le coup qui porte avec lui-même la désignation de l'endroit auquel il est adressé.

Le bras de Faraud laissa échapper à l'instant même un jet de sang.

Cependant, furieux d'être blessé, il s'écria :

– Ce n'est rien ! ce n'est rien ! continuons !

Et il se remit en garde.

Mais les deux témoins se jetèrent entre les combattants et déclarèrent que l'honneur était satisfait.

Sur cette déclaration, Faraud jeta son sabre et tendit le bras. Un des témoins tira de sa poche un mouchoir, et, avec une dextérité qui prouvait l'habitude qu'il avait de ces sortes d'affaires, il se mit à bander la blessure. Il en était au milieu de l'opération quand tout à coup, à vingt pas des combattants, apparut sortant de derrière un massif d'arbres, une cavalcade de sept ou huit hommes.

– Ouf ! le général en chef ! dit Falou.

Les soldats cherchèrent s'il y avait un moyen de se dissimuler aux regards de leur chef ; mais son œil était déjà fixé sur eux, et, de la main et des jambes, il avait dirigé son cheval de leur côté. Les sol- dats restèrent immobiles, la main droite au salut militaire, la gauche à la couture du pantalon. Le sang coulait du bras de Faraud.

CHAPITRE XIII

Citoyens et messieurs

Bonaparte s'arrêta à quatre pas d'eux, faisant signe à son état-major de rester où il était. Immobile sur son cheval immobile comme lui, légèrement affaissé sur lui-même, à cause de la chaleur et de la maladie dont il était atteint, l'œil fixe, à moitié recouvert par la paupière supérieure, et laissant filtrer, à travers ses cils, un rayon de lumière, il semblait une statue de bronze.

– Il paraît, dit-il de sa voix sèche, que l'on se bat en duel ici ? On sait pourtant que je n'aime pas les duels. Le sang des Français appartient à la France, et c'est pour la France seule qu'il doit couler.

Puis, portant son regard sur l'un et l'autre des adversaires, et finissant par l'arrêter sur le sergent-major :

– Comment se fait-il, continua le général, qu'un brave comme toi, Faraud... ?

Bonaparte avait, dès cette époque, pour principe ou plutôt pour calcul, de retenir dans sa mémoire le visage des hommes qui se distinguaient, afin de pouvoir, l'occasion venue, les appeler par leur nom. C'était une distinction qui ne manquait jamais son effet.

Faraud tressaillit de joie en s'entendant nommer par le général en chef et se haussa sur la pointe des pieds.

Bonaparte vit ce mouvement, en sourit en lui-même et continua :

– Comment se fait-il qu'un brave homme comme toi, qui as été mis deux fois à l'ordre du jour de ton régiment, une fois à Lodi, l'autre à Rivoli, contrevienne à mes ordres ? Quant à ton adversaire, que je ne connais pas...

Le général en chef appuyait exprès sur ces mots.

Falou fronça le sourcil, ils étaient entrés dans ses flancs comme un aiguillon.

– Pardon, excuse, mon général ! interrompit-il. Si vous ne me connaissez pas, c'est que vous êtes encore trop jeune pour m'avoir connu ; c'est que vous n'étiez pas à l'armée du Rhin, au combat de Dawendorf, à la bataille de Frœschwiller et à la reprise des lignes de Wissembourg. Si vous y aviez été...

– J'étais à Toulon, interrompit sèchement Bonaparte. Et si, à Wissembourg, vous chassiez les Prussiens de la France, moi à Toulon, j'en chassais les Anglais ; ce qui était bien aussi important.

– C'est vrai, dit Falou. Nous avons même mis votre nom à l'ordre du jour, mon général. J'ai donc eu tort de vous dire que vous étiez trop jeune, je le reconnais et je vous en fais mes excuses. Mais j'ai eu raison de dire que vous n'y étiez pas, puisque vous avouez vous-même que vous étiez à Toulon.

— Continue, dit Bonaparte. As-tu encore quelque chose à dire ?

— Oui, mon général, répondit Falou.

— Eh bien ! dis, continua Bonaparte. Mais, comme nous sommes dès républicains, fais-moi le plaisir de m'appeler citoyen général et de me dire « tu ».

— Bravo ! citoyen général ! s'écria Faraud.

Les citoyens Vincent et Groseiller, témoins de Faraud, approuvèrent de la tête.

Les témoins de Falou restèrent immobiles, sans donner aucun signe d'approbation ni d'improbation.

— Eh bien ! citoyen général, reprit Falou avec cette liberté de parole que le principe d'égalité avait introduit dans les rangs de l'armée, si tu avais été à Dawendorf, par exemple, tu aurais vu que, dans une charge de cavalerie, je sauvai la vie au général Abbatucci qui en vaut bien un autre.

— Ah ! ah ! dit Bonaparte, je te remercie ; je crois qu'Abbatucci est tant soit peu mon cousin.

Falou ramassa son sabre de cavalier, et, le présentant à Bonaparte, étonné de voir à un simple maréchal des logis un sabre de général.

– C'est à cette occasion, continua-t-il, que le général Pichegru, qui en vaut bien un autre (et il appuya sur cette appréciation du général Pichegru), voyant l'état où j'avais mis mon pauvre sabre, m'a fait cadeau du sien, qui n'est pas tout à fait d'ordonnance, comme vous voyez.

– Encore ! fit Bonaparte en fronçant le sourcil.

– Pardon, citoyen général ! Comme « tu » vois, je me trompe toujours ; mais, que veux-tu ! le citoyen général Moreau ne nous avait pas habitués au « tu ».

– Comment ! dit Bonaparte, le républicain Fabius n'est pas plus sévère que cela sur le vocabulaire républicain ? Continue, car je vois que tu as encore quelque chose à me dire.

– J'ai à te dire, citoyen général, que, si tu avais été à Frœschwiller, le jour où le général Hoche, qui, lui aussi, en vaut bien un autre, a mis à six cents francs les canons prussiens, tu aurais vu que j'ai pris un de ces canons et que c'est à cette occasion que j'ai été fait maréchal des logis.

– Et tu as touché les six cents francs ?

Falou secoua la tête.

– Nous en avons fait l'abandon aux veuves des braves morts dans la journée de Dawendorf, et je n'ai rien touché que ma paie, qui était dans un caisson du prince de Condé.

– Brave et désintéressé ! Continue, dit le général ; j'aime à voir les hommes comme toi, qui n'ont pas de journalistes pour faire leur éloge, mais qui n'en ont pas non plus pour les calomnier, faire leur panégyrique eux-mêmes.

– Enfin, si tu avais été, poursuivit Falou, à la reprise des lignes de Wissembourg, tu aurais su que, attaqué par trois Prussiens j'en ai tué deux ; il est vrai qu'avec le troisième je suis arrivé trop tard à la parade de prime, de là, la balafre que vous voyez... que tu vois, je veux dire, et à laquelle j'ai répondu par un coup de pointe qui a en- voyé mon adversaire rejoindre ses deux camarades. J'en ai été nommé maréchal des logis-chef.

– Et c'est vrai, tout cela ? dit Bonaparte.

– Oh ! quant à cela, citoyen général, s'il était besoin d'un té- moin, dit Faraud en s'approchant et en portant sa main, ornée d'un bandage à son sourcil droit, je suis témoin que le maréchal des logis n'a dit que la vérité et qu'il est plutôt resté au-dessous que d'aller au-delà. Il était connu à l'armée du Rhin.

– C'est bien, dit Bonaparte regardant avec un œil tout paternel ces deux hommes qui venaient d'échanger des coups de sabre, et dont l'un faisait l'éloge de l'autre. Enchanté de faire ta connaissance, citoyen Falou. J'espère que tu ne feras pas moins bien à l'armée d'Italie que tu n'as fait à l'armée du Rhin. Mais d'où vient que deux braves comme vous sont ennemis ?

– Nous ? citoyen général, dit Falou. Nous ne sommes pas ennemis.

– Pourquoi diable vous êtes-vous battus alors, si vous n'êtes pas ennemis ?

– Ah ! ceci, dit Faraud avec le mouvement de cou qui lui était habituel, nous nous sommes battus pour nous battre.

– Et si je vous disais que je veux savoir pourquoi vous vous êtes battus ?

Faraud regarda Falou, comme pour lui demander permission.

– Puisque le citoyen général veut le savoir, dit celui-ci, je ne vois pas pourquoi on le lui cacherait.

– Eh bien ! nous nous sommes battus... Nous nous sommes battus... parce qu'il m'a appelé monsieur.

– Et tu veux qu'on t'appelle ?...

– Citoyen, mordieu ! dit Faraud ; c'est un titre qui nous coûte assez cher pour que nous y tenions. Je ne suis pas aristocrate comme ces messieurs de l'armée du Rhin, moi.

– Tu l'entends, citoyen général, dit Falou en frappant du pied d'impatience et en mettant la main à la poignée de son sabre, il nous appelle aristocrates.

– Il a tort, et toi, tu as tort de l'appeler monsieur, répondit le général en chef. Nous sommes tous des enfants de la même famille, des fils de la même mère, des citoyens de la même patrie ; nous combattons pour la République, et ce n'est pas au moment où tous les rois la reconnaissent que des braves comme vous doivent la re- nier. À quelle division appartiens-tu ? continua-t-il en s'adressant au maréchal des logis Falou.

– À la division Bernadotte, répondit Falou.

– Bernadotte ? répéta Bonaparte. Bernadotte, un engagé volontaire, qui n'était encore que sergent-major en 89, un brave proclamé, par Kléber, général de brigade sur le champ de bataille, nommé général de division après les victoires de Fleurus et de Juliers, qui a fait capituler Maestricht et pris Altdorf ; Bernadotte encourageant les aristocrates, dans son armée ! Je le croyais jacobin, moi. Et toi, Faraud, à quel corps appartiens-tu ?

– À celui du citoyen général Augereau. On ne l'accusera pas d'être aristocrate, celui-là ! Il est comme vous, c'est-à-dire comme toi, citoyen général, il veut qu'on le tutoie. Si bien qu'en voyant ceux qui arrivent de Sambre-et-Meuse nous traiter de monsieur, nous nous sommes dit entre nous : « À chaque monsieur, un coup de sabre. Est-ce convenu ? »

– « Convenu. » Et, depuis ce temps-là, voilà peut-être douze fois que nous nous alignons, la division Augereau avec la division Bernadotte. Aujourd'hui, c'est moi qui paie les pots cassés. Demain, ce sera un monsieur.

– Demain ce ne sera personne, dit impérativement Bonaparte. Je ne veux pas de duels dans l'armée, je l'ai déjà dit, et je le répète.

– Mais cependant... murmura Faraud.

– C'est bien, je causerai de cette affaire avec Bernadotte. En attendant, il vous plaira de conserver intactes les traditions républicaines, et, Sambre-et-Meuse ou Italie, vous vous tutoierez et vous vous appellerez citoyens. Vous ferez chacun vingt-quatre heures de salle de police pour l'exemple. Et, maintenant, qu'on se donne la main, et qu'on s'en aille, bras dessus, bras dessous, en bons camarades.

Les deux soldats s'approchèrent l'un de l'autre, se donnèrent une franche et loyale poignée de main ; puis Faraud jeta sa veste sur son épaule gauche, passa sa main sous le bras de Falou ; les témoins en firent autant, et tous six rentrèrent dans l'enceinte des murs par la porte Orientale et s'acheminèrent tranquillement vers la caserne.

Le général Bonaparte les regarda s'éloigner avec un sourire et en murmurant :

– Braves gens ! C'est avec des hommes comme vous que César a passé le Rubicon ; mais il n'est pas encore temps de faire comme César.

– Murat ! cria-t-il.

Un jeune homme de vingt-quatre ans, à la moustache et aux cheveux noirs, à l'œil vif et intelligent, fit faire un bond à son cheval et se trouva en un instant près du général en chef.

– Murat, lui dit celui-ci, tu vas partir à l'instant même pour Vicence, où se trouve Augereau ; tu me l'amèneras au Palais Serbelloni. Tu lui diras que le rez-de-chaussée du palais est vide et qu'il peut y descendre.

– Diable ! murmurèrent ceux qui avaient vu seulement mais qui n'avaient pas entendu. On dirait que le général Bonaparte est de mauvaise humeur.

CHAPITRE XIV

Ce qui causait la mauvaise humeur du citoyen général Bonaparte

Bonaparte rentra au Palais Serbelloni.

Il était, en effet, de mauvaise humeur.

À peine au commencement de sa carrière, à peine à l'aurore de son immense renommée, la calomnie s'acharnait déjà après lui pour lui ôter le mérite de victoires inouïes, que l'on ne pouvait comparer qu'à celles d'Alexandre, d'Annibal ou de César. On disait que c'était Carnot qui faisait ses plans de bataille, et que son prétendu génie militaire suivait pied à pied les instructions écrites du Directoire. On disait que, quant à l'administration, à laquelle il n'entendait rien, c'était Berthier, son chef d'état-major, qui faisait tout.

Il voyait la lutte qui s'engageait, à Paris, contre les partisans de la royauté, représentés, aujourd'hui par le club de Clichy, comme il avait été représenté deux ans auparavant par la section Le Peletier.

La correspondance particulière de Bonaparte avec ses deux frères le pressait de prendre un parti entre les directeurs, qui symbolisaient encore une république – bien détournée de son point de départ et de son but, c'est vrai, mais le seul drapeau cependant autour duquel pussent se rallier les républicains – et les royalistes, c'est-à-dire la Contre-Révolution.

Il y avait dans la majorité des deux conseils une malveillance évidente contre lui. Les meneurs du parti blessaient sans cesse son amour-propre par leurs discours et leurs écrits. Ils dénigraient sa gloire, ils dépréciaient les mérites de cette admirable armée avec laquelle il avait battu cinq armées.

Il avait essayé d'entrer dans les affaires civiles, il avait ambitionné d'être un des cinq directeurs et d'entrer à la place de celui qui sortait.

S'il eût réussi dans cette entreprise, il était convaincu qu'il serait bientôt seul, mais on lui avait objecté ses vingt-huit ans, et pour être directeur, il eût fallu au moins qu'il en eût trente. Il se retira, n'osant demander une dispense d'âge et violer cette Constitution pour le soutien de laquelle il avait fait le 13 vendémiaire.

Les directeurs, d'ailleurs, étaient bien loin de désirer de l'avoir pour collègue. Les membres de ce corps ne dissimulaient pas la jalousie que leur inspirait le génie de Bonaparte, et ils témoignaient hautement qu'ils étaient blessés de la hauteur du ton et de l'affectation d'indépendance du général.

Lui était attristé de ce qu'on le représentât comme un démagogue fougueux et de ce qu'on le désignât sous le nom de l'homme du 13 vendémiaire, tandis que, le 13 vendémiaire, il n'avait été que l'homme de la Révolution, c'est-à-dire des intérêts populaires.

Enfin, il était fatigué de la qualification de savante, donnée à la manière dont Moreau faisait la guerre.

Son instinct, au surplus, le portait, sinon vers la Révolution, du moins contre les royalistes. Il voyait donc avec plaisir l'esprit républicain de l'armée et l'encourageait. Ses premiers succès devant Toulon, il les avait remportés sur les royalistes ; c'était sur des royalistes qu'il avait remporté la victoire de vendémiaire. Qu'est-ce que c'était que ces cinq armées qu'il venait de battre ? Des armées soutenant la cause des Bourbons, c'est-à-dire des armées royalistes.

Mais surtout, à cette heure où il pouvait flotter entre le rôle plein de sécurité de Monk ou le rôle hasardeux de César, ce qui lui faisait porter haut le drapeau républicain, ce qui l'empêchait d'écouter toute proposition qui pût lui être faite, c'était le pressenti- ment intime de sa grandeur à venir : C'était surtout cet orgueil, qu'il partageait avec César, d'être plutôt le premier dans un village que le second à Rome.

En effet, si haut qu'un roi l'élevât, fût-ce au rang de connétable, qui lui était offert, ce roi restait toujours au-dessus de lui, et faisait ombre à son front ; montant à l'aide d'un roi, il n'était jamais qu'un parvenu ; montant seul et de ses propres forces, il ne parvenait pas, il arrivait.

Sous la République, au contraire, sa tête dépassait déjà toutes les têtes, et il ne pouvait que grandir encore et toujours. Peut-être son regard, si perçant qu'il fût, n'atteignait-il point encore les horizons que lui révéla l'Empire ; mais il prévoyait dans une république, une audace d'action, une immensité d'entreprises qui convenait à l'audace de son génie et à l'immensité de son ambition.

Comme il arrive chez les hommes prédestinés et qui parfois font des choses impossibles, non point parce qu'ils étaient élus pour les faire, mais parce qu'on leur a prophétisé qu'ils les feraient, et que, dès lors, ils se regardent comme les privilégiés de la Providence, le moindre fait, présenté sous un certain jour, déterminait parfois une grande résolution chez Bonaparte. Le duel auquel il venait d'assister, cette querelle de soldats à propos du mot monsieur et du mot citoyen, lui avait remis sous les yeux toute la question qui à cette heure agitait la France. Faraud, en lui nommant son général Augereau et en le montrant – chose que Bonaparte savait déjà de longue main – en le montrant comme un partisan inflexible de la démocratie, lui avait désigné l'agent qu'il cherchait pour le seconder dans ses plans secrets.

Plus d'une fois, cette extrémité s'était présentée aux yeux de Bonaparte, d'une révolution parisienne qui renverserait le Directoire ou qui l'opprimerait, comme jadis avait été opprimée la Convention, et qui amènerait la Contre-Révolution, c'est-à-dire la victoire des royalistes et l'avènement de quelque prince de la famille de Bourbon. Alors, Bonaparte était parfaitement décidé à repasser les Alpes avec vingt-cinq mille hommes et à marcher par Lyon sur Paris. Carnot avait sans doute de ses larges narines éventé ses desseins, car il lui écrivait : « On vous prête mille projets plus absurdes les uns que les autres. On ne peut croire qu'un homme qui a fait de si grandes choses puisse vivre en simple citoyen. »

De son côté, le Directoire écrivait à Bonaparte :

Nous avons vu, citoyen général, avec une extrême satisfaction les témoignages d'attachement que vous ne cessez de donner à la cause de la liberté et à la Constitution de l'an III. Vous pouvez compter sur la plus entière réciprocité de notre part. Nous acceptons avec plaisir toutes les offres que vous nous avez faites de venir au premier appel au secours de la République. Elles sont une seconde preuve de votre sincère amour pour la patrie. Vous ne devez pas douter que nous n'en ferons usage que pour sa tranquillité, son bonheur et sa gloire.

Cette lettre était de l'écriture de Larevellière-Lépeaux et si- gnée : « Barras, Rewbell et Larevellière. » Les deux autres, Carnot et Barthélemy, ou n'en avaient point eu connaissance, ou avaient refusé de la signer.

Mais le hasard faisait que Bonaparte était mieux renseigné sur la situation des directeurs que les directeurs eux-mêmes. Le hasard avait fait qu'un certain comte Delaunay d'Entraigues, agent royaliste, bien connu dans la révolution française, se trouvait à Venise lorsque cette ville fut bloquée par les Français. On le regardait alors comme l'âme et l'agent tout à la fois des machinations qui se tramaient contre la France et surtout contre l'armée d'Italie. C'était un homme d'un coup d'œil certain ; il jugea le péril de la République de Venise et voulut s'évader. Mais les troupes françaises occupaient la terre ferme, il fut pris avec tous ses papiers. Amené comme émigré à Bonaparte, Bonaparte le traita avec son indulgence habituelle pour les émigrés. Il lui fit rendre ses papiers, moins trois pièces, et sur sa parole, lui donna la ville de Milan pour prison.

Un beau matin, on apprit que le comte Delaunay d'Entraigues, abusant de la confiance que lui avait montrée le général en chef, avait quitté Milan et s'était enfui en Suisse.

Mais une des trois pièces qu'il avait laissées entre les mains de Bonaparte avait, dans les circonstances actuelles, la plus haute importance. C'était un récit parfaitement exact de ce qui s'était passé entre Fauche-Borel et Pichegru, à la suite de cette première entrevue que nous avons racontée, et qui avait eu lieu à Dawendorf, lorsque Fauche-Borel s'était présenté à Pichegru sous le nom et sous la qualité du citoyen Fenouillot, commis voyageur en vins de Champagne.

C'était le fameux comte de Montgaillard, dont nous avons, je crois, déjà dit quelques mots, qui avait été chargé de continuer les tentatives du prince de Condé sur Pichegru ; et cette note, retenue par Bonaparte, écrite par M. d'Entraigues, sous la dictée du comte de Montgaillard lui-même, contenait la série des offres qui avaient été faites par le prince de Condé au général en chef de l'armée du Rhin.

M. le prince de Condé, muni de tous les pouvoirs de Louis XVIII, excepté de celui d'accorder des cordons bleus, avait offert à Pichegru, s'il voulait livrer la ville de Huningue et rentrer en France à la tête des Autrichiens et des émigrés, de le créer maréchal de France et gouverneur de l'Alsace. Il lui donnait :

1° le cordon rouge ;

2° le château de Chambord avec son parc et douze pièces de canon, enlevées aux Autrichiens ;

3° un million en argent comptant ;

4° deux cent mille livres de rente, dont cent mille, au cas où il se marierait, réversibles sur la tête de sa femme, et cinquante mille sur celle de ses enfants, jusqu'à l'extinction de sa race ;

5° un hôtel à Paris ;

6° enfin, la ville d'Arbois, patrie du général Pichegru, porterait le nom de Pichegru et serait exempte de tout impôt pendant vingt-cinq ans.

Pichegru avait refusé net de livrer Huningue.

– Je ne serai jamais d'un complot, avait-il dit. Je ne veux pas être le troisième volume de La Fayette et de Dumouriez. Mes moyens sont aussi sûrs que vastes ; ils ont leurs racines, non seulement dans mon armée, mais à Paris, mais dans les départements et dans les généraux, mes collègues, qui pensent comme moi. Je ne demande rien pour moi. Quand j'aurai réussi, on me fera ma part, je ne suis pas ambitieux. On peut, sur ce point, être tranquille d'avance. Mais, pour que mes soldats crient : « Vive le roi ! » il leur faut à chacun un verre plein dans la main droite et un écu de six livres dans la main gauche. Je passerai le Rhin, je rentrerai en France avec le drapeau blanc, je marcherai sur Paris et je renverserai, au profit de Sa Majesté Louis XVIII, le gouvernement, quel qu'il soit, à l'époque où je rentrerai à Paris. Mais il faut que mes soldats reçoivent leur paie tous les jours, jusqu'à ma cinquième marche au moins sur le territoire français. Ils me feront crédit du reste.

La négociation avait manqué par l'entêtement de Condé, qui voulut que Pichegru proclamât le roi de l'autre côté du Rhin et lui remît la ville de Huningue.

Quoique possesseur de ce précieux document, Bonaparte avait refusé de s'en servir ; il lui en coûtait d'accuser de trahison un général de la renommée de Pichegru, dont il estimait le talent militaire et qui avait été son professeur à l'école de Brienne.

Mais il n'en calculait pas moins ce que pouvait faire Pichegru, membre du Conseil des Anciens, quand, le matin même, au moment de faire une reconnaissance militaire aux environs de Milan, une lettre lui était arrivée de son frère Joseph, lui annonçant que Pichegru avait été non seulement nommé membre du Conseil des Cinq-Cents, mais encore élu son président presque à l'unanimité.

Il avait donc une arme double : sa nouvelle influence civile et son ancienne popularité parmi ses soldats.

De là venait la rapide décision que Bonaparte avait prise d'envoyer un messager à Augereau, en lui faisant dire qu'il l'attendait.

Le duel dont il avait été témoin et la cause qui l'avait amené avaient aussi pesé de tout leur poids dans la balance de sa volonté. Seulement, les deux adversaires étaient loin de se douter qu'ils venaient de contribuer puissamment à faire d'Augereau un maréchal de France, de Murat un roi, et de Bonaparte un empereur.

Et, en effet, rien de tout cela n'arrivait si le 18 fructidor n'avait, comme le 13 vendémiaire, anéanti les projets des royalistes.

CHAPITRE XV

Augereau

Le lendemain, au moment où Bonaparte dictait sa correspondance à Bourrienne, Marmont, un de ses aides de camp favoris, qui, par discrétion s'était mis à regarder par la fenêtre, annonça tout à coup qu'il voyait à l'extrémité de la rue le panache flottant de Murat et l'encolure tant soit peu massive d'Augereau.

Murat était alors, comme nous l'avons dit, un beau jeune homme de vingt-trois à vingt-quatre ans. Fils d'un aubergiste de Labastide, près Cahors, comme son père était en même temps maître de poste, Murat, tout enfant, s'était familiarisé avec les che- vaux et il était devenu un excellent cavalier. Puis, je ne sais par quel caprice de son père, qui désirait probablement avoir un prélat dans sa famille, il avait été envoyé au séminaire, où, s'il faut en croire des lettres de lui que nous avons sous les yeux, ses études n'avaient point été jusqu'à une connaissance parfaite de l'orthographe.

Heureusement ou malheureusement pour lui, la Révolution ouvrit les séminaires ; le jeune Jacobin prit son vol, s'engagea dans la garde constitutionnelle de Louis XVI, s'y fit remarquer par ses opinions exaltées, ses duels et son courage.

Destitué, ainsi que Bonaparte, par ce même Aubry, qui, aux Cinq-Cents, continuait de faire une si rude guerre aux patriotes, il se rencontra avec Bonaparte, se lia avec lui, accourut se mettre sous ses ordres au 13 vendémiaire, et l'avait suivi en Italie en qualité d'aide de camp.

Augereau, qu'on se rappelle avoir vu donner à Strasbourg, en conséquence de son ancien métier de maître d'armes, des leçons d'escrime à notre jeune ami Eugène de Beauharnais, était plus âgé que Murat de dix-sept ans et atteignait déjà, au moment où nous le retrouvons, sa quarantième année. Après avoir langui quinze ans dans les grades inférieurs, il était passé de l'armée du Rhin à l'armée des Pyrénées, commandée par Dugommier.

Ce fut dans cette armée qu'il conquit successivement les grades de lieutenent-colonel, de colonel, de général de brigade, grade avec lequel il battit les Espagnols sur les bords de la Fluvia d'une manière si brillante que sa victoire le fit immédiatement nommer général de division.

Nous avons parlé de la paix avec l'Espagne, et nous avons apprécié cette paix, qui nous faisait, sinon un allié, du moins un souverain neutre, du plus proche parent de Louis XVI, à qui la Convention venait de trancher la tête.

Augereau, cette paix signée, passa sous Schérer, à l'armée d'Italie, et contribua puissamment au gain de la bataille de Loano.

Enfin, Bonaparte parut et son immortelle campagne de 96 s'ouvrit.

Comme tous les vieux généraux, Augereau vit avec regret et presque avec mépris un jeune homme de vingt-cinq ans prendre le commandement de la plus importante armée de la France ; mais à peine eut-il marché sous les ordres du jeune général ; à peine eut-il contribué pour sa part à la prise des gorges de Millésimo ; à peine, à la suite d'une manœuvre indiquée par son jeune collègue, eut-il battu les Autrichiens à Dego, pris, sans savoir dans quel but, les redoutes de Montellesimo, qu'il comprit la puissance du génie qui avait ordonné cette belle manœuvre, laquelle, en séparant les Sardes des impériaux, assurait le succès de la campagne.

Dès lors, il vint droit à Bonaparte, lui avoua franchement ses premières répugnances, en fit amende honorable, et, ambitieux qu'il était, tout en jugeant combien son défaut d'éducation lui était nuisible, il pria Bonaparte de lui faire une part dans les récompenses qu'il distribuerait à ses lieutenants.

La chose avait été d'autant plus facile au jeune général en chef, qu'Augereau, un des plus braves soldats de l'armée d'Italie, en même temps qu'il était un de ses généraux les plus actifs, dès le lendemain du jour où il avait serré la main de Bonaparte emportait le camp retranché de Ceva, et pénétrait dans Alba et Casale. Enfin, rencontrant l'ennemi à la tête de pont de Lodi, hérissé de canons et défendu par un feu terrible, il se précipitait sur le pont à la tête de ses grenadiers, faisait des milliers de prisonniers, battait toutes les troupes qu'il rencontrait, dégageait Masséna d'une position difficile, et s'emparait de Castiglione, qui devait un jour être érigé pour lui en duché. Arriva enfin la fameuse journée d'Arcole, qui devait couronner de la manière la plus glorieuse pour lui une campagne qu'il avait illustrée par tant d'actes de courage. Là, comme à Lodi, il s'agissait de franchir un pont. Trois fois il entraîna ses soldats jusqu'au milieu de ce pont, et trois fois ses soldats furent repoussés par la mitraille. Enfin, voyant son porte-drapeau parmi les morts, il saisit le drapeau, et, tête baissée, sans s'inquiéter s'il était suivi ou non, il franchit le pont et se trouva au milieu des canons et des baïonnettes ennemies. Mais, cette fois, ses soldats, dont il était adoré, l'avaient suivi ; les canons furent pris et tournés contre l'ennemi.

La journée, une des plus glorieuses de la campagne, fut si bien reconnue l'œuvre de son courage, que le gouvernement lui donna le drapeau dont il s'était servi pour entraîner ses soldats.

Lui aussi avait réfléchi, comme Bonaparte, qu'il devait tout à la République et que la République seule pouvait lui donner l'avenir d'ambition qu'il espérait encore. Sous un roi, il le savait, il n'eût point dépassé le grade de sergent. Fils d'un ouvrier maçon et d'une fruitière, simple soldat et maître d'armes au commencement de sa carrière, il était devenu général de division, et, à la première occa- sion, il pouvait, grâce à son courage, devenir général en chef comme Bonaparte dont il n'avait pas le génie, comme Hoche, dont il n'avait pas l'honnêteté, ou comme Moreau, dont il n'avait pas la science.

Il venait de donner une preuve de sa cupidité, qui lui avait fait un certain tort parmi ces républicains purs, qui envoyaient leurs épaulettes d'or à la République, pour qu'elle les fît fondre, et qui portaient, en attendant que l'argent parût, des épaulettes de laine.

Il avait accordé à ses soldats trois heures de pillage sur la ville de Lago, qui s'était soulevée ; il n'avait pas pillé lui-même, c'est vrai, mais il avait racheté à vil prix aux soldats des objets précieux dont ils s'étaient emparés. Il traînait avec lui un fourgon qui renfermait, disait-on, la valeur d'un million, et le fourgon d'Augereau était connu de toute l'armée.

Prévenu par Marmont, Bonaparte l'attendait.

Murat entra le premier et annonça Augereau.

Bonaparte remercia Murat d'un geste et lui fit signe, à lui et à Marmont, de le laisser seul.

Bourrienne aussi voulut se lever ; mais, en étendant la main, Bonaparte le fit asseoir. Il n'avait pas de secrets pour son secrétaire.

Augereau entra. Bonaparte lui tendit la main et lui fit signe de prendre un siège.

Augereau s'assit, mit son sabre entre ses jambes, posa son chapeau sur la poignée, ses bras sur son chapeau, et demanda :

– Eh bien ! général, qu'y a-t-il ?

– Il y a, répondit Bonaparte, que j'ai à te féliciter du bon esprit de ton corps d'armée. Je suis arrivé hier au milieu d'un duel où un de tes hommes se battait parce qu'un soldat de l'armée de Moreau l'avait appelé monsieur.

– Ah ! ah ! fit Augereau, le fait est que j'ai des gaillards qui n'entendent pas raison là-dessus ; ce n'est pas le premier duel qui a lieu pour pareille cause. Aussi, en quittant ce matin Vicence, j'ai publié un ordre du jour qui porte que « tout individu de ma division qui se servira verbalement ou par écrit du mot de monsieur, sera destitué de son grade, ou, s'il est soldat, déclaré incapable de servir dans les armées de la République ».

– De sorte que, cette précaution prise, dit Bonaparte en regardant fixement Augereau, tu ne doutes pas que tu ne puisses sans inconvénient, n'est-ce pas, quitter ta division pendant un mois ou deux ?

– Ah ! ah ! dit Augereau. Et pourquoi quitterais-je ma division ?

– Parce que tu m'as demandé la permission d'aller à Paris pour tes affaires personnelles.

– Et un peu aussi pour les tiennes, n'est-ce pas ? dit Augereau.

– Je croyais, dit Bonaparte d'un ton un peu sec, que tu ne séparais pas nos deux fortunes.

– Non, non, reprit vivement Augereau, et ce qui doit te plaire même, c'est que j'aurai la modestie de me contenter toujours de la seconde place.

– Ne l'as-tu pas à l'armée d'Italie ? demanda Bonaparte.

– Si fait ; mais je me la suis un peu faite, et il se peut que l'occasion ne soit pas toujours à ce point favorable.

– Aussi tu vois, répliqua Bonaparte, que lorsque tu cesses d'être utile en Italie, c'est-à-dire quand les occasions vont manquer, je te trouve, moi, une occasion d'être utile en France.

– Ah ! ça, dis donc, c'est au secours de la République que tu m'envoies, n'est-ce pas ?

– Oui ; par malheur, la République est mal représentée ; mais, telle qu'elle est représentée, elle vit.

– Ainsi le Directoire ?... demanda Augereau.

– Est divisé, répondit Bonaparte. Carnot et Barthélemy penchent du côté de la royauté, et ils ont pour eux, il faut le dire, la majorité des Conseils. Mais Barras, mais Rewbell, mais Larevellière-Lépeaux tiennent ferme pour la République et la Constitution de l'an III, et ils nous ont derrière eux.

– Je croyais, dit Augereau, qu'ils s'étaient jetés dans les bras de Hoche.

– Oui ; mais il ne faut pas les y laisser, il ne doit pas y avoir dans l'armée de bras plus long que les nôtres, et il faut que nos bras passent par-dessus les Alpes et aillent faire un autre 13 vendémiaire à Paris.

– Et pourquoi n'y vas-tu pas toi-même ? demanda Augereau.

– Parce que, si j'y allais moi-même, ce serait pour renverser le Directoire, et non pour le soutenir, et que je n'ai pas encore assez fait pour jouer le rôle de César.

– Et tu m'envoies jouer celui de ton lieutenant. Soit, je m'en contenterai. Qu'y a-t-il à faire ?

– Il y a à achever les ennemis de la France, mal tués au 13 vendémiaire. Tant que Barras marchera dans un but républicain, seconde-le de toute ta force et de tout ton courage ; s'il hésite, résiste ; s'il trahit, mets-lui la main au collet comme au dernier des citoyens. Si tu succombes, il me faut huit jours pour être à Paris avec vingt- cinq mille hommes.

– C'est bien, dit Augereau, on tâchera de ne pas succomber. Quand partirai-je ?

– Aussitôt écrite la lettre que tu porteras à Barras.

Puis, se tournant vers Bourrienne :

– Écris, lui dit-il.

Bourrienne tenait sa plume et son papier prêts ; Bonaparte dicta :

Citoyen directeur,

Je t'envoie Augereau, mon bras droit. Pour tout le monde, il est à Paris en congé, ayant des affaires particulières à mener à fin. Pour toi, il est le directeur qui marche dans notre voie. Il t'apporte son épée et est chargé par moi de te dire qu'en cas de besoin, tu peux tirer sur la caisse de l'Italie pour un, deux ou même trois mil- lions.

C'est surtout dans la guerre civile que l'argent est le nerf de la guerre.

J'espère dans huit jours apprendre que les Conseils sont épurés et que le Club de la rue de Clichy n'existe plus.

Salut et fraternité

Bonaparte.

P.-S. Qu'est-ce que c'est que ces histoires de vols de diligences, et que ces chouans qui courent les grandes routes du Midi, sous le nom de compagnons de Jéhu ?... Mettez la main sur quatre ou cinq de ces drôles, et faites un exemple.

B.

Bonaparte, selon son habitude, relut la lettre et la signa avec une plume neuve, ce qui ne rendait pas son écriture plus lisible ; puis Bourrienne la cacheta et la remit au messager.

– Faites donner à Augereau vingt-cinq mille francs sur ma caisse, Bourrienne, dit-il.

Et à Augereau :

– Quand tu n'auras plus d'argent, citoyen général, tu m'en demanderas.

CHAPITRE XVI

Les citoyens directeurs

Il était temps que le citoyen général Bonaparte tournât les yeux vers les citoyens directeurs ; il y avait eu rupture ouverte, comme nous l'avons dit, entre les cinq élus du Luxembourg.

Carnot et Barthélemy s'étaient complètement séparés de Barras, de Rewbell et de Larevellière-Lépeaux.

Il en était résulté une chose, c'est que le ministère, tel qu'il était, ne pouvait rester ; quelques-uns des ministres étant des créa- tures de Barras, de Larevellière-Lépeaux et de Rewbell, tandis que les autres étaient celles de Barthélemy et de Carnot.

Il y avait sept ministres : le ministre de la Police, Cochon ; le ministre de l'Intérieur, Bénézech ; le ministre de la Marine, Truguet ; le ministre des Affaires étrangères, Charles Delacroix ; le ministre des Finances, Rame ; le ministre de la Justice, Merlin, et le ministre de la Guerre, Pétiet.

Cochon, Pétiet, Bénézech, étaient entachés de royalisme. Truguet était hautain, violent, et ne voulait faire qu'à sa guise. Delacroix n'était pas à la hauteur de sa mission. Ramel et Merlin seuls devaient, dans l'esprit de la majorité des directeurs, c'est-à-dire de Barras, de Rewbell et de Larevellière-Lépeaux, être conservés.

L'opposition, de son côté, demandait le changement de quatre ministres : Merlin, Ramel, Truguet et Delacroix.

Barras abandonna Truguet et Delacroix ; mais il en élagua trois autres, qui étaient les hommes des Cinq-Cents, et dont l'éloignement devait causer un grand trouble aux deux Chambres. C'étaient, nous l'avons dit, Cochon, Pétiet et Bénézech.

On n'a pas perdu de vue, nous l'espérons, le salon de Mme de Staël ; c'était là, on se le rappelle, que le futur auteur de « Co- rinne » faisait une politique presque aussi influente que celle du Luxembourg et de la rue de Clichy.

Or, Mme de Staël, qui avait fait un ministre sous la monarchie, était poursuivie du désir d'en faire un sous le Directoire.

La vie de celui qu'elle présentait était pleine d'agitations et curieuse de péripéties. C'était un homme de quarante-trois ans, d'une des plus grandes familles de France, né boiteux, comme Méphistophélès, avec lequel il avait quelques rapports de figure et d'esprit, ressemblance qui devint plus grande encore lorsqu'il eut trouvé son Faust. Destiné à l'Église à cause de son infirmité, quoique l'aîné de sa famille, il avait été fait évêque d'Autun, dès l'âge de vingt-cinq ans. Sur ces entrefaites, la Révolution se déclara. Notre évêque en adopta tous les principes, fut élu membre de l'Assemblée consti- tuante, y provoqua l'abolition des dîmes ecclésiastiques, célébra la messe au Champ-de-Mars, le jour de la nouvelle Fédération, bénit les drapeaux, admit la nouvelle constitution du clergé et sacra les évêques assermentés, ce qui le fit excommunier par le pape Pie VI.

Envoyé à Londres par Louis XVI pour assister notre ambassadeur, M. de Chauvelin, il reçut, en 1794, du cabinet de Saint-James l'ordre de s'éloigner en même temps qu'il recevait, de Paris, la nouvelle qu'il était décrété d'accusation par Robespierre.

Cette double proscription fut un bonheur pour lui : il était ruiné ; il partit pour l'Amérique, et refit sa fortune dans le commerce. Il était revenu en France depuis trois mois seulement.

Son nom était Charles-Maurice de Talleyrand-Périgord.

Mme de Staël, femme d'un grand esprit, avait été séduite par cet esprit charmant ; elle avait remarqué tout ce qu'il y avait de profond sous la prétendue frivolité de son nouvel ami. Elle l'avait fait connaître à Benjamin Constant, qui était alors son sigisbée, et Benjamin Constant l'avait mis en rapport avec Barras.

Barras fut enchanté de notre prélat. Après s'être fait présenter par Mme de Staël à Benjamin Constant, et par Benjamin Constant à Barras, celui-ci se fit présenter par Barras à Larevellière et à Rew-bell. Il gagna ceux-ci comme il gagnait tout le monde, et il fut convenu qu'on en ferait un ministre des Affaires extérieures à la place de Bénézech.

Il y eut conseil entre les cinq directeurs pour élire en scrutin secret les membres du nouveau ministère, appelés à remplacer ceux de l'ancien qui devaient sortir. Carnot et Barthélemy ignoraient l'accord fait entre leurs trois collègues et croyaient pouvoir lutter contre eux. Mais ils furent désabusés quand ils virent les trois voix unies pour le renvoi de ceux qui devaient sortir, pour le maintien de ceux qui devaient rester, et pour la nomination de ceux qui devaient entrer.

Cochon, Pétiet et Bénézech furent renvoyés, Merlin et Ramel maintenus ; M. de Talleyrand fut nommé aux Affaires étrangères, Pléville-Lepeley à la Marine, François de Neufchâteau à l'Intérieur, et Lenoir-Laroche à la Police.

On nomma aussi Hoche au Ministère de la guerre ; mais Hoche n'avait que vingt-huit ans, il en fallait trente.

C'était cette nomination qui avait été inquiéter Bonaparte à son quartier général de Milan.

Le conseil secret se termina par une altercation violente entre Barras et Carnot.

Carnot reprocha à Barras son luxe et ses mœurs dissolues.

Barras reprocha à Carnot sa défection en faveur des royalistes.

Des injures, l'un et l'autre arrivèrent aux provocations les plus grossières.

– Tu n'es qu'un vil scélérat, dit Barras à Carnot ; tu as vendu la République et tu veux égorger ceux qui la défendent, infâme, brigand, continua-t-il en se levant et en le menaçant du poing ; il n'y a pas un citoyen qui ne soit en droit de te cracher au visage.

– C'est bien, dit Carnot, d'ici à demain, je répondrai à vos provocations.

Le lendemain se passa sans que Barras reçût la visite des témoins de Carnot.

L'affaire n'eut pas d'autres suites.

La nomination de ce ministère, pour lequel les deux Conseils n'avaient point été consultés, fit une profonde sensation parmi les représentants. Ils résolurent à l'instant même de s'organiser pour la lutte.

Un des grands avantages des contre-révolutions est de fournir aux historiens des documents que ceux-ci n'obtiendraient pas sans elles.

Et, en effet, lorsque les Bourbons rentrèrent en 1814, ce fut à qui prouverait qu'il avait conspiré contre la République ou contre l'Empire, c'est-à-dire trahi le pays.

Il s'agissait de réclamer la récompense des trahisons, et ce fut ainsi que nous vîmes se dérouler et se confirmer toutes les conspirations qui avaient précipité Louis XVI du trône, et dont on n'avait, sous la République et sous l'Empire, qu'une vague connaissance, les preuves ayant toujours manqué.

Mais en 1814, les preuves ne manquèrent plus.

Chacun présenta de la main droite le témoignage de sa trahison, et de la main gauche en demanda la récompense.

C'est donc à cette époque de mépris du sens moral et de délation de soi-même, qu'il faut recourir pour raconter officiellement ces luttes dans lesquelles les coupables furent parfois regardés comme des victimes, et les justiciers comme des oppresseurs.

Du reste, on doit le remarquer dans l'œuvre que nous mettons sous les yeux de nos lecteurs, nous sommes plutôt historien romanesque que romancier historique. Nous croyons avoir fait assez souvent preuve d'imagination pour qu'on nous laisse faire preuve d'exactitude, en conservant toutefois à notre récit le côté de fantaisie poétique qui en rend la lecture plus facile et plus attachante que celle de l'histoire dépouillée de tout ornement.

C'est donc à l'une de ces révélations contre-révolutionnaires que nous recourrons pour voir jusqu'à quel point le Directoire était menacé et quelle était l'urgence du coup d'État qui fut résolu.

Nous avons vu que les trois directeurs s'étaient tournés vers Hoche, laissant de côté Bonaparte, et que cette initiative à l'endroit du pacificateur de la Vendée avait inquiété le général en chef de l'armée d'Italie. C'était Barras qui s'était adressé à Hoche.

Hoche préparait une expédition en Irlande, et il avait résolu de détacher vingt-cinq mille hommes de l'armée de Sambre-et-Meuse pour les diriger sur Brest. Dans leur marche à travers la France, ces vingt-cinq mille hommes pouvaient s'arrêter à la hauteur de Paris, et, en un jour de marche, être à la disposition du Directoire.

L'approche de cette armée poussa les clichiens à la dernière extrémité. Le principe de la garde nationale avait été posé par la Constitution. Les clichiens, sachant que cette garde nationale serait composée des mêmes éléments que les sections, résolurent de hâter son organisation.

Pichegru fut nommé président et rapporteur du projet.

Il présenta son rapport avec l'habileté dont son génie et sa haine combinés le rendaient capable.

Pichegru était à la fois ulcéré contre les émigrés, qui n'avaient pas su profiter de son dévouement à la cause royale, et les républicains, qui l'avaient puni de ce dévouement inutile. Il en était arrivé à rêver une révolution faite par lui seul et à son propre compte. À cette époque, sa réputation, avec juste raison, balançait encore celle de ses trois illustres rivaux, Bonaparte, Moreau et Hoche.

Les directeurs renversés, Pichegru se fût fait dictateur, et, une fois dictateur, il eût tout préparé pour le retour des Bourbons, auxquels il n'eût rien demandé peut-être, qu'une pension pour son père et pour son frère, et une maison avec une vaste bibliothèque pour Rose et pour lui.

On se rappelle ce que c'était que Rose. C'était cette amie à laquelle il envoyait, sur ses économies de l'armée du Rhin, un parapluie que lui portait le petit Charles.

Lequel petit Charles, qui l'a bien connu, a dit depuis de lui : « Un empire aurait été trop petit pour son génie, et une métairie aurait été trop grande pour son indolence. »

Il serait trop long de rendre compte du projet de Pichegru sur la garde nationale ; mais, si cette garde nationale eût été organisée, elle était tout entière entre ses mains, et, conduite par lui, elle pouvait faire un autre 13 vendémiaire qui, Bonaparte absent, pouvait aboutir à la chute et à la perte des directeurs.

Un livre publié par le chevalier Delarue, en 1821, nous fait entrer avec lui dans le Club de la rue de Clichy.

La maison où ce club se réunissait appartenait à Gilbert des Molières.

C'était de cette maison que partaient tous les projets contre-révolutionnaires qui prouvent que le 18 fructidor ne fut point, de la part du Directoire, un simple abus de pouvoir et un caprice de cruauté.

Les clichiens se trouvaient pris au dépourvu par ce passage de troupes et par cette alliance de Hoche avec Barras.

Ils se réunirent immédiatement au lieu ordinaire de leurs séances. On se groupa autour de Pichegru, on lui demanda ses moyens de résistance.

Surpris comme Pompée, il n'avait sous la main aucun moyen réel. Sa seule ressource était dans les passions des partis.

On parla des projets du Directoire ; on conclut, du changement du ministère et de la marche des troupes, que les directeurs préparaient un coup d'État contre le Corps législatif.

On proposa les résolutions les plus violentes : on voulait suspendre le Directoire ; on voulait le mettre en accusation ; on alla jusqu'à proposer de le mettre hors la loi.

Mais, pour arriver à ce résultat la force manquait ; on n'avait que les douze cents grenadiers qui formaient la garde du Corps législatif, une partie du 21e régiment de dragons commandé par le colonel Malo ; enfin, les désespérés proposaient d'envoyer dans chaque arrondissement de la capitale des pelotons de grenadiers, pour rallier autour d'eux les citoyens qui s'étaient armés en vendémiaire.

C'était, cette fois, le Corps législatif qui, au contraire de la Convention, soulevait Paris contre le gouvernement.

On parla beaucoup sans parvenir à s'entendre, comme il arrive toujours chez les faibles.

Pichegru, consulté, déclara qu'il lui était impossible de soutenir aucune lutte avec le peu de moyens qu'il avait sous la main.

Le tumulte était à son comble, lorsque arriva un message du Directoire donnant des indications sur la marche des troupes.

Ce message disait que les troupes de Hoche, devant se rendre de Namur à Brest, afin de s'y embarquer pour l'Irlande, avaient dû passer à proximité de Paris.

De grands cris se firent entendre alors, disant que la Constitution de l'an III défendait aux troupes de s'approcher de Paris dans un rayon de douze lieues.

Le messager du Directoire fit signe qu'il avait réponse à cette objection : « Le commissaire des guerres, disait le messager ou plutôt le message, ignorait cet article de la Constitution. Son erreur était la seule cause de cette infraction aux lois ; les troupes, au reste, affirmait le Directoire, avaient reçu l'ordre de rétrograder sur-le-champ. »

Il fallut se contenter de cette explication à défaut d'autre, mais elle ne satisfit personne, et l'émotion qui avait soulevé le Club de Clichy et les deux Conseils se répandit des deux Conseils et du Club de Clichy dans Paris, où chacun se prépara dès lors à des événements non moins graves que ceux qui étaient arrivés le 13 vendémiaire.

CHAPITRE XVII

La migraine de Mlle de Saint-Amour

Chacun des directeurs s'était logé au Luxembourg selon ses mœurs et son goût plutôt que selon ses besoins.

Barras, l'homme de l'initiative et du faste, le grand seigneur, le nabab indien, avait pris toute l'aile qui forme aujourd'hui la galerie de tableaux et ses dépendances.

Rewbell et Larevellière-Lépeaux s'étaient partagé l'autre aile.

Carnot avait pris pour lui et son frère une partie du rez-de-chaussée, dans laquelle il s'était taillé un immense cabinet pour lui et ses cartes.

Barthélémy, arrivé le dernier, mal reçu de ses confrères parce qu'il représentait la Contre-Révolution, avait pris ce qu'il avait trouvé.

Le soir même où avait eu lieu cette orageuse séance du Club de Clichy, Barras rentrait chez lui d'assez médiocre humeur. Il n'avait convoqué personne, comptant passer sa soirée chez Mlle Aurélie de Saint-Amour, qui, à son message daté de deux heures, avait répondu une lettre charmante, lui disant que, comme toujours, elle serait heureuse de le voir.

Mais voilà que, lorsque à neuf heures, il s'était présenté chez elle, Mlle Suzette était venue lui ouvrir sur la pointe du pied, lui recommandant de la main et de la voix le silence, et lui annonçant que sa maîtresse était prise d'une de ces migraines à laquelle la Faculté, si puissante soit-elle, n'a pas encore trouvé de remède, attendu qu'elle est, non pas dans la constitution, mais dans la volonté du malade.

Le directeur avait suivi Suzette, marchant avec les mêmes précautions que s'il eût eu un bandeau sur les yeux, et qu'il eût joué à colin-maillard. Barras avait, en passant, jeté un regard de défiance sur le cabinet de toilette strictement fermé et avait été introduit dans la chambre à coucher que nous connaissons, et qui n'était éclairée que par une lampe d'albâtre suspendue au plafond et dans laquelle brûlait une huile parfumée.

Il n'y avait rien à dire, Mlle Aurélie de Saint-Amour était couchée dans son lit de bois de rose aux incrustations de porcelaine de Sèvres. Elle avait sa coiffe de dentelle des grands jours de maladie et la voix plaintive de la femme qui fait un effort pour parler.

– Ah ! mon cher général, dit-elle, comme vous êtes bon d'être venu, et comme j'avais besoin de vous voir !

– N'était-ce point une chose convenue, répondit Barras, que je viendrais passer la soirée avec vous ?

– Oui ; aussi, quoique en proie à cette odieuse migraine, ne vous ai-je rien fait dire, tant j'avais le désir de vous voir. C'est lors- qu'on souffre surtout que l'on apprécie la présence des gens qu'on aime.

Elle sortit languissamment une main tiède et humide de ses draps, et la tendit à Barras, qui la baisa galamment et s'assit sur le pied du lit.

La douleur arracha une plainte à la malade.

– Ah çà ! dit Barras, mais c'est donc sérieux, cette migraine ?

– Oui et non, répondit Aurélie ; avec un peu de repos, cela se passera... Ah ! si je pouvais dormir !

Ces mots furent accompagnés d'un soupir que le dieu du sommeil lui-même eût envié à la belle courtisane.

Il est probable que, huit jours après sa sortie du paradis terrestre, Ève joua pour Adam cette comédie de la migraine qui dure depuis six mille ans et qui a toujours le même succès. Les hommes s'en moquent, les femmes en rient, et cependant, l'occasion s'offrant, la migraine vient au secours de qui l'appelle et réussit toujours à éloigner qui vient mal à propos.

Barras resta dix minutes assis près de la belle malade, juste ce qu'il fallut convenablement à celle-ci pour fermer un œil, moitié triste et moitié souriant, et pour laisser échapper de sa poitrine ce souffle doux et régulier qui indique que l'âme veille peut-être encore, mais que le corps vient de s'embarquer sur le calme océan du sommeil.

Barras déposa doucement sur le couvre-pieds de dentelles la main qu'il avait conservée dans les siennes, posa sur le front blanc de la dormeuse un baiser paternel et chargea Suzette de prévenir sa maîtresse que ses grandes occupations l'empêcheraient peut-être de venir de trois ou quatre jours.

Puis il sortit de la chambre sur la pointe du pied, comme il y était entré, repassa près du cabinet, dont il eut bien l'envie d'enfoncer un carreau avec le coude, car quelque chose lui disait que là était la cause de la migraine de la belle Aurélie de Saint-Amour.

Suzette l'avait minutieusement suivi jusqu'au seuil de la porte, et avait prudemment derrière lui refermé la porte à double tour.

À sa rentrée au Luxembourg, son valet de chambre lui annonça qu'une dame l'attendait.

Barras fit sa question habituelle.

– Jeune ou vieille ?

– Elle doit être jeune, monsieur, répondit le valet de chambre ; mais je n'ai pas pu voir son visage à cause de son voile.

– Quelle mise ?

– La mise d'une femme comme il faut, toute de satin noir, et l'air d'une veuve.

– Vous l'avez fait entrer ?

– Dans le boudoir rose. Si monseigneur n'eût pas voulu la recevoir, rien n'était plus facile que de la faire sortir sans qu'elle traversât le cabinet. Monseigneur veut-il la recevoir ou passera-t-il au boudoir rose ?

– C'est bien, dit Barras. J'y vais.

Puis, se rappelant aussitôt qu'il pouvait avoir affaire à une femme du monde, et qu'il fallait respecter les convenances, même au Luxembourg :

– Annoncez-moi, dit-il au valet de chambre.

Le valet de chambre marcha le premier, ouvrit la porte du boudoir et annonça :

– Le citoyen directeur général Barras.

Il se retira aussitôt pour faire place à celui qu'il avait annoncé.

Barras entra avec ce grand air qu'il tenait du monde aristocratique auquel il avait appartenu, et auquel, malgré trois années de révolution et deux années de Directoire, il appartenait encore.

Dans un des angles du boudoir occupé par un canapé, dont la forme s'emboîtait dans celle de la chambre, se tenait debout, toute vêtue de noir, comme l'avait dit le valet de chambre, une femme qu'à son attitude, Barras comprit, à la première vue, n'être point une chercheuse de bonnes fortunes.

Aussi, posant son chapeau sur une table, il s'avança vers elle en lui disant :

– Vous avez désiré me voir, madame, me voilà.

La jeune femme, avec un geste superbe, leva son voile et découvrit un visage d'une remarquable beauté.

La beauté est la plus puissante de toutes les fées, et la plus savante de toutes les introductrices.

Barras s'arrêta un instant, debout et comme ébloui.

– Ah ! madame, dit-il, que je suis heureux, lorsque je devais rester dehors une partie de la nuit, qu'une circonstance fortuite me ramène au Palais du Luxembourg, où m'attendait une pareille fortune. Donnez-vous donc la peine de vous asseoir, madame, et dites-moi à quelles circonstances je dois le bonheur de votre visite.

Et il fit un mouvement pour lui prendre la main et la ramener sur le canapé, duquel elle s'était levée en l'entendant annoncer.

Mais elle, gardant ses mains ensevelies sous les plis de son long voile :

– Pardon, monsieur ! dit-elle ; je resterai debout, comme il convient à une suppliante.

– Suppliante !... vous, madame !... Une femme, comme vous ne supplie pas, elle ordonne... ou, tout au moins, elle réclame.

– Eh bien ! monsieur, c'est cela. Au nom de la ville qui nous a donné naissance à tous les deux ; au nom de mon père, ami du vôtre ; au nom de l'humanité outragée, au nom de la justice mécon- nue, je viens réclamer vengeance !

– Le mot est bien dur, répondit Barras, pour sortir d'une si jeune et si belle bouche.

– Monsieur, je suis fille du comte de Fargas, qui a été assassiné à Avignon par les républicains, et sœur du vicomte de Fargas, qui vient d'être assassiné à Bourg-en-Bresse par les compagnons de Jé- hu.

– Encore eux ! murmura Barras. Êtes-vous sûre, mademoi- selle ?

La jeune fille étendit la main et présenta à Barras un poignard et un papier.

– Qu'est-ce que cela ? demanda Barras.

– Cela, c'est la preuve de ce que je viens de vous dire, monsieur ; le corps de mon frère a été trouvé, il y a trois jours, sur la place de la Préfecture à Bourg, avec ce poignard dans le cœur et ce papier au manche du poignard.

Barras commença par examiner curieusement l'arme.

Elle était forgée d'un seul morceau de fer ayant la forme d'une croix, telle qu'on décrit les anciens poignards de la Sainte-Vehme. La seule chose qui l'en distinguât est que celui-ci portait gravés sur sa lame ces trois mots : « Compagnons de Jéhu. »

– Mais, dit Barras, ce poignard seul ne serait qu'une présomption. Il peut avoir été dérobé ou forgé exprès pour dérouter les recherches de la justice.

– Oui, dit la jeune femme ; mais voici ce qui doit remettre la justice sur le bon chemin. Lisez ce post-scriptum, écrit de la main de mon frère, signé de mon frère.

Barras lut :

Je meurs pour avoir manqué à un serment sacré. Par conséquent, je reconnais avoir mérité la mort. Si tu veux donner la sépul-

ture à mon corps, mon corps sera déposé, cette nuit, sur la place de la Préfecture de Bourg. Le poignard que l'on trouvera planté dans ma poitrine indiquera que je ne meurs pas victime d'un lâche assassinat, mais d'une juste vengeance.

Vicomte de Fargas.

— Et c'est à vous que ce post-scriptum est adressé, mademoiselle ? demanda Barras.

— Oui, monsieur.

— Est-il bien de la main de monsieur votre frère ?

— Il est de sa main.

— Que veut-il dire en écrivant « qu'il ne meurt pas victime d'un lâche assassinat, mais d'une juste vengeance », alors ?

— Compagnon de Jéhu, lui-même, mon frère, arrêté, a manqué à son serment en nommant ses complices. C'est moi, ajouta la jeune fille avec un rire étrange, c'est moi qui eusse dû entrer dans l'association à sa place.

— Attendez donc, dit Barras, je dois avoir dans mes papiers un rapport qui a trait à cela.

CHAPITRE XVIII

La mission de Mlle de Fargas

Barras, laissant un instant Mlle de Fargas seule, se dirigea vers son cabinet, et, dans un carton réservé à sa correspondance particulière, il chercha et prit une lettre du procureur de la République d'Avignon, qui, en effet, lui rendait compte de toute cette affaire jusqu'au moment du départ du vicomte de Fargas pour Nantua.

Il le donna à lire à Mlle de Fargas.

Celle-ci en prit connaissance d'un bout à l'autre, et elle y vit ce qu'elle savait elle-même du procès avant de quitter Avignon.

– Alors, demanda-t-elle à Barras, vous n'avez rien reçu de nouveau depuis deux jours ?

– Non, répondit celui-ci.

– Cela ne prouve pas en faveur de votre police. Mais, par bonheur, dans cette circonstance, je vais la remplacer.

Et elle raconta à Barras comment elle avait suivi son frère à Nantua, comment elle était arrivée à temps pour apprendre qu'il venait d'être enlevé de prison, comment le greffe avait été brûlé, le commencement du procès soustrait, et comment enfin, le lendemain en s'éveillant, elle avait trouvé le corps de son frère nu et percé du poignard des compagnons de Jéhu, sur la place de la Préfecture de Bourg.

Tout ce qui venait du midi et de l'est avait ce caractère de mystère que les agents les plus habiles de la police directoriale avaient inutilement essayé de pénétrer.

Barras espéra un instant que la belle dénonciatrice pourrait lui donner des renseignements inédits ; mais son séjour à Nantua et à Bourg, en la rapprochant du lieu des événements et lui en mettant le résultat sous les yeux, ne lui avait rien appris de nouveau.

Tout ce que Barras savait de son côté et pouvait lui dire, c'est que ces événements étaient en corrélation avec ceux de la Bretagne et de la Vendée.

Le Directoire savait parfaitement que ces terribles détrousseurs de diligences n'exerçaient pas ce métier pour leur compte, mais faisaient passer l'argent du gouvernement à Charette, à Stofflet, à l'abbé Bernier, et à Georges Cadoudal.

Mais Charette et Stofflet avaient été pris et fusillés ; l'abbé Bernier avait fait sa soumission. Seulement, manquant à la parole qu'il avait donnée, au lieu de se retirer en Angleterre il était resté caché dans le pays, de sorte qu'après un an, dix-huit mois de tranquillité qui avaient donné au Directoire une sécurité assez grande pour tirer Hoche de la Vendée et l'envoyer à l'armée de Sambre-et-Meuse, le bruit d'une nouvelle prise d'armes s'était répandu, et, coup sur coup, les directeurs avaient été avertis que quatre nouveaux chefs avaient paru dans la contrée, Prestier, d'Autichamp, Suzannette et Grignon ; quant à Cadoudal, il n'avait jamais traité ni mis bas les armes ; il avait toujours empêché la Bretagne de reconnaître le gouvernement républicain.

Depuis un instant, Barras paraissait s'être arrêté à une idée ; mais, comme toutes les idées hasardées qui commencent par paraître impossibles, celle-ci semblait avoir besoin d'un certain temps matériel pour sortir de l'esprit qui l'avait conçue. De temps en temps, il reportait les yeux de la fière jeune fille au poignard qu'il tenait toujours à la main, et du poignard à la lettre d'adieu du vi- comte de Fargas, qu'il avait posée sur la table.

Diana se lassa de ce silence.

– Je vous ai demandé vengeance, lui dit-elle, et vous ne m'avez pas encore répondu.

– Qu'est-ce que vous entendez par vengeance ? demanda Barras.

– J'entends la mort de ceux qui ont tué mon frère.

– Dites-nous leurs noms, reprit Barras. Nous avons autant d'intérêt que vous à ce qu'ils expient leurs crimes ; une fois pris, leur supplice ne se fera pas attendre.

– Si je savais leurs noms, répondit Diana, je ne serais pas ve- nue à vous : je les eusse poignardés.

Barras jeta les yeux sur elle.

Le calme avec lequel elle avait dit ces paroles lui fut une preuve que son ignorance était la seule cause pour laquelle elle ne s'était pas fait justice elle-même.

– Eh bien ! dit Barras, cherchez de votre côté, nous chercherons du nôtre.

– Que je cherche, moi ? reprit Diana. Est-ce que cela me re- garde ? Est-ce que je suis le gouvernement ? Est-ce que je suis la police ? Est-ce que j'ai la charge de veiller sur la sûreté des citoyens ? On arrête mon frère, on le met en prison ; la prison, qui est la mai- son du gouvernement, doit me répondre de mon frère. La prison s'ouvre et trahit son prisonnier ; c'est au gouvernement à m'en rendre compte. Donc, puisque vous êtes le chef du gouvernement, je viens à vous et je vous dis : « Mon frère ! mon frère ! mon frère ! »

– Mademoiselle, répondit Barras, nous sommes dans ces temps de troubles où l'œil le plus habile a peine à voir, où le cœur le plus ferme ne faiblit pas, mais doute, où le bras le plus robuste plie ou tremble. Nous avons à l'est et au midi les compagnons de Jéhu qui assassinent, nous avons à l'ouest les Vendéens et les Bretons qui combattent. Nous avons ici les trois quarts de Paris qui conspirent, les deux tiers de nos Chambres qui sont contre nous, et deux de nos collègues qui nous trahissent, et vous voulez que, dans ce trouble général, la grande machine qui, en veillant sur elle-même, veille au salut des principes sauveurs qui transformeront l'Europe, ferme à la fois tous ses yeux pour les rouvrir sur un seul point, cette place de la Préfecture où vous avez relevé le corps inanimé de votre frère ? C'est trop exiger de nous, mademoiselle ; nous sommes de simples mortels, ne nous demandez pas l'œuvre des dieux. Vous aimiez votre frère ?

– Je l'adorais !

– Vous avez le désir de le venger ?

– Je donnerais ma vie pour celle de son meurtrier.

– Et si l'on vous offrait un moyen de connaître ce meurtrier, quel qu'il fût, vous l'adopteriez ?

Diana hésita un instant.

Puis, avec violence :

– Quel qu'il fût, dit-elle, je l'adopterais.

– Eh bien ! écoutez-moi, reprit Barras ; aidez-nous, nous vous aiderons.

– Que dois-je faire ?

– Vous êtes jeune, vous êtes belle, très belle même...

– Il ne s'agit point de cela, dit Diana sans baisser les yeux.

– Tout au contraire, dit Barras, il s'agit surtout de cela. Dans ce grand combat qu'on appelle la vie, la beauté a été donnée à la femme, non pas comme un simple présent du Ciel, destiné à réjouir les yeux d'un amant ou d'un époux, mais comme un moyen d'attaque et de défense. Les compagnons de Jéhu n'ont pas de secret pour Ca- doudal : il est leur chef réel, puisque c'est pour lui qu'ils travaillent ; il sait leurs noms depuis le premier jusqu'au dernier.

– Eh bien ! demanda Diana, après ?

– Après, reprit Barras, c'est bien simple. Partez pour la Vendée ou pour la Bretagne, rejoignez Cadoudal ; quelque part qu'il soit, présentez-vous, ce qui est vrai, comme une victime de votre dévouement à la cause royale. Arrivez à gagner sa confiance, la chose vous sera facile. Cadoudal ne vous verra pas sans devenir amoureux de vous. Avec son amour, il vous donnera sa confiance. Résolue comme vous l'êtes, et le souvenir de votre frère dans le cœur, vous n'accorderez que ce qu'il vous plaira d'accorder. Vous saurez alors les noms de ces hommes que nous cherchons vainement. Faites- nous savoir ces noms, c'est tout ce que nous demandons de vous, et votre vengeance sera satisfaite. Maintenant, si votre influence allait jusqu'à déterminer ce sectaire entêté à faire soumission comme les autres, je n'ai pas besoin de vous dire que le gouvernement ne met- trait pas de bornes à...

Diana étendit la main.

– Prenez garde, monsieur ! dit-elle. Un mot de plus, et vous m'insulteriez. Je vous demande vingt-quatre heures pour réfléchir.

– Prenez le temps que vous voudrez, mademoiselle, dit Barras, vous me trouverez toujours à vos ordres.

– Demain, ici, à neuf heures du soir, répondit Diana.

Et Mlle de Fargas, prenant son poignard de la main de Barras et la lettre de son frère sur la table, remit lettre et poignard dans son corsage, salua Barras et se retira.

Le lendemain, à la même heure, on annonçait au directeur Mlle Diana de Fargas.

Barras se hâta de passer dans le boudoir rose et trouva la jeune fille qui l'attendait.

– Eh bien ! ma belle Némésis ? demanda-t-il.

– Je suis décidée, monsieur, répondit-elle. Seulement, j'ai besoin, vous le comprendrez, d'un sauf-conduit qui me fasse reconnaître des autorités républicaines. Dans la vie que je vais mener, il est possible que je sois prise les armes à la main et faisant la guerre à la République. Vous fusillez les femmes et les enfants, c'est une guerre d'extermination, cela regarde Dieu et vous. Je puis être prise, mais je ne voudrais pas être fusillée avant de m'être vengée.

– J'avais prévu votre demande, mademoiselle, et voici non seulement un passeport qui assure votre libre circulation, mais un sauf-conduit qui, dans un cas extrême, forcera vos ennemis à se transformer en défenseurs. Je vous conseille seulement de cacher ces deux pièces, et surtout la seconde, avec soin aux regards des chouans et des Vendéens. Il y a huit jours, lassé de voir cette hydre de la guerre civile reprendre sans cesse de nouvelles têtes, nous avons envoyé l'ordre au général Hédouville de ne faire aucun quartier. En conséquence, comme aux beaux jours de la République, où la Con- vention décrétait la victoire, nous avons envoyé un de nos vieux noyeurs de la Loire qui connaît le pays, nommé François Goulin, avec une guillotine toute neuve. La guillotine sera également pour les chouans, s'ils se laissent prendre, et pour nos généraux, s'ils se laissent battre. Le citoyen Goulin conduit au général Hédouville un renfort de six mille hommes. Les Vendéens et les Bretons n'ont pas peur de la fusillade, ils y marchent en criant : « Vive le roi ! vive la religion ! » et en chantant des cantiques. Nous verrons comment ils marcheront à la guillotine. Vous rencontrerez, ou plutôt vous rejoin- drez ces six mille hommes et le citoyen Goulin sur la route d'Angers à Rennes. Si vous craignez quelque chose, mettez-vous sous leur protection jusqu'au moment où, arrivée en Vendée, vous pourrez avoir des nouvelles certaines des localités qu'occupe Cadoudal, et l'y rejoindre.

– C'est bien, monsieur, dit Diana. Je vous remercie.

– Quand partez-vous ? demanda Barras.

– Ma voiture et mes chevaux de poste attendent à la porte du Luxembourg.

– Permettez-moi de vous faire une question délicate, mais qu'il est de mon devoir de vous adresser.

– Faites, monsieur.

– Avez-vous besoin d'argent ?

– J'ai six mille francs en or dans cette cassette, qui valent plus de vingt mille francs en assignats. Vous voyez que je puis faire la guerre pour mon compte.

Barras tendit la main à Mlle de Fargas, qui parut ne pas s'apercevoir de cette courtoisie.

Elle fit une révérence irréprochable et sortit.

– Voilà une charmante vipère ! fit Barras, je ne voudrais pas être celui qui la réchauffera !

CHAPITRE XIX

Les voyageurs

Comme Mlle de Fargas l'avait dit au directeur Barras, une voiture l'attendait à la porte du Luxembourg ; elle y monta et dit au postillon :

– Route d'Orléans !

Le postillon enleva ses chevaux. Les sonnettes retentirent, et la voiture prit la route de la barrière de Fontainebleau.

Comme Paris était menacé de prochains troubles, les barrières étaient gardées avec soin et la gendarmerie avait reçu l'ordre d'examiner soigneusement tous ceux qui entraient dans Paris et tous ceux qui en sortaient.

Quiconque n'avait point sur son passeport, soit la signature du nouveau ministre de la Police, Sothin ; soit la recommandation d'un des trois directeurs, Barras, Rewbell ou Larevellière, devait justifier des motifs de sa sortie ou de son entrée à Paris.

Mlle de Fargas fut arrêtée à la barrière comme les autres ; on la fit descendre de sa voiture et entrer dans le cabinet du commissaire de police, qui, sans faire attention qu'elle était jeune et jolie, lui demanda son passeport avec la même rigidité que si elle eût été vieille et laide.

Mlle de Fargas tira de son portefeuille le papier demandé, et le présenta au commissaire.

Celui-ci lut tout haut :

La citoyenne Marie Rotrou, maîtresse de la poste aux lettres, à Vitré (Ille-et-Vilaine).

Signé : Barras.

Le passeport était en règle ; le commissaire le lui rendit avec un salut qui s'adressait plutôt à la signature de Barras qu'à l'humble directrice des Postes, laquelle, de son côté, fit une légère inclination de tête et se retira, sans même remarquer qu'un beau jeune homme de vingt-six à vingt-huit ans, qui allait présenter son passeport lorsqu'elle était entrée, avait, avec une courtoisie qui indiquait un homme de naissance, retiré son bras déjà étendu et laissé la belle voyageuse passer la première.

Mais il était venu immédiatement après elle. Le magistrat avait pris le passeport avec l'attention toute particulière qu'il donnait à ses graves fonctions, et il avait lu :

Le citoyen Sébastien Argentan, receveur des contributions, à Dinan (Côtes-du-Nord).

Le passeport était signé non seulement de Barras, mais de ses deux collègues. Il y avait donc moins à redire qu'à celui de Mlle Rotrou, qui était signé de Barras tout seul.

Rentré dans la possession de son passeport avec un salut gracieux du magistrat, M. Sébastien Argentan remonta sur un bidet de poste marchant l'amble et le mit au trot, tandis que le postillon, chargé de le précéder et de lui faire préparer son cheval, mettait le sien au galop.

Pendant toute la nuit, le receveur des contributions côtoya une chaise de poste fermée, dans laquelle il était loin de se douter que se trouvait la jolie personne à laquelle il avait cédé son tour chez le commissaire de police.

Le jour vint, une des vitres de la voiture s'ouvrit pour donner passage à l'air du matin ; une jolie tête, qui n'était pas encore parvenue à secouer l'empreinte du sommeil, interrogea le temps, et, à son grand étonnement, il put reconnaître la directrice du bureau des lettres de Vitré, voyageant en poste dans une charmante calèche.

Mais il se rappelait que le passeport de la voyageuse était signé Barras. Cette signature, en fait de luxe, expliquait bien des choses, surtout lorsqu'il s'agissait d'une femme.

Le receveur des contributions salua poliment la directrice des postes, qui, se rappelant avoir entrevu la veille ce visage, lui rendit, de son côté, gracieusement, son salut.

Quoique la jeune femme lui parût charmante, le jeune voyageur était de trop bonne compagnie pour se rapprocher de la calèche ou lui adresser la parole. Il pressa le galop de son cheval et, comme si ce salut échangé eût suffi à son ambition, il disparut derrière la première montée du chemin.

Mais le voyageur avait prévu que sa compagne de route, dont il connaissait la destination, ayant entendu lire son passeport, s'arrêterait pour déjeuner à Étampes. Il s'y arrêta donc lui-même, arrivé qu'il était une demi-heure avant elle.

Il se fit servir dans la salle commune le déjeuner ordinaire des auberges, c'est-à-dire deux côtelettes, un demi-poulet froid, quelques tranches de jambon, des fruits et une tasse de café.

Il avait à peine attaqué ses côtelettes, que la voiture de Mlle Rotrou s'arrêta devant l'auberge, qui était en même temps le relais de poste.

La voyageuse demanda une chambre, traversa la salle commune, salua en passant son compagnon de route, qui s'était levé en l'apercevant, et monta chez elle.

La question pour M. d'Argentan, qui avait déjà résolu de se rendre la route aussi agréable que possible, fut de savoir si Mlle Rotrou mangerait dans sa chambre ou descendrait déjeuner dans la chambre commune.

Au bout d'un instant, il fut fixé. La camériste, qui avait accompagné la voyageuse, descendit, posa une serviette blanche sur une table et dressa un couvert.

Des œufs, des fruits et une tasse de chocolat formèrent le repas frugal de la voyageuse, qui descendit au moment où M. d'Argentan achevait son déjeuner.

Le jeune homme vit avec plaisir que, quoique la toilette fût modeste, elle était assez soignée pour indiquer que tout sentiment de coquetterie n'était point éteint dans le cœur de la jolie directrice.

Sans doute jugea-t-il qu'il la rejoindrait toujours en pressant son cheval, car ce fut lui à son tour qui déclara avoir besoin de repos, et demanda une chambre.

Il se jeta sur le lit et dormit deux heures.

Pendant ce temps, Mlle Rotrou, qui avait eu toute la nuit pour prendre du repos, remontait en voiture et continuait sa route.

Vers cinq heures, elle aperçut devant elle le clocher d'Orléans et elle entendit derrière elle le galop des chevaux qui, mêlé aux gre- lots, lui annonçait qu'elle était rejointe par le voyageur.

Les deux jeunes gens étaient maintenant deux connaissances.

Ils se saluèrent gracieusement, et M. d'Argentan se crut le droit de s'approcher de la portière et de s'informer à la belle jeune femme de sa santé.

Il était facile de voir, malgré la pâleur de son teint, qu'elle n'avait pas trop souffert de la fatigue.

Il l'en félicita galamment, et, quant à lui, il avoua que cette manière de voyager, si agréable que fût le cheval, ne lui permettrait probablement pas de faire sa course d'une seule traite.

Il ajouta que, s'il trouvait occasion d'acheter une voiture, il continuerait sa route d'une façon moins fatigante.

C'était une manière détournée de demander à Mlle Rotrou s'il lui serait agréable de partager avec lui et sa chaise et ses frais de poste.

Mlle Rotrou ne répondit point à l'avance qui lui était faite, parla du temps, qui était beau, de l'obligation où elle serait probablement elle-même de s'arrêter un jour à Tours ou à Angers ; ce à quoi le voyageur à cheval ne répondit absolument rien, se promettant à lui-même de s'arrêter où elle s'arrêterait.

Après cette ouverture, après ce refus, côtoyer plus longtemps la voiture eût été une indiscrétion. M. d'Argentan mit son cheval au galop, en annonçant à Mlle Rotrou qu'il allait lui commander ses relais à Orléans.

Toute autre que la fière Diana de Fargas, toute autre que ce cœur revêtu d'un triple acier, eût remarqué l'élégance, la courtoisie, la beauté du voyageur. Mais, soit qu'elle fût destinée à rester insensible, soit que son cœur, pour aimer, eût besoin de plus violentes commotions, rien de tout ce qui eût attiré les regards d'une autre femme ne fixa les siens.

Tout entière à sa haine, ne pouvant écarter de sa pensée le but de son voyage alors même qu'elle souriait, elle pressait, comme si un remords était à l'envers de son sourire, elle pressait, disons-nous, le manche de ce poignard de fer qui avait ouvert une route à l'âme de son frère pour la précéder au ciel.

Jetant un regard sur la route pour voir si elle était bien seule, et la voyant solitaire aussi loin que son regard pouvait s'étendre, elle tira de sa poche le dernier billet que son frère lui avait écrit, le lut et le relut, comme on mâche avec impatience, et cependant avec entêtement, une racine amère.

Puis elle tomba dans un demi-sommeil dont elle ne sortit que lorsque sa voiture s'arrêta pour le relais. Elle regarda autour d'elle ; les chevaux étaient prêts, comme le lui avait promis M. d'Argentan ; mais, lorsqu'elle s'informa de lui, on lui répondit qu'il avait pris les devants.

On relaya cinq minutes.

On prit la route de Blois.

À la première montée, la voyageuse aperçut son élégant courrier qui marchait au pas comme pour l'attendre ; mais cette indiscrétion, si c'en était une, était si excusable, qu'elle fut excusée.

Mlle Rotrou eut bientôt rejoint le cavalier.

Ce fut elle, cette fois, qui lui adressa la première la parole pour le remercier de l'attention qu'il avait eue.

— Je remercie, dit le jeune homme, ma bonne étoile qui, en m'amenant en même temps que vous chez le commissaire de police et en me permettant de vous céder mon tour, a permis aussi que j'apprisse par votre passeport où vous allez. Et, en effet, le hasard veut que je fasse même route que vous, et que, tandis que vous allez à Vitré, j'aille, moi, à six ou sept lieues de là, c'est-à-dire à Dinan. Si vous ne devez pas rester dans ce pays, j'aurai du moins eu le plaisir de faire la connaissance d'une charmante personne, et d'avoir eu l'honneur de l'accompagner pendant les neuf dixièmes de sa route. Si vous restez, au contraire, comme je ne serai qu'à quelques lieues de vous, et que mes occupations me forceront de voyager dans les trois départements de la Manche, du Nord et d'Ille-et-Vilaine, je vous demanderai la permission, lorsque le hasard me conduira à Vitré, de me rappeler à votre souvenir, si toutefois ce souvenir n'a rien pour vous de désagréable.

— Je ne sais trop moi-même le temps que je resterai à Vitré, répondit la jeune femme, mais plutôt gracieusement que sèchement. En récompense de services rendus par mon père, je suis nommée, comme vous l'avez vu sur mon passeport, directrice des postes à

Vitré. Seulement, je ne crois pas que je tienne moi-même cette direction. Ruinée par la Révolution, je serai obligée de tirer un parti quelconque de cette faveur que me fait le gouvernement. Ce parti, ce sera de vendre ou de louer ma direction et d'en tirer une rente, sans être forcée d'exercer moi-même.

D'Argentan s'inclina sur son cheval, comme si cette confidence lui suffisait, et qu'il en fût reconnaissant à une personne qui, au bout du compte, ne la lui devait pas.

C'était une entrée en matière qui permettait à la conversation de s'engager sur tous ces terrains neutres qui touchent aux terres réservées du cœur, mais sans en faire partie.

De quoi pouvaient-ils parler allant, l'une à Vitré et l'autre à Dinan, si ce n'était de la chouannerie qui désolait les trois ou quatre départements qui composent une partie de l'ancienne Bretagne ?

Mlle Rotrou exprima une grande crainte de tomber aux mains de ceux qu'on appelait les brigands.

Mais, au lieu de partager cette crainte ou de l'accroître, d'Argentan s'écria qu'il serait l'homme le plus heureux du monde si un pareil malheur pouvait arriver à sa compagne de route, attendu qu'ayant fait autrefois ses études à Rennes avec Cadoudal, ce lui serait une occasion de savoir si le fameux chef des chouans était aussi ferme dans ses amitiés qu'on le disait.

Mlle Rotrou devint rêveuse, laissa tomber la conversation ; seulement, au bout d'un instant, elle poussa un soupir de lassitude en disant :

– Décidément, je suis plus fatiguée que je ne le croyais et je pense que je m'arrêterai à Angers, ne fût-ce que pour une nuit.

CHAPITRE XX

Il n'est si bonne compagnie qu'il ne faille quitter

M. d'Argentan parut doublement satisfait en apprenant que Mlle Rotrou ferait une pause à Angers. Il fallait une grande habitude du cheval et être aussi excellent écuyer que l'était M. d'Argentan, pour faire une suite d'étapes comme celles qu'il venait de faire de Paris à Angers, en supposant même qu'il ne vînt pas de plus loin que Paris sans se reposer. Il résolut donc de s'arrêter en même temps que sa compagne de voyage, pour deux raisons : la première, pour prendre du repos, et la seconde, pour pousser la connaissance un peu plus loin avec elle.

M. d'Argentan, malgré son passeport qui indiquait une résidence provinciale, était le type d'une élégance de manières et de langage si complet, qu'il révélait le Parisien, non seulement de Paris, mais des quartiers aristocratiques de Paris.

Son étonnement, quoiqu'il n'en eût rien laissé paraître, avait donc été grand lorsque, après les belles paroles échangées avec une grande et belle personne voyageant seule, comme le fait Mlle Rotrou, sous la protection, circonstance aggravante, d'un passeport signé Barras, il n'avait pas vu la conversation se lier plus intime, ni la connaissance aller plus loin.

En quittant le cabinet du commissaire de police, en prenant les devants et en sachant qu'il faisait même route que la voyageuse dont il avait entendu lire le passeport, sans savoir encore de quelle façon elle ferait cette route, il s'était bien promis de la faire avec elle. Mais, lorsque au matin, rejoint par une excellente calèche, il s'était aperçu qu'elle servait de nid au charmant oiseau voyageur qu'il avait laissé en arrière, il s'était refait cette promesse avec double désir de la te- nir.

Mais, nous l'avons vu, Mlle de Fargas, tout en répondant dans une juste mesure aux avances de son compagnon de voyage, n'avait pas été jusqu'à lui permettre de poser le bout de sa botte sur le marchepied de la voiture où il avait eu un instant l'espérance de s'introduire tout entier.

Angers et son repos d'une nuit venaient donc à merveille pour le remettre un peu de sa fatigue et lui permettre, si la chose était possible, de faire, vers la fin du voyage, un pas de plus dans l'intimité de l'inabordable directrice des postes.

On arriva à Angers vers cinq heures du soir.

Une lieue avant la ville, le cavalier s'était approché de la voiture, et, s'inclinant sur ses arçons :

– Serait-il indiscret, demanda-t-il à la voyageuse, de s'informer si vous avez faim ?

Diana, qui vit où son compagnon de voyage en voulait venir, fit un mouvement de lèvres qui ressemblait à un sourire.

– Oui, monsieur, ce serait indiscret, répondit-elle.

– Ah ! par exemple ! et pourquoi cela ?

– Je vais vous le dire. Parce que à peine vous aurais-je répondu que j'ai faim, vous me demanderiez la permission d'aller commander mon dîner ; à peine vous aurais-je donné la permission d'aller commander mon repas, vous me demanderiez celle de le faire servir sur la même table que le vôtre ; c'est-à-dire que vous m'inviteriez à dîner avec vous, ce qui, vous le voyez, serait une indiscrétion.

– En vérité, mademoiselle, dit M. d'Argentan, vous êtes d'une logique terrible, et qui, je dois le dire, a peu d'imitatrices à l'époque où nous vivons.

– C'est que, répondit Diana en fronçant le sourcil, c'est que peu de femmes se trouvent dans une situation pareille à la mienne. Vous le voyez, monsieur, je suis toute vêtue de noir.

– Seriez-vous en deuil d'un mari, madame ? Votre passeport vous indiquait comme jeune fille et non comme veuve.

– Je suis jeune fille, monsieur, si toutefois l'on reste jeune après cinq ans de solitude et de malheurs. Mon dernier parent, mon seul ami, celui qui était tout pour moi, vient de mourir. Rassurez-vous donc, monsieur, ce n'est pas vous qui, en quittant Paris, avez perdu vos moyens de séduction ; c'est moi qui ai le cœur pris d'une telle tristesse, que je ne puis convenablement reconnaître les mérites de ceux qui veulent bien s'adresser à moi et s'apercevoir que je suis jeune malgré ma douleur, et passable malgré mon deuil. Et maintenant, j'ai aussi faim que l'on peut avoir quand on boit ses larmes et quand on vit de souvenirs au lieu de vivre d'espérance. Je dînerai comme d'habitude, monsieur, sans affectation, dans la même salle que vous, en vous affirmant qu'en toute autre circonstance ne fût-ce que pour vous remercier des attentions que vous avez eues à mon égard, tout le long du voyage et sans importance aucune, j'eusse dîné à la même table que vous.

Le jeune homme s'approcha autant que son cheval pouvait le faire d'une voiture allant au trot.

— Madame, dit-il, après un aveu pareil, il ne me reste qu'une chose à vous dire, c'est que, si, dans votre isolement, vous éprouviez le besoin de vous appuyer à un ami, cet ami est tout trouvé, et, quoique ce soit un ami de grande route, je vous réponds qu'il en vaudra bien un autre.

Et, mettant son cheval au galop, il alla, ainsi qu'il l'avait offert à la belle voyageuse, commander le double dîner. Seulement, comme l'heure de l'arrivée de Mlle Rotrou coïncidait avec l'heure de la table d'hôte, au risque de ne pas revoir sa compagne de voyage, M. d'Argentan eut la délicatesse de dire à l'hôtel qu'elle dînerait dans sa chambre.

Il n'était question, à la table d'hôte, que des six mille hommes envoyés par le Directoire pour mettre à la raison Cadoudal.

Depuis quinze jours, en effet, Cadoudal, avec les cinq ou six cents hommes qu'il avait réunis, avait tenté des coups plus hardis que les généraux les plus aventureux ne l'avaient fait dans la Vendée et dans la Bretagne aux époques les plus acharnées de cette double guerre.

Le receveur de Dinan, M. d'Argentan, s'informa avec beaucoup d'insistance de la route qu'avait prise le petit corps d'armée.

On lui répondit qu'on était sur ce sujet dans la plus complète indécision, attendu que l'homme qui paraissait, sans être revêtu d'aucun grade militaire, donner des ordres à la colonne, avait dit à l'hôtel même que la route qu'il suivrait dépendrait des renseignements qu'il prendrait au village de Châteaubriant, et que, selon la localité qu'occuperait celui qu'il allait combattre, il s'enfoncerait dans le Morbihan ou longerait les collines du Maine.

Le dîner fini, M. d'Argentan fit demander à Mlle Rotrou si elle voudrait bien lui faire l'honneur de le recevoir pour une communication qu'il croyait de quelque importance.

Celle-ci répondit que ce serait avec grand plaisir.

Cinq minutes après, M. d'Argentan entrait dans la chambre de Mlle Rotrou, qui le recevait assise près de sa fenêtre ouverte.

Mlle Rotrou lui montra un fauteuil et lui fit signe de prendre place.

M. d'Argentan remercia de la tête et se contenta de s'appuyer sur le fauteuil.

– Comme vous pourriez croire, mademoiselle, dit-il, que le regret de cesser de vous voir bientôt me fait chercher un prétexte de vous revoir plus vite, je vous dirai, sans abuser de vos moments, ce qui m'amène près de vous. Je ne sais si vous avez ou si vous n'avez pas de raison de rencontrer à cent lieues de Paris de ces agents extraordinaires du gouvernement qui deviennent d'autant plus tyranniques qu'ils s'éloignent du centre du pouvoir. Ce que je sais, c'est que nous allons avoir à traverser toute une colonne de troupes républicaines, conduite par un de ces misérables dont l'état est de chercher des têtes au gouvernement. Il paraît que l'on trouve la fusillade trop noble pour les chouans et qu'on veut naturaliser la guillotine sur le sol de la Bretagne. À Châteaubriant, c'est-à-dire à cinq ou six lieues d'ici, la colonne a dû choisir sa route et marcher droit vers la mer ou s'enfoncer entre les Côtes-du-Nord et le Morbihan. Avez-vous une raison quelconque de craindre ? En ce cas-là, quelle que soit la route que vous preniez, et dussiez-vous passer en vue de la colonne républicaine depuis le premier jusqu'au dernier rang, je resterai avec vous. Si, au contraire, vous n'avez rien à craindre, et j'espère que vous ne vous trompez pas au sentiment qui me dicte cette question, et n'ayant qu'une médiocre sympathie – vous voyez que je suis franc – pour les cocardes tricolores, les envoyés extraor- dinaires et les guillotines, j'éviterai la colonne, et je prendrai, pour me rendre à Dinan, la route qu'elle aura prise.

– Je commence par vous remercier de tout mon cœur, monsieur, répondit Mlle Rotrou, et par vous assurer de ma reconnaissance ; mais je ne vais pas à Dinan comme vous, je vais à Vitré. Si la colonne a pris la route de Rennes, qui est celle de Dinan, je n'aurai pas la crainte de la rencontrer ; si, au contraire, elle a pris la route de Vitré, cela ne m'empêchera point de prendre cette route qui est la mienne. Je n'ai pas beaucoup plus de sympathie que vous pour les cocardes tricolores, pour les envoyés extraordinaires et pour les guillotines, mais je n'ai aucune raison de les craindre. Je dirai plus : j'étais instruite de la marche de cette troupe et de ce qu'elle conduit avec elle, et, comme elle traverse une prairie de la Bretagne qui était occupée par Cadoudal, je suis autorisée, le cas échéant, à me mettre sous sa protection. Tout dépendra donc de ce que décidera le chef de cette colonne à Châteaubriant.

» S'il continue sa route sur Vitré, j'aurai le regret de prendre congé de vous à l'embranchement des deux routes ; si, au contraire, il a pris la route de Rennes, et que votre répugnance aille jusqu'à ne pas vouloir le rencontrer, je devrai à cette répugnance le plaisir de continuer ma route avec vous jusqu'à ma destination.

La manière dont M. d'Argentan s'était fait annoncer ne lui permettait pas, cette explication donnée, de rester plus longtemps.

Il salua et sortit pendant le mouvement que faisait Mlle Rotrou pour se soulever de sa chaise.

Le lendemain, à six heures du matin, tous deux partaient après les compliments d'usage. À la seconde poste, c'est-à-dire à Châteaubriant, les informations convenues furent prises. La colonne était partie, il y avait une heure, et avait pris le chemin de Vitré.

Les deux voyageurs devaient donc se séparer. M. d'Argentan s'approcha une dernière fois de Mlle Rotrou, lui renouvelant ses offres de services, et d'une voix émue, il lui adressa ses adieux.

Mlle Rotrou leva les yeux sur cet élégant jeune homme et, trop femme du monde elle-même pour ne pas être reconnaissante de la façon respectueuse dont il s'était conduit, elle lui donna sa main à baiser.

M. d'Argentan remonta à cheval, dit à son postillon, qui partit devant : « Route de Rennes ! » tandis que la voiture de Mlle Rotrou, obéissant à l'indication donnée d'une voix aussi calme que d'habitude, prenait le chemin de Vitré.

CHAPITRE XXI

Le citoyen François Goulin

Mlle Rotrou, ou plutôt Diana de Fargas, était, en sortant de Châteaubriant, tombée dans une profonde rêverie. Dans l'état où était son cœur, il était ou elle croyait qu'il devait être insensible à tout sentiment tendre et surtout à l'amour. Mais la beauté, l'élégance, la courtoisie auront toujours sur une femme comme il faut une influence suffisante à la faire rêver, sinon à la faire aimer.

Mlle de Fargas rêvait à son compagnon de voyage et, atteinte pour la première fois d'un faible soupçon, elle se demandait comment un homme si bien protégé par la triple signature de Barras, de Rewbell et de Larevellière-Lépeaux, pouvait éprouver d'aussi invincibles répugnances devant les agents d'un gouvernement qui l'honorait d'une confiance si particulière.

Elle oubliait qu'elle-même, dont les sympathies étaient loin d'être vives pour le gouvernement révolutionnaire, marchait sous sa protection directe, et, en supposant M. d'Argentan un ci-devant, comme quelques paroles de son dernier entretien lui avaient donné à le croire, il était possible que des circonstances pareilles à la sienne lui eussent valu une protection qu'il avait honte à réclamer.

Puis Diana avait remarqué que M. d'Argentan, en descendant de cheval, emportait toujours avec lui une valise dont le poids était loin d'être proportionné à sa grosseur.

Quoique le jeune homme fût vigoureux, et que, pour écarter tout soupçon, il prît souvent cette valise d'une seule main, il était facile de voir que cette valise avec laquelle il faisait semblant de jouer, comme si elle ne renfermait que quelques habits de voyage, pesait à sa main plus qu'il ne voulait le laisser voir.

Était-ce de l'argent qu'il portait ? En ce cas, c'était un singulier receveur que celui qui portait de l'argent de Paris à Vitré, au lieu d'en envoyer de Vitré à Paris.

Puis, quoique dans ces heures de bouleversements il ne fût pas rare de voir des hérésies sociales, Mlle de Fargas avait trop étudié les différents échelons de la société pour ne pas reconnaître qu'il n'était pas dans les habitudes d'un petit receveur de chef-lieu de canton perdu à l'extrémité de la France, de monter à cheval comme un gentleman anglais et de s'exprimer, surtout au sortir d'une époque où chacun s'était fait grossier pour se rapprocher de la puissance du jour, de s'exprimer avec une courtoisie qui avait conservé un indélébile parfum de gentilhommerie.

Elle se demandait, sans que cependant son cœur fût pour rien dans cette demande, quel pouvait être cet inconnu, et quel motif pouvait le forcer à voyager avec un passeport qui, à coup sûr, n'était pas le sien.

Ce qu'il y avait de curieux, c'est que M. d'Argentan, en quittant Diana de Fargas, se faisait à lui les mêmes questions que celle-ci se faisait à elle-même.

Tout à coup, en arrivant sur la hauteur qui précède le relais de La Guerche et du sommet de laquelle on voit la route se dérouler pendant plusieurs lieues, Diana tressaillit, éblouie par la vue des canons de fusil qui reflétaient la lumière du soleil. La route semblait une immense rivière roulant de l'acier fondu.

C'était la colonne républicaine qui était en marche et dont la tête faisait déjà halte à La Guerche, quand, une demi-lieue en arrière le reste de cette colonne marchait encore.

Tout était événement dans ces époques de troubles, et comme Diana payait bien ses guides, le postillon lui demanda s'il devait prendre la queue de la colonne ou si, faisant marcher la voiture sur le revers de la route, il devait, sans ralentir sa course, piquer jusqu'à La Guerche.

Mlle de Fargas donna l'ordre d'abaisser le dessus de sa calèche pour ne point devenir un objet de curiosité, et invita le postillon à ne pas ralentir sa course.

Le postillon exécuta les ordres de Diana, remonta à cheval, et reprit ce joli petit train avec lequel les quadrupèdes de la régie postale parvenaient à faire deux lieues à l'heure.

Il en résulta que Mlle de Fargas arriva aux portes de La Guerche, et, quand nous disons aux portes, cela signifie à l'entrée de la rue qui donne sur la route de Châteaubriant.

Il y avait encombrement à cette porte.

Une immense machine, traînée par douze chevaux et placée sur un truc trop large pour passer entre deux bornes, obstruait l'entrée de la rue.

Mlle de Fargas, voyant la voiture arrêtée et ne connaissant pas la cause de ce retard, passa la tête par l'ouverture de la vitre et demanda :

– Qu'y a-t-il donc, postillon ?

– Il y a, citoyenne dit-il, que nos rues ne sont pas assez larges pour les instruments qu'on veut y faire passer et qu'on est obligé de déraciner une borne pour que la machine de M. Guillotin puisse faire son entrée à La Guerche.

Et, en effet, comme le sieur François Goulin, commissaire extraordinaire du gouvernement, avait décidé de voyager pour l'édification des villes et des villages, il arrivait, comme l'avait dit le postillon, que la rue était trop étroite, non pas pour la machine elle-même, mais pour l'espèce de plate-forme roulante sur laquelle elle était dressée.

Diana jeta les yeux sur la chose hideuse qui obstruait le chemin, et, reconnaissant que ce devait être l'échafaud qu'elle n'avait jamais vu, elle rentra vivement la tête en s'écriant :

– Oh ! quelle horreur !

– Quelle horreur ! quelle horreur ! répéta une voix dans la foule. Je voudrais bien savoir quelle est l'aristocrate qui parle avec si peu de respect de l'instrument qui a le plus fait pour la civilisation humaine depuis l'invention de la charrue.

– C'est moi, monsieur, dit Mlle de Fargas et je vous serais obligée, si vous y pouviez quelque chose, de faire entrer à La Guerche ma calèche le plus vite possible ; je suis pressée.

– Ah ! tu es pressée ! dit en pâlissant de colère un petit homme sec, maigre, vêtu de cette ignoble carmagnole que déjà, depuis un an ou deux, on ne portait plus. Ah ! tu es pressée ! Eh bien ! tu vas descendre d'abord de ta calèche, aristocrate, et tu passeras à pied, si nous te laissons passer, toutefois.

– Postillon, dit Diana, abattez la couverture de la calèche.

Le postillon obéit. La jeune fille écarta ses voiles et laissa apparaître son merveilleux visage.

– Est-ce que, par hasard, demanda-t-elle d'un ton railleur, j'aurais affaire au citoyen François Goulin ?

– Je crois que tu railles, s'écria le petit homme en s'élançant vers la calèche et en arrachant son bonnet rouge, coiffure que, depuis longtemps aussi, on ne portait plus, mais que le citoyen François Goulin s'était promis de remettre à la mode en province. Eh bien ! oui, c'est moi ; qu'as-tu à lui dire, au citoyen Goulin ?

Et il étendit la main vers elle, comme pour lui mettre la main au collet.

Diana, d'un mouvement, se rejeta de l'autre côté de la calèche.

– D'abord, citoyen Goulin, si vous voulez me toucher, ce que je regarde comme parfaitement inutile, mettez des gants ; je déteste les mains sales.

Le citoyen Goulin appela quatre hommes, sans doute pour leur donner l'ordre de s'emparer de la belle voyageuse ; mais, pendant ce temps, d'une poche secrète de son portefeuille, Diana avait tiré le sauf-conduit particulier de Barras.

– Pardon, citoyen, dit-elle, toujours railleuse ; savez-vous lire ?

Goulin jeta un cri de colère.

– Oui, reprit-elle. Eh bien ! en ce cas-là, lisez ; mais prenez garde de ne pas trop froisser le papier qui pourra m'être utile, si je suis exposée à rencontrer de temps en temps des malotrus tels que vous.

Et elle tendit le papier au citoyen François Goulin.

Il ne contenait que ces trois lignes :

Au nom du Directoire, il est ordonné aux autorités civiles et militaires de protéger Mlle Rotrou dans sa mission et de lui prêter main-forte, si elle la réclame, sous peine de destitution.

Barras.

Paris, ce ...

Le citoyen François Goulin lut et relut le sauf-conduit de Mlle Diana de Fargas.

Puis, comme un ours que son maître, le bâton à la main, force de faire une révérence :

— Singulière époque, dit-il, que celle où les femmes, et les femmes en robe de satin et en calèche, sont chargées de donner des ordres aux citoyens portant les signes du républicanisme et de l'égalité. Puisque nous n'avons fait que changer de roi et que vous avez un laissez-passer du roi Barras, passez, citoyenne ; mais je n'oublierai pas votre nom, soyez tranquille, et, si jamais vous me tombez sous la main...

— Voyez donc, postillon, si la route est libre, dit Mlle de Fargas du ton qui lui était habituel ; je n'ai plus rien à faire avec Monsieur.

La route n'était pas encore dégagée ; mais, en prenant un détour, la calèche put cependant passer.

Mlle de Fargas arriva à grand-peine jusqu'à la poste, les rues étaient encombrées de républicains.

Là, force lui fut de s'arrêter. Elle n'avait rien pris depuis Châteaubriant, et, voulant aller coucher à Vitré, il lui fallait absolument prendre un repas à La Guerche.

Elle se fit donner une chambre et servir chez elle.

Elle commençait à peine à déjeuner lorsqu'on lui dit que le colonel, qui commandait la colonne, demandait la permission de lui présenter ses devoirs.

Elle répondit qu'elle n'avait pas l'honneur de connaître le colonel, et qu'à moins qu'il n'eût des choses d'une certaine importance à lui dire, elle le priait de l'excuser si elle ne le recevait pas.

Le colonel insista, disant qu'il croyait être de son devoir de la prévenir d'une chose que lui seul savait et qui pouvait avoir une certaine importance pour elle.

Mlle de Fargas fit signe qu'elle était prête à recevoir le visiteur, et l'on annonça le colonel Hulot.

CHAPITRE XXII

Le colonel Hulot

Le colonel Hulot était un homme de trente-huit ou quarante ans. Dix ans soldat sous la royauté, sans avoir pu même passer caporal, il avait, du moment que la République avait été proclamée, conquis ses grades en véritable brave qu'il était, à la pointe de son épée.

Il avait appris l'altercation qui avait eu lieu, à la porte de la ville, entre le citoyen François Goulin et la fausse Mlle Rotrou.

– Citoyenne, dit-il en entrant, j'ai appris ce qui s'est passé entre vous et notre commissaire du Directoire ; je n'ai pas besoin de vous dire que, nous autres vieux soldats, nous ne portons pas dans notre cœur tous ces dresseurs de guillotine qui vont à la suite des armées pour couper les têtes, comme si la poudre et le plomb, le fer et le feu ne fournissaient pas une suffisante pâture à la mort. Sachant que vous étiez arrêtée à l'auberge de la poste, je suis venu dans la seule intention de vous féliciter sur la façon dont vous avez traité le citoyen Goulin. Quand les hommes tremblent devant de pareils coquins, c'est aux femmes de leur faire comprendre qu'ils sont le rebut de la création humaine, et qu'ils ne sont pas dignes de s'entendre appeler canaille par une belle bouche comme la vôtre. Maintenant, citoyenne, avez-vous besoin du colonel Hulot ? Il est à votre service.

– Merci, colonel, répondit Diana. Si j'avais quelque chose à craindre ou quelque chose à demander, j'accepterais votre ouverture avec la même franchise qu'elle m'est faite. Je me rends à Vitré, qui est ma destination, et, comme il ne me reste plus qu'une poste à faire, je crois qu'il ne m'arrivera pas plus malheur pendant ce der- nier relais que pendant les autres.

– Hum ! hum ! fit le colonel Hulot, il n'y a que cinq lieues, je le sais, d'ici à Vitré, mais ce que je sais aussi, c'est que la route est une gorge étroite, bordée des deux côtés de taillis, de genêts et d'ajoncs, toutes productions qui semblent faites exprès pour servir de couvert à messieurs les chouans. Ma conviction est que, malgré notre nombre plus que respectable, nous n'irons pas jusqu'à Vitré sans être attaqués. Si vous êtes aussi vivement recommandée par le ci- toyen Barras qu'on me l'a dit, c'est que vous êtes une personne d'importance. Or, une protégée de Barras a tout à craindre en tom- bant entre les mains de maître Cadoudal, qui n'a pas pour le Direc- toire toute la déférence qu'il mérite. En outre, j'ai été personnelle- ment prévenu par une lettre officielle, et comme chef de la colonne au milieu de laquelle vous vous trouvez en ce moment, qu'une ci- toyenne, du nom de Mlle Rotrou, réclamerait peut-être la faveur de voyager à l'ombre de nos baïonnettes ; quand je dis : réclamerait la faveur de voyager à l'ombre de nos baïonnettes, je me sers des termes de la lettre qui m'est adressée, car il est bien entendu que, dans ce cas- là, toute la faveur serait pour moi.

– Je suis, en effet, Mlle Rotrou, monsieur ; et je suis reconnais- sante à M. Barras de ce bon souvenir, mais, je vous le répète, mes précautions sont prises, et quelques recommandations que je pourrais invoquer près du chef même des chouans me font croire que je ne cours aucun danger. Maintenant, colonel, ma reconnaissance n'en est pas moins vive vis-à-vis de vous, et je suis heureuse surtout que vous partagiez l'antipathie que m'inspire le misérable que l'on vous a donné pour compagnon de voyage.

– Oh ! quant à nous, dit le colonel Hulot, nous sommes bien tranquilles à son égard. La République n'en est plus au temps des Saint-Just et des Lebon, ce que je regrette, je l'avoue de tout mon cœur. Ces hommes-là étaient des braves qui s'exposaient aux mêmes dangers que nous, qui combattaient avec nous, et qui, restant immobiles sur le champ de bataille au risque d'être pris ou tués, avaient le droit de faire le procès à ceux qui l'abandonnaient. Les soldats ne les aimaient pas, mais ils les respectaient, et, quand ces gens-là étendaient la main sur une tête, ils comprenaient que nul n'avait le droit de soustraire cette tête à la vengeance de la République. Mais, en ce qui concerne notre François Goulin, qui se sauvera avec sa guillotine au premier coup de fusil qu'il entendra, il n'y a pas un des six mille hommes que je commande qui lui laissât toucher du doigt la tête d'un de nos officiers.

On vint annoncer à la voyageuse que les chevaux étaient à sa voiture.

– Citoyenne, dit le colonel, il est de mon devoir d'éclairer la route où la colonne va s'engager. J'ai avec moi un petit corps de cavalerie composé de trois cents hussards et de deux cents chasseurs, je vais les envoyer, non pas pour vous, mais pour moi, sur le chemin que vous allez suivre. Si vous aviez besoin de recourir à l'officier qui les commande, il aura l'ordre d'accueillir votre demande, et même, si vous le désirez, de vous escorter jusqu'à Vitré.

– Je vous remercie, monsieur, répondit Mlle de Fargas en tendant sa main au vieux soldat, mais je me reprocherais de compromettre l'existence précieuse des défenseurs de la République pour sauvegarder une vie aussi humble et aussi peu importante que la mienne.

À ces mots, Diana descendit, suivie du colonel, qui lui donna galamment la main pour monter en voiture.

Le postillon attendait à cheval.

– Route de Vitré ! dit Diana.

Le postillon partit.

Les soldats s'écartèrent devant la voiture et, comme il n'y en avait pas un qui ne sût déjà de quelle façon elle avait traité François Goulin, les compliments, adressés dans une langue un peu grossière, c'est vrai, mais sincères, ne lui furent point épargnés.

En partant, elle avait entendu le colonel crier :

– À cheval, les chasseurs et les hussards !

Et, de trois ou quatre points différents, elle avait entendu sonner le boute-selle.

En arrivant de l'autre côté de La Guerche et à cinquante pas de la ville à peu près, le postillon arrêta la voiture, fit semblant d'avoir quelque chose à raccommoder à ses traits, et, s'approchant de la portière :

– Ce n'est pas à eux que la citoyenne a affaire ? demanda-t-il.

– À eux ? répéta Diana étonnée.

Le postillon cligna de l'œil.

– Eh ! oui, à eux !

– À qui voulez-vous dire ?

– Aux amis, donc ! ils sont là, à droite et à gauche du chemin.

Et il fit entendre le cri de la chouette.

– Non, répondit Diana ; continuez votre route ; seulement au bas de la descente, arrêtez-moi.

– Bon ! dit le postillon en remontant à cheval et en se parlant à lui-même. Vous vous arrêterez bien toute seule, la petite mère !

On était, en effet, au sommet d'une descente qui, en pente douce, s'étendait à plus d'une demi-lieue. Aux deux côtés de la route s'élevaient des talus rapides tout plantés d'ajoncs, de genêts et de chênes nains. En quelques endroits, ces arbustes étaient assez touffus pour cacher un ou deux hommes.

Le postillon remit ses chevaux à l'allure ordinaire et descendit la montagne en chantant une vieille chanson bretonne dans le dia- lecte de Karnack.

De temps en temps, il élevait la voix, comme si sa chanson contenait des recommandations, et comme si ces recommandations s'adressaient à des gens assez voisins de lui pour les entendre.

Diana, qui avait compris qu'elle était entourée de chouans, regardait de tous ses yeux et ne soufflait pas mot. Ce postillon pouvait être un espion placé près d'elle par Goulin, et elle n'oubliait pas la menace que celui-ci lui avait faite, si elle donnait prise sur elle et tombait entre ses mains.

Au moment où elle arrivait au bas de la descente, et où un petit sentier coupait transversalement le chemin, un homme à cheval bondit du bois pour arrêter la voiture ; mais, voyant qu'elle était occupée par une femme seule, il mit le chapeau à la main.

Le postillon, à l'aspect du cavalier, s'était renversé en arrière sur son cheval, pour se rapprocher de la voyageuse et lui dire à mi- voix :

– N'ayez pas peur, c'est le général Tête-Ronde.

– Madame, lui dit le cavalier avec la plus grande politesse, je crois que vous venez de La Guerche et probablement de Châteaubriant.

– Oui, monsieur, répondit la jeune femme en s'accoudant curieusement sur le rebord de la voiture, sans manifester aucune crainte, quoiqu'elle vît embusqués dans le chemin de traverse une cinquantaine de cavaliers.

– Entre-t-il dans vos opinions politiques ou dans votre conscience sociale de me donner quelques détails sur la force de la colonne républicaine que vous avez laissée derrière vous ?

– Cela entre à la fois dans ma conscience sociale et dans mes opinions politiques, répondit la belle voyageuse en souriant. La colonne est de six mille hommes qui reviennent des prisons d'Angleterre et de Hollande. Elle est commandée par un brave homme nommé le colonel Hulot. Mais elle traîne à sa suite un bien infect misérable que l'on appelle François Goulin, et une bien vilaine machine qu'on appelle la guillotine. J'ai eu, en entrant dans la ville, une altercation avec le susdit François Goulin, qui m'a promis de me faire faire connaissance avec son instrument, si jamais je retombais sous sa main, ce qui m'a tellement popularisée parmi les soldats républicains qui méprisent leur compagnon de route, ni plus ni moins que vous et moi, que le colonel Hulot a voulu absolument faire ma connaissance et me donner une escorte pour arriver jusqu'à Vitré, de peur que, sur la route, je ne tombasse aux mains des chouans. Or, comme je suis partie de Paris dans la seule intention de tomber aux mains des chouans, j'ai refusé l'escorte, j'ai dit au postillon d'aller en avant, et me voici, enchantée de vous avoir rencontré, général Cadoudal, et de vous dire toute l'admiration que j'ai pour votre courage et toute l'estime que je fais de votre caractère. Quant à l'escorte qui devait m'accompagner, la voilà qui apparaît à la sortie de la ville. Elle se compose de trois cents chasseurs et de deux cents hussards. Tuez le moins de ces braves gens que vous pourrez, et vous me ferez plaisir.

– Je ne vous cacherai pas, madame, répondit Cadoudal, qu'il va y avoir une rencontre entre mes hommes et ce détachement. Vou- lez- vous continuer votre route jusqu'à Vitré, où je me rendrai après le combat, désireux d'apprendre d'une façon plus complète les mo- tifs d'un voyage duquel vous ne m'avez donné qu'une cause impro- bable ?

– C'est cependant la seule réelle, répondit Diana, et la preuve, c'est que, si vous le voulez bien, au lieu de continuer ma route, j'assisterai au combat ; venant pour m'engager dans votre armée, ce sera une manière de faire mon apprentissage.

Cadoudal jeta les yeux sur la petite colonne, vit qu'elle grossis- sait en s'avançant et, s'adressant au postillon :

– Place Madame de manière qu'elle ne coure aucun danger, lui dit-il. Et si, par hasard, nous étions vaincus, explique aux bleus que c'est moi qui, à son grand désespoir, l'ai empêchée de continuer sa route.

Puis, saluant Diana :

– Madame, dit-il, priez Dieu pour la bonne cause ; moi, je vais combattre pour elle.

Et, s'élançant dans le sentier, il alla y rejoindre ses compagnons embusqués.

CHAPITRE XXIII

Le combat

Cadoudal échangea quelques paroles avec ses compagnons, et quatre de ceux-ci qui n'avaient pas de chevaux, faisant partie des officiers qui devaient porter ses ordres dans la bruyère et dans le maquis, se glissèrent aussitôt et gagnèrent, à travers les genêts, le pied de deux chênes énormes dont les branches vigoureuses et le puissant feuillage faisaient un rempart contre le soleil.

Ces deux chênes étaient placés à l'extrémité de l'espèce d'avenue que formait, en venant de la ville au sentier, le chemin en- caissé entre les deux talus.

Arrivés là, ils se tinrent prêts à exécuter une manœuvre quelconque dont eussent cherché inutilement à se rendre compte ceux qui n'étaient pas dans le secret du plan de bataille du général.

La voiture de Diana avait été tirée du milieu de la route jusque dans le sentier, et, elle-même, à trente pas de la voiture, était montée sur une éminence couronnée de petits arbres au milieu desquels, inaperçue, elle pouvait tout voir sans être vue.

Les chasseurs et les hussards avançaient toujours au pas avec précaution. Ils avaient, les précédant de trente pas, une avant-garde de dix hommes qui marchait comme le reste du corps avec de grandes précautions.

Lorsque les derniers furent sortis de la ville, un coup de fusil retentit et un des hommes de l'arrière-garde tomba.

Ce fut un signal. Aussitôt les deux crêtes du ravin qui formaient la route s'enflammèrent. Les bleus cherchaient en vain l'ennemi qui les frappait. Ils voyaient le feu, la fumée, ils sentaient le coup, mais ne pouvaient distinguer ni l'arme ni l'homme qui la portait. Une espèce de désordre ne tarda point à se mettre parmi eux lorsqu'ils se virent condamnés à ce danger invisible. Chacun essaya, non pas de se soustraire à la mort, mais de rendre la mort. Les uns revinrent sur leurs pas, les autres forcèrent leurs chevaux d'escalader le talus ; mais, au moment où leur buste dépassait la crête de ce talus, frappés à bout portant en pleine poitrine, ils tombaient en arrière, renver- sant leurs chevaux avec eux, comme ces amazones de Rubens à la bataille du Thermodon.

D'autres enfin, et c'étaient les plus nombreux, poussèrent en avant, espérant dépasser l'embuscade et échapper ainsi au piège où ils étaient tombés. Mais Cadoudal, qui semblait avoir prévu ce mo- ment et l'attendre, en les voyant mettre leurs chevaux au galop, en- leva son cheval, et, suivi de ses quarante hommes, s'élança à leur rencontre.

On se battit alors sur toute la longueur d'un kilomètre.

Ceux qui avaient voulu retourner en arrière avaient trouvé le chemin fermé par les chouans, qui, presque à bout portant, déchargèrent leurs fusils sur eux et les forcèrent à reculer.

Ceux qui voulaient continuer d'escalader les talus trouvaient la mort à leur faîte, et en retombaient avec leurs chevaux coupant ou embarrassant le chemin.

Ceux enfin qui s'étaient élancés en avant avaient rencontré Cadoudal et ses hommes.

Il est vrai qu'après une lutte de quelques instants, ceux-ci avaient paru céder et avaient tourné bride.

Le gros de la cavalerie des bleus s'était mis alors à leur poursuite ; mais à peine le dernier chouan avait-il dépassé les deux chênes gardés par les quatre hommes, que ceux-ci se mirent à peser dessus de toutes leurs forces et que les deux géants, d'avance presque séparés de leur base par la hache, s'inclinèrent, venant au-devant l'un de l'autre, et, froissant leurs branches, tombèrent à grand bruit sur la route, qu'ils fermèrent comme une barricade in- franchissable. Les républicains suivaient les blancs de si près, que deux des leurs furent écrasés avec leurs chevaux par la chute des deux arbres.

Même manœuvre s'accomplissait à l'autre extrémité de la gorge. Deux arbres, en tombant et en croisant leurs branchages, formaient une barrière pareille à celle qui venait de clore l'autre ex- trémité de la route.

Dès lors, hommes et chevaux se trouvaient pris comme dans un immense cirque ; dès lors, chaque chouan put choisir son homme, l'ajuster à son aise, et l'abattre sûrement.

Cadoudal et ses quarante cavaliers étaient descendus de leurs chevaux devenus inutiles, et, le fusil à la main, s'apprêtaient à prendre part au combat, lorsque Mlle de Fargas, qui suivait ce drame sanglant, avec toute l'ardeur dont sa nature léonine était capable, entendit tout à coup le galop d'un cheval sur la route de Vitré à La Guerche. Elle se retourna vivement et reconnut le cavalier avec lequel elle avait fait route.

En voyant Georges et ses compagnons près de se jeter parmi les combattants, il avait attiré leur attention par les cris de : « Arrê- tez ! attendez-moi ! »

Et, en effet, à peine les eut-il rejoints au milieu des cris qui accueillaient sa bienvenue, il sauta à bas de son cheval qu'il donna à garder à un chouan, se jeta au cou de Cadoudal, prit un fusil, emplit ses poches de cartouches, et, suivi de vingt hommes, Cadoudal s'étant réservé les vingt autres, s'élança dans le maquis qui s'étendait sur le côté gauche de la route, tandis que le général et ses compa- gnons disparaissaient au côté droit.

Un redoublement de fusillade annonça le secours qui venait d'arriver aux blancs.

M#lle# de Fargas était trop occupée de ce qui se passait devant elle pour se rendre un compte bien exact de la conduite de M. d'Argentan. Elle comprenait seulement que le prétendu receveur de Dinan était tout simplement un royaliste déguisé ; ce qui expliquait comment il apportait l'argent de Paris en Bretagne au lieu d'en envoyer de Bretagne à Paris.

Ce qui se fit alors d'efforts héroïques parmi cette petite troupe de cinq cents hommes suffirait à tout un poème de chevalerie.

Le courage était d'autant plus grand que chacun luttait, comme nous l'avons dit, contre un danger invisible, appelait ce danger, le défiait, hurlant de rage de ne pas le voir se dresser devant lui. Rien ne pouvait faire changer aux chouans leur homicide tactique. La mort volait en sifflant et l'on ne voyait rien autre chose que la fumée, et l'on n'entendait rien autre chose que la détonation. Seulement, un homme ouvrait les bras, tombait à la renverse à bas de son cheval et l'animal éperdu courait sans cavalier, franchissait le talus, et galopait jusqu'à ce qu'une main invisible l'arrêtât et liât sa bride à quelque souche d'arbre.

De place en place, dans la plaine, on voyait un de ces chevaux se roidissant sur ses pieds, tirant sur sa bride et essayant de s'éloigner du maître inconnu qui venait de le faire prisonnier.

La boucherie dura une heure !

Au bout d'une heure, on entendit battre la charge.

C'était l'infanterie républicaine qui venait au secours de sa cavalerie.

Le vieux colonel Hulot la commandait en personne.

Son premier soin fut, avec le coup d'œil infaillible du vétéran, de prendre connaissance des localités, et d'ouvrir une issue aux malheureux qui se trouvaient enfermés dans l'espèce de tunnel qui fermait la route.

Il fit dételer les chevaux des canons, l'artillerie lui devenant inutile pour l'espèce de combat qu'il allait livrer ; il ordonna d'attacher leurs traits à la cime des arbres, qu'il força de perdre leur position transversale, et qui, en s'alignant de chaque côté de la route, ouvrirent une voie de retraite à la cavalerie. Alors, il lança cinq cents hommes de chaque côté de la route, la baïonnette en avant, comme si l'ennemi était en vue. Puis il ordonna aux plus habiles tireurs de faire feu sur feu, c'est-à-dire aussitôt qu'apparaissait un nuage de fumée de tirer immédiatement sur ce nuage qui dénonçait un homme embusqué. C'était le seul moyen de répondre à la fusillade des blancs, qui, presque toujours tirant à l'abri, ne se livraient qu'au moment où ils mettaient en joue. L'habitude et surtout la nécessité de la défense avaient rendu beaucoup de soldats républicains d'une habileté extraordinaire à cette riposte subite.

Parfois l'homme à qui on ripostait ainsi était tué raide ; parfois aussi, tiré pour ainsi dire au juger, il n'était que blessé. Alors, il ne bougeait point, d'autres coups de fusil faisaient oublier le sien, et souvent l'on passait près de lui sans le voir. Les chouans étaient connus pour leur merveilleux courage à étouffer les plaintes qu'à tout autre soldat eût arrachées une irrésistible douleur.

Le combat dura jusqu'à ce que descendissent du ciel les premières ombres de la nuit. Diana, qui ne perdait aucun épisode de la lutte, frémissait d'impatience de n'y pouvoir prendre part. Elle eût voulu être vêtue d'un habit d'homme, être armée d'un fusil, et se ruer, elle aussi, sur ces républicains qu'elle exécrait. Mais elle était enchaînée par son costume et par l'absence d'armes.

Vers sept heures, le colonel Hulot fit battre la retraite. Le jour était dangereux dans ces sortes de combats, mais la nuit était plus que dangereuse : elle était mortelle !

Le son des trompettes et des tambours qui annonçaient la retraite redoubla l'ardeur des chouans. Évacuer le champ de bataille, rentrer dans la ville, c'était s'avouer vaincus.

Les républicains furent reconduits à coups de fusil jusqu'aux portes de La Guerche, ignorant les pertes que les chouans avaient pu faire, et ne ramenant pas un seul prisonnier, au grand désespoir de François Goulin, qui était arrivé à faire entrer sa machine dans la ville et à la conduire à l'extrémité opposée, afin de la rapprocher du champ de bataille.

Tant d'efforts avaient été inutiles, et François Goulin, désespéré, avait pris son logement dans une maison d'où il pût ne pas perdre de vue son précieux instrument.

Depuis le départ de Paris, aucun officier ni aucun soldat n'avait voulu loger dans la même maison que le commissaire extraordinaire. On lui accordait une garde de douze soldats, voilà tout. Quatre hommes gardaient la guillotine.

CHAPITRE XXIV

Porcia

La journée n'avait pas eu pour Cadoudal et les siens un résultat matériel d'une grande importance, mais le résultat moral était immense.

Tous les grands chefs vendéens avaient disparu : Stofflet était mort, Charette était mort. L'abbé Bernier lui-même avait fait sa soumission, comme nous l'avons déjà dit. Enfin, par le génie et le courage du général Hoche, la Vendée était pacifiée, et nous avons vu que ce dernier, offrant des hommes et de l'argent au Directoire, avait été jusqu'au centre de l'Italie inquiéter Bonaparte.

De la Vendée et de la chouannerie, la chouannerie seule restait. Seul de tous les chefs, Cadoudal n'avait pas voulu faire sa soumission.

Il avait publié son manifeste, il avait annoncé sa reprise d'armes ; outre les troupes restées dans la Vendée et dans la Bre- tagne, on envoyait contre lui six mille hommes de renfort.

Cadoudal, avec un millier d'hommes, non seulement avait tenu tête à six mille vieux soldats aguerris par cinq ans de bataille, mais il les avait repoussés dans la ville d'où ils avaient voulu sortir, il leur avait tué enfin trois ou quatre cents hommes.

La nouvelle insurrection, l'insurrection bretonne, débutait par une victoire.

Une fois les bleus rentrés dans la ville et leurs sentinelles posées, Cadoudal, qui méditait une nouvelle expédition pour la nuit, avait à son tour ordonné la retraite.

On voyait à travers les genêts et les ajoncs de la plaine où, des deux côtés de la route, ils marchaient maintenant à découvert et qu'ils dépassaient de toute la tête, revenir joyeusement les chouans vainqueurs, s'appelant les uns les autres, et se pressant derrière un des leurs qui jouait de la musette, comme les soldats se pressent derrière les clairons du régiment.

Cette musette, c'était leur clairon à eux.

À l'extrémité de la descente, à l'endroit où les arbres renversés avaient formé une barricade que n'avait pu franchir la cavalerie républicaine, à la place enfin où Cadoudal et d'Argentan s'étaient séparés pour aller au combat, ils se rejoignirent au retour.

Ce fut pour eux une nouvelle joie de se revoir, car à peine s'étaient-ils entrevus en allant au feu.

D'Argentan, qui ne s'était pas battu depuis longtemps, y avait été de si bon cœur qu'il s'était fait donner un coup de baïonnette à travers le bras. Il avait, en conséquence, jeté son habit sur son épaule et portait son bras en écharpe dans son mouchoir ensanglanté.

De son côté, Diana était descendue de la colline, et marchait de son pas ferme, de son pas masculin, au devant des deux amis.

– Comment ! dit Cadoudal en l'apercevant, vous êtes restée là, ma brave amazone ?

D'Argentan jeta un cri de surprise, il venait de reconnaître Mlle Rotrou, directrice de la poste aux lettres de Vitré.

– Permettez, continua Cadoudal s'adressant toujours à Diana et lui indiquant de la main son compagnon ; permettez que je vous présente un de mes meilleurs amis.

– M. d'Argentan ? dit en souriant Diana. J'ai l'honneur de le connaître, et c'est même une vieille connaissance de trois jours. Nous avons fait la route ensemble, depuis Paris jusqu'ici.

– Alors, ce serait à lui de me présenter à vous, mademoiselle, si je ne m'étais pas présenté tout seul.

Puis, s'adressant particulièrement à Diana :

– Vous alliez à Vitré, mademoiselle ? demanda-t-il.

– Monsieur d'Argentan, dit Diana sans répondre à Cadoudal, vous m'aviez offert pendant la route, si j'avais quelque grâce à demander au général Cadoudal, d'être mon intermédiaire près de lui.

– Je supposais alors, madame, le cas où vous ne connaîtriez pas le général, répondit d'Argentan. Mais, quand une fois on vous a vue, vous n'avez plus besoin d'intermédiaire, et je me fais garant que tout ce que vous demanderez à mon ami, il vous l'accordera.

– Ceci, monsieur, c'est de la galanterie et une façon d'échapper aux engagements que vous avez pris vis-à-vis de moi. Je vous somme positivement de tenir votre parole.

– Parlez, madame ; je suis prêt à appuyer votre demande de tout mon pouvoir, répondit d'Argentan.

– Je désire faire partie de la troupe du général, répondit tranquillement Diana.

– À quel titre ? demanda d'Argentan.

– À titre de volontaire, reprit froidement Diana.

Les deux amis se regardèrent.

– Tu entends, Cadoudal ? dit d'Argentan.

Le front de Cadoudal se rembrunit et tout son visage prit une expression sévère.

Puis, après un moment de silence :

– Madame, dit-il, la proposition est grave et vaut la peine que l'on y réfléchisse. Je vais vous dire une chose bizarre. Ayant d'abord été destiné à l'état ecclésiastique, j'ai fait de cœur tous les vœux que l'on fait en entrant dans les ordres et je n'ai jamais manqué à aucun d'eux. J'aurais en vous, je n'en doute pas, un charmant aide de camp, d'une bravoure à toute épreuve. Je crois les femmes tout aussi braves que les hommes ; mais il existe dans nos pays religieux, dans notre vieille Bretagne surtout, des préjugés qui souvent forcent de combattre certains dévouements. Plusieurs de mes confrères ont eu dans leur camp des sœurs ou des filles de royalistes assassinés. À celle-là, on leur devait l'asile et la protection qu'elles venaient demander.

– Et qui vous dit, monsieur, s'écria Diana, que je ne sois pas, moi aussi, fille ou sœur de royalistes assassinés, l'une et l'autre peut-être, et que je n'aie pas doublement, pour être reçue près de vous, les droits dont vous parliez tout à l'heure ?

– Dans ce cas, demanda d'Argentan avec un sourire railleur et se mêlant à la conversation, dans ce cas, comment se fait-il que vous soyez porteur d'un passeport signé Barras, et titulaire d'une place du gouvernement à Vitré ?

– Seriez-vous assez bon pour me faire voir le vôtre, monsieur d'Argentan ? demanda Diana.

D'Argentan le prit en riant dans la poche de la veste suspendue à son épaule et le tendit à Diana.

Diana le déplia et lut :

Laissez circuler librement sur le territoire de la République le citoyen Sébastien Argentan, receveur des contributions à Dinan.

Signé : Barras, Rewbell,

Larevellière-Lépeaux.

— Et vous, monsieur, voulez-vous me dire, continua Diana, comment, étant l'ami du général Cadoudal, comment, combattant contre la République, vous avez le droit de circuler librement sur le territoire de la République en votre qualité de receveur des contributions à Dinan ? Ne soulevons pas notre masque, monsieur, ôtons-le tout à fait.

— Ah ! par ma foi ! bien répondu, s'écria Cadoudal, que ce sang-froid et cette insistance de Diana intéressaient au plus haut degré. Parle, voyons ! Comment as-tu obtenu ce passeport ? Explique cela à Mademoiselle ; elle daignera peut-être nous expliquer alors comment elle a eu le sien.

— Ah ! ceci, dit d'Argentan en riant, c'est un secret que je n'ose pas révéler devant notre pudique ami Cadoudal ; cependant, si vous l'exigez, mademoiselle, au risque de le faire rougir, je vous dirai qu'il existe rue des Colonnes, à Paris, près du Théâtre Feydeau, une certaine demoiselle Aurélie de Saint-Amour à qui le citoyen Barras n'a rien à refuser, et qui n'a rien à me refuser, à moi.

– Puis, dit Cadoudal, le nom de d'Argentan, porté sur le passe-port, cache un nom qui se sert à lui-même de laissez-passer à travers toutes les bandes de chouans, de Vendéens et de royalistes portant la cocarde blanche en France et à l'étranger. Votre compagnon de voyage, mademoiselle, qui n'a plus rien à cacher maintenant, n'ayant plus rien à craindre, et que, par conséquent, je vous présente sous son véritable nom, ne s'appelle pas d'Argentan, mais bien Coster de Saint-Victor, et, n'eût-il pas donné de gages jusqu'ici, la blessure qu'il vient de recevoir en combattant pour notre sainte cause...

– S'il ne s'agit, monsieur, dit froidement Diana, que d'une blessure pour prouver son dévouement, c'est chose facile.

– Comment cela ? demanda Cadoudal.

– Voyez ! fit Diana.

Et, tirant de sa ceinture le poignard aigu qui avait donné la mort à son frère, elle s'en frappa le bras avec tant de violence à l'endroit même où Coster avait reçu sa blessure, que la lame, entrée d'un côté du bras, sortit de l'autre.

– Et, quant au nom, continua-t-elle en s'adressant aux deux jeunes gens stupéfaits, si je ne m'appelle pas Coster de Saint-Victor, je me nomme Diana de Fargas ! Mon père a été assassiné il y a quatre ans, et mon frère il y a huit jours.

Coster de Saint-Victor tressaillit, jeta les yeux sur le poignard de fer qui était resté enfoncé dans le bras de la jeune fille, et, reconnaissant celui avec lequel on avait donné en sa présence la mort à Lucien :

— Je suis témoin, dit-il solennellement, et j'atteste que cette jeune fille a dit la vérité lorsqu'elle a affirmé qu'elle méritait autant qu'aucune orpheline, fille ou sœur de royalistes assassinés, d'être reçue au milieu de nous et de faire partie de notre sainte armée.

Cadoudal lui tendit la main.

— À partir de ce moment, mademoiselle, lui dit-il, si vous n'avez plus de père, je suis votre père ; si vous n'avez plus de frère, soyez ma sœur. Je savais bien qu'il y avait eu autrefois une Romaine qui, pour rassurer son mari, craignant sa faiblesse, s'était percé le bras droit avec la lame d'un couteau. Puisque nous vivons dans un temps où chacun est obligé de cacher son nom sous un autre nom, au lieu de vous appeler Diana de Fargas comme par le passé, vous vous appellerez Porcia ; et comme vous faites partie des nôtres, mademoiselle, et que, du premier coup, vous avez gagné votre rang de chef, quand notre chirurgien aura pansé votre blessure, vous assisterez au conseil que je vais tenir.

— Merci, général, répondit Diana. Quant au chirurgien, il n'en est pas plus besoin pour moi qu'il n'en a été besoin pour M. Coster de Saint-Victor ; ma blessure n'est pas plus grave que la sienne.

Et, tirant de sa plaie le poignard qui y était resté jusque-là, elle en fendit sa manche dans toute sa longueur de manière à mettre son beau bras à découvert.

Puis, s'adressant à Coster de Saint-Victor :

– Camarade, lui dit-elle en riant, soyez assez bon pour me prêter votre cravate.

CHAPITRE XXV

La pensée de Cadoudal

Une demi-heure après, les chouans étaient campés en demi-cercle tout autour de la ville de La Guerche. Ils bivaquaient par groupes de dix, quinze ou vingt, avaient un feu par groupe et faisaient aussi tranquillement la cuisine à ce feu que si jamais un coup de fusil n'eût été tiré de Redon à Cancale.

La cavalerie formant un seul corps, chevaux sellés, mais non bridés, pour que les animaux, comme les hommes, pussent prendre leur repas, bivaquait à part sur les bords d'un petit ruisseau qui forme une des sources de la Seiche.

Au milieu du campement, sous un immense chêne, se tenaient Cadoudal, Coster de Saint-Victor, Mlle de Fargas et cinq ou six des principaux chouans qui, sous les pseudonymes de Cœur-de-Roi, Tiffauges, Brise-Bleu, Bénédicité, Branche-d'Or, Monte-à-l'Assaut et Chante-en-Hiver, ont mérité de voir leurs noms d'adoption consignés dans l'histoire à côté de celui de leur chef.

Mlle de Fargas et Coster de Saint-Victor mangeaient de bon appétit avec la main qui leur restait valide.

Mlle de Fargas avait voulu verser ses six mille francs dans la caisse commune, mais Cadoudal avait refusé et n'avait reçu son argent qu'à titre de dépôt.

Les six ou sept chefs de chouans que nous avons nommés mangeaient de leur côté comme s'ils n'eussent pas été sûrs de manger le lendemain. Au reste, les blancs n'éprouvaient pas toutes les privations des républicains, quoique ceux-ci eussent pour eux les réquisitions forcées.

Les blancs, sympathiques aux gens du pays, payant, au reste, tout ce qu'ils prenaient, vivaient dans une abondance relative.

Quant à Cadoudal, préoccupé d'une pensée qui semblait l'étreindre corps à corps, il allait et venait silencieux, sans avoir pris autre chose qu'un verre d'eau, sa boisson ordinaire.

Il s'était fait donner par Mlle de Fargas tous les renseignements qu'elle avait pu lui transmettre sur François Goulin et sa guillotine.

Tout à coup il s'arrêta, et, se tournant vers le groupe de chefs bretons :

– Un homme de bonne volonté, dit-il, pour aller à La Guerche et y prendre les renseignements que j'indiquerai.

Tous se levèrent spontanément.

– Mon général, dit Chante-en-Hiver, je crois, sans faire de tort à mes camarades, être mieux à même que personne de remplir la commission. J'ai mon frère qui habite La Guerche. J'attends que la nuit soit venue, je vais chez lui ; si on m'arrête, je me réclame de lui, il répond de moi, et tout est dit. Il connaît la ville comme sa poche ; ce qu'il y a à faire, nous le faisons et je vous rapporte vos renseignements avant une heure.

– Soit ! dit Cadoudal. Voici ce que j'ai décidé. Vous savez tous que les bleus, pour faire de la terreur et pour nous intimider, traînent après eux une guillotine, et que c'est l'infâme Goulin qui est chargé de la faire fonctionner. François Goulin, vous vous le rappelez, est l'ancien noyeur de Nantes. Lui et Perdraux étaient les exécuteurs de Carrier. À eux deux, ils se sont vantés d'avoir noyé plus de huit cents prêtres. Eh bien ! cet homme qui avait quitté le pays, qui était allé demander à Paris non seulement l'impunité, mais la récompense de ses crimes, la Providence nous le renvoie pour qu'il vienne les expier là où il les a commis. Il a amené l'infâme guillotine parmi nous, qu'il périsse par l'instrument immonde qu'il protège ; il n'est pas digne de la balle d'un soldat. Maintenant, il faut enlever l'instrument, il faut transporter l'un et l'autre à un endroit où nous soyons maîtres, afin que l'exécution ne subisse point de dérangement. Chante-en-Hiver va partir pour La Guerche. Il reviendra nous donner tous les renseignements sur la maison où loge François Goulin, sur l'emplacement qu'occupe la guillotine, sur la quantité d'hommes qui la gardent. Ces renseignements acquis, j'ai mon plan, dont je vous ferai part ; si vous l'agréez, nous le mettrons à exécution cette nuit même.

Les chefs éclatèrent en applaudissements.

– Pardieu ! dit Coster de Saint-Victor, je n'ai jamais vu guillotiner et j'avais juré que je n'aurais de relations avec cette abominable machine que lorsque j'y monterais pour mon compte. Mais, le jour où nous raccourcirons maître François Goulin, je promets d'être au premier rang des spectateurs.

– Tu as entendu, Chante-en-Hiver ? dit Cadoudal.

Chante-en-Hiver ne se le fit pas dire deux fois ; il déposa toutes ses armes, à l'exception de son couteau, qui ne le quittait jamais ; puis, invitant Coster de Saint-Victor à regarder à sa montre, et voyant qu'il était huit heures et demie, il renouvela sa promesse d'être de retour à dix heures du soir.

Cinq minutes après, il avait disparu.

– Maintenant, demanda Cadoudal s'adressant aux chefs restants, combien de chevaux recueillis sur le champ de bataille, avec leurs selles, housses, etc. ?

– Vingt et un, général, répondit Cœur-de-Roi. C'est moi qui les ai comptés.

– Pourra-t-on trouver vingt habillements de hussards ou de chasseurs complets ?

– Général, il y a à peu près cent cinquante cavaliers morts sur le champ de bataille, répondit Branche-d'Or ; on n'aura qu'à choisir.

– Il nous faut vingt uniformes de hussards, dont un de maréchal des logis-chef ou de sous-lieutenant.

Branche-d'Or se leva, donna un coup de sifflet, réunit une douzaine d'hommes et partit avec eux.

– Il me vient une idée, dit Coster de Saint-Victor. Y a-t-il une imprimerie à Vitré ?

– Oui, répondit Cadoudal ; j'y ai fait imprimer mon manifeste avant-hier. Le chef de l'imprimerie est un brave homme tout à nous, nommé Borel.

– J'ai envie, reprit Coster, puisque je n'ai rien à faire, j'ai envie de monter dans la voiture de Mlle de Fargas, et d'aller à Vitré commander des affiches pour inviter les gens de La Guerche, les six mille bleus compris, à venir assister à l'exécution, par son bourreau et par sa propre guillotine, de François Goulin, commissaire du gouvernement. Ce sera un bon tour, et qui fera rire les nôtres dans les salons de Paris.

– Faites, Coster, dit gravement Cadoudal ; on ne peut pas mettre trop de publicité et de solennité quand c'est Dieu qui rend la justice.

– En avant, d'Argentan, mon ami, dit Coster ; seulement, il faut que quelqu'un me prête une veste.

Cadoudal fit un signe, et chacun des chefs dépouilla la sienne pour l'offrir à Coster.

– Si l'exécution se fait, demanda-t-il, où se fera-t-elle ?

– Ma foi, répondit Cadoudal, à trois cents pas d'ici, au point culminant de la route, au sommet de cette colline que nous avons devant nous.

– Cela suffit, dit Coster de Saint-Victor.

Et, appelant le postillon :

– Mon ami, lui dit-il, comme il pourrait te prendre l'idée de me faire des observations sur ce que je vais te commander, je commencerai par te prévenir que toute objection serait inutile. Tes chevaux sont reposés, ils ont mangé. Tu es reposé, tu as mangé ; tu vas mettre les chevaux à la voiture, et, comme tu ne peux pas retourner à La Guerche, vu que la route est barrée, tu vas me conduire à Vitré, chez M. Borel, imprimeur. Si tu y viens, tu auras deux écus de six livres ; pas des assignats, des écus. Si tu n'y viens pas, un de ces gaillards-là prendra ta place et recevra naturellement les deux écus qui t'étaient destinés.

Le postillon ne se donna même pas la peine de réfléchir.

– J'irai, dit-il.

– Eh bien ! dit Coster, comme tu as montré de la bonne volonté, voici un écu d'avance.

Cinq minutes après, la voiture était attelée et Coster partait pour Vitré.

– Maintenant, dit Mlle de Fargas, comme je n'ai rien à faire dans tout ce qui se prépare, je vous demande la permission de prendre un peu de repos. Il y a cinq jours et cinq nuits que je n'ai dormi.

Cadoudal étendit son manteau sur la terre et sur ce manteau sept ou huit peaux de mouton ; un portemanteau servit d'oreiller, et Mlle de Fargas commença sa première nuit de bivac et son apprentissage des guerres civiles.

À dix heures sonnant au clocher de La Guerche, Cadoudal entendit à son oreille une voix qui disait :

– Me voilà !

C'était Chante-en-Hiver qui, selon sa promesse, était de retour. Il avait eu tous les renseignements nécessaires, c'est-à-dire qu'il venait apprendre à Cadoudal ce que nous savons déjà.

Goulin occupait la dernière maison de la ville de La Guerche.

Douze hommes, couchés dans une chambre du rez-de-chaussée, formaient sa garde particulière.

Quatre hommes se relayaient pour placer une sentinelle de deux heures en deux heures au pied de la guillotine. Les trois autres couchaient dans l'antichambre du rez-de-chaussée de la maison occupée par François Goulin. Les chevaux qui traînaient la machine étaient dans l'écurie de la même maison.

À dix heures et demie, Branche-d'Or arriva à son tour : il avait dépouillé vingt hussards morts et il apportait leur fourniment complet.

— Choisis-moi, dit Cadoudal, vingt hommes qui puissent endosser ces habits et qui n'aient pas trop l'air de masques en les endossant. Tu prendras le commandement de ces vingt hommes ; je présume que tu as eu soin, comme je te l'avais dit, de rapporter un uniforme de maréchal des logis ou de sous-lieutenant.

— Oui, mon général.

— Tu vas le revêtir et prendre le commandement de ces vingt hommes. Tu suivras la route de Château-Giron, de sorte que tu entreras à La Guerche de l'autre côté de la ville, par la route opposée à celle-ci. Au qui-vive de la sentinelle, tu avanceras à l'ordre et tu diras que tu viens de Rennes, de la part du général Hédouville. Tu demanderas l'habitation du colonel Hulot, on te l'indiquera. Tu te garderas bien d'y aller. Chante-en-Hiver, qui sera ton second, te fera traverser la ville d'un bout à l'autre, si tu ne la connais pas.

– Je la connais, mon général, répondit Branche-d'Or ; mais n'importe, un bon gars comme Chante-en-Hiver n'est jamais de trop.

– Vous irez droit à la maison de Goulin. Grâce à votre uniforme, on ne vous fera aucune difficulté. Pendant que deux hommes s'approcheront de la sentinelle et causeront avec elle, les dix-huit autres s'empareront des quinze bleus qui sont dans la maison. Le sabre sur la poitrine, vous leur ferez jurer de ne s'opposer à rien. Du moment qu'ils auront juré, ne vous inquiétez plus d'eux : ils tiendront le serment qu'ils auront fait. Maîtres du bas, vous monterez à la chambre de François Goulin. Comme j'ai la conviction qu'il ne se défendra pas, je ne vous dis pas ce qu'il faudra faire en cas de résistance. Quant à la sentinelle, vous comprenez qu'il est important qu'elle ne crie pas : « Aux armes ! » Elle se rendra ou on la tuera. Pendant ce temps, Chante-en-Hiver tirera les chevaux de l'écurie, les attellera à la machine, et, comme elle est placée sur la route, il n'y aura qu'à la faire marcher droit devant elle pour venir nous re-joindre. Une fois que les bleus vous auront donné leur parole, vous pouvez leur confier le but de votre mission ; je suis parfaitement convaincu qu'il n'y en aura pas un qui se fera tuer pour François Goulin, et qu'au contraire, il y en aura plus d'un qui vous donnera de bons conseils. Ainsi, par exemple, Chante-en-Hiver a oublié de s'informer où demeurait le bourreau, probablement parce que j'avais oublié moi-même de le lui dire. Je présume que pas un de vous ne voudrait remplir son office ; par conséquent, il nous est indispen- sable. Je laisse le reste à votre intelligence. Le coup sera tenté vers trois heures du matin. À deux heures, nous serons aux mêmes postes qu'hier. Une fusée d'artifice nous apprendra que vous avez réussi.

Branche-d'Or et Chante-en-Hiver échangèrent tout bas quelques paroles. C'étaient des observations que l'un faisait et que l'autre combattait ; enfin tous deux tombèrent d'accord, et, se retournant vers Cadoudal :

– Cela suffit, mon général, dirent-ils, tout sera fait à votre satisfaction.

CHAPITRE XXVI

Le chemin de l'échafaud

Vers deux heures du matin, on entendit le bruit d'une voiture.

C'était Coster de Saint-Victor qui revenait avec ses affiches.

Comme s'il eût été certain de la réussite de l'affaire, il avait chargé l'imprimeur d'en faire poser cent dans la ville de Vitré.

Elles étaient conçues en ces termes :

Vous êtes invités à assister à l'exécution de François Goulin, commissaire extraordinaire du Directoire ; il sera exécuté demain, de huit à neuf heures du matin, sur la grande route de Vitré à La Guerche, au lieu-dit Moutiers, avec sa propre guillotine.

Le général Cadoudal, par l'ordre de qui se fait l'exécution, offre la trêve de Dieu à quiconque voudra assister à cette justice.

De son camp de La Guerche.

Georges Cadoudal.

En passant à Étrelles, à Saint-Germain-du-Pinel et à Moutiers, Coster en avait laissé à des habitants qu'il avait éveillés tout exprès et qu'il avait chargés de faire part à leurs compatriotes de la bonne fortune qui les attendait le lendemain.

Pas un, en effet, ne s'était plaint d'être éveillé. On n'exécutait pas tous les jours un commissaire de la République.

Comme on avait fait à l'autre extrémité de la route, on attacha des chevaux aux arbres abattus pour rendre la route praticable.

À deux heures, comme il était convenu, Cadoudal donna le signal au camp, qui alla reprendre ses postes dans les ajoncs et dans les genêts où l'on avait combattu la veille.

Une demi-heure auparavant, Branche-d'Or, Chante-en-Hiver et leurs vingt hommes habillés en hussards, étaient partis pour rejoindre la route de Château-Giron.

Une heure se passa dans le silence le plus profond.

D'où ils étaient, les chouans pouvaient entendre les cris des sentinelles qui s'excitaient à veiller.

Vers trois heures moins un quart, la troupe de chouans déguisés se présentait à l'extrémité de la grande rue, et, après un colloque d'un instant avec la sentinelle, était dirigée par celle-ci vers l'Hôtel de Ville, où logeait le commandant Hulot ; mais Chante-en-Hiver et Branche-d'Or n'étaient pas si simples que de suivre les grandes artères de la ville ; ils se jetèrent dans les ruelles, où ils eurent l'air d'une patrouille veillant au salut de la cité. Ils parvinrent ainsi jusqu'à la maison occupée par François Goulin.

Là encore, tout se passa comme l'avait prévu Cadoudal. La sentinelle de la guillotine, voyant venir la petite troupe de l'intérieur de la ville, ne s'en inquiéta point, et eut le pistolet sur la gorge avant même de soupçonner que c'était à elle qu'on en voulait.

Les républicains, surpris à l'improviste dans la maison et au milieu de leur sommeil, ne firent aucune résistance. François Goulin fut pris dans son lit roulé et ficelé dans son drap avant d'avoir eu le temps de pousser un seul cri d'alarme.

Quant au bourreau et à son aide, ils logeaient dans un petit pavillon du jardin, et, comme l'avait prévu Cadoudal, ce furent les républicains eux-mêmes qui, mis au courant du motif de l'expédition, indiquèrent aux blancs le bouge où dormaient les deux immondes créatures.

Les bleus se chargèrent, en outre, de coller et distribuer les affiches, promettant de demander au commandant Hulot la permission d'assister à l'exécution.

À trois heures du matin, une fusée s'élança du haut de la route et annonça à Cadoudal et à ses gars que l'entreprise avait réussi.

Et, en effet, au même instant, on entendit le bruit de la lourde voiture sur laquelle était placé un des plus beaux spécimens de l'invention de M. Guillotin.

Voyant que ses hommes n'étaient aucunement poursuivis, Cadoudal se rallia à eux, faisant écarter les cadavres de la route, pour que la voiture pût rouler sans interruption. C'est à moitié de la des- cente seulement qu'ils entendirent retentir les premières trompettes et battre les premiers tambours.

En effet, on ne s'était aucunement hâté d'aller prévenir le commandant Hulot. Celui qui avait été chargé de ce soin n'avait point oublié d'emporter avec lui un certain nombre d'affiches, et, au lieu de commencer par lui annoncer l'acte audacieux que venaient d'accomplir Cadoudal et ses hommes, il avait débuté par lui mettre sous les yeux les affiches qui, ne lui apprenant rien, l'avaient forcé à une suite de questions qui ne lui avaient livré la vérité que lambeau à lambeau. Il avait fini cependant par tout savoir et s'était mis dans une effroyable colère, ordonnant de poursuivre les blancs à outrance et de leur reprendre coûte que coûte le commissaire du gouverne- ment.

C'était alors qu'on avait battu le tambour et sonné la trompette.

Mais les officiers avaient si bien fait, avaient tant caressé leur vieux colonel, qu'ils avaient fini par le désarmer et obtenir de lui, à leurs risques et périls, la permission tacite d'aller voir l'exécution à laquelle il mourait d'envie d'assister lui-même.

Mais il comprit que c'était chose impossible, et qu'il eût compromis gravement sa tête ; il se contenta donc de dire à son secrétaire, qui n'osait pas lui demander la permission d'aller avec les autres officiers, de lui faire un rapport exact.

Le jeune homme bondit de joie en apprenant qu'il était forcé de voir couper la tête au citoyen François Goulin.

Il fallait que cet homme inspirât un bien profond dégoût, puisque blancs et bleus, soldats et citoyens, approuvaient d'un même accord un acte fort discutable au point de vue du droit.

Quant au citoyen François Goulin, à moitié de la descente, et jusqu'au moment où il vit les chouans joindre son cortège et fraterniser avec lui, il n'avait pas trop su ce qu'on voulait de lui. Pris par des hommes portant le costume républicain, lié dans son drap sans qu'on répondît à ses questions, jeté dans une voiture avec le bourreau, son ami, attaché à la suite de sa chère guillotine, il était impossible, on en conviendra, que le jour se fît lui-même dans son esprit.

Mais, quand il vit les faux hussards échanger des plaisanteries avec les chouans qui marchaient au sommet de la route ; lorsque, ayant demandé avec insistance ce que l'on comptait faire de lui, pourquoi cette violation de domicile et cet enlèvement de sa personne à main armée, on lui eût remis en manière de réponse l'affiche qui annonçait son exécution et qui invitait les populations à y assister, il comprit alors seulement tout le danger qu'il courait et le peu de chance qu'il avait d'y échapper, soit qu'il fût secouru par les républicains, soit que les blancs se laissassent attendrir ; deux circonstances si problématiques, qu'il n'y fallait pas compter.

Sa première idée fut de s'adresser au bourreau, de lui faire comprendre qu'il n'avait d'ordres à recevoir que de lui, puisqu'il était parti de Paris avec injonction de lui obéir en tous points. Mais cet homme était tellement abattu lui-même, il regardait de tous côtés d'un œil si hagard, il avait une telle conviction qu'il était condamné en même temps que celui qui d'habitude condamnait, que le malheureux François Goulin vit bien qu'il n'y avait rien à attendre de ce côté.

Il eut alors la pensée de pousser des cris, d'appeler à son secours, de prier ; mais, sur tous les visages, il vit une telle couche d'insensibilité, qu'il secoua la tête et se répondit à lui-même :

– Non, non, non, c'est inutile !

On arriva ainsi au bas de la côte.

Là, on fit une halte. Les chouans avaient à dépouiller leur costume d'emprunt pour reprendre leur uniforme à eux, c'est-à-dire la veste, les bragues et les guêtres du paysan breton. Là s'était déjà amassé un grand nombre de curieux. Les affiches avaient fait merveille ; de deux et même quatre lieues à la ronde, on accourait. Tout le monde savait que c'était là ce François Goulin, que l'on n'appelait à Nantes et dans la Vendée que Goulin le Noyeur.

La curiosité allait de lui à la guillotine. L'instrument était complètement inconnu à cette extrémité de la France qui touche le Finistère *(Finis terrae,* fin de la terre) ; femmes et hommes s'interrogeaient sur la manière dont on le faisait marcher, dont on plaçait le condamné, dont le couperet glissait. Des gens, qui ne sa- vaient pas qu'il était le héros de la fête, s'adressaient à lui, et lui de- mandaient des renseignements. L'un d'eux lui dit :

– Est-ce que vous croyez qu'on meurt aussitôt qu'on a le cou coupé ? Je ne crois pas, moi. Quand je coupe le cou à une oie ou à un canard, il vit encore plus d'un quart d'heure après.

Et Goulin, qui, lui non plus, n'avait pas la certitude que la mort fût instantanée, se tordait dans ses cordes et se roulait sur le bourreau en lui disant :

– Est-ce que tu ne m'as pas raconté un jour que les têtes des guillotinés rongeaient le fond de ton panier ?

Mais le bourreau, abruti par la peur, ne répondait pas ou répondait par ces exclamations vagues qui indiquent la mortelle préoccupation de celui qui les laisse échapper.

Après un repos d'un quart d'heure, qui donna le temps aux chouans de reprendre leurs premiers habits, on se remit en route ; mais alors on aperçut, sortant de la gauche, toute une population qui se précipitait pour avoir sa part du supplice.

Il était curieux pour ces hommes qui, la veille, étaient menacés par l'instrument fatal et qui regardaient avec terreur celui qui le faisait jouer, il était curieux de voir cet instrument, comme les chevaux de Diomède nourris de chair humaine, se jeter sur son maître et le dévorer à son tour.

Au milieu de cette multitude, une masse noire se mouvait précédée d'un bâton au bout duquel flottait un mouchoir blanc.

C'étaient ceux des républicains qui profitaient de la trêve de Dieu, offerte par Cadoudal, et qui venaient, précédés du signe de la paix, joindre le silence de leur mépris aux éclats de colère de la populace, qui, n'ayant rien à ménager, ne respectait rien.

Cadoudal ordonna d'attendre, et, après avoir courtoisement salué ces bleus, auxquels, la veille, il donnait la mort et desquels il la recevait :

– Venez, messieurs, dit-il. Le spectacle est grand et digne d'être vu par les hommes de tous les partis. Des égorgeurs, des noyeurs, des assassins n'ont pas de drapeau, ou, s'ils ont un drapeau, c'est l'étendard de la mort, le drapeau noir. Venez, nous ne marchons ni les uns ni les autres sous ce drapeau-là.

Et il se remit en route, confondu avec les républicains, ayant confiance en eux, comme ils avaient eu confiance en lui.

CHAPITRE XXVII

L'exécution

Celui qui, du village de Moutiers, c'est-à-dire de la partie qui donne sur la gauche, eût vu venir à lui l'étrange cortège qui, lentement, gravissait la montée, eût eu peine à s'expliquer ce que c'était que ce cortège mêlé d'hommes à pied, d'hommes à cheval, de blancs avec le costume consacré par Charette, Cathelineau et Cadoudal, de bleus avec l'uniforme républicain, accompagnés de femmes, d'enfants et de paysans, roulant au milieu de ses flots, agités comme les vagues de l'Océan, une machine inconnue, s'il n'eût été mis au courant par les affiches de Coster de Saint-Victor.

Mais longtemps ces affiches avaient été prises pour une de ces gasconnades étranges comme s'en permettaient les partis à cette époque, et beaucoup peut-être étaient accourus, non pas pour voir l'exécution promise – ils n'osaient l'espérer – mais pour avoir l'explication de cette promesse qui leur était faite. Le rendez-vous était à Moutiers, et tous les paysans des environs attendaient, dès huit heures du matin, sur la place publique du bourg.

Tout à coup on vint leur annoncer qu'un cortège, qui allait grossissant à chaque pas, s'avançait vers la ville. Aussitôt chacun se mit à courir vers le point désigné, et, en effet, aux deux tiers de la montée, on aperçut les chefs vendéens formant l'avant-garde et tenant tous en main une branche verte, comme aux jours des expiations antiques.

La foule réunie à Moutiers déborda alors sur la grande route, et, comme deux marées qui viendraient au-devant l'une de l'autre, les deux fleuves d'hommes se heurtèrent et mêlèrent leurs vagues.

Il y eut un instant de trouble et de lutte ; chacun s'efforçait d'arriver jusqu'à la charrette qui traînait l'échafaud et jusqu'à la voiture qui renfermait Goulin, le bourreau et son aide.

Mais, comme chacun était animé d'un même esprit, que l'enthousiasme était peut-être encore plus grand que la curiosité, ceux qui avaient vu trouvèrent trop juste que les autres vissent à leur tour et s'effacèrent pour céder une part du terrain.

Au fur et à mesure qu'on avançait, Goulin devenait plus pâle, car il comprenait qu'on marchait à un but que l'on finirait par at- teindre ; d'ailleurs, il avait vu, sur l'affiche qu'on lui avait mise entre les mains, qu'à Moutiers devait avoir lieu son exécution, et il n'ignorait pas que cette ville qu'il voyait devant lui, et dont chaque pas le rapprochait, était Moutiers. Il roulait sur toute cette foule des yeux hagards, ne pouvant comprendre ce mélange de républicains et de chouans, qui, la veille encore, se battaient avec tant d'acharnement et qui, le matin, se pressaient de si bon accord pour lui servir d'escorte. De temps en temps, il fermait les yeux pour se faire croire sans doute à lui-même que c'était un songe ; mais alors il devait lui sembler, aux balancements de cette voiture, aux mugisse- ments de cette foule qu'il était sur une barque secouée par quelque terrible tempête océanique. Alors, il levait ses bras qu'il avait fini par dégager de l'espèce de linceul dont il était enveloppé, en battait l'air comme un insensé, se mettait debout, voulait crier, et peut-être même criait-il ; mais sa voix était étouffée par le tumulte et il retom- bait assis entre ses deux sombres compagnons.

Enfin l'on arriva sur le plateau de Moutiers, et le cri de « Halte ! » se fit entendre.

C'était là.

Plus de dix mille personnes couronnaient ce plateau, les pre- mières maisons de la ville étaient couvertes de curieux, les arbres de la route étaient surchargés de spectateurs. Quelques hommes à che- val, et au milieu d'eux une femme portant son bras en écharpe, do- minaient la foule de toute la tête.

Ces hommes, c'étaient : Cadoudal d'abord, puis Coster de Saint-Victor, puis les autres chefs des chouans.

La femme, c'était Mlle de Fargas, qui, pour se familiariser avec ses futures émotions des champs de bataille, venait chercher la plus émouvante de toutes, celle que communique aux spectateurs la mort sur l'échafaud.

Lorsque tout le cortège fut bien immobile, que chacun eut pris la place où il comptait rester pendant l'exécution, Cadoudal leva la main et fit signe qu'il voulait parler.

Chacun se tut, les respirations semblèrent s'éteindre dans les poitrines, un morne silence se fit, et les yeux de Goulin se fixèrent sur Cadoudal, dont il ignorait le nom et l'importance, qu'il n'avait pas encore distingué des autres, et qui, cependant, était celui qu'il venait chercher de si loin et qui, dès la première rencontre, chan- geant de rôle avec lui, s'était fait le juge et avait fait du bourreau la victime, si toutefois un assassin peut, quelle que soit la mort qui lui est réservée, être désigné sous le nom de victime.

Cadoudal avait donc fait signe qu'il voulait parler.

– Citoyens, dit-il, en s'adressant aux républicains, vous le voyez, je vous donne le titre que vous vous donnez vous-mêmes ; mes frères, poursuivit-il en s'adressant aux chouans, et je vous donne le titre sous lequel Dieu vous reçoit en son sein, votre réunion aujourd'hui à Moutiers, le but dans lequel vous êtes réunis prouvent que chacun de vous est convaincu que cet homme a mérité la peine qu'il va subir, et cependant, républicains, qui un jour, je l'espère, serez nos frères, vous ne connaissez pas cet homme comme nous le connaissons.

» Un jour, c'était au commencement de 1793, mon père et moi, nous revenions de porter de la farine dans un faubourg de Nantes ; il y avait famine dans la ville.

» À peine faisait-il jour. Carrier, l'infâme Carrier, n'était point encore arrivé à Nantes ; donc, il faut rendre à César ce qui appartient à César, à Goulin ce qui appartient à Goulin.

» Ce fut Goulin qui inventa les noyades.

» Nous longions, mon père et moi, le quai de la Loire ; nous vîmes un bateau sur lequel on entassait des prêtres ; un homme les y faisait descendre deux par deux et les comptait à mesure qu'ils descendaient.

» Il en compta quatre-vingt-seize ! Ces prêtres étaient liés l'un à l'autre par couples.

» À mesure qu'ils descendaient dans le bâtiment, ils disparaissaient, car on les conduisait à la cale.

» Le bâtiment quitta le bord, s'avança au milieu de la Loire. Cet homme se tenait à l'avant avec un aviron.

» Mon père arrêta son cheval et me dit :

» – Attends et regardons ; il va se passer ici quelque chose d'infâme.

» En effet, le bateau avait une soupape ; quand il fut au milieu de la Loire, la soupape s'ouvrit et les malheureux que contenait la cale furent précipités dans le fleuve.

» À mesure que leurs têtes reparaissaient à la surface de l'eau, ces hommes et quelques misérables de leurs compagnons frappaient sur ces têtes qui portaient déjà la couronne du martyre, et les brisaient à coup d'aviron.

» Cet homme que voilà les excitait à la cruelle besogne. Deux condamnés, cependant, parurent trop éloignés de lui pour être atteints ; ils se dirigèrent vers le rivage, car ils avaient trouvé un banc de sable où ils avaient pied.

» – Alerte ! me dit mon père, sauvons ces deux-là.

» Nous sautâmes à bas de nos chevaux, nous nous laissâmes glisser le long du talus de la Loire, nous courûmes à eux le couteau à la main ; ils crurent que, nous aussi, nous étions des meurtriers et voulurent nous fuir ; mais nous leur criâmes :

» – Venez à nous, hommes de Dieu ! ces couteaux sont pour couper vos liens et non pour vous frapper !

» Ils vinrent à nous ; en un instant, leurs mains étaient libres, nous étions à cheval, eux en croupe, et nous les emportions au galop.

» C'étaient les dignes abbés Briançon et Lacombe.

» Tous deux se réfugièrent avec nous dans nos forêts du Morbihan. L'un est mort de fatigue, de faim et de soif, comme beaucoup de nous sont morts. C'était l'abbé Briançon.

» L'autre (et il montra du doigt un prêtre qui essayait de se cacher dans la foule), l'autre a résisté, l'autre sert le Seigneur notre Dieu par ses prières, comme nous le servons par nos armes. L'autre, c'est l'abbé Lacombe ! Le voici.

» Depuis ce temps, dit-il en désignant Goulin, cet homme, toujours le même, a présidé aux noyades ; il a été, dans tous les supplices qui ont eu lieu à Nantes, le bras droit de Carrier.

» Lorsque Carrier fut mis en jugement et condamné, François Goulin fut mis en jugement en même temps que lui ; mais il se présenta au tribunal comme un instrument qui n'avait pu se refuser d'obéir aux ordres qui lui étaient donnés.

» J'étais possesseur de cette lettre écrite tout entière de sa main...

Cadoudal tira un papier de sa poche.

– Je voulais l'envoyer au tribunal pour éclairer sa conscience. Cette lettre écrite à son digne collègue Perdraux, et qui lui indiquait la manière dont il procédait, était sa condamnation.

» Écoutez, vous hommes des champs de bataille, et dites-moi si jamais bulletin de combat vous a fait frissonner à l'égal de ces lignes.

Cadoudal lut à haute voix, au milieu d'un morne silence, la lettre suivante.

Citoyen,

Exalté par ton patriotisme, tu me demandes comment je m'y prends pour mes mariages républicains.

Lorsque je fais des baignades, je dépouille les hommes et les femmes, je fouille leurs vêtements pour voir s'ils ont de l'argent ou des bijoux ; je mets ces vêtements dans un grand mannequin, puis j'attache un homme et une femme par les poignets, face à face ; je les fais venir sur le bord de la Loire ; ils montent deux à deux dans mon bateau, deux hommes les poussent par-derrière et les précipitent la tête première dans l'eau ; puis, lorsqu'ils tentent de se sauver, nous avons de grands bâtons avec lesquels nous les assommons.

C'est ce que nous appelons le mariage civique.

François Goulin.

– Savez-vous, continua Cadoudal, ce qui m'a empêché d'envoyer ce billet ? C'est la miséricorde du digne abbé Lacombe.

» – Si Dieu, m'a-t-il dit, donne à ce malheureux le moyen de se sauver, c'est qu'il l'appelle à son saint repentir.

» Or, comment s'est-il repenti ? Vous le voyez. Après avoir noyé quinze cents personnes peut-être il saisit le moment où la ter- reur recommence et sollicite la faveur de revenir dans ce même pays dont il a été le bourreau pour y faire de nouvelles exécutions.

» S'il s'était repenti, moi aussi je lui pardonnerais ; mais, puisque, comme le chien de la Bible, il revient à son vomissement, puisque Dieu a permis qu'il tombe dans mes mains après avoir échappé à celles du tribunal révolutionnaire, c'est que Dieu veut qu'il meure.

Un moment de silence suivit ces dernières paroles de Cadou- dal ; puis on vit le condamné se soulever dans la voiture et d'une voix étouffée crier :

– Grâce ! grâce !

– Eh bien ! soit, dit Cadoudal, puisque te voilà debout, regarde autour de toi ; nous sommes bien dix mille qui sommes venus pour te voir mourir ; si parmi ces dix mille voix une seule voix crie :
« Grâce ! » grâce te sera faite.

– Grâce ! cria Lacombe en étendant les deux bras. Cadoudal se dressa debout sur ses étriers :

– Vous seul ici parmi nous tous, mon père, n'avez pas le droit de demander grâce pour cet homme. Cette grâce, vous la lui avez faite le jour où vous m'empêchâtes d'envoyer sa lettre au tribunal révolutionnaire. Aidez-le à mourir, c'est tout ce que je puis vous accorder.

Puis, d'une voix qui fut entendue par tous les spectateurs :

– Y a-t-il quelqu'un parmi vous tous, fit-il pour la seconde fois, qui demande la grâce de cet homme ?

Pas une voix ne répondit.

– Tu as cinq minutes pour te réconcilier avec le Ciel, dit Cadoudal à François Goulin. Et, à moins d'un miracle de Dieu lui-même, rien ne peut te sauver. Mon père, ajouta-t-il en s'adressant à l'abbé Lacombe, vous pouvez donner le bras à cet homme et l'accompagner sur l'échafaud.

Puis, à l'exécuteur :

– Bourreau, fais ton devoir.

Le bourreau, qui vit qu'il n'était aucunement question de lui dans l'exécution, si ce n'est pour remplir son office ordinaire, se leva et posa sa main sur l'épaule de François Goulin en signe qu'il lui appartenait.

L'abbé Lacombe s'approcha du condamné.

Mais celui-ci le repoussa.

Alors commença une lutte effroyable entre cet homme, qui ne voulait ni prier ni mourir, et les deux exécuteurs.

Malgré ses cris, malgré ses morsures, malgré ses blasphèmes le bourreau le prit entre ses bras comme il eût fait d'un enfant, et, tandis que son aide préparait le couperet, il le transporta de la voiture sur la plate-forme de la guillotine.

L'abbé Lacombe y était monté le premier, il y attendait le condamné dans un dernier espoir ; mais ses efforts furent vains, il ne put même lui approcher le crucifix de la bouche.

Alors, il se passa sur l'affreux théâtre une scène inénarrable.

Le bourreau et son aide parvinrent à courber le condamné sur la planche fatale ; elle bascula, puis on vit passer comme un éclair, c'était le couteau qui descendait ; on entendit un bruit sourd, c'était la tête qui tombait.

Un silence profond lui succéda, et, au milieu de ce silence, on entendit la voix de Cadoudal qui disait :

– La justice de Dieu est faite !

CHAPITRE XXVIII

Le 7 fructidor

Laissons Cadoudal continuer sa lutte désespérée contre les républicains, et, tantôt victorieux, tantôt vaincu, rester, avec Pichegru, le seul espoir que les Bourbons conservassent en France, jetons un regard sur Paris et arrêtons-nous au monument de Marie de Médicis, où continuent d'habiter dans les appartements que nous avons dit, les citoyens directeurs.

Barras avait reçu le message de Bonaparte que lui avait apporté Augereau.

La veille du départ de celui-ci, le jeune général en chef, choisissant l'anniversaire du 14 Juillet, qui répondait au 26 messidor, avait donné une fête à l'armée et fait rédiger des adresses dans lesquelles les soldats d'Italie protestaient de leur attachement pour la République et de leur dévouement à mourir, s'il le fallait, pour elle.

On avait, sur la grande place de Milan, élevé une pyramide au milieu de trophées conquis sur l'ennemi, drapeaux et canons.

Cette pyramide portait les noms de tous les soldats et officiers morts pendant la campagne d'Italie.

Tout ce qu'il y avait de Français à Milan fut convoqué à cette fête, et plus de vingt mille hommes présentèrent les armes à ces glo- rieux trophées et à cette pyramide couverte de noms immortels, le nom des morts.

Pendant que vingt mille hommes formaient le carré et présen- taient à la fois les armes à leurs frères étendus sur les champs de bataille d'Arcole, de Castiglione et de Rivoli, Bonaparte, la tête dé- couverte, et montrant de la main la pyramide, disait :

– Soldats ! c'est aujourd'hui l'anniversaire du 14 Juillet ; vous voyez devant vous les noms de vos compagnons d'armes morts au champ d'honneur pour la liberté et pour la patrie ; ils vous ont don- né l'exemple. Vous vous devez tout entiers à la République, vous vous devez tout entiers au bonheur de trente millions de Français, vous vous devez tout entiers à la gloire de ce nom qui a reçu un nou- vel éclat par vos victoires.

» Soldats ! je sais que vous êtes profondément affectés des malheurs qui menacent la patrie ; mais la patrie ne peut courir de dangers réels. Les mêmes hommes qui l'ont fait triompher de l'Europe coalisée sont là. Des montagnes nous séparent de la France ; vous les franchiriez avec la rapidité de l'aigle, s'il le fallait pour maintenir la Constitution, défendre la liberté, et protéger les républicains.

» Soldats, le gouvernement veille sur le dépôt qui lui est con- fié ; les royalistes, dès l'instant qu'ils se montreront, auront vécu. Soyez sans inquiétude et jurons par les mânes des héros qui sont morts près de nous pour la liberté, jurons sur nos drapeaux guerre implacable aux ennemis de la République et de la Constitution de l'an III.

Puis il y eut un banquet, des toasts furent portés.

Bonaparte porta le premier.

– Aux braves Steingel, La Harpe et Dubois, morts au champ d'honneur ! Puissent leurs mânes, dit-il, veiller autour de nous, et nous garantir des embûches de nos ennemis !

Masséna porta un toast à la réémigration des émigrés.

Augereau, qui devait partir le lendemain, chargé des pleins pouvoirs de Bonaparte, s'écria en levant son verre :

– À l'union des républicains français ! À la destruction du Club de Clichy ! Que les conspirateurs tremblent ! De l'Adige et du Rhin à la Seine, il n'y a qu'un pas. Qu'ils tremblent ! leurs iniquités sont comptées, et le prix est au bout de nos baïonnettes.

Au dernier mot de ce toast, trompettes et tambours firent entendre le pas de charge. Chaque soldat courut à son fusil, comme si l'on eût dû partir en effet à l'instant même, et l'on eut toutes les peines du monde à faire reprendre à chacun sa place au festin.

Le Directoire avait vu arriver le messager de Bonaparte avec des sentiments bien divers.

Augereau convenait fort à Barras. Barras, toujours prêt à monter à cheval, toujours prêt à appeler à son aide les jacobins et le peuple des faubourgs, Barras accueillit Augereau comme l'homme de la situation.

Mais Rewbell, mais Larevellière, caractères calmes, têtes sages, eussent voulu un général sage et calme comme eux. Quant à Barthélémy et à Carnot, il va sans dire qu'Augereau ne pouvait leur convenir sous aucun rapport.

Et, en effet, Augereau, tel que nous le connaissons déjà, était un auxiliaire dangereux. Brave homme, excellent soldat, cœur intrépide, mais tête vantarde et langue gasconne, Augereau laissait trop voir dans quel but il avait été envoyé. Mais Larevellière et Rewbell parvinrent à s'emparer de lui et à lui faire comprendre qu'il fallait sauver la République par un acte énergique et sans répandre le sang.

On lui donna, pour lui faire prendre patience, le commandement de la dix-septième division militaire que comprenait Paris.

On était arrivé au 16 fructidor.

La position des différents partis était tellement tendue, que l'on s'attendait, d'un moment à l'autre, à un coup d'État, soit de la part des Conseils, soit de la part des directeurs.

Pichegru était le chef naturel du mouvement royaliste. Si c'était lui qui prenait l'initiative, les royalistes se rangeaient autour de lui.

Le livre que nous écrivons est loin d'être un roman, peut-être même n'est-il point assez un roman pour certains lecteurs ; nous avons déjà dit qu'il était écrit pour côtoyer pas à pas l'histoire. De même que nous avons des premiers mis dans une lumière des plus complètes les événements du 13 vendémiaire et le rôle que Bonaparte y joua, nous devons, à l'époque où nous sommes arrivés, montrer sous son véritable jour Pichegru trop calomnié.

Pichegru, après son refus au prince de Condé, refus dont nous avons détaillé les causes, était entré en correspondance directe avec le comte de Provence, qui, depuis la mort du petit dauphin, prenait le titre de roi Louis XVIII. Or, en même temps qu'il envoyait à Cadoudal son brevet de lieutenant du roi et le cordon rouge, ayant apprécié le désintéressement de Pichegru, qui avait déclaré refuser honneurs et argent, et ne tenter de faire la Restauration que pour la gloire d'être un Monk sans duché d'Albemarle, Louis XVIII écrivait à Pichegru :

Il me tardait beaucoup, monsieur, de pouvoir vous exprimer les sentiments que vous m'inspirez depuis longtemps et l'estime que j'avais pour votre personne. Je cède à ce besoin de mon cœur, et c'en est un pour moi de vous dire que j'avais jugé, il y a dix-huit mois, que l'honneur de rétablir la monarchie française vous serait réservé.

Je ne vous parlerai pas de l'admiration que j'ai pour vos talents et pour les grandes choses que vous avez exécutées. L'Histoire vous a déjà placé au rang des grands généraux et la postérité con-

firmera le jugement que l'Europe entière a porté sur vos victoires et sur vos vertus.

Les capitaines les plus célèbres ne durent, pour la plupart, leurs succès qu'à une longue expérience de leur art, et vous avez été, dès le premier jour, ce que vous n'avez cessé d'être pendant tout le cours de vos campagnes. Vous avez su allier la bravoure du maréchal de Saxe au désintéressement de M. de Turenne et à la modestie de M. de Catinat. Aussi puis-je vous dire que vous n'avez pas été séparé dans mon esprit de ces noms si glorieux dans nos fastes.

Je confirme, monsieur, les pleins pouvoirs qui vous ont été transmis par M. le prince de Condé. Je n'y mets aucune borne et vous laisse entièrement le maître de faire et d'arrêter tout ce que vous jugerez nécessaire à mon service, compatible avec la dignité de ma couronne et convenable aux intérêts de l'État.

Vous connaissez, monsieur, mes sentiments pour vous, ils ne changeront jamais.

Louis.

Cette seconde lettre suivit la première. Toutes deux donnent une mesure exacte des sentiments de Louis XVIII à l'égard de Piche- gru, et doivent influer, non seulement sur ceux des contemporains, mais sur ceux de la postérité :

Vous connaissez, monsieur, les malheureux événements qui ont eu lieu en Italie ; la nécessité d'envoyer trente mille hommes dans cette partie a fait suspendre définitivement le projet de passer le Rhin. Votre attachement à ma personne vous fera juger à quel point je suis affecté de ce contretemps, dans le moment surtout où je voyais les portes de mon royaume s'ouvrir devant moi. D'un autre côté, les désastres ajouteraient, s'il était possible, à la confiance que vous m'avez inspirée. J'ai celle que vous rétablirez la monarchie française, et soit que la guerre continue, soit que la paix ait lieu cet été, c'est sur vous que je compte pour le succès de ce grand ouvrage. Je dépose entre vos mains, monsieur, toute la plénitude de ma puissance et de mes droits. Faites-en l'usage que vous croirez nécessaire à mon service.

Si les intelligences précieuses que vous avez à Paris et dans les provinces, si vos talents, et votre caractère surtout, pouvaient me permettre de craindre un événement qui vous obligeât à sortir du royaume, c'est entre M. le prince de Condé et moi que vous trouveriez votre place. En vous parlant ainsi, j'ai à cœur de vous témoigner mon estime et mon attachement.

Louis.

Donc, d'un côté, Augereau pressait avec les lettres de Bonaparte, et, de l'autre, Pichegru était pressé par les lettres de Louis XVIII.

La nouvelle qu'Augereau avait été mis à la tête de la dix-septième division militaire, c'est-à-dire commandait les forces de Paris, avait appris aux royalistes qu'il n'y avait pas de temps à perdre.

Aussi Pichegru, Villot, Barbé-Marbois, Dumas, Murinais, Delarue, Rovère, Aubry, Lafon-Ladébat, tout le parti royaliste enfin, s'était rassemblé pour prendre une délibération chez l'adjudant gé- néral Ramel, commandant la garde du Corps législatif.

Ce Ramel était un brave soldat, adjudant général à l'armée du Rhin, sous les ordres du général Desaix, lorsque, le 1er janvier 1797, il reçut du Directoire l'ordre de se rendre à Paris pour prendre le commandement du Corps législatif.

Ce corps se composait d'un bataillon de six cents hommes, dont la plupart venaient de grenadiers de la Convention, que nous avons vus si bravement marcher au feu, le 13 vendémiaire, sous le commandement de Bonaparte. Là, la situation fut clairement exposée par Pichegru. Ramel était tout entier aux deux Conseils, prêt à obéir aux ordres qui lui seraient donnés par les présidents.

Pichegru proposa de se mettre, le soir même, à la tête de deux cents hommes, et d'arrêter Barras, Rewbell et Larevellière-Lépeaux, qu'on mettrait en accusation le lendemain. Par malheur, il avait été convenu que tout se ferait à la majorité. Les temporiseurs s'opposèrent à la proposition de Pichegru.

– La Convention suffira pour nous défendre, cria Lacuée.

– La Constitution ne peut rien contre les canons, et c'est avec les canons qu'ils répondront à vos décrets, répliqua Villot.

– Les soldats ne seront pas pour eux, insista Lacuée.

– Les soldats sont à celui qui les commande, dit Pichegru. Vous ne voulez pas vous décider, vous êtes perdus. Quant à moi, ajouta-t-il mélancoliquement, il y a longtemps que j'ai fait le sacrifice de ma vie ; je suis las de tous ces débats qui ne mènent à rien. Quand vous aurez besoin de moi, vous viendrez me chercher.

Et, sur ces paroles, il se retira.

Au moment même où Pichegru découragé sortait de chez Ramel, une voiture de poste s'arrêtait à la porte du Luxembourg et l'on annonçait, chez Barras, le citoyen général Moreau.

CHAPITRE XXIX

Jean-Victor Moreau

Moreau était à cette époque un homme de trente-sept ans, le seul qui, avec Hoche, contrebalançât, sinon la fortune, du moins la renommée de Bonaparte.

Dès cette époque, il était entré dans une association qui devint plus tard un complot, et qui, établie en 1797, ne fut étouffée qu'à Wagram, en 1809, par la mort du colonel Oudet, chef de cette société dite des philadelphes.

Dans cette société, son nom de guerre était Fabius, en souvenir du fameux consul romain qui remporta la victoire sur Annibal en temporisant.

Aussi nommait-on Moreau le Temporisateur.

Par malheur, cette temporisation n'était point chez lui le résultat d'un calcul, mais l'effet du caractère. Moreau manquait complètement de fermeté dans les aperçus politiques, et de détermination dans la volonté.

Doué d'une vigueur plus instinctive, il eût pu influer sur les événements de la France et se faire une vie en rivalité avec les plus belles existences modernes et antiques.

Moreau était né à Morlaix en Bretagne ; son père était un avocat distingué ; sa famille était considérée et plutôt riche que pauvre. À dix-huit ans, entraîné vers l'état militaire, il s'engagea. Son père, qui voulait faire du jeune Moreau un avocat comme lui, racheta le congé de son fils et l'envoya à Rennes pour y faire son droit.

Il prit bientôt une certaine influence sur ses camarades ; cette influence était due à une incontestable supériorité morale.

Inférieur en intelligence à Bonaparte, inférieur en spontanéité à Hoche, il pouvait rester encore supérieur à beaucoup.

Quand les troubles précurseurs de la Révolution éclatèrent en Bretagne, Moreau adopta le parti du Parlement contre la Cour, et entraîna avec lui toute la corporation des étudiants.

Il s'ensuivit, entre Moreau, que l'on surnomma dès lors le général du Parlement, et le commandant de Rennes, une lutte dans laquelle le vieux soldat n'eut pas toujours l'avantage.

Le commandant de Rennes donna l'ordre alors d'arrêter Moreau.

Moreau, dans le génie duquel était la prudence, ou plutôt dont la prudence était le génie, trouva le moyen de se dérober à toutes les recherches, en se montrant tous les jours, tantôt sur un point, tantôt sur un autre, afin que l'on fût bien convaincu que l'âme de l'opposition parlementaire n'avait point abandonné la vieille capitale de l'Armorique.

Mais, plus tard, voyant que ce Parlement qu'il défendait s'opposait à la convocation des états généraux, et jugeant que cette convocation était nécessaire au futur bonheur de la France, il changea de parti, tout en conservant son opinion, soutint la convocation des états généraux et parut à la tête de tous les attroupements qui s'organisèrent dès lors en Bretagne.

Il était président de la jeunesse bretonne réunie à Pontivy, lorsque le procureur général du département, cherchant à utiliser cette capacité qui se révélait en quelque sorte d'elle-même, le nomma commandant du 1er bataillon de volontaires d'Ille-et-Vilaine.

Voici, au reste, ce que Moreau dit lui-même :

« J'étais voué à l'étude des lois au commencement de cette Révolution qui devait fonder la liberté du peuple français. Elle changea la destination de ma vie ; je la vouai aux armes. Je n'allai pas me placer parmi les soldats de la liberté par ambition, j'embrassai l'état militaire par respect pour les droits de la nation : je devins guerrier parce que j'étais citoyen. »

Moreau devait à ce caractère calme, et même un peu lymphatique, un coup d'œil sûr au milieu du danger et un sang-froid étonnant dans un jeune homme. À cette époque, les hommes manquaient encore, mais allaient se présenter en foule ; ses qualités, quoiqu'un peu négatives, valurent à Moreau le grade de général en chef.

Pichegru, homme de génie, apprécia Moreau, homme de talent, et lui conféra, en 1794, le grade de général de division.

À partir de ce moment, il eut sous ses ordres un corps de vingt-cinq mille hommes et fut particulièrement chargé de la conduite des sièges.

Dans la brillante campagne de 1794, qui soumit la Hollande à la France, Moreau commanda l'aile droite de l'armée.

La conquête de la Hollande était jugée impossible par tous les stratégistes, la Hollande étant, on le sait, une terre plus basse que la mer, conquise sur la mer et que l'on peut inonder à volonté.

Les Hollandais risquèrent ce demi-suicide ; ils percèrent les digues qui retenaient les eaux de la mer, et crurent échapper à l'invasion en inondant leurs provinces.

Mais tout à coup un froid inconnu dans cette contrée, un froid qui s'éleva jusqu'à quinze degrés, un froid tel qu'on ne l'avait vu qu'une fois dans tout le cours d'un siècle, vient glacer les canaux et les fleuves.

Alors, avec une audace qui n'appartient qu'à eux, les Français s'aventurent sur l'abîme. C'est d'abord l'infanterie qui risque le passage, puis vient la cavalerie à son tour, puis l'artillerie légère ; et, comme on voit que les glaces supportent ce poids insolite, on fait descendre et rouler sur cette mer improvisée jusqu'à la grosse artillerie de siège. On se bat à la surface de l'eau, comme on se battait autrefois sur la terre ferme ; les Anglais sont attaqués et chassés à la baïonnette, les batteries autrichiennes sont emportées ; ce qui devait sauver la Hollande, la perd. Le froid, qui deviendra plus tard l'ennemi mortel de l'Empire, s'est fait l'allié fidèle de la République.

Alors, rien ne peut plus s'opposer à l'envahissement des Provinces-Unies. Les remparts ne défendent plus les villes, les glaces sont au niveau des remparts. Arnheim, Amsterdam, Rotterdam, La Haye sont prises. La conquête d'Overyssel, de Groningue et de Frise achève de livrer toute la Hollande.

Restait la flotte du stathouder, surprise par les glaces dans le détroit du Texel et dont les pièces sont restées à fleur d'eau.

Moreau fait traîner ses canons pour répondre à l'artillerie de la flotte ; il combat des vaisseaux comme il eût combattu des forteresses, lance un régiment de hussards à l'abordage ; et une flotte, chose inouïe dans l'histoire des peuples et dans les annales de la marine, est prise par un régiment de cavalerie légère.

C'étaient toutes ces choses qui avaient grandi Pichegru et Moreau, en laissant cependant chacun à sa place, Moreau n'étant toujours que l'habile lieutenant d'un homme de génie.

Sur ces entrefaites, Pichegru fut appelé au commandement de l'armée de Rhin-et-Moselle, et Moreau eut le commandement de l'armée du Nord.

Bientôt, comme nous l'avons dit, Pichegru soupçonné fut rappelé à Paris, et Moreau appelé à le remplacer au commandement en chef de l'armée de Rhin-et-Moselle.

Dès l'ouverture de la campagne, les troupes légères avaient pris un fourgon faisant partie des équipages du général autrichien de Klinglin. Dans une cassette qui avait été remise à Moreau se trouvait toute la correspondance de Fauche-Borel avec le prince de Condé. Cette correspondance rendait compte des relations qu'avait eues Fauche-Borel, sous le nom du citoyen Fenouillot, commis voyageur en vins de Champagne, avec Pichegru.

C'est ici que chacun a le droit de juger à sa guise et selon sa conscience la conduite de Moreau.

Moreau, l'ami de Pichegru, l'obligé de Pichegru, le lieutenant de Pichegru, devait-il prendre connaissance purement et simple- ment du contenu de cette cassette et la renvoyer à son ancien général en disant : « Gardez-vous ! » ou bien devait-il, faisant passer la pa- trie avant le cœur, le stoïcien avant l'ami, devait-il faire ce qu'il fit ? à savoir employer six mois à déchiffrer et à faire déchiffrer toutes ces lettres écrites en chiffres, et devait-il, les soupçons justifiés, mais la culpabilité non prouvée, devait-il profiter des préliminaires de la Paix de Leoben, et, quand la tempête déjà s'amassait sur la tête de Pichegru, venir frapper à la porte de Barras et dire :

– Me voilà, je suis la foudre !

Or, c'était cela que venait dire Moreau à Barras ; c'étaient ces preuves, non pas de trahison, mais de négociation, qui manquaient au Directoire pour accuser Pichegru, que Moreau apportait au Directoire.

Barras passa deux heures en tête à tête avec Moreau, s'assurant qu'il tenait contre son ennemi des armes d'autant plus mortelles qu'elles étaient empoisonnées.

Puis, quand il fut bien convaincu qu'il y avait matière, sinon à condamnation, du moins à procès, il sonna.

Un huissier entra.

– Allez, dit Barras, me chercher le ministre de la Police et mes deux collègues, Rewbell et Larevellière-Lépeaux.

Puis, tirant sa montre :

– Dix heures du soir, dit-il ; nous avons six heures devant nous.

Et, tendant la main à Moreau :

– Citoyen général, ajouta-t-il, tu arrives à temps. Puis, avec son fin sourire :

– Nous te revaudrons cela.

Moreau demanda la permission de se retirer. Cette permission lui fut accordée ; il eût autant gêné Barras que Barras l'eût gêné.

Les trois directeurs restèrent en séance jusqu'à deux heures du matin. Le ministre de la Police s'empressa de se rendre près d'eux et l'on envoya chercher successivement Merlin (de Douai) et Augereau.

Puis l'on expédia, vers une heure du matin, chez l'imprimeur du gouvernement une adresse conçue en ces termes :

Le Directoire, attaqué vers deux heures du matin par les troupes des deux Conseils sous le commandement de l'adjudant général Ramel, a été obligé de repousser la force par la force.

Après un combat d'une heure, les troupes des deux Conseils ont été battues, et force est demeurée au gouvernement.

Plus de cent prisonniers sont restés aux mains des directeurs ; demain, on donnera la liste de leurs noms et des détails plus amples sur cette conspiration qui a failli renverser le pouvoir établi.

18 fructidor, quatre heures du matin.

Cette pièce curieuse était signée Barras, Rewbell et Larevellière-Lépeaux ; c'était Sothin, ministre de la Police, qui l'avait proposée et en avait fait la rédaction.

– On ne croira pas à votre affiche, avait dit Barras en haussant les épaules.

– On y croira pendant la journée de demain, répondit Sothin, et c'est tout ce qu'il nous faut. Peu nous importe qu'on n'y croie pas après-demain, le tour sera fait.

Les directeurs se séparèrent en donnant l'ordre d'arrêter, avant tout, leurs deux collègues Carnot et Barthélemy.

CHAPITRE XXX

Le 18 fructidor

Tandis que le ministre de la Police Sothin rédigeait ses affiches et proposait de faire fusiller Carnot et quarante-deux députés, tandis qu'on annulait la nomination de Barthélemy, le cinquième directeur, et qu'on promettait à Augereau sa place si, le lendemain au soir, on était content de lui, deux hommes jouaient tranquillement au tric-trac dans un coin du Luxembourg.

L'un de ces deux hommes, le plus jeune de trois ans seulement, avait commencé par être officier du génie, et avait publié des essais de mathématiques qui l'avaient fait admettre dans plusieurs sociétés savantes. En outre, il avait composé un éloge de Vauban qui avait été couronné par l'Académie de Dijon.

Capitaine dans l'arme du génie au commencement de la Révolution, il avait été nommé chevalier de Saint Louis. En 1791, il avait été élu député à l'Assemblée législative par le département du Pas-de-Calais. Là, son premier discours avait été dirigé contre les princes émigrés à Coblence, contre le marquis de Mirabeau, contre le cardinal de Rohan et contre M. de Calonne, qui intriguait près des rois étrangers pour les décider à déclarer la guerre à la France. Il proposa de remplacer les officiers nobles, émigrés de l'armée, par les sous-officiers et les sergents. En 1792, il demanda la démolition de toutes les bastilles dans l'intérieur de la France, et présenta des mesures pour faire disparaître l'obéissance passive exigée des soldats et des officiers.

Dans les jours où la Révolution était menacée par l'étranger, il avait demandé la fabrication de trois cent mille piques, pour armer le peuple de Paris. Nommé député à la Convention nationale, il avait voté la mort du roi sans sourciller. Il avait fait réunir à la France la Principauté de Monaco et une partie de la Belgique.

Envoyé à l'armée du Nord en mars 1793, il avait, sur le champ de bataille de Wattignies, destitué le général Gratien, qui avait reculé devant l'ennemi, et, s'étant placé lui-même à la tête de la colonne française, il avait reconquis le terrain que nous avions perdu.

Nommé, au mois d'août de la même année, membre du Comité de salut public, il déploya un talent immense, devenu proverbial aujourd'hui, pour organiser quatorze armées et former des plans de campagne, non seulement pour chaque armée en particulier, mais encore pour l'ensemble de leurs opérations. C'était alors qu'il avait fait obtenir à nos armées les étonnantes victoires qui se succédèrent depuis la reprise de Toulon jusqu'à la reddition des quatre places fortes du Nord.

Cet homme, c'était Lazare-Nicolas-Marguerite Carnot, le quatrième directeur, lequel, n'ayant pas pu s'entendre avec Barras, Rewbell et Larevellière-Lépeaux, venait d'être condamné à mort par ses collègues, qui le jugeaient trop dangereux pour le laisser vivre.

Son partenaire, celui qui secouait les dés avec autant de nonchalance que Carnot y mettait d'énergie, était le marquis François Barthélemy, le dernier nommé des directeurs, qui n'avait d'autre mérite que d'être neveu de l'abbé Barthélemy, auteur du « Voyage du Jeune Anacharsis ».

Ministre de France en Suisse pendant la Révolution, il avait conclu à Bâle, deux ans auparavant, les traités de paix avec la Prusse et l'Espagne qui avaient mis un terme à la première coalition.

Il avait été nommé à cause de son modérantisme bien connu, et c'est ce modérantisme qui le faisait justement exclure par ses collègues et qui venait de faire décider son incarcération.

Il était une heure du matin lorsque Carnot, sur un coup d'éclat, termina sa sixième partie de trictrac.

Les deux amis se quittèrent en se serrant la main.

– Au revoir, dit Carnot à Barthélemy.

– Au revoir ? répliqua Barthélemy ; en êtes-vous bien sûr, cher collègue ? Par le temps qui court, je ne me couche jamais certain de revoir le lendemain l'ami que je quitte.

– Que diable craignez-vous ? demanda Carnot.

– Heu ! heu ! fit Barthélemy, un coup de poignard est bientôt donné.

– Bon ! dit Carnot, vous pouvez être tranquille, allez ; ce n'est pas vous qu'ils feront assassiner, c'est moi. Vous êtes trop bonhomme pour qu'ils songent à vous redouter, ils vous traiteront en roi fainéant : vous serez rasé et renfermé dans un cloître.

– Mais alors, si vous craignez cela, reprit Barthélemy, pourquoi préférez-vous être vaincu à vaincre ? Car enfin, d'après les propositions que l'on nous a faites, il ne tenait qu'à nous de renverser nos trois confrères.

– Mon cher, dit Carnot, vous n'y voyez pas plus loin que votre nez, qui, malheureusement, n'est pas si long que celui de votre oncle. Quels sont les hommes qui nous font ces propositions ? Des royalistes. Or, croyez-vous que jamais les royalistes puissent me pardonner ce que j'ai fait contre eux ? Je n'ai que le choix de la mort : avec les royalistes, pendu comme régicide ; avec les directeurs, assassiné comme royaliste. J'aime mieux être assassiné.

– Et, avec ces idées-là, lui demanda Barthélemy, vous allez coucher chez vous ?

– Où voulez-vous que je couche ?

– Mais à un endroit quelconque, quelque part où vous puissiez vous mettre en sûreté.

– Je suis fataliste ! si le poignard doit me trouver, il me trouvera... Bonsoir, Barthélemy ! J'ai ma conscience pour moi : j'ai voté la mort du roi, mais j'ai sauvé la France. C'est à la France de veiller sur moi.

Et Carnot rentra chez lui et se coucha aussi tranquillement qu'il avait l'habitude de le faire.

Carnot ne se trompait pas ; l'ordre avait été donné à un Allemand de l'arrêter, et, à la moindre résistance qu'il ferait, de l'assassiner.

À trois heures du matin, l'Allemand et les sbires se présentèrent à la porte de Carnot, qui logeait avec son frère cadet.

Le domestique de Carnot, en voyant les sbires, en écoutant leur chef demander, en mauvais français, où était le citoyen Carnot, les conduisit au lit du plus jeune des deux frères Carnot, qui, n'ayant rien à craindre pour lui, laissa un instant les soldats dans l'erreur.

Puis le valet courut prévenir son maître qu'on venait pour l'arrêter.

Carnot, presque nu, se sauva par une des portes du jardin du Luxembourg dont il avait la clé.

Le domestique revint alors. En le revoyant, le prisonnier comprit que son frère était sauvé et se fit reconnaître.

Les soldats, furieux, parcoururent tout l'appartement de Carnot, mais ils ne trouvèrent que son lit vide et tiède encore.

Une fois dans les jardins du Luxembourg, le fugitif s'arrêta un instant ; il ne savait plus où aller. Il se présenta dans un hôtel garni de la rue d'Enfer, mais on lui répondit qu'il n'y avait pas le plus petit cabinet vacant.

Il se remit en route, cherchant au hasard, quand tout à coup le canon d'alarme se fit entendre.

À ce bruit, quelques portes et quelques fenêtres s'ouvrirent. Qu'allait-il devenir à moitié nu ? Il ne pouvait manquer d'être arrêté par la première patrouille, et de tous côtés des troupes se dirigeaient vers le Luxembourg.

Au coin de la rue de la Vieille-Comédie une patrouille commençait à apparaître.

Un portier entrouvrait sa porte, Carnot se précipita chez lui.

Le hasard voulut que ce fût un brave homme, qui le tint caché jusqu'à ce qu'il eût le temps de se préparer une autre retraite.

Quant à Barthélemy, quoique Barras lui eût fait pressentir par deux fois dans la journée le sort qui l'attendait, il ne prit aucune précaution.

Une heure après avoir quitté Carnot, il fut arrêté dans son lit, ne demanda pas même à voir l'ordre de son arrestation, et ces mots : « Ô ma patrie ! » furent les seuls qu'il prononça.

Son domestique, Letellier, qui, depuis vingt ans, ne l'avait jamais quitté, demanda à être arrêté avec son maître.

Cette singulière faveur lui fut refusée : nous verrons comment il l'obtint plus tard.

Les deux Conseils avaient nommé une commission qui devait rester en permanence.

Cette commission avait pour président Siméon. Il n'était point encore arrivé lorsque le canon d'alarme retentit.

Pichegru avait passé la nuit à cette commission avec ceux des conjurés qui étaient décidés à opposer la force à la force ; mais aucun ne croyait que le moment fût si proche où le Directoire oserait faire son coup d'État.

Plusieurs membres de la commission étaient armés et entre autres Rovère et Villot, qui, apprenant tout à coup que la commis- sion était cernée, voulaient se faire jour, le pistolet à la main.

Mais Pichegru s'y opposa.

– Nos autres collègues ici réunis ne sont point armés, dit-il ; ils seraient massacrés par ces misérables qui ne demandent qu'un prétexte : ne les abandonnons pas.

Au même instant, la porte de la commission s'ouvrit, et un membre des Conseils, nommé Delarue, s'élança dans la chambre.

– Ah ! mon cher Delarue, lui cria Pichegru, que diable venez-vous faire ici ? Nous allons tous être arrêtés.

– Eh bien ! nous le serons ensemble, dit tranquillement Delarue.

Et, en effet, Delarue, pour ne pas séparer son sort de celui de ses collègues, avait eu le courage de forcer trois fois la garde pour arriver à la commission. On était venu le prévenir chez lui du danger qu'il courait ; mais il refusa de fuir, ce qui lui eût été facile. Et, après avoir embrassé, sans les réveiller, sa femme et ses enfants, il était venu, comme nous l'avons vu, rejoindre ses collègues.

Nous avons dit, dans le chapitre précédent, comment, malgré ses instances, Pichegru, qui offrait d'amener les trois directeurs enchaînés à la barre du Corps législatif, si on voulait lui donner deux cents hommes, n'avait pu obtenir ce qu'il demandait.

Cette fois, on voulait se défendre ; il était trop tard.

À peine Delarue avait-il échangé les quelques paroles que nous avons dites avec Pichegru, que la porte de la commission fut enfoncée et qu'un flot de soldats conduits par Augereau fit irruption dans la salle.

Augereau se trouvait près de Pichegru. Il étendit la main pour le saisir au collet.

Delarue tira un pistolet de sa poche et voulut faire feu sur Augereau ; mais dans le mouvement qu'il fit, une baïonnette lui traversa le bras.

– Je t'arrête ! dit Augereau en saisissant Pichegru.

– Misérable ! s'écria celui-ci. Il ne te manquait que de te faire sbire du citoyen Barras !

– Soldats ! cria un membre de la commission, serez-vous assez hardis pour porter la main sur Pichegru, votre général ?

Sans répondre, Augereau se jeta sur lui, et, aidé de quatre soldats, il finit, après une lutte violente, par lui tordre les bras et les lui lier derrière le dos.

Pichegru arrêté, la conspiration n'ayant plus de tête, personne n'essaya de faire résistance.

Le général Mathieu Dumas, le même qui fut ministre de la Guerre à Naples sous Joseph Napoléon, et qui a laissé des mémoires si curieux, se trouvait à la commission au moment où l'on vint la cerner ; il portait l'uniforme d'officier général. Il sortit par la porte qui avait donné entrée à Augereau et descendit les escaliers.

Sous le vestibule, une sentinelle croise la baïonnette devant lui.

– Personne ne peut sortir, dit-elle.

– Je le sais bien, répond le général, puisque c'est moi qui viens d'en donner l'ordre.

– Pardon, mon général, dit le factionnaire en levant son fusil.

Et Mathieu Dumas passa sans plus de résistance.

Il fallait, pour plus de sûreté, sortir de Paris.

Mathieu Dumas prend ses deux aides de camp, les fait monter à cheval, s'avance au galop vers la barrière, donne ses ordres au poste, passe derrière les murs pour aller rejoindre, dit-il, un autre poste et disparaît.

CHAPITRE XXXI

Le Temple

Voici comment les choses s'étaient passées :

Lorsqu'un grand événement s'accomplit, comme le 13 vendémiaire, comme le 18 fructidor, cet événement creuse sur le livre de l'Histoire une date indélébile. Tout le monde connaît cette date, et, lorsqu'on prononce ces mots : « 13 vendémiaire » ou « 18 fructidor », chacun sait les suites qu'eut le grand événement consacré par une de ces dates, mais bien peu savent les ressorts secrets qui ont tout préparé pour que cet événement s'accomplît.

Il en résulte que nous nous sommes surtout imposé pour tâche, dans nos romans historiques, ou dans nos histoires romantisées, de dire ce que personne n'avait dit avant nous, et de raconter les choses que nous savons, mais que bien peu de personnes savent avec nous.

Puisqu'une indiscrétion tout amicale a fait connaître la façon dont nous nous sommes procuré les livres précieux et les sources originales et rares où nous avons puisé, c'est ici le moment de dire ce que nous devons à l'obligeante communication de ces pièces curieuses qu'il est si difficile de faire descendre de leurs rayons. Elles ont été pour nous le flambeau qui nous a conduit à travers les arcanes du 13 vendémiaire et nous n'avons eu qu'à le rallumer pour pénétrer dans ceux du 18 fructidor.

C'est donc avec la certitude de dire la vérité, rien que la vérité, toute la vérité, que nous pouvons répéter cette phrase, la première de ce chapitre :

Voici comment les choses s'étaient passées :

Le 17 au soir, l'adjudant général Ramel, après avoir visité ses postes, était allé prendre les ordres des membres de la commission qui devaient rester en permanence durant toute la nuit. Il assista à la scène où, comme nous l'avons dit, Pichegru, empêché par ses collègues de prendre les devants, leur prédit ce qui arriverait, et, avec son insouciance habituelle, pouvant fuir et se dérober à la persécution prévue, se laissa aller au courant de sa destinée.

Lorsque Pichegru fut sorti, les autres députés s'affermirent dans la conviction que le Directoire n'oserait rien tenter contre eux, ou que, du moins, si cette tentative avait lieu, elle n'était point ins- tante encore et de quelques jours n'était point à craindre ; il entendit même, avant son départ, quelques-uns des députés, et, entre autres, Émery, Mathieu Dumas, Vaublanc, Tronçon du Coudray et Thibau- deau, s'indigner de cette supposition et de l'espèce de terreur qu'elle jetait dans le public.

L'adjudant général Ramel fut donc congédié sans aucun ordre nouveau ; il lui fut seulement enjoint de faire ce jour-là ce qu'il avait fait la veille et ce qu'il devait faire le lendemain.

En conséquence, il retourna à son quartier et se contenta de s'assurer qu'en cas d'alerte ses grenadiers seraient prêts à prendre les armes.

Deux heures après, c'est-à-dire à une heure du matin, il reçut du ministre de la Guerre l'ordre de se rendre chez lui.

Il courut à la salle des commissions, où il ne restait qu'un des inspecteurs, nommé Rovère, qu'il trouva couché. Il lui rendit compte de l'ordre qu'il venait de recevoir, le priant d'en mesurer l'importance à l'heure avancée de la nuit.

Ramel ajouta qu'on l'avait fait prévenir que plusieurs colonnes de troupes entraient dans Paris. Mais toutes ces probabilités menaçantes ne purent rien sur Rovère, qui déclara être fort tranquille et avoir d'excellentes raisons de demeurer dans cette tranquillité.

Ramel, en sortant de la salle de la commission, rencontra le commandant du poste de cavalerie, chargé, comme lui, de la garde des Conseils. Ce dernier annonça qu'il avait retiré ses vedettes et fait passer sa troupe au-delà des ponts, ainsi que les deux pièces de canon qui étaient dans la grande cour des Tuileries.

– Comment avez-vous pu faire une pareille chose, lui demanda Ramel, quand je vous avais ordonné tout le contraire ?

– Mon général, ce n'est pas ma faute, lui répondit-il ; c'est le commandant en chef Augereau qui a donné cet ordre, et l'officier de cavalerie a refusé positivement de suivre les vôtres.

Ramel rentra, alla de nouveau solliciter Rovère de prévenir ses collègues, lui annonçant ce qui venait de se passer depuis qu'il l'avait vu.

Mais Rovère s'entêta dans sa confiance et lui répondit que tous ces mouvements de troupes ne signifiaient absolument rien, qu'il en avait été prévenu et que plusieurs corps devaient défiler de bonne heure sur les ponts, pour aller manœuvrer.

Ramel pouvait donc être parfaitement tranquille, les rapports de Rovère étaient fidèles, il pouvait compter sur eux et Ramel pou- vait, sans aucun inconvénient, se rendre à l'ordre du ministre de la Guerre.

La crainte d'être séparé de sa troupe empêcha Ramel d'obéir. Il se retira chez lui, mais ne se coucha point et resta tout habillé et tout armé.

À trois heures du matin, un ancien garde du corps avec lequel il avait été très lié à l'armée des Pyrénées, nommé Poinçot, se fit annoncer de la part du général Lemoine et remit à Ramel un billet conçu en ces termes :

Le général Lemoine somme, au nom du Directoire, le commandant des grenadiers du Corps législatif de donner passage par le pont tournant à une colonne de mille cinq cents hommes, chargés d'exécuter les ordres du gouvernement.

— Je suis étonné, dit Ramel, qu'un ancien camarade, qui doit me connaître, se soit chargé de m'intimer un ordre que je ne peux suivre sans me déshonorer.

— Fais comme tu voudras, répondit Poinçot, mais je te préviens que toute résistance sera inutile ; huit cents de tes grenadiers sont déjà enveloppés par quarante pièces de canon.

— Je n'ai d'ordre à recevoir que du Corps législatif, s'écria Ramel.

Et, s'élançant hors de chez lui, il se mit à courir vers les Tuileries.

Un coup de canon d'alarme partit si près de lui, qu'il le prit pour un signal d'attaque.

Sur la route, il rencontra deux de ses chefs de bataillon, Ponsard et Fléchard, tous deux excellents officiers, dans lesquels il avait toute confiance.

Il rentra aussitôt dans la chambre de la commission, où il trouva les généraux Pichegru et Villot. Il envoya sans tarder des ordonnances chez le général Mathieu Dumas et chez les présidents des deux Conseils, Lafon-Ladébat, président du Conseil des Anciens, et Siméon, président du Conseil des Cinq-Cents. Il fit aussi prévenir les députés dont les logements lui étaient connus pour être voisins des Tuileries.

Ce fut en ce moment que, la grille du pont tournant étant forcée, les divisions d'Augereau et de Lemoine se réunirent ; le jardin fut rempli des soldats des deux armées ; on braqua une batterie sur la salle du Conseil des Anciens, toutes les avenues furent fermées, tous les postes furent doublés et masqués par des forces supérieures.

Nous avons dit comment la porte s'ouvrit, comment un flot de soldats entra dans la salle des commissions, ayant Augereau à sa tête, et comment, personne n'osant porter la main sur Pichegru, Augereau commit ce sacrilège, terrassant et faisant lier celui qui avait été son général ; enfin, nous avons dit comment, Pichegru pris, aucune résistance n'avait été opposée, de sorte que l'ordre fut donné de conduire tous les prisonniers au Temple.

Les trois directeurs veillaient, assistés du ministre de la Police, qui, après avoir fait coller ses affiches, était venu les retrouver.

Le ministre de la Police était d'avis de faire fusiller à l'instant même les prisonniers dans le jardin du Luxembourg, sous le prétexte qu'ils avaient été pris les armes à la main.

Rewbell se rangea de son avis ; le doux Larevellière-Lépeaux, cet homme de paix qui toujours avait été pour les mesures de miséricorde, fut prêt à donner l'ordre fatal, quitte à dire comme Cicéron, de Lentulus et de Cethégus : « Ils ont vécu. »

Barras seul, et c'est une justice à lui rendre, s'opposa de toutes ses forces à cette mesure, disant qu'à moins qu'on ne le tînt en prison pendant cette exécution, il se jetterait entre les victimes et les balles.

Enfin, un député nommé Guillemardet, qui s'était fait l'ami des directeurs en adoptant leur parti, proposa, pour en finir, la déportation à Cayenne.

Cet amendement fut voté et adopté d'enthousiasme.

Le ministre de la Police crut devoir à Barthélemy cet égard de le conduire lui-même au Temple.

Nous avons dit que son domestique Letellier avait demandé à le suivre. On s'y était opposé d'abord, puis on lui avait accordé sa demande.

– Quel est cet homme ? demanda Augereau, qui ne le reconnaissait pas pour un déporté.

– C'est mon ami, répondit Barthélemy. Il a demandé à me suivre, et...

– Bon ! dit Augereau en l'interrompant, quand il saura où tu vas, il ne sera pas si pressé.

– Je te demande pardon, citoyen général, répondit Letellier, partout où ira mon maître, j'irai avec lui.

– Même à l'échafaud ? demanda Augereau.

– À l'échafaud surtout, répondit celui-ci.

À force d'instances et de prières, les portes de la prison furent ouvertes aux femmes des déportés.

Chaque pas qu'elles faisaient dans ces cours où avait tant souffert une reine de France, devenait un nouveau supplice pour elles. Des soldats ivres les insultaient à chaque pas.

– Vous venez pour ces gueux-là ? disaient-ils en montrant les prisonniers. Pressez-vous de leur dire adieu aujourd'hui, car ils seront fusillés demain.

Pichegru, nous l'avons déjà dit, n'était point marié. En venant à Paris, il n'avait pas voulu déplacer la pauvre Rose, à laquelle nous l'avons vu envoyer, sur ses économies, un parapluie qui fut si joyeusement reçu. En voyant venir les femmes de ses collègues, il s'avança vers elles et prit entre ses bras le petit Delarue qui pleurait.

– Pourquoi pleures-tu, mon enfant ? lui dit Pichegru les larmes aux yeux et en l'embrassant.

– Parce que, répondit l'enfant, de méchants soldats ont arrêté mon petit père.

– Tu as bien raison, pauvre petit, repartit Pichegru en jetant sur ceux qui le regardaient un regard de mépris ; ce sont de mé- chants soldats ! de bons soldats ne se seraient pas faits bourreaux.

Le même jour, Augereau écrivait au général Bonaparte :

Enfin, mon général, ma mission est accomplie et les pro- messes de l'armée d'Italie ont été acquittées cette nuit.

Le Directoire s'est déterminé à un coup de vigueur ; le mo- ment était encore incertain, les préparatifs encore incomplets, la crainte d'être prévenu a précipité les mesures. À minuit, j'ai envoyé l'ordre à toutes les troupes de se mettre en marche vers des points désignés. Avant le jour, tous les points et toutes les principales places étaient occupés avec du canon ; à la pointe du jour, les salles des Conseils étaient cernées, les gardes du Directoire fraternisaient avec nos troupes, et les membres dont je vous envoie la liste ont été arrêtés et conduits au Temple.

On est à la poursuite d'un plus grand nombre.

Carnot a disparu.

Paris est calme, émerveillé d'une crise qui s'annonçait terrible et qui s'est passée comme une fête.

Le patriote robuste des faubourgs proclame le salut de la Ré- publique et les collets noirs sont sous terre.

Maintenant, c'est à la sage énergie du Directoire et des patriotes des deux Conseils à faire le reste.

Le local des séances est changé, et les premières opérations promettent le bien. Cet événement est un grand pas vers la paix ; c'est à vous de franchir l'espace qui nous en tient encore éloignés.

N'oubliez pas la lettre de change de vingt-cinq mille francs, c'est urgent.

Augereau.

Suivait la liste, contenant soixante-quatorze noms.

CHAPITRE XXXII

Les déportés

Le Temple avait, pour la plupart de ceux que l'on venait d'y conduire, des souvenirs qui n'étaient pas précisément sans remords politiques.

Quelques-uns d'entre eux, après avoir envoyé Louis XVI au Temple, c'est-à-dire après avoir fermé sur lui les portes de cette prison, les avaient rouvertes pour l'envoyer à la mort.

Ce qui signifie que plusieurs des déportés étaient des régicides.

Libres dans l'intérieur, ils s'étaient ralliés autour de Pichegru, comme autour de la personnalité la plus éminente. Pichegru, qui n'avait rien à se reprocher à l'égard du roi Louis XVI, mais qui, tout au contraire, était puni pour la pitié que lui avaient inspirée les Bourbons, Pichegru, archéologue, historien, homme de lettres, se mit à la tête du groupe qui demandait à visiter les appartements de la tour.

Lavilleheurnois, ancien maître des requêtes sous Louis XVI, agent secret des Bourbons pendant la Révolution, complice, avec Brotier-Deprèle, d'une conspiration contre le gouvernement républicain, leur servait de guide.

– Voici la chambre de l'infortuné Louis XVI, dit-il en ouvrant la porte de l'appartement où l'auguste prisonnier avait été enfermé.

Rovère, le même à qui s'était adressé Ramel, et qui lui avait expliqué qu'il n'y avait rien à craindre du mouvement des troupes, Rovère, ancien lieutenant de Jourdan Coupe-Tête, qui avait fait à l'Assemblée législative l'apologie du massacre de la Glacière, ne put supporter la vue de cette chambre, et, se frappant le front de ses deux mains, il se retira.

Pichegru, redevenu aussi calme que s'il eût été encore à la tête de l'armée du Rhin, déchiffrait les inscriptions écrites au crayon sur les boiseries et au diamant sur les vitres.

Il lut celle-ci :

« Ô mon Dieu, pardonne à ceux qui ont fait mourir mes pa- rents !

» Ô mon frère, veille sur moi du haut du ciel !

» Puissent les Français être heureux ! »

Il n'y avait pas de doute sur la main qui avait tracé ces lignes ; cependant, Pichegru voulut s'assurer de la vérité.

Lavilleheurnois disait bien qu'il reconnaissait l'écriture de Madame Royale ; mais Pichegru fit monter le concierge, qui affirma que c'était, en effet, l'auguste fille du roi Louis XVI qui avait, d'un cœur chrétien, émis ces différents souhaits. Puis il ajouta :

– Messieurs, je vous en prie, n'effacez point ces lignes tant que je serai ici. J'ai fait vœu que personne n'y toucherait.

– Bien, mon ami, vous êtes un brave homme, dit Pichegru, tandis que Delarue au-dessous de ces mots : « Puissent les Français être heureux ! » écrivait ceux-ci : « Le Ciel exaucera les vœux de l'innocence ! »

Cependant, tout séparés du monde qu'ils étaient, les déportés eurent la satisfaction de voir à plusieurs reprises qu'ils n'en étaient pas complètement oubliés.

Le soir même du 18 fructidor, comme elle sortait du Temple, où permission lui avait été donnée de voir son mari, la femme d'un des prisonniers fut accostée par un homme qu'elle ne connaissait point.

– Madame, lui dit-il, vous appartenez sans doute à l'un des malheureux qui ont été arrêtés ce matin ?

– Hélas ! oui, monsieur, répondit-elle.

– Eh bien ! permettez, quel qu'il soit, que je lui fasse cette légère avance, qu'il me rendra quand les temps seront meilleurs.

Et, disant cela, il lui remit trois rouleaux de louis dans la main.

Un vieillard, que Mme Lafon-Ladébat ne connaissait point, se présenta chez elle, le 19 fructidor au matin.

– Madame, dit-il, j'ai voué à votre mari toute l'estime et toute l'amitié qu'il mérite, veuillez lui remettre cinquante louis ; je suis au désespoir de n'avoir en ce moment que cette faible somme à lui offrir.

Mais lui, voyant son hésitation et en devinant la cause :

– Madame, votre délicatesse ne doit point souffrir ; je ne fais que prêter cet argent à votre mari, il me le rendra à son retour.

Presque tous les condamnés à la déportation avaient longtemps occupé les premiers emplois de la République, soit comme généraux, soit comme ministres. Au 18 fructidor, chose remarquable, au moment du départ pour l'exil, ils étaient tous dans l'indigence.

Pichegru, le plus pauvre de tous, le jour de son arrestation, en apprenant qu'il ne serait point fusillé comme il l'avait cru d'abord, mais simplement déporté, s'inquiétait du sort de sa sœur et de son frère, dont il soutenait seul l'existence.

Quant à la pauvre Rose, on sait que, grâce à son aiguille, elle gagnait sa vie et était la plus riche de tous. Si elle eût su le coup qui frappait son ami, c'eût été elle certainement qui fût accourue de Besançon, et qui lui eût ouvert sa bourse.

Ce qui inquiétait surtout cet homme qui avait sauvé la France sur le Rhin, qui avait conquis la Hollande, la province la plus riche de toutes, qui avait manié des millions, et refusé des millions pour se vendre, tandis qu'on l'accusait d'avoir reçu neuf cents louis en or, de s'être fait donner la principauté d'Arbois, avec deux cent mille livres de rente, réversibles par moitié sur sa femme et ses enfants, le Château de Chambord avec douze pièces de canon prises par lui sur l'ennemi – ce qui l'inquiétait, cet homme qui n'était pas marié, qui n'avait, par conséquent, ni femme ni enfants, cet homme qui s'était donné pour rien lorsqu'il pouvait se vendre cher, c'était une dette de six cents francs qui n'était pas acquittée !

Il fit venir son frère et sa sœur, et, s'adressant à cette dernière :

– Tu trouveras, lui dit-il, dans le logement que j'occupais, l'habit, le chapeau et l'épée avec lesquels j'ai conquis la Hollande ; mets-les en vente avec cette inscription : « Habit, chapeau et épée de Pichegru, déporté à Cayenne. »

La sœur de Pichegru obéit, et, le lendemain, elle revenait le rassurer, lui disant qu'une main pieuse lui avait fait passer les six cents francs, en échange des trois objets mis en vente et que sa dette était acquittée.

Barthélemy, un des hommes considérables de l'époque, politiquement parlant, puisqu'il avait fait avec l'Espagne et la Prusse les premiers traités de paix qu'eût signés la République, Barthélemy, qui pouvait se faire donner un million de chacune de ces deux puissances, n'avait pour tout bien qu'une ferme rapportant huit cents livres de rente.

Villot, au moment de sa proscription, ne possédait en tout que mille francs. Huit jours auparavant, il les avait prêtés à un homme qui se disait son ami, et qui, au moment de son départ, trouva moyen de ne pas les lui rendre.

Lafon-Ladébat, qui, depuis la proclamation de la République, oubliait ses intérêts pour ceux du pays, après avoir possédé une immense fortune, eut peine à réunir cinq cents francs lorsqu'il apprit sa condamnation. Ses enfants, chargés de liquider sa fortune, payèrent tous les créanciers et se trouvèrent dans la misère.

Delarue soutenait son vieux père et toute sa famille. Riche avant la Révolution, mais entièrement ruiné par elle, il ne dut qu'à l'amitié les secours qu'il reçut en partant. Son père, vieillard de soixante-neuf ans, était inconsolable, et cependant la douleur ne put le tuer.

Il vivait dans l'espoir de revoir un jour son fils.

Trois mois après le 18 fructidor, on lui apprend qu'un officier de marine arrivé à Paris a rencontré Delarue dans les déserts de la Guyane.

Il veut aussitôt le voir et l'entendre ; le récit de l'officier doit intéresser toute la famille, la famille est réunie. Le marin entre. Le père de Delarue se lève pour aller à sa rencontre ; mais, au moment où il va lui jeter les bras au cou, la joie le tue et il tombe foudroyé aux pieds de celui qui venait lui dire : « J'ai vu votre fils ! »

Quant à Tronçon du Coudray, qui ne vivait que de ses appointements, il était dépourvu de tout lors de son arrestation et partit avec deux louis pour toute fortune.

Peut-être ai-je tort ; mais il me semble qu'il est bon, puisque l'historien néglige ce soin, que le romancier marche à la suite des révolutions et des coups d'État, et apprenne à l'avenir que ce n'est pas toujours ceux à qui l'on élève des statues qui sont dignes de son admiration et de son respect.

C'était Augereau qui, après avoir été chargé de l'arrestation, était préposé à la garde des prisonniers. Il leur avait donné pour gardien immédiat un homme qui sortait, à ce qu'on prétendait, de- puis un mois, des galères de Toulon, où il avait été mis, en exécution du jugement d'un conseil de guerre, pour crimes de vol, assassinat et incendie, commis dans la Vendée.

Les prisonniers restèrent au Temple depuis le 18 fructidor au matin jusqu'au 21 fructidor au soir.

À minuit, le geôlier les réveilla en leur annonçant que vraisemblablement ils allaient partir, et qu'ils avaient un quart d'heure pour se préparer.

Pichegru, qui avait conservé l'habitude de dormir tout habillé, fut prêt le premier, et il alla de chambre en chambre pour faire hâter ses compagnons.

Il descendit le premier et trouva au bas de la tour le directeur Barthélemy, entre le général Augereau et le ministre de la Police Sothin, qui l'avait amené au Temple dans sa propre voiture.

Et, comme Sothin avait été convenable envers lui, et que Barthélemy le remerciait, le ministre lui répondit :

– On sait ce que c'est qu'une révolution ! aujourd'hui votre tour, le nôtre peut-être demain.

Et, comme Barthélemy, inquiet du pays avant de s'inquiéter de lui-même, demandait s'il n'était arrivé aucun malheur et si la tranquillité publique n'avait point été troublée :

– Non, répondit le ministre ; le peuple a avalé la pilule, et, comme la dose était bonne, elle a bien pris.

Puis, voyant tous les déportés au pied de la tour :

– Messieurs, dit-il, je vous souhaite un bon voyage.

Et, remontant dans sa voiture, il partit.

Alors, Augereau fit l'appel des condamnés. À mesure qu'on les nommait, une garde conduisait aux voitures, le long d'une haie de soldats qui l'insultaient, celui qui venait d'être nommé.

Quelques-uns de ces hommes, de ces bâtards du ruisseau, qui sont toujours prêts à injurier ce qui tombe, essayaient, à travers les soldats, de frapper les déportés au visage, de leur arracher leurs vêtements ou de leur jeter de la boue.

– Pourquoi les laisse-t-on aller ? criaient-ils. On nous avait promis de les fusiller !

– Mon cher général, dit Pichegru en passant devant Augereau (et il appuya sur le mot général), si vous aviez promis cela à ces braves gens, c'est mal à vous de ne pas leur tenir parole.

CHAPITRE XXXIII

Le voyage

Quatre voitures, ou plutôt quatre fourgons, montés sur quatre roues formant des espèces de cages fermées de tous les côtés par des barreaux de fer, qui, au moindre cahot, meurtrissaient les prisonniers, reçurent les seize déportés.

Ils furent placés quatre par quatre, sans que l'on s'inquiétât ni de leur faiblesse, ni de l'état de leurs blessures. Quelques-uns avaient reçu des coups de sabre ; d'autres avaient été meurtris, soit par les soldats qui les arrêtaient, soit par la populace, dont l'avis sera toujours que les vaincus ne souffrent point assez.

Par chaque voiture et par chaque groupe de quatre hommes, il y avait un gardien chargé de la clé du cadenas fermant la grille qui servait de portière.

Le général Dutertre commandait l'escorte, forte de quatre cents hommes d'infanterie, de deux cents hommes de cavalerie et de deux pièces de canon.

Chaque fois que les déportés montaient dans leur cage ou en descendaient, les deux pièces de canon étaient braquées diagonalement chacune sur deux voitures, et les canonniers, mèche allumée, se tenaient prêts à tirer sur ceux qui eussent essayé de fuir, comme sur ceux qui n'eussent point essayé.

Le 22 fructidor (8 septembre), à une heure du matin, les condamnés se mirent en marche par un temps affreux.

Ils avaient à traverser tout Paris, partant du Temple pour sortir par la barrière d'Enfer et prendre la route d'Orléans.

Mais, au lieu de suivre la rue Saint-Jacques, l'escorte, après le pont, tourna à droite et conduisit le convoi au Luxembourg.

Il y avait bal chez les trois directeurs, ou plutôt chez Barras, dans lequel ils se résumaient tous trois.

Barras, prévenu, accourut au balcon, suivi de ses invités, et leur montra Pichegru, trois jours auparavant le rival de Moreau, de Hoche et de Bonaparte ; Barthélemy, son collègue ; Villot, Delarue, Ramel et tous ceux enfin qu'un écart de fortune ou qu'un oubli de la Providence venait de mettre à sa disposition. Au milieu des éclats de rire d'une joie bruyante, les déportés entendirent Barras recomman- der à Dutertre, l'homme d'Augereau, d'avoir bien soin de ces mes- sieurs.

Ce à quoi Dutertre répondit :

– Soyez tranquille, général.

On verra bientôt ce qu'entendait Barras par ces mots : « Ayez bien soin de ces messieurs. »

Pendant ce temps, la populace qui sortait du club de l'Odéon avait entouré les voitures, et, comme on lui refusait ce qu'elle demandait avec insistance, la permission de mettre les déportés en morceaux, on les enveloppa, pour la consoler, de pots à feu qui lui permirent de les voir tout à son aise.

Enfin, au milieu des cris de mort, des hurlements de rage, les voitures défilèrent par la rue d'Enfer et sortirent de Paris.

À deux heures de l'après-midi, on avait fait huit lieues seulement, on arrivait à Arpajon. Barthélémy et Barbé-Marbois, les plus faibles entre les déportés, étaient couchés la face contre terre et semblaient épuisés.

En apprenant que l'étape du jour était finie, les prisonniers eurent l'espoir d'être conduits dans une prison convenable où ils pussent prendre quelques instants de repos. Mais le commandant de l'escorte les conduisit à la prison des voleurs, examinant la contenance de chacun et se faisant une joie de la répulsion que les condamnés manifestaient à cette vue.

Par malheur, la première voiture ouverte était celle de Pichegru, sur la figure duquel il était impossible de lire la moindre impression. Il se contenta de dire en approchant d'une espèce de trou :

– Si c'est un escalier, éclairez-moi ; si c'est un puits, prévenez-moi tout de suite.

C'était un escalier dont plusieurs marches étaient dégradées.

Cette tranquillité exaspéra Dutertre.

– Ah ! scélérat, dit-il, vous avez l'air de me braver ; mais nous verrons si, un jour ou l'autre, je ne viens pas à bout de votre insolence.

Pichegru, arrivé le premier, annonça à ses compagnons qu'on avait eu l'attention d'étendre de la paille pour eux et remercia Dutertre de cette attention. Seulement, la paille trempait dans l'eau et le cachot était infect.

Barthélemy descendit le second, doux, calme, mais épuisé et sentant qu'il n'avait pas un instant de repos à attendre ; à moitié couché dans cette eau glacée, il leva les mains au ciel en murmurant :

– Mon Dieu ! mon Dieu !

On amena alors Barbé-Marbois ; on le soutenait sous les deux bras ; à l'odeur méphitique qui s'exhalait du cachot, il recula en disant :

– Faites-moi donc fusiller tout de suite, et épargnez-moi l'horreur d'une pareille agonie.

Mais la femme du geôlier qui suivait par-derrière :

– Tu fais bien le difficile, dit-elle ; tant d'autres qui valaient mieux que toi n'ont pas fait tant de cérémonies pour y descendre.

Et, le poussant par le bras, elle le précipita, la tête la première, du haut en bas de l'escalier.

Villot, qui venait derrière, entendit le cri que jetait Barbé-Marbois en tombant et celui que poussaient les deux déportés qui le voyaient tomber et qui s'élançaient pour le recevoir, et, saisissant la femme par le cou :

– Par ma foi, dit-il, j'ai bien envie de l'étrangler. Qu'en dites-vous, vous autres ?

– Lâchez-la, Villot, dit Pichegru, et descendez avec nous.

On avait relevé Barbé-Marbois ; il avait le visage meurtri et l'os de la mâchoire fracassé.

Les trois déportés sains et saufs se mirent à crier :

– Un chirurgien ! un chirurgien !

On ne leur répondit pas.

Ils demandèrent alors de l'eau, pour laver les blessures de leur compagnon, mais la porte était refermée et ne se rouvrit que deux heures après, pour laisser passer un pain de munition et une cruche d'eau, leur dîner.

Tous avaient très soif, mais Pichegru, habitué à toutes les privations, offrit immédiatement sa part d'eau pour laver les blessures de Barbé-Marbois ; les autres prisonniers ne permirent pas ce sacrifice ; l'eau nécessaire au pansement fut prélevée sur la part de tous, et, comme Barbé-Marbois ne pouvait pas manger, sa ration fut portée à l'unanimité au double de celle des autres.

Le lendemain, 23 fructidor (9 septembre), on se remit en marche à sept heures du matin, sans s'inquiéter de la façon dont avaient passé la nuit les déportés et sans qu'on eût permis à un chirurgien de visiter le blessé.

À midi, on arriva à Étampes, Dutertre fit faire halte au milieu de la place et livra ses prisonniers aux insultes de la populace, à qui l'on permit d'entourer les voitures, et qui profita de la permission pour huer, maudire et couvrir de boue ceux dont elle ne connaissait pas le crime, et qui étaient criminels à ses yeux, par cela seul qu'ils étaient prisonniers.

Les déportés demandèrent qu'on avançât ou qu'on leur permît de descendre. Les deux choses furent refusées. L'un des déportés, Tronçon du Coudray, se trouvait à Étampes dans le département de Seine-et-Oise, dont il était le député, et précisément dans le canton où tous les habitants l'avaient porté à l'élection avec le plus d'ardeur.

Il ressentit d'autant plus vivement l'ingratitude et l'abandon de ses concitoyens. Alors, se levant tout à coup comme s'il eût été à la tribune et répondant à ceux qui le désignaient sous son nom :

– Eh bien ! oui, c'est moi, dit-il ; c'est moi-même, votre représentant ! le reconnaissez-vous dans cette cage de fer ? C'est moi que vous aviez chargé de soutenir vos droits, et c'est dans ma personne qu'ils ont été violés. Je suis traîné au supplice sans avoir été jugé, et sans même avoir été accusé. Mon crime, c'est d'avoir protégé votre liberté, vos propriétés, vos personnes ; d'avoir voulu donner la paix à la France, et, par conséquent, d'avoir voulu vous rendre vos enfants, que décime la baïonnette ennemie ; mon crime, c'est d'avoir été fidèle à la Constitution que nous avions jurée, et voilà qu'aujourd'hui, pour prix de mon zèle à vous servir et à vous défendre, voilà que vous vous joignez à nos bourreaux ! Vous êtes des misérables et des lâches, indignes d'être représentés par un homme de cœur.

Et il rentra dans son immobilité.

La foule resta un instant stupéfaite, écrasée par cette véhémente sortie ; mais bientôt elle recommença ses outrages qui augmentèrent lorsqu'on apporta aux seize condamnés leur dîner, consistant en quatre pains de munition et en quatre bouteilles de vin.

Cette exposition dura trois heures.

Le même soir, on alla coucher à Angerville, où Dutertre voulut, comme il avait fait la veille, entasser les prisonniers dans un cachot.

Mais son adjudant général (bizarre ressemblance !) qui se nommait Augereau, comme celui qui les avait arrêtés, prit sur lui de les loger dans une auberge, où ils passèrent une assez bonne nuit, et où Barbé-Marbois put obtenir un chirurgien.

Le 24 fructidor (10 septembre), on arriva de bonne heure à Orléans, et on passa tout le reste de la journée et la nuit suivante dans une maison de réclusion, autrefois le couvent des Ursulines.

Cette fois, les déportés ne furent point gardés par leur escorte, mais par la gendarmerie, qui tout en observant sa consigne, se montra pour eux d'une grande humanité.

Puis ils ne tardèrent pas à reconnaître sous les habits de deux servantes, qui leur avaient été données comme des femmes du peuple, deux femmes du monde, qui avaient revêtu des habits gros- siers pour être à même de leur offrir des secours et de l'argent.

Elles proposèrent même à Villot et à Delarue de les aider à fuir ; elles pouvaient faciliter l'évasion de deux prisonniers, mais pas plus.

Villot et Delarue refusèrent, craignant, par leur fuite, d'aggraver le sort de leurs collègues.

Les noms de ces deux anges de charité sont restés inconnus. Les nommer à cette époque, c'eût été les dénoncer.

L'Histoire a, de temps en temps, un de ces regrets qui lui arrache un soupir.

Le lendemain, on arriva à Blois.

En avant de la ville, un rassemblement considérable de bateliers attendait les voitures dans l'espoir de les briser et d'assassiner ceux qu'elles renfermaient.

Mais le capitaine de cavalerie qui commandait le détachement, et qui se nommait Gauthier, – l'Histoire a conservé le nom de celui-là, comme elle a conservé le nom de Dutertre – fit signe aux déportés qu'ils n'avaient rien à craindre.

Il prit quarante hommes et bouscula toute cette canaille.

Mais, à défaut des cris, les injures furent prodiguées. Les noms de scélérats, de régicides, d'accapareurs, leur furent jetés aveuglément par cette populace furieuse, au milieu de laquelle on passa pour aller loger les prisonniers dans une petite église très humide, sur le pavé de laquelle on avait répandu un peu de paille.

En entrant dans l'église, une bousculade permit à la populace d'approcher les condamnés d'assez près pour que Pichegru sentît qu'on lui glissait un billet dans la main.

Aussitôt que les déportés furent seuls, Pichegru lut le billet ; il contenait ces mots :

Général, sortir de la prison où vous êtes, monter à cheval, vous sauver sous un autre nom à la faveur d'un passeport, tout cela ne dépend que de vous. Si vous y consentez, aussitôt après avoir lu ce billet, approchez-vous de la garde qui vous surveille et ayez soin d'avoir votre chapeau sur la tête ; ce sera la preuve de votre consentement. Alors, soyez, de minuit à deux heures, habillé, et veillez.

Pichegru s'approcha de la garde, la tête nue.

Celui qui voulait le sauver jeta sur lui un regard d'admiration et s'éloigna.

CHAPITRE XXXIV

L'embarquement

Les apprêts du départ de Blois furent si longs que les prisonniers craignaient qu'on ne les y fît séjourner et que, pendant ce séjour, on n'arrivât à leur faire un mauvais parti. Ils en furent d'autant plus convaincus que l'adjudant général commandant leur escorte sous Dutertre, qui se nommait Collin et qui était connu dans le pays pour avoir fait les massacres du 2 septembre, et un de ses compagnons, nommé Guillet, qui n'avait pas meilleure réputation que lui, entrèrent dans la prison vers six heures du matin.

Ils paraissaient fort émus, grondaient, comme pour s'exciter eux-mêmes, et regardaient les déportés avec de mauvais sourires.

L'officier municipal qui accompagnait les prisonniers depuis Paris eut comme une illumination.

Il alla droit à eux, et fermement devant eux :

– Pourquoi tardez-vous à partir ? leur dit-il. Tout est prêt depuis longtemps ; la foule augmente, votre conduite est plus que suspecte : je vous ai vus et entendus l'un et l'autre ameuter le peuple et le pousser à commettre des violences sur les personnes des déportés. Je vous déclare que, s'il arrive quelque accident à leur sortie, je ferai consigner ma déposition sur le registre de la municipalité, et c'est vous qu'elle accusera.

Les deux coquins balbutièrent quelques excuses ; on amena les voitures, les prisonniers furent accompagnés par les mêmes clameurs, les mêmes imprécations et les mêmes menaces qui les avaient accueillis la veille ; mais aucun ne fut atteint ni blessé par les coups qu'on essaya de leur porter ni les pierres qu'on leur jeta.

À Amboise, on coucha dans une chambre si étroite, que les condamnés n'avaient pas assez d'espace pour s'étendre sur la paille ; ils durent rester debout ou assis. Ce n'est qu'à Tours qu'ils espérè- rent prendre quelque repos, mais ils se trompaient cruellement.

Les autorités de la ville venaient de subir une épuration ; elles étaient encore sous le coup de la terreur.

On mit les prisonniers à la Conciergerie, c'est-à-dire à la prison occupée par les galériens. Confondus avec eux, quelques déportés demandèrent un local particulier.

– Voilà votre appartement, dit le geôlier en désignant un petit cachot humide et infect.

Alors, les galériens montrèrent plus de pudeur que les nouveaux magistrats de Tours, et l'un d'eux, s'approchant des déportés, leur dit humblement :

– Messieurs, nous sommes bien fâchés de vous voir ici ; nous ne sommes pas dignes de vous approcher ; mais, si, dans le malheu- reux état où nous sommes réduits, il y a quelques services que nous puissions vous rendre, soyez assez bons pour les accepter. Le cachot que l'on vous a préparé est le plus froid et le plus humide de tous ; nous vous prions de prendre le nôtre, il est plus grand et moins humide.

Pichegru, au nom de ses compagnons, remercia ces malheureux, et, en secouant la main de celui qui avait porté la parole :

– C'est donc parmi vous, dit-il, qu'il faut maintenant chercher des cœurs d'hommes ?

Il y avait plus de trente heures que les déportés n'avaient mangé, lorsqu'on leur distribua à chacun une livre de pain et une bouteille de vin.

Ce fut pour eux un jour de gala.

Le lendemain, on s'arrêta à Sainte-Maure. Le lieutenant général Dutertre ayant trouvé dans cette petite ville une colonne mobile de la garde nationale, composée de paysans, en profita pour donner quelque repos à sa troupe, dont les hommes ne pouvaient plus mettre un pied devant l'autre. Il chargea, en conséquence, cette co- lonne de garder les déportés sous la responsabilité du corps munici- pal qui, heureusement, n'était pas épuré.

Ces braves paysans eurent pitié des malheureux prisonniers ; ils leur procurèrent du pain et du vin, de sorte qu'une fois ils purent manger à leur faim, boire à leur soif. En outre, ils étaient moins étroitement gardés, et telle était la négligence de ces braves gens, dont la plupart n'étaient armés que de piques, que les prisonniers pouvaient aller jusqu'à la chaussée, et, de cette chaussée, voyaient une forêt qui semblait se trouver là tout exprès pour leur offrir un refuge.

Ramel hasarda la proposition d'essayer de fuir ; mais les uns s'y opposèrent, parce que fuir, selon eux, était confesser leur culpabi- lité ; les autres s'y refusèrent, parce que leur fuite eût cruellement compromis leurs gardiens et eût fait punir ceux que, les premiers, ils avaient trouvés sensibles à leur détresse.

Le jour parut sans qu'on eût beaucoup dormi, car la nuit tout entière s'était écoulée dans cette discussion, et il fallut rentrer dans les cages de fer et redevenir la chose de Dutertre.

On traversa cette forêt profonde que, la veille, on avait regar- dée avec tant d'avidité ; les chemins étaient affreux. Quelques-uns obtinrent la permission de marcher entre quatre cavaliers ; Barbé-Marbois, Barthélemy et du Coudray, blessés, presque mourants, ne purent profiter de la permission. Couchés sur le plancher, à chaque cahot ils étaient jetés contre les barres de fer qui les meurtrissaient et, malgré leur stoïcisme, leur arrachaient des cris de douleur : Bar- thélemy fut le seul qui, pas une seule fois, ne fit entendre une plainte.

À Châtellerault, on les enferma dans un cachot tellement in- fect, que trois d'entre eux tombèrent asphyxiés en y entrant. Piche- gru repoussa la porte que l'on allait fermer, et, tirant à lui un soldat, il le jeta au fond du cachot où cet homme faillit s'évanouir. Celui-ci rendit compte de l'impossibilité de demeurer dans une pareille at- mosphère ; on laissa la porte ouverte et l'on y mit des sentinelles.

Barbé-Marbois était fort mal ; du Coudray, qui le soignait, était assis sur la paille auprès de lui. Un malheureux qui, depuis trois ans, subissait la peine des fers dans un cachot voisin, obtint de visiter les prisonniers, leur apporta de l'eau fraîche et offrit son lit à Marbois qui se trouva un peu mieux après y avoir pris deux heures de repos.

– Ayez patience, leur disait cet homme ; on finit par s'accoutumer à tout, et j'en suis un exemple, puisque depuis trois ans j'habite un cachot pareil au vôtre.

À Lusignan, la prison se trouva trop petite pour contenir les seize déportés ; il pleuvait à verse, un vent froid soufflait du nord ; Dutertre, que rien n'embarrassait, ordonna de bien fermer les cages, fit dételer les chevaux, et cages et prisonniers restèrent sur la place publique. Ils étaient là depuis une heure à peu près, lorsque le maire et le commandant de la garde nationale vinrent demander, sous leur responsabilité, de les faire loger dans une auberge. Ils l'obtinrent, non sans difficulté ; à peine les prisonniers étaient-ils établis dans trois chambres avec renfort de sentinelles aux portes et sous les fe- nêtres, qu'ils virent arriver un courrier qui s'arrêta dans cette même auberge où on les avait conduits ; quelques-uns, plus faciles à l'espérance que les autres, crurent que ce courrier était porteur d'heureuses nouvelles. Tous furent d'avis qu'il annonçait un événement d'importance.

Et, en effet, il apportait l'ordre d'arrêter le général Dutertre, à cause des concussions et des friponneries qu'il avait commises depuis le départ des déportés, et de le ramener à Paris.

On trouva sur lui les huit cents louis d'or qu'il avait reçus pour la dépense du convoi, dépense qu'il supprimait et à laquelle il subvenait par des réquisitions frappées sur les municipalités.

Les déportés apprirent cette nouvelle avec joie ; ils virent approcher la voiture qui lui était destinée, et Ramel, poussant la curiosité jusqu'à vouloir examiner sa contenance, ouvrit la fenêtre.

Mais aussitôt la sentinelle de la rue fit feu et sa balle brisa la traverse de la fenêtre.

Dutertre arrêté, la conduite du convoi incombait donc à son second, Guillet.

Mais Guillet, nous l'avons dit, ne valait guère mieux que Dutertre. Le lendemain, le maire de Saint-Maixent, où l'on avait fait halte, s'étant approché des déportés et ayant eu le malheur de leur dire : « Messieurs, je prends beaucoup de part à votre situation et tous les bons citoyens partagent mon sentiment », il mit lui-même la main sur le maire, le jeta entre deux soldats et ordonna à ceux-ci de le conduire en prison.

Mais cet acte de brutalité révolta tellement les habitants de la ville, dont le brave homme paraissait fort aimé, qu'ils se soulevèrent et forcèrent Guillet de leur rendre leur syndic.

Ce qui tourmentait le plus les déportés, c'est qu'ils ignoraient complètement le lieu de leur destination. Ils avaient entendu parler de Rochefort, mais d'une manière vague. Privés de toute relation avec leurs familles, ils ne pouvaient obtenir aucune lumière sur le sort qui les attendait.

À Surgères, ce sort leur fut révélé. Le maire avait insisté pour que les prisonniers fussent logés à l'auberge et l'avait obtenu.

Pichegru, Aubry et Delarue étaient couchés sur des matelas étendus à terre dans une chambre du premier étage, séparée de la pièce de dessous par un plancher si mal joint, que l'on pouvait voir tout ce qui s'y passait.

Les chefs de l'escorte, sans se douter qu'ils étaient vus et entendus, s'y firent servir à souper. Un officier de marine vint les y joindre. Chaque mot que disaient ces hommes était important pour les malheureux condamnés ; ils écoutèrent.

Le souper, long et copieux, fut fort gai. Les souffrances dont on accablait les déportés firent les frais de cette gaieté. Mais, à minuit et demi, le souper terminé, l'officier de marine fit remarquer qu'il était temps de s'occuper de l'opération.

Ce mot opération attira, comme on le comprend bien, toute l'attention des trois déportés.

Un homme qui leur était inconnu, et qui servait de secrétaire à Guillet, apporta des plumes, de l'encre et du papier, et se mit à écrire sous la dictée du commandant.

Cette dictée était un procès-verbal constatant que, conformément aux derniers ordres du Directoire, les déportés n'étaient sortis de leurs cages que pour entrer dans le *Brillant,* brigantin préparé à Rochefort pour les recevoir.

Pichegru, Aubry et Delarue, quoique atterrés par l'audition de ce procès-verbal fait d'avance, prenant les devants d'un jour et ne laissant aucun doute sur la déportation, gardèrent le secret vis-à-vis de leurs camarades.

Ils pensèrent qu'il serait assez tôt pour eux d'apprendre cette triste nouvelle à Rochefort.

On y arriva le 21 septembre, entre trois et quatre heures du soir. Le convoi quitta la chaussée de la ville, défila sous les glacis, où une foule immense de curieux attendait, tourna la place et se dirigea vers les bords de la Charente.

Il n'y avait plus de doute, non seulement pour ceux qui avaient surpris le secret fatal, mais encore pour les treize autres qui ignoraient tout. Ils allaient être embarqués, lancés sur l'océan, dénués des choses les plus nécessaires à la vie et soumis à tous les risques d'une navigation dont ils ne pouvaient deviner le terme.

Enfin, les voitures s'arrêtèrent. Quelques centaines de matelots et de soldats, déshonorant l'uniforme de la marine, se placèrent en haie au moment où l'on tira les déportés de leur cage, qu'ils en étaient réduits à regretter. Des cris féroces les accueillent :

– À bas les tyrans ! à l'eau ! à l'eau les traîtres !...

Un de ces hommes s'était avancé, sans doute dans le but de mettre sa menace à exécution ; les autres le suivaient de près. Le général Villot marcha droit à lui, et, croisant les bras :

– Misérable ! lui dit-il, tu es trop lâche pour me rendre ce service !...

Un canot s'approcha, un commissaire fit l'appel, et, les uns après les autres, aussitôt nommés, les déportés descendirent dans l'embarcation.

Le dernier, Barbé-Marbois, était dans un état si désespéré que le commissaire déclara que, si on l'embarquait faible et mourant comme il était, il ne supporterait pas deux jours de navigation.

– Que t'importe, imbécile ? lui dit le commandant Guillet. Tu ne dois compte que de ses os.

Un quart d'heure après, les déportés étaient à bord d'un bâtiment à deux mâts, mouillé vers le milieu de la rivière. C'était le *Brillant,* petit corsaire pris sur les Anglais. Ils y furent reçus par une douzaine de soldats qui semblaient avoir été choisis exprès pour faire sur eux l'office de bourreaux. On les entassa à l'entrepont dans un réduit si étroit, que la moitié d'entre eux à peine pouvait s'asseoir ; si bas, que les autres ne pouvaient se tenir debout, et qu'ils étaient obligés de se relayer dans cette position, dont l'une ne valait guère mieux que l'autre.

Une heure après leur installation, on voulut bien se rappeler qu'ils devaient avoir besoin de nourriture.

On descendit alors deux baquets, l'un vide et que l'on plaça dans un coin, l'autre contenant des fèves à demi cuites, nageant dans une eau rousse plus dégoûtante encore que le vase qui la renfermait. Un pain de munition et une ration d'eau, seules choses dont les prisonniers firent usage, complétaient cet immonde repas, servi à des hommes que leurs concitoyens avaient choisis comme les plus dignes d'entre eux pour les représenter.

Les déportés ne touchèrent point aux fèves du baquet, quoiqu'ils n'eussent pas mangé depuis trente-six heures, soit à cause du dégoût qu'elles leur causaient, soit parce qu'on avait jugé à pro- pos de ne leur donner ni cuiller ni fourchette.

Et, comme, pour introduire un peu d'air dans leur réduit, ils étaient obligés de laisser la porte ouverte, ils étaient l'objet des railleries des soldats, qui arrivèrent à un degré de grossièreté telle que

Pichegru, oubliant qu'il n'avait plus le droit de commander, leur ordonna de se taire.

– C'est toi qui feras bien de te taire, lui répondit l'un d'eux. Prends garde, tu n'es pas encore sorti de nos mains.

– Quel âge as-tu ? lui demanda Pichegru voyant sa jeunesse.

– Seize ans, répondit le soldat.

– Messieurs, dit Pichegru, si jamais nous revenons en France, voilà un enfant qu'il ne faut pas oublier ; il promet.

CHAPITRE XXXV

Adieu, France !

Cinq heures s'écoulèrent avant que le bâtiment mît à la voile ; il appareilla enfin, et, après une heure de marche, mouilla dans la grande rade.

Il était à peu près minuit.

Un grand mouvement se fit alors entendre sur le pont ; au milieu des menaces multipliées qui avaient accueilli les déportés en arrivant à Rochefort, les cris « À l'eau ! » et « Boire à la grande tasse », arrivaient distinctement jusqu'à eux. Aucun ne s'était communiqué sa pensée secrète, mais tous s'attendaient à trouver la fin de leurs tortures dans le lit de la Charente. Sans doute que le bâti- ment qui les contenait, ou celui à bord duquel ils allaient être trans- portés, était un de ces bâtiments à soupape, ingénieuse invention de Néron pour se débarrasser de sa mère, et de Carrier pour noyer les royalistes.

Le commandement de mettre deux chaloupes à la mer est fait ; un officier ordonne à haute voix que chacun se tienne à son poste ; puis, après un moment de silence, les noms de Pichegru et d'Aubry sont prononcés.

Ils prennent congé de leurs compagnons en les embrassant, et montent sur le pont.

Un quart d'heure se passe.

Tout à coup les noms de Barthélemy et de Delarue retentissent.

Sans doute, on en a fini avec les deux premiers et le tour des deux autres arrive. Ils embrassent leurs compagnons comme ont fait Aubry et Pichegru, et montent sur le pont, d'où ils passent dans un petit canot où on les fait asseoir côte à côte sur un banc. Un matelot se place sur un autre banc vis-à-vis ; la voile est déployée, ils partent comme un trait.

À chaque instant, les deux déportés sondent du pied le canot, croyant voir la soupape, par où sont probablement passés leurs compagnons, s'ouvrir et les engloutir à leur tour.

Mais, cette fois, leurs craintes étaient vaines : on les transportait du brigantin *Le Brillant* sur la corvette *La Vaillante,* où leurs deux compagnons les avaient précédés et où les douze autres de- vaient les suivre.

Ils y furent reçus par le capitaine Julien, sur la figure duquel ils essayèrent d'abord de lire le sort qui les attendait.

La figure affectait d'être sévère ; mais, lorsque le capitaine se vit seul avec eux :

– Messieurs, leur dit-il, on voit que vous avez beaucoup souffert ; mais prenez patience : tout en exécutant les ordres du Directoire, je ne négligerai rien de ce qui pourra adoucir votre sort.

Par malheur pour eux, Guillet les avait suivis ; il entendit ces derniers mots. Une heure après, le capitaine Julien était remplacé par le capitaine Laporte.

Chose bizarre ! La *Vaillante,* corvette de vingt-deux pièces de canon, que montaient les déportés, venait d'être construite tout récemment à Bayonne, et Villot, qui était commandant général de la contrée, avait été choisi pour être son parrain. C'était lui qui l'avait nommée *La Vaillante*. On fit descendre les déportés dans l'entrepont, et comme on ne songeait pas à leur donner à manger :

– Veut-on décidément nous laisser mourir de faim ? demanda Dessonville, celui d'entre les déportés qui souffrait le plus cruellement du manque de nourriture.

– Non, non, messieurs, dit en riant un officier de la corvette nommé Des Poyes ; soyez tranquilles, on va vous servir à souper.

– Donnez-nous seulement quelques fruits, dit Barbé-Marbois mourant, quelque chose qui rafraîchisse la bouche.

Un nouvel éclat de rire accueillit cette demande, et, de dessus le pont, on jeta aux malheureux affamés deux pains de munition.

« Souper exquis ! s'écria Ramel, pour de pauvres diables qui n'avaient pas mangé depuis quarante heures, souper que nous avons bien souvent regretté, car ce fut la dernière fois qu'on nous donna du pain. »

Dix minutes après, on distribuait des hamacs à douze des condamnés ; mais Pichegru, mais Villot, mais Ramel, mais Dessonville, n'en recevaient point.

— Et nous, demanda Pichegru, sur quoi allons-nous coucher ?

— Venez, répondit la voix du nouveau capitaine, on va vous le dire.

Pichegru et les trois déportés qui n'avaient pas reçu de hamac se rendirent à l'ordre qui leur était donné.

— Faites descendre ces messieurs dans la Fosse-aux-Lions, dit le capitaine Laporte, c'est le logement qui leur est destiné.

Chacun sait ce que c'est que la Fosse-aux-Lions, c'est le cachot où l'on met le matelot condamné au dernier supplice.

Aussi, les déportés de l'entrepont, en entendant cet ordre, poussèrent-ils des cris de colère.

— Point de séparation ! s'écrièrent-ils ; mettez-nous avec ces messieurs dans cet horrible cachot, ou laissez-les avec nous.

Barthélemy et son fidèle Letellier, ce brave domestique qui, quelque observation qui lui eût été faite, n'avait pas voulu quitter son maître, Barthélemy et Letellier s'élancèrent sur le pont, et, voyant leurs quatre compagnons entraînés par des soldats vers l'écoutille qui conduit à la Fosse-aux-Lions, ils se laissèrent glisser par l'échelle plutôt qu'ils ne la descendirent, et se trouvèrent à fond de cale avant eux.

– Ici ! cria le capitaine du haut de l'écoutille, ou je vous fais remonter à coups de baïonnette.

Mais eux se couchèrent.

– Il n'y a ni premier ni dernier entre nous, dirent-ils ; nous sommes tous coupables, ou tous innocents.

» Que l'on nous traite donc tous de la même manière.

Les soldats s'avancèrent sur eux, la baïonnette en avant ; mais eux ne bougèrent point, et il fallut les instances de Pichegru et de ses trois amis pour les faire remonter sur le pont.

Ils restèrent donc tous quatre dans les plus épaisses ténèbres, dans cet horrible cachot infecté par les exhalaisons de la cale et par celles des câbles, n'ayant ni hamac ni couverture, ne pouvant demeurer debout, le plafond du cachot étant trop bas.

Les douze autres, resserrés dans l'entrepont, n'étaient guère mieux, car on ferma sur eux les écoutilles, et, comme leurs camarades de la Fosse-aux-Lions, ils furent privés d'air et de mouvement.

Vers quatre heures du matin, le capitaine donna l'ordre de mettre à la voile, et, au milieu des cris de l'équipage, du grincement des agrès, du mugissement des vagues se brisant contre l'avant de la corvette, on entendit, comme un sanglot déchirant sortir des flancs du vaisseau, ce dernier cri :

– Adieu, France !

Et, comme un écho des entrailles de la cale, ce même cri répété, mais à peine intelligible à cause des profondeurs du bâtiment :

– France, adieu !

Peut-être s'étonnera-t-on que nous ayons si fort appuyé sur ce douloureux récit, qui deviendrait bien autrement douloureux encore, si nous suivions les malheureux déportés pendant leur traversée de quarante-cinq jours. Mais le lecteur n'aurait probablement pas le courage que nous a inspiré ce besoin, non pas de réhabiliter, mais d'attirer la pitié des générations qui suivent sur les hommes qui se sont sacrifiés pour elles.

Il nous a paru que ce mot païen de l'antiquité : « Malheur aux vaincus ! » était une cruauté dans tous les temps et une impiété dans les Temps modernes ; aussi, je ne sais par quel entraînement de mon cœur c'est toujours vers les vaincus que je me tourne, et toujours à eux que je vais.

Ceux qui m'ont lu savent que c'est avec une sympathie égale et avec une impartialité pareille que j'ai raconté la passion de Jeanne d'Arc à Rouen, la légende de Marie Stuart à Fotheringay, que j'ai suivi Charles Ier sur la place de Whitehall et Marie-Antoinette sur la place de la Révolution.

Mais ce que j'ai remarqué avec regret chez les historiens, c'est qu'ils se sont étonnés, comme M. de Chateaubriand, de la quantité de larmes que contenait l'œil des rois, sans étudier aussi religieuse- ment la somme de douleurs que pouvait supporter sans mourir cette pauvre machine humaine quand elle est soutenue par la conviction de son innocence et de son droit, appartînt-elle aux classes moyennes et même inférieures de la société.

Tels étaient ces hommes, dont nous venons d'essayer de peindre l'agonie, pour lesquels nous ne trouvons pas un regret chez les historiens, et qui, par l'habile combinaison qu'ont eue leurs per- sécuteurs de mêler avec eux des hommes comme Collot-d'Herbois et comme Billaud-Varennes, après avoir été dépouillés de la sympathie de leurs contemporains, ont été déshérités de la pitié de l'avenir.

LA HUITIÈME CROISADE

CHAPITRE PREMIER

Saint-Jean-d'Acre

Le 7 avril 1799, le promontoire sur lequel est bâti Saint-Jean-d'Acre, l'ancienne Ptolémaïs, apparaissait enveloppé d'autant d'éclairs et de tonnerres que l'était le Mont-Sinaï le jour où le Seigneur, dans le buisson ardent, donna la loi à Moïse.

D'où venaient ces détonations qui ébranlaient la côte de Syrie comme un tremblement de terre ?

D'où sortait cette fumée qui couvrait le golfe du Carmel d'un nuage aussi épais que si la montagne d'Élie était changée en volcan ?

Le rêve d'un de ces hommes qui, avec quelques paroles, changent la destinée des empires, s'accomplissait.

Nous nous trompons, c'est s'évanouissait que nous voulons dire.

Mais peut-être aussi ne s'évanouissait-il que pour faire place à une réalité, que cet homme, si ambitieux qu'il fût, n'eût point osé rêver.

Le 10 septembre 1797, en apprenant, à Passeriano, la journée du 18 fructidor, la promulgation de la loi qui condamnait à la déportation deux directeurs, cinquante-quatre députés et cent quarante-huit individus, le vainqueur de l'Italie était tombé dans une sombre rêverie.

Il mesurait sans doute dans son imagination toute l'influence que lui donnait ce coup d'État dans lequel sa main avait tout fait, quoique la main d'Augereau eût seule été visible.

Il se promenait avec son secrétaire Bourrienne dans le beau parc du palais.

Tout à coup, il releva la tête et lui dit, sans que rien eût précédé cette espèce d'apostrophe :

– Décidément, l'Europe est une taupinière ; il n'y a jamais eu de grand empire et de grande révolution qu'en Orient, où vivent six cents millions d'hommes.

Puis, comme Bourrienne, nullement préparé à cette sortie, le regardait avec étonnement, il était retombé ou avait fait semblant de retomber dans sa rêverie.

Le 1er janvier 1798, Bonaparte, reconnu au fond de la loge où il essayait de se cacher, à la première représentation d'» Horatius Coclès », salué par une triple ovation et par les cris de « Vive Bonaparte ! » qui trois fois avaient ébranlé la salle, rentrait dans sa maison de la rue Chantereine, nouvellement nommée, en son honneur, rue de la Victoire, et, tombant dans une profonde mélancolie, disait à Bourrienne, le confident de ses pensées noires :

— Croyez-moi, Bourrienne, on ne conserve à Paris le souvenir de rien. Si je reste six mois sans rien faire, je suis perdu ; une renommée, dans cette Babylone, en remplace une autre ; on ne m'aura pas vu trois fois au spectacle, qu'on ne me regardera même plus.

Enfin, le 29 du même mois, il disait toujours à Bourrienne, revenant sans cesse au rêve de sa pensée :

— Bourrienne, je ne veux pas rester ici. Il n'y a rien à faire ; si je reste, je suis coulé ; tout s'use en France. J'ai déjà absorbé ma gloire. Cette pauvre petite Europe n'en fournit point assez : il faut aller en Orient.

Enfin, comme, quinze jours avant son départ, le 18 avril 1798, il descendait la rue Sainte-Anne côte à côte avec Bourrienne, auquel, depuis la rue Chantereine, il n'avait pas dit un seul mot, celui-ci, pour rompre ce silence qui l'embarrassait, lui avait dit :

— Vous êtes donc bien décidé à quitter la France, général ?

— Oui, avait-il répondu. Je leur ai demandé à être des leurs ; ils m'ont refusé. Il faudrait, si je restais ici, les renverser et me faire roi. Les nobles n'y consentiraient jamais ; j'ai sondé le terrain : le temps n'est pas venu, je serai seul, il me faut encore éblouir ces gens-là. Nous irons en Égypte, Bourrienne.

Ainsi, ce n'était pas pour communiquer avec Tirpoo-Sahib à travers l'Asie et pour frapper l'Angleterre dans l'Inde que Bonaparte voulait quitter l'Europe.

Il lui fallait éblouir ces gens-là ! Voilà la véritable cause de son expédition d'Égypte.

Et, en effet, le 3 mai 1798 il donnait l'ordre à tous les généraux d'embarquer leurs troupes.

Le 4, il quittait Paris.

Le 8, il arrivait à Toulon.

Le 19, il montait sur le vaisseau amiral *L'Orient*.

Le 15, il passait en vue de Livourne et de l'île d'Elbe.

Le 13 juin, il prenait Malte.

Le 19, il se remettait en route.

Le 1er juillet, il débarquait près du Marabout.

Le 3, il enlevait Alexandrie d'assaut.

Le 13, il gagnait la bataille de Chébreïss.

Le 21, il écrasait les mamelouks aux Pyramides.

Le 25, il entrait au Caire.

Le 14 août, il apprenait le désastre d'Aboukir.

Le 24 décembre il partait pour visiter, avec l'Institut, les restes du canal de Suez.

Le 28, il buvait aux fontaines de Moïse, et, comme le pharaon, il manquait d'être noyé dans la mer Rouge.

Le 1er janvier 1799, il projetait la campagne de Syrie.

Six mois auparavant, l'idée lui en était venue déjà.

C'est alors qu'il avait écrit à Kléber :

Si les Anglais continuent à inonder la Méditerranée, ils nous obligeront peut-être à faire de plus grandes choses que nous n'en voulions faire.

Il était vaguement question d'une expédition que le sultan de Damas tenterait contre nous, et dans laquelle le pacha Djezzar, surnommé le Boucher à cause de sa cruauté, conduirait l'avant-garde.

Ces nouvelles avaient pris une certaine consistance.

Djezzar s'était avancé par Gaza jusqu'à El-Arich, et avait massacré les quelques soldats que nous avions dans cette forteresse.

Bonaparte, au nombre de ses jeunes officiers d'ordonnance, avait les deux frères Mailly de Château-Renaud.

Il envoya le plus jeune en parlementaire à Djezzar, qui, contre le droit des gens, le fit prisonnier.

C'était une déclaration de guerre.

Bonaparte, avec sa rapidité d'exécution, résolut de détruire cette avant-garde de la Porte ottomane.

En cas de succès, lui-même dira plus tard quelles étaient ses espérances. En cas d'échec, il renversait les remparts de Gaza, de Jaffa et d'Acre, ravageait le pays, en détruisait toutes les ressources, enfin rendait impossible le passage d'une armée, même indigène, à travers le désert.

Le 11 février 1799, Bonaparte entrait en Syrie à la tête de douze mille hommes.

Il avait avec lui cette pléiade de braves qui gravite tout autour de lui pendant la première, la plus brillante période de sa vie. Il avait Kléber, le plus beau et le plus brave cavalier de l'armée.

Il avait Murat, qui lui disputait ce double titre.

Il avait Junot, l'habile tireur au pistolet, qui coupait douze balles de suite sur la lame d'un couteau.

Il avait Lannes, qui avait déjà gagné son titre de duc de Montebello, mais qui ne le portait pas encore.

Il avait Reynier, à qui était réservé l'honneur de décider la victoire à Héliopolis.

Il avait Caffarelli, qui devait rester dans cette tranchée qu'il faisait creuser.

Enfin il avait, dans des positions secondaires, pour aide de camp Eugène de Beauharnais, notre jeune ami de Strasbourg, qui avait fait le mariage de Joséphine avec Bonaparte en venant récla- mer à celui-ci l'épée de son père.

Il avait Croisier, triste et taciturne depuis que, dans une rencontre avec les Arabes, il avait faibli et que le mot lâche était sorti de la bouche de Bonaparte.

Il avait l'aîné des deux Mailly, qui allait délivrer ou venger son frère.

Il avait le jeune cheik d'Aher, chef des Druses, dont le nom, sinon la puissance, s'étendait de la mer Morte à la mer Méditerranée.

Il avait enfin une ancienne connaissance à nous, Roland de Montrevel, dont la bravoure habituelle s'était, depuis le jour où il avait été blessé et fait prisonnier au Caire, doublée de cet étrange désir de mort auquel nous l'avons vu en proie pendant toute la durée de notre récit des « Compagnons de Jéhu ».

L'armée arriva le 17 février devant El-Arich.

Les soldats avaient beaucoup souffert de la soif pendant la traversée. À la fin d'une étape seulement, ils avaient trouvé tout ensemble un amusement et une jouissance.

C'était à Messoudiah, c'est-à-dire au « lieu fortuné », au bord de la Méditerranée, sur un terrain composé de petites dunes d'un sable très fin. Le hasard avait fait qu'un soldat avait renouvelé le miracle de Moïse : en enfonçant un bâton dans le sable, l'eau en était sortie comme d'un puits artésien, le soldat avait goûté cette eau et l'avait trouvée excellente ; il avait appelé ses camarades et leur avait fait part de sa découverte.

Chacun alors avait fait son trou et avait eu son puits.

Il n'en fallut pas davantage pour rendre aux soldats toute leur gaieté.

El-Arich se rendit à la première sommation.

Enfin, le 28 février, on commença d'apercevoir les vertes et fertiles campagnes de la Syrie ; en même temps, à travers une légère pluie, chose si rare en Orient, on entrevoyait des vallées et des montagnes qui rappelaient nos montagnes et nos vallées d'Europe.

Le 1er mars, on campa à Ramleh, l'ancienne Rama, là où Rachel entra dans ce grand désespoir dont la Bible donne une idée par cette phrase splendide de poésie : « Et l'on entendit de longs sanglots dans Rama. C'était Rachel qui pleurait ses enfants, et qui ne voulait pas être consolée, parce qu'ils n'étaient plus ! »

C'était à Rama que passèrent Jésus, la vierge Marie et saint Joseph pour aller en Égypte. L'église qui fut concédée par les religieux à Bonaparte, pour en faire un hôpital, est bâtie sur l'endroit même où la sainte famille se reposa.

Le puits dont l'eau fraîche et pure désaltérait toute l'armée fut le même que celui où, mille sept cent quatre-vingt-dix-neuf ans auparavant, s'étaient désaltérés les saints fugitifs. Il était aussi de Rama, le disciple Joseph, dont la main pieuse ensevelit le corps de Notre-Seigneur Jésus-Christ.

Peut-être, dans cette immense multitude, pas un homme ne connaissait cette tradition sacrée ; mais ce que l'on savait, c'est qu'on n'était plus qu'à six lieues de Jérusalem.

En se promenant sous les plus beaux oliviers qu'il y ait peut-être en Orient, et que nos soldats abattaient sans respect pour en faire le feu de leurs bivacs, Bourrienne demanda à Bonaparte :

– Général, n'irez-vous point à Jérusalem ?

– Oh ! pour cela, non, répondit insoucieusement celui-ci. Jérusalem n'est point dans ma ligne d'opérations. Je ne veux pas avoir affaire à des montagnards dans des chemins difficiles, et puis, de l'autre côté du mont, je serais assailli par une nombreuse cavalerie. Je n'ambitionne pas le sort de Crassus.

Crassus, on le sait, fut massacré par les Parthes.

Il y a cela d'étrange dans la vie de Bonaparte, c'est qu'étant passé à six lieues de Jérusalem, berceau du Christ, et à six lieues de Rome, capitale de la papauté, il n'ait eu le désir de voir ni Rome ni Jérusalem.

CHAPITRE II

Les prisonniers

Deux jours auparavant, à un quart de lieue de Gaza – dont le nom veut à la fois dire, en arabe, trésor, et en hébreu, la forte ; de Gaza, dont les portes furent emportées par Samson, qui mourut avec trois mille Philistins sous les ruines du temple qu'il renversa – on avait rencontré Abdallah, pacha de Damas.

Il était à la tête de sa cavalerie. Cela regardait Murat.

Murat prit cent hommes sur les mille qu'il commandait, et, sa cravache à la main – en face de cette cavalerie musulmane, arabe et maugrabine, il était rare qu'il daignât tirer son sabre – il le chargea vigoureusement.

Abdallah tourna bride, traversa la ville, l'armée la traversa après lui et s'établit au-delà.

C'était le lendemain de cette escarmouche qu'elle était arrivée à Ramleh.

De Ramleh, on marcha sur Jaffa ; à la grande satisfaction des soldats, pour la seconde fois, les nuages s'amoncelèrent au-dessus de leurs têtes, et donnèrent de l'eau.

On envoya une députation à Bonaparte, au nom de l'armée qui demandait à prendre un bain.

Bonaparte accorda la permission et fit faire halte. Alors, chaque soldat se dépouilla de ses habits, et reçut avec délices sur son corps brûlé cette pluie d'orage.

Puis l'armée se remit en route, rafraîchie et joyeuse, chantant tout d'une voix la *Marseillaise*.

Les mamelouks et la cavalerie d'Abdallah n'osèrent pas plus nous attendre qu'ils n'avaient fait à Gaza ; ils rentrèrent dans la ville, subissant cette croyance que tout musulman à l'abri d'un rempart est invincible.

C'était, au reste, un singulier composé que ce ramas d'individus qui formaient la garnison de Jaffa et qui, enivrés de fanatisme, allaient tenir tête aux premiers soldats du monde.

Il y en avait de tout l'Orient, depuis l'extrémité de l'Afrique jusqu'à la pointe la plus avancée de l'Asie. Il y avait des Maugrabins avec leurs manteaux blancs et noirs ; il y avait des Albanais avec leurs longs fusils montés en argent et incrustés de corail ; il y avait des Kurdes avec leurs longues lances ornées d'un bouquet de plumes d'autruche ; des Aleppins, qui, tous, portaient, sur une joue ou sur l'autre, la trace du fameux bouton d'Alep. Il y avait des Damasquins aux sabres recourbés et à la trempe tellement fine, qu'ils coupaient un mouchoir de soie flottant. Il y avait enfin des Natoliens, des Karamaniens et des nègres. On était arrivé le 3 sous les murs de Jaffa ; le 4, la ville fut investie ; le même jour, Murat fit une reconnaissance autour des remparts pour savoir de quel côté elle devait être attaquée.

Le 7, tout était prêt pour battre la ville en brèche.

Bonaparte voulut, avant de commencer le feu, essayer la voie des conciliations ; il comprenait ce qu'allait être une lutte, même victorieuse, contre une pareille population.

Bonaparte dicta la sommation suivante :

Dieu est clément et miséricordieux.

Le général en chef Bonaparte, que les Arabes ont surnommé le Sultan du feu, *me charge de vous faire connaître que le pacha Djezzar a commencé les hostilités en Égypte en s'emparant du fort d'El-Arich ; que Dieu, qui seconde la justice, a donné la victoire à l'armée française, qui a repris le fort d'El-Arich ; que le général Bonaparte est entré dans la Palestine, d'où il veut chasser les troupes de Djezzar le pacha, qui n'auraient jamais dû y entrer ; que la place de Jaffa est cernée de tous côtés ; que les batteries de plein fouet à bombes et à brèches vont, dans deux heures, en renverser la muraille et en ruiner les défenses, que son cœur est touché des maux qu'éprouverait la ville entière en se laissant prendre d'assaut ; qu'il offre sauvegarde à sa garnison, protection aux habitants de la ville et retarde, en conséquence, le commencement du feu jusqu'à sept heures du matin.*

La sommation était adressée à Abou-Sahib, gouverneur de Jaffa.

Roland étendit la main pour la prendre :

— Que faites-vous ? demanda Bonaparte.

— Ne vous faut-il pas un commissionnaire ? répondit en riant le jeune homme. Autant que ce soit moi qu'un autre.

— Non, dit Bonaparte ; mieux vaut, au contraire, que ce soit un autre que vous, et un musulman qu'un chrétien.

— Pourquoi cela, général ?

— Mais parce qu'à un musulman, Abou-Sahib fera peut-être couper la tête, mais qu'à un chrétien, il la fera couper sûrement.

— Raison de plus, dit Roland en haussant les épaules.

— Assez ! dit Bonaparte ; je ne veux pas.

Roland se retira dans un coin, comme un enfant boudeur.

Alors, Bonaparte, s'adressant à son drogman :

— Demande, dit-il, s'il y a un Turc, un Arabe, un musulman quelconque enfin, qui veuille se charger de cette dépêche.

Le drogman répéta tout haut la demande du général en chef.

Un mamelouk du corps des dromadaires s'avança.

– Moi, dit-il.

Le drogman regarda Bonaparte.

– Dis-lui ce qu'il risque, fit le général en chef.

– Le Sultan du feu veut que tu saches qu'en te chargeant de ce message, tu cours risque de la vie.

– Ce qui est écrit est écrit ! répondit le musulman.

Et il tendit la main.

On lui donna un drapeau blanc et un trompette.

Tous deux s'approchèrent à cheval de la ville, dont la porte s'ouvrit pour les recevoir.

Dix minutes après, un grand mouvement se fit sur le rempart en face duquel était campé le général en chef.

Le trompette parut, traîné violemment par deux Albanais : on lui ordonna de sonner pour attirer l'attention du camp français.

Il sonna la diane.

Au même instant, et comme tous les regards étaient fixés sur ce point des murailles, un homme s'approcha, tenant dans sa main droite une tête tranchée coiffée d'un turban ; il étendit le bras au-dessus du rempart, le turban se déroula et la tête tomba au pied des murailles.

C'était celle du musulman qui avait porté la sommation.

Dix minutes après, le trompette sortait par la même porte qui lui avait donné entrée, mais seul.

Le lendemain, à sept heures du matin, comme l'avait dit Bonaparte, six pièces de douze commencèrent à foudroyer une tour ; à quatre heures, la tranchée était praticable et Bonaparte ordonnait l'assaut.

Il chercha autour de lui Roland pour lui donner le commandement d'un des régiments de brèche.

Roland n'y était pas.

Les carabiniers de la 22ᵉ demi-brigade légère, les chasseurs de la même 22ᵉ demi-brigade, soutenus par les ouvriers d'artillerie et du génie, s'élancent à l'assaut ; le général Rambeau, l'adjudant général Nethervood et l'officier Vernois les guident.

Tous montent à la brèche, et, malgré la fusillade qui les attend de face, malgré la mitraille de quelques pièces dont on n'a pu éteindre le feu, et qui les prennent à revers, un combat terrible s'engage sur les débris de la tour écroulée.

La lutte durait depuis un quart d'heure sans que les assiégeants pussent franchir la brèche, sans que les assiégés pussent les faire reculer.

Tout l'effort de la bataille semblait concentré là et l'était en effet, lorsque tout à coup, sur les murailles dégarnies, on vit paraître Roland, tenant un étendard turc, suivi d'une cinquantaine d'hommes et secouant son étendard en criant : « Ville gagnée ! »

Voici ce qui s'était passé :

Le matin, vers six heures – on sait qu'en Orient c'est l'heure à laquelle le jour paraît – Roland, descendant à la mer pour se baigner, avait découvert une espèce de brèche à l'angle d'un mur et d'une tour ; il s'était assuré que cette brèche donnait dans la ville, avait pris son bain et était revenu au camp au moment où le feu commençait.

Là, comme on le connaissait pour un des privilégiés de Bonaparte et en même temps pour un des plus braves, ou plutôt un des plus téméraires de l'armée, les cris « Capitaine Roland ! capitaine Roland ! » s'étaient fait entendre.

Roland savait ce que cela voulait dire.

Cela voulait dire : « N'avez-vous pas quelque chose d'impossible à faire ? Nous voilà ! »

– Cinquante hommes de bonne volonté, avait-il dit.

Cent s'étaient présentés.

– Cinquante, avait-il répété.

Et il en avait désigné cinquante en sautant, chaque fois, par-dessus un homme pour ne blesser personne.

Puis il avait pris deux tambours et deux trompettes.

Et, le premier, il s'était glissé par le trou dans l'intérieur de la ville.

Ses cinquante hommes l'avaient suivi.

Ils avaient rencontré un corps d'une centaine d'hommes avec un drapeau ; ils étaient tombés dessus, l'avaient lardé à coups de baïonnette. Roland s'était emparé du drapeau, et c'était ce qu'il secouait au haut de la muraille.

Les acclamations de toute l'armée le saluèrent. Mais ce fut alors que Roland pensa le moment venu d'utiliser ses tambours et ses trompettes.

Toute la garnison était à la brèche, ne pensant pas être atta-quée ailleurs, quand tout à coup elle entendit sur ses flancs des tam-bours et derrière elle les trompettes françaises.

En même temps, deux décharges se firent entendre, et une grêle de balles tomba sur les assiégés. Ils se retournèrent, ne virent partout que fusils réfléchissant les rayons du soleil, que panaches tricolores flottant au vent ; la fumée, poussée par la brise de mer, dissimulait le petit nombre des Français ; les musulmans se crurent trahis, une effroyable panique s'empara d'eux, ils abandonnèrent la brèche. Mais Roland avait envoyé dix de ses hommes ouvrir une des portes ; la division du général Lannes s'engouffra par cette porte, les assiégés rencontrèrent les baïonnettes françaises là où ils croyaient trouver une libre voie à leur fuite, et, par cette réaction naturelle aux peuples féroces qui, ne faisant pas de quartier, n'en espèrent pas, ils ressaisirent leurs armes avec une rage nouvelle, et le combat re-commença en prenant l'aspect d'un massacre.

Bonaparte, ignorant ce qui se passait dans la ville, voyant la fumée s'élever au-dessus des murailles, entendant le bruit continu de la fusillade, ne voyant revenir personne, pas même des blessés, envoya Eugène de Beauharnais et Croisier voir ce qui se passait, en leur ordonnant de revenir aussitôt lui faire leur rapport.

Tous deux portaient au bras l'écharpe d'aide de camp, signe de leur grade ; ils attendaient depuis longtemps une parole qui leur ordonnât de prendre part au combat ; ils entrèrent en courant dans la ville, et pénétrèrent au cœur même du carnage.

On reconnut des envoyés du général en chef, on comprit qu'ils étaient chargés d'une mission ; la fusillade cessa un instant.

Quelques Albanais parlaient français ; l'un d'eux cria :

– Si l'on nous accorde la vie sauve, nous nous rendrons ; sinon, nous nous ferons tuer jusqu'au dernier.

Les deux aides de camp ne pouvaient pénétrer dans les secrets de Bonaparte ; ils étaient jeunes, l'humanité parla dans leur cœur : sans y être autorisés, ils promirent la vie sauve à ces malheureux. Le feu cessa, ils les amenèrent au camp.

Ils étaient quatre mille.

Quant aux soldats, ils connaissaient leurs droits. La ville était prise d'assaut : après le massacre, le pillage.

CHAPITRE III

Le carnage

Bonaparte se promenait devant sa tente avec Bourrienne, attendant impatiemment des nouvelles, n'ayant plus personne de ses familiers autour de lui, lorsqu'il vit sortir de la ville, par deux portes différentes, des troupes d'hommes désarmés.

Une de ces troupes était conduite par Croisier, l'autre par Eugène Beauharnais.

Leurs jeunes visages rayonnaient de joie.

Croisier, qui n'avait pas souri depuis qu'il avait eu le malheur de déplaire au général en chef, souriait, espérant que cette belle prise allait le réconcilier avec lui.

Bonaparte comprit tout ; il devint très pâle, et, avec un profond sentiment de douleur :

– Que veulent-ils que je fasse de ces hommes ? s'écria-t-il, ai-je des vivres pour les nourrir ? Ai-je des vaisseaux pour les envoyer en France ou en Égypte, les malheureux ?

Les deux jeunes gens s'arrêtèrent à dix pas de lui.

Ils virent, à la rigidité de son visage, qu'ils venaient de faire une faute.

– Que m'amenez-vous là ? demanda-t-il.

Croisier n'eût point osé répondre, ce fut Eugène qui prit la parole :

– Mais, vous le voyez bien, général : des prisonniers.

– Vous ai-je dit d'en faire ?

– Vous nous avez dit d'apaiser le carnage, dit timidement Eugène.

– Oui, sans doute, répliqua le général en chef ; pour les femmes, pour les enfants, peur les vieillards, mais non pour des sol- dats armés. Savez-vous que vous allez me faire commettre un crime !

Les deux jeunes gens comprirent tout ; ils se retirèrent confus. Croisier pleurait ; Eugène voulut le consoler, mais il secoua la tête en disant :

– C'est fini ; à la première occasion, je me ferai tuer. Avant de décider du sort de ces malheureux, Bonaparte voulait assembler le conseil des généraux.

Mais soldats et généraux bivaquaient dans l'intérieur de la place. Les soldats ne s'étaient arrêtés que lorsqu'ils avaient été las de tuer. Outre ces quatre mille prisonniers, il y avait près de cinq mille morts.

Le pillage de maisons fut continué toute la nuit.

De temps en temps, on entendait des coups de feu ; des cris sourds et lamentables retentissaient dans toutes les rues, dans toutes les maisons, dans toutes les mosquées.

Ces cris étaient poussés par des soldats que l'on retrouvait cachés et que l'on égorgeait ; par des habitants qui essayaient de défendre leurs trésors ; par des pères et par des maris qui essayaient de soustraire leurs femmes ou leurs filles à la brutalité des soldats.

La vengeance du Ciel était cachée derrière ces cruautés.

La peste était à Jaffa, l'armée en emporta les germes avec elle.

On avait commencé par faire asseoir les prisonniers pêle-mêle en avant des tentes ; une corde leur attachait les mains derrière le dos ; leurs visages étaient sombres, plus encore par les pressenti- ments que par la colère.

Ils avaient vu les traits de Bonaparte se décomposer à leur aspect, ils avaient entendu, sans la comprendre, la réprimande faite aux jeunes gens ; mais ce qu'ils n'avaient point compris, ils l'avaient deviné.

Quelques-uns se hasardèrent à dire : « J'ai faim ! » d'autres : « J'ai soif ! »

On leur apporta de l'eau à tous, on leur apporta à tous un morceau de pain prélevé sur les rations de l'armée.

Cette distribution les rassura un peu.

Au fur et à mesure que les généraux rentraient, ils recevaient l'ordre de se rendre sous la tente du général en chef.

On délibéra longtemps sans rien arrêter.

Le jour suivant, arrivèrent les rapports journaliers des généraux de division ; tous se plaignaient de l'insuffisance des rations. Les seuls qui eussent bu et mangé à leur soif et à leur faim étaient ceux qui, étant entrés dans la ville au moment du combat, avaient eu le droit de la piller.

Mais c'était le quart de l'armée à peine. Tout le reste murmurait de voir donner son pain à des ennemis soustraits à une vengeance légitime, puisque, selon les lois de la guerre, Jaffa étant prise d'assaut, tous les soldats qui s'y trouvaient devaient être passés au fil de l'épée.

Le conseil se rassembla de nouveau.

Cinq questions y furent posées.

Fallait-il les renvoyer en Égypte ?

Mais, pour les renvoyer en Égypte, force était de leur donner une nombreuse escorte, et l'armée n'était déjà que trop faible pour un pays si mortellement hostile.

Comment, d'ailleurs, les nourrir, eux et leur escorte, jusqu'au Caire, sur une route ennemie, que l'armée venait de dessécher en passant, n'ayant pas de vivres à leur donner au moment de leur départ ?

Fallait-il les embarquer ?

Où étaient les navires ? Où en trouver ? La mer était déserte, ou du moins, pas une voile hospitalière ne s'y montrait.

Leur rendrait-on une entière liberté ?

Mais ces hommes, à l'instant même, iront à Saint-Jean-d'Acre renforcer le pacha, ou bien se jetteront dans les montagnes de Naplouse ; et alors, à chaque ravin, ce sera une fusillade à subir de la part de tirailleurs invisibles.

Fallait-il les incorporer désarmés parmi les soldats républicains ?

Mais les vivres, qui manquaient déjà pour dix mille hommes, manqueraient bien plus encore pour quatorze mille. Puis venait le danger de pareils camarades sur une route ennemie ; à toute occasion, ils nous donneront la mort en échange de la vie que nous leur aurons laissée. Qu'est-ce qu'un chien de chrétien pour un Turc ? Tuer un infidèle. N'est-ce pas un acte religieux et méritoire aux yeux du prophète ?

La cinquième question, Bonaparte se leva comme on allait la poser.

– Attendons jusqu'à demain, dit-il.

Ce qu'il attendait, il ne le savait pas lui-même.

C'était un de ces coups de hasard qui empêchent un grand crime et qu'on appelle alors un bienfait de la Providence.

Il attendit vainement.

Le quatrième jour, il fallut bien résoudre cette question qu'on n'avait point osé poser la veille.

Fallait-il les fusiller ?

Les murmures augmentaient, le mal allait croissant ; les soldats, d'un moment à l'autre pouvaient se jeter sur ces malheureux et donner l'apparence d'une révolte et d'un assassinat à ce qui était une exigence de la nécessité.

La sentence fut unanime, moins une voix : un des assistants n'avait pas voté.

Les malheureux devaient être fusillés.

Bonaparte s'élança hors de sa tente, dévora la mer de son regard ; une tempête d'humanité s'élevait dans son cœur.

Il n'avait point encore acquis, à cette époque, le stoïcisme des champs de bataille ; l'homme qui vit depuis Austerlitz, Eylau, la Moscova sans sourciller, n'était point encore assez familiarisé avec la mort pour lui jeter d'un seul coup sans remords une si large proie. À bord du vaisseau qui l'avait conduit en Égypte, sa pitié, comme celle de César, avait étonné tout le monde. Il était impossible que, dans une longue traversée, il n'arrivât point quelques accidents et que quelques hommes ne tombassent point à la mer.

Cet accident arriva plusieurs fois à bord de *l'Orient*.

C'est alors seulement que l'on pouvait comprendre tout ce qu'il y avait d'humanité dans l'âme de Bonaparte.

Dès qu'il entendait ce cri : « Un homme à la mer ! », il s'élançait sur le pont, s'il n'y était point déjà, et ordonnait de mettre le bâtiment en panne. Dès lors, il n'avait point de repos que l'homme ne fût repris, ne fût sauvé. Bourrienne recevait l'ordre de récompen- ser largement les marins qui s'étaient dévoués à l'œuvre de salut, et, s'il y avait parmi eux un matelot qui eût encouru quelque punition pour faute de service, il l'en relevait et lui faisait encore donner de l'argent.

Pendant une nuit obscure, on entendit le bruit que fait la chute d'un corps pesant tombant à la mer ; Bonaparte, selon sa coutume, se précipita hors de sa chambre, monta sur le pont et fit mettre le bâtiment en panne. Les marins, qui savaient qu'il y avait non seulement une bonne action à faire, mais encore une récompense au bout de la bonne action, s'élancèrent dans la chaloupe avec leur activité et leur courage accoutumés. Au bout de cinq minutes, à cette question sans cesse répétée de Bonaparte : « Est-il sauvé, est-il sauvé ? » des éclats de rire répondirent.

L'homme tombé à la mer était un quartier de bœuf détaché du magasin aux provisions.

– Donnez le double, Bourrienne, dit Bonaparte ; ce pouvait être un homme, et, la prochaine fois, ils pourraient croire que ce n'est qu'un quartier de bœuf.

L'ordre d'exécution devait venir de lui. Il ne le donnait pas et le temps passait. Enfin, il se fit amener son cheval, sauta en selle, prit une escorte d'une vingtaine de guides, et s'éloigna en criant :

– Faites !

Il n'osa pas dire : « Tirez ! »

Une scène semblable à celle qui se passa alors ne se décrit point. Ces grands égorgements que l'on trouve dans les peuples de l'Antiquité n'ont point de place dans l'histoire moderne. Sur quatre mille, quelques-uns se sauvèrent, parce que, s'étant jetés à la nage, ils gagnèrent des récifs hors de la portée du fusil.

Jusqu'à ce qu'on fût arrivé à Saint-Jean-d'Acre et que le devoir les forçât de prendre les ordres du général en chef, ni Eugène Beauharnais ni Croisier n'osèrent se représenter devant Bonaparte.

Le 18, on était devant Saint-Jean-d'Acre. Malgré les frégates anglaises embossées dans le port, quelques jeunes gens desquels étaient le cheik d'Aher, Roland, et le comte de Mailly de Château-Renaud, demandèrent la permission d'aller se baigner dans la rade.

Cette permission leur fut accordée.

En plongeant, Mailly rencontra un sac de cuir qui flottait entre deux eaux ; la curiosité le prit, et, tout en nageant, les baigneurs tirèrent ce sac sur le rivage.

Il était attaché avec une corde et paraissait renfermer une créature humaine.

La corde fut déliée, le sac vidé sur le sable, et Mailly reconnut le corps et la tête de son frère, envoyé en parlementaire un mois auparavant, et que Djezzar venait de faire décapiter en apercevant la poussière que soulevait sous ses pieds l'avant-garde française.

CHAPITRE IV

De l'Antiquité jusqu'à nous

Puisque nous avons le bonheur de trouver des lecteurs assez intelligents pour nous encourager à écrire un livre dans lequel le côté romanesque est rejeté au second plan on nous permettra, sans aucun doute, de faire non seulement l'histoire présente des localités que visitent nos héros, mais encore leur histoire passée. Il y a un charme immense pour le philosophe, pour le poète, et même pour le rêveur, à fouler un sol composé de la cendre des générations écoulées, et nulle part plus qu'aux lieux que nous visitons nous ne trouvons la trace de ces grandes catastrophes historiques, qui, toujours dimi- nuant de solidité et s'effaçant de contours, finissent par aller se perdre comme des ruines et comme des spectres de ruines, dans les ténèbres de plus en plus épaisses du passé.

Ainsi en est-il de la ville que nous venons de laisser pleine de cris, de carnage et de sang, avec ses murailles éventrées et ses mai- sons en flammes. La rapidité de notre récit nous a, en effet, empê- ché, voulant entrer avec le jeune vainqueur dans la Jaffa moderne, de vous dire en quelques mots ce qu'était l'antique Jaffa.

Jaffo en hébreu signifie beauté. Joppé, en phénicien, signifie hauteur.

Jaffa est au golfe oriental de la Méditerranée ce que Djeddah est au centre de la mer Rouge.

La ville des pèlerins.

Tout pèlerin chrétien, qui va à Jérusalem pour visiter le tombeau du Christ, passe par Jaffa.

Tout hadji musulman, qui va à La Mecque visiter le tombeau de Mahomet, passe par Djeddah.

Quand nous lisons aujourd'hui les travaux du grand ouvrage sur l'Égypte, ouvrage auquel ont concouru les hommes les plus sa- vants de l'époque, nous sommes étonnés d'y voir si peu de ces points lumineux, qui, disposés dans la nuit du passé, éclairent et attirent le voyageur comme des phares.

Nous allons essayer de faire ce qu'ils n'ont point fait. L'auteur qui assigne à Jaffa, c'est-à-dire à la phénicienne Joppé, sa place la plus reculée dans l'histoire est Pomponius Mela, qui prétend qu'elle fut bâtie avant le déluge.

Est Joppe ante diluvium condita.

Et il fallait bien que Joppé fût fondée avant le déluge, puisque l'historien Josèphe, dans ses « Antiquités », dit avec Berose et Nicolas de Damas, non pas précisément que c'est à Joppé que l'arche fut construite, car alors ils se fussent trouvés en contradiction avec la Bible, mais à Joppé qu'elle s'arrêta. De leur temps, assurent-ils, on montrait encore ses fragments aux voyageurs incrédules, et l'on employait, comme remède efficace en toute chose, comme dictame universel, la poussière du goudron dont elle avait été enduite.

C'est à Joppé, s'il faut en croire Pline, qu'Andromède fut enchaînée aux rochers pour être dévorée par le monstre marin, et qu'elle fut délivrée par Persée, monté sur la Chimère et armé du stu- péfiant bouclier de Méduse.

Pline affirme qu'on voyait encore, sous le régime d'Adrien, les trous des chaînes d'Andromède, et saint Jérôme, témoin qu'on n'accusera pas de partialité, déclare les avoir vus.

Le squelette du monstre marin, long de quarante pieds, était considéré par les Joppéens comme celui de leur divinité Céto.

L'eau de la fontaine, dans laquelle Persée se lava après avoir égorgé le monstre, demeura teinte de son sang. Pausanias le dit, et, de ses yeux, il a vu cette eau rose.

Cette déesse Céto, dont parle Pline, *colitur fabulosa Ceto,* et dont les historiens ont fait Derceto, était le nom que la tradition donnait à la mère inconnue de Sémiramis.

Diodore de Sicile raconte la charmante fable de cette mère inconnue avec ce charme antique qui poétise la fable sans lui enlever sa sensualité.

« Il y a, dit-il, dans la Syrie, une ville nommée Ascalon, dominant un lac grand et profond dans lequel les poissons abondent et près duquel est un temple dédié à une célèbre déesse que les Syriens appellent Derceto.

» Elle a la tête et le visage d'une femme ; tout le reste est d'un poisson. Les savants de la nation disent que Vénus, ayant été offensée par Derceto, lui inspira pour un jeune sacrificateur une de ces passions comme elle en inspirait à Phèdre et à Sapho. Derceto eut de lui une fille ; elle conçut de sa faute une si grande honte, qu'elle fit disparaître le jeune homme, exposa l'enfant dans un lieu désert et plein de rochers, et se jeta elle-même dans le lac, où son corps fut métamorphosé en sirène. De là vient que les Syriens révèrent les poissons comme des dieux et s'abstiennent d'en manger.

» Cependant, la petite fille fut sauvée et nourrie par des colombes, qui venaient en grand nombre faire leurs nids dans les rochers où elle avait été déposée.

» Un berger la recueillit et l'éleva avec autant d'amour que si elle eût été son enfant, et la nomma Sémiramis, c'est-à-dire la fille des colombes. »

Si l'on en croit Diodore, ce serait à cette fille des colombes, à cette fière Sémiramis, à cette épouse et à cette meurtrière de Ninus qui fortifia Babylone et qui suspendit à son faîte ces magnifiques jardins qui faisaient l'admiration du monde antique, que les Orientaux doivent le splendide costume qu'ils portent encore aujourd'hui. Arrivée au comble de la puissance, ayant soumis l'Arabie d'Égypte, une partie de l'Éthiopie, de la Libye et toute l'Asie jusqu'à l'Indus, il lui avait fallu inventer, pour ses voyages, un costume à la fois commode et élégant, avec lequel on pût, non seulement accomplir les actes ordinaires de la vie, mais encore monter à cheval et combattre. Ce costume fut adopté par tous les peuples qu'elle conquit.

« Elle était si belle, dit Valère Maxime, qu'un jour une sédition ayant éclaté dans sa capitale, au moment où elle était à sa toilette, elle n'eut qu'à se montrer, demi-nue et les cheveux épars, pour que tout aussitôt rentrât dans l'ordre. »

Ce qui avait donné naissance à la haine de Vénus pour Derceto, peut-être le trouverions-nous dans Higin.

« La déesse de Syrie qu'on adorait à Hiérapolis, dit-il, était Vénus. Un œuf tomba du ciel dans l'Euphrate ; les poissons le conduisirent au rivage, où il fut couvé par une colombe. Vénus en sortit, devint la déesse des Syriens, et Jupiter, à sa prière, plaça les poissons au ciel, tandis qu'elle, par reconnaissance pour ses nourrices, attelait les colombes à son char. »

Le fameux temple de Dagon, où l'on trouva la statue du dieu renversée devant l'arche avec ses deux mains brisées, était situé dans la ville d'Azoth entre Joppé et Ascalon.

Lisez la Bible, ce grand livre d'histoire et de poésie, vous y verrez que c'est aux portes de Joppé qu'arrivèrent les cèdres du Liban pour la construction du temple de Salomon. Vous verrez que c'est aux portes de Joppé que le prophète Jonas vint s'embarquer pour

Tharsis, afin de fuir la face du Seigneur. Puis, passant de la Bible à Josèphe, que l'on pourrait appeler son continuateur, vous verrez que Judas Macchabée, pour venger la mort de deux cents de ses frères, que les habitants de Joppé avaient égorgés par trahison, vint, l'épée d'une main, la torche de l'autre, mettre le feu aux navires ancrés dans le port, et fit périr par le fer ceux qui avaient échappé au feu.

« Il y avait, disent les « Actes des Apôtres », à Joppé, une femme nommée Tabithe, Dorcas en grec ; sa vie était pleine d'œuvres pieuses, elle faisait beaucoup d'aumônes.

» Or, il arriva qu'étant tombée malade, elle mourut, et, après qu'on l'eut lavée, on la mit dans une chambre haute.

» Comme Lydda était à peu de distance de Joppé, les disciples, apprenant que Pierre était là, vinrent le trouver et le conduisirent dans la chambre haute où était le corps, et, autour de lui, toutes les veuves assemblées et pleurant en lui montrant les tuniques et les vêtements que la bonne Dorcas leur faisait. Pierre ayant fait sortir tout le monde, se mit à genoux et pria. Puis, se tournant vers le corps, il dit :

» – Tabithe, levez-vous !

» Alors, elle ouvrit les yeux et, ayant vu Pierre, elle s'assit sur son lit. Pierre lui donna la main, l'aida à se lever, et ayant appelé les fidèles et les veuves, il la leur rendit vivante.

» Ce miracle fut connu de toute la ville de Joppé, si bien que beaucoup crurent au Seigneur.

» Pierre demeura plusieurs jours à Joppé chez un corroyeur nommé Simon.

» Ce fut là que le trouvèrent les serviteurs du centurion Corneille, lorsque ceux-ci vinrent le prier de se rendre à Césarée. Ce fut chez Simon qu'il eut cette vision qui lui ordonnait de porter l'Évangile aux gentils. »

Lors des soulèvements juifs contre Rome, Sextius assiégea Joppé, la prit d'assaut, la brûla.

Huit mille habitants périrent ; cependant, elle fut bientôt rebâtie. Comme de la ville nouvelle sortaient à chaque instant des pirates qui infestaient les côtes de la Syrie, et qui faisaient des courses jusqu'en Grèce et jusqu'en Égypte, l'empereur Vespasien la reprit, la rasa au niveau de la terre depuis sa première jusqu'à sa dernière maison, il y fit bâtir une forteresse.

Mais, dans son livre des guerres, Josèphe raconte qu'une nouvelle ville ne tarda pas à se bâtir au pied de la forteresse vespasienne, qui fut le siège d'un évêché, ou plutôt d'un évêque, depuis le règne de Constantin (330) jusqu'à l'invasion des Arabes (636).

Cet évêché fut établi dès la première croisade et soumis au siège métropolitain de Césarée. Enfin, elle fut érigée en comté, em- bellie et fortifiée par Baudouin Ier, empereur de Constantinople.

Saint Louis, à son tour, vint à Jaffa, et c'est dans Joinville, son naïf historien, qu'il faut lire le séjour qu'il fit chez le comte de Japhe, comme l'appelle le bon chevalier en francisant son nom.

Ce comte de Japhe était Gautier de Brienne, qui fit de son mieux pour nettoyer et badigeonner sa ville, laquelle était en si pi- teux état que Saint Louis en eut honte, et se chargea d'en relever les murs et d'en embellir les églises.

Saint Louis y reçut, pendant son séjour, la nouvelle de la mort de sa mère.

« Quand le saint roi, dit Joinville, vit que l'archevêque de Tyr et son confesseur entraient chez lui avec une grande tristesse sur le visage, il les fit passer dans sa chapelle, qui était son arsenal contre toutes les traverses du monde.

» Puis, lorsqu'il eut appris la fatale nouvelle, il se jeta à genoux, et, les mains jointes, il s'écria en pleurant :

» – Je vous remercie, ô mon Dieu ! de ce que vous m'avez prêté madame ma mère tant qu'il a plu à votre volonté, et de ce que main- tenant, selon votre bon plaisir, vous l'avez retirée à vous. Il est vrai que je l'aimais au-dessus de toutes les créatures, et elle le méritait ; mais, puisque vous me l'avez ôtée, que votre nom soit béni éternel- lement ! »

Les travaux de Saint Louis furent détruits en 1268 par le pacha d'Égypte, Bibas, qui rasa la citadelle et qui envoya au Caire, pour en bâtir sa mosquée, les bois et les marbres précieux que l'on y trouva. Enfin, au temps où Monconys visita la Palestine, il ne trouva à Jaffa qu'un château et trois cavernes creusées dans le roc.

Nous avons dit dans quel état la trouva Bonaparte et dans quel état il la laissa. Nous passerons encore une fois par cette ville, qui, pour Bonaparte, ne fut ni Jaffa la Belle, ni Joppé la Haute, mais Jaffa la Fatale.

CHAPITRE V

Sidney Smith

Le 18, à la pointe du jour, Bonaparte, accompagné seulement de Roland de Montrevel, du cheik d'Aher et du comte de Mailly, qu'il n'avait pu, malgré ses bonnes paroles, consoler de la mort de son frère, gravissait, tandis que l'armée traversait la petite rivière de Kerdaneah sur un pont jeté dans la nuit, Bonaparte gravissait, disons-nous, une colline située à mille toises environ de la ville qu'il venait assiéger.

Du haut de cette colline, il embrassa tout le paysage et put voir, non seulement les deux vaisseaux anglais *Le Tigre* et *Le Théséus* se balançant sur la mer, mais encore les troupes du pacha occupant tous les jardins qui entouraient la ville.

– Que l'on débusque, dit-il, toute cette canaille embusquée dans les jardins et qu'on la force à rentrer dans sa place.

Comme il ne s'était adressé à personne pour donner cet ordre, les trois jeunes gens s'élancèrent à la fois, comme trois éperviers que l'on pousserait sur une même proie.

Mais de sa voix stridente, il cria :

– Roland ! cheik d'Aher !

Les deux jeunes gens, en entendant leurs noms, arrêtèrent leurs chevaux, qui plièrent sur leurs jarrets, et ils vinrent reprendre leur place près du général en chef. Quant au comte de Mailly, il con- tinua son chemin avec une centaine de tirailleurs, autant de grena- diers, autant de voltigeurs, et, mettant son cheval au galop, il char- gea à leur tête.

Bonaparte avait grande confiance dans les augures guerriers. Voilà pourquoi, au premier engagement avec les Bédouins, il avait été si fort blessé de l'hésitation de Croisier et la lui avait si amère- ment reprochée.

D'où il était, il pouvait suivre avec sa lunette, qui était excel- lente, le mouvement des troupes. Il vit Eugène Beauharnais et Croi- sier, qui n'avaient point osé lui parler depuis l'affaire de Jaffa, pren- dre, le premier, le commandement des grenadiers, le second, celui des tirailleurs, tandis que Mailly, plein de déférence pour ses com- pagnons, se mettait à la tête des voltigeurs.

Si le général en chef désirait que l'augure ne se fît point at- tendre, il dut être content. Tandis que Roland mangeait d'impatience la pomme d'argent de son fouet, que le cheik d'Aher, tout au contraire, assistait au combat avec le calme et la patience d'un Arabe, il put voir les trois détachements traverser les ruines d'un village, un cimetière turc et un petit bois indiquant par sa fraî- cheur qu'il abritait un réservoir, et se ruer sur eux, malgré la fusil- lade des Arnautes et des Albanais, qu'il reconnut à leurs magnifiques costumes brodés d'or et à leurs longs fusils montés en argent, et les culbuter du premier choc.

La fusillade, de la part des nôtres, s'engagea vigoureusement, et se continua au pas de course, tandis qu'on entendait éclater avec plus de bruit les grenades que nos soldats jetaient à la main et dont ils harcelaient les fugitifs.

Ils arrivèrent presque en même temps qu'eux au pied des murailles ; mais les poternes s'étant refermées sur les musulmans, et les remparts s'étant enveloppés d'une ceinture de feu, force fut à nos trois cents hommes de battre en retraite, après en avoir tué cent cinquante à peu près à l'ennemi.

Les trois jeunes gens avaient été merveilleux de courage ; à l'envi l'un de l'autre, ils avaient fait des prouesses !

Eugène, dans un combat corps à corps, avait tué un Arnaute qui avait la tête de plus que lui ; Mailly, arrivé à dix pas d'un groupe qui résistait, avait lâché ses deux coups de pistolet au milieu du groupe et d'un bond s'était trouvé sur lui. Croisier, enfin, avait sabré deux Arabes qui l'avaient attaqué à la fois, et, fendant la tête au premier d'un coup de sabre, il avait brisé sa lame dans la poitrine du second, et revenait avec le tronçon ensanglanté pendu à son poignet par la dragonne.

Bonaparte se tourna vers le cheik d'Aher :

– Donnez-moi votre sabre en échange du mien, lui dit-il.

Et il détacha son sabre de sa ceinture et le présenta au cheik.

Celui-ci baisa la poignée du sabre et s'empressa de donner le sien en échange.

– Roland, dit Bonaparte, va faire mes compliments à Mailly et à Eugène ; quant à Croisier, tu lui donneras ce sabre, sans lui dire autre chose que ceci : « Voici un sabre que le général en chef vous envoie ; il vous a vu. »

Roland partit au galop. Les jeunes gens félicités par Bonaparte bondirent de joie sur leurs selles, et s'élancèrent dans les bras l'un de l'autre.

Croisier, comme le cheik d'Aher, baisa le sabre qui lui était envoyé, jeta loin de lui le fourreau et la poignée du sabre brisé, serra à sa ceinture celui que venait de lui envoyer Bonaparte et répondit :

– Remerciez le général en chef de ma part, et dites-lui qu'il sera content de moi au premier assaut.

L'armée tout entière était venue s'échelonner sur la colline où Bonaparte se tenait debout comme une statue équestre. Les soldats avaient jeté de grands cris de joie à la vue de leurs compagnons chassant devant eux tous ces Maugrabins, ainsi que le vent chasse les sables de la mer. Comme Bonaparte, l'armée ne voyait pas une grande différence entre les fortifications de Saint-Jean-d'Acre et celles de Jaffa, et, comme Bonaparte, elle ne doutait point que la ville ne fût prise au deuxième ou au troisième assaut.

Les Français ignoraient encore que Saint-Jean-d'Acre renfermât deux hommes qui valaient mieux à eux deux que toute une armée musulmane :

L'Anglais Sidney Smith, qui commandait le *Tigre* et le *Théséus*, que l'on voyait se balancer gracieusement dans le golfe du Carmel ; et le colonel Phélippeaux qui dirigeait les travaux de défense de la forteresse de Djezzar le Boucher.

Phélippeaux, l'ami, le compagnon d'études de Bonaparte à Brienne, son émule dans ses compositions de collège, son rival dans ses succès en mathématiques que la fortune, le hasard, un accident jetait parmi ses ennemis.

Sidney Smith, que les déportés du 18 fructidor ont connu au Temple et qui, par une étrange coïncidence du sort, au moment même où Bonaparte partait pour Toulon, s'évadait de sa prison et arrivait à Londres pour réclamer sa place dans la marine anglaise.

C'était Phélippeaux qui s'était chargé de l'évasion de Sidney Smith, et qui avait réussi dans sa hasardeuse entreprise.

On avait fait fabriquer de faux ordres, sous le prétexte de transporter le captif dans une autre prison ; on avait acheté à prix d'or la griffe du ministre de la Police. À qui ? Peut-être à lui-même. Qui sait ?

Sous le nom de Loger, sous l'habit d'adjudant général, l'ami de Sidney Smith s'était présenté à la prison et avait mis son ordre sous les yeux du greffier.

Le greffier l'avait examiné minutieusement, et avait été forcé de reconnaître qu'il était parfaitement en règle.

Seulement, il avait dit :

– Pour un prisonnier de cette importance, il faut au moins six hommes de garde ?

Mais le faux adjudant avait répondu :

– Pour un homme de cette importance, il ne me faut que sa parole.

Puis, se tournant vers le prisonnier :

– Commodore, avait-il ajouté, vous êtes militaire, je le suis aussi ; votre parole de ne pas chercher à fuir me suffira ; si vous me la donnez, je n'aurai pas besoin d'escorte.

Et Sidney Smith, qui, en loyal Anglais, ne voulait pas mentir même pour s'évader, avait répondu :

– Monsieur, si cela vous suffit, je jure de vous suivre partout où vous me conduirez.

Et l'adjudant général Loger avait conduit sir Sidney Smith en Angleterre.

Ces deux hommes furent lâchés sur Bonaparte.

Phélippeaux se chargea de défendre la forteresse, comme nous l'avons dit ; Sidney Smith, de l'approvisionner d'armes et de soldats.

Là où Bonaparte croyait trouver un stupide commandant turc, comme à Gaza et à Jaffa, il trouvait toute la science d'un compatriote et toute la haine d'un Anglais.

Le même soir, Bonaparte chargeait le chef de brigade du génie Sanson de reconnaître la contrescarpe.

Celui-ci attendit que la nuit fût épaisse. C'était une nuit sans lune et comme il convient à ces sortes d'opérations.

Il partit seul, traversa le village ruiné, le cimetière, les jardins, d'où avaient été débusqués le matin les Arabes repoussés dans la ville. Voyant l'ombre rendue plus épaisse par la masse qui se dressait devant lui, et qui n'était autre que la forteresse, il se mit à quatre pattes pour sonder le terrain plus rapide, qui lui fit croire que le fos- sé était sans revêtement ; il fut entrevu par une sentinelle dont les yeux s'étaient probablement habitués aux ténèbres, ou qui avait cette faculté qu'ont certains hommes, comme certains animaux, de voir clair pendant la nuit.

Le cri de « Qui vive ? » retentit une première fois.

Sanson ne répondit pas. Le même cri retentit une seconde, puis une troisième fois ; un coup de fusil le suivit ; la balle avait brisé la main étendue du chef de brigade du génie.

Malgré l'atroce douleur qu'il ressentit, l'officier ne poussa pas un cri ; il se retira en arrière en rampant, croyant avoir étudié suffisamment le fossé, et il vint faire son rapport à Bonaparte.

Le lendemain, la tranchée fut commencée. On profita des jardins, des fossés de l'ancienne Ptolémaïs, dont nous raconterons l'histoire, comme nous avons raconté celle de Jaffa ; on profita d'un aqueduc qui traversait le glacis, et, dans l'ignorance où l'on était de l'aide fatale apportée par notre mauvaise fortune à Djezzar pacha, on donna à cette tranchée trois pieds à peine de profondeur.

En voyant cette tranchée, le géant Kléber haussait les épaules et disait à Bonaparte :

– Voilà une belle tranchée, général ! elle ne m'ira pas jusqu'aux genoux.

Le 23 mars, Sidney Smith s'empara des deux bâtiments qui apportaient à Bonaparte sa grosse artillerie et à l'armée ses munitions. On vit, sans pouvoir s'y opposer, la prise des deux bâtiments, et nous nous trouvâmes dans l'étrange position d'assiégeants qu'on foudroie avec leurs propres armes.

Le 25, on battit en brèche et l'on se présenta à l'assaut ; mais on fut arrêté par une contrescarpe et par un fossé.

Le 26 mars, les assiégés, conduits par Djezzar en personne, tentèrent une sortie pour détruire les ouvrages commencés ; mais, chargés à la baïonnette, ils furent aussitôt repoussés et contraints de rentrer dans la place.

Quoique les batteries françaises ne fussent armées que de quatre pièces de 12, de huit pièces de 8 et de quatre obusiers, le 28 cette faible artillerie fut démasquée et battit en brèche la tour contre laquelle se dirigea la principale attaque.

Quoique d'un calibre plus fort que ceux des Français, les canons de Djezzar furent démontés par les nôtres, et, à trois heures du soir, la tour présentait une brèche satisfaisante.

Quand on vit s'écrouler la muraille et le jour se faire de l'autre côté, un cri de joie éclata dans l'armée française ; les grenadiers, qui étaient entrés les premiers, à Jaffa, excités par ce souvenir, se persuadant qu'il ne serait pas plus difficile de prendre Acre que de prendre Jaffa, demandèrent tout d'une voix qu'on leur permît de monter à la brèche.

Depuis le matin, Bonaparte, avec son état-major, était dans la tranchée ; cependant, il hésitait à donner l'ordre de l'assaut. Mais, pressé par le capitaine Mailly, qui vint lui dire qu'il ne pouvait plus retenir ses grenadiers, Bonaparte se décida presque malgré lui, et laissa échapper ces mots :

– Eh bien, allez donc !

Aussitôt les grenadiers de la 69ᵉ demi-brigade, conduits par Mailly, s'élancent vers la brèche ; mais, à leur grand étonnement, là où ils croyaient trouver le talus du fossé, ils rencontrent un escarpement de douze pieds. Alors, le cri « Des échelles ! des échelles ! » se fait entendre.

Les échelles sont jetées dans le fossé, les grenadiers s'élancent de la hauteur de la contrescarpe, Mailly saisit la première échelle et va l'appliquer à la brèche : vingt autres sont appliquées à côté.

Mais la brèche se remplit d'Arnautes et d'Albanais, qui tirent à bout portant, et font rouler sur les assaillants les pierres mêmes de la muraille. La moitié des échelles est brisée et entraîne, en se brisant, ceux qui les montaient ; Mailly, blessé, tombe du haut en bas de la sienne ; le feu des assiégés redouble ; les grenadiers sont contraints de reculer et de se servir, pour remonter la contrescarpe, des échelles qu'ils avaient apportées pour escalader la brèche.

Mailly, qui, blessé au pied, ne peut marcher, supplie ses grenadiers de l'emporter avec eux. L'un d'eux le charge sur ses épaules, fait dix pas, et tombe la tête brisée d'une balle ; un second reprend le blessé et l'emporte au pied de l'échelle, où il tombe la cuisse cassée. Pressés de se mettre en sûreté, les soldats l'abandonnent, et l'on entend sa voix qui crie sans que personne s'arrête pour y répondre :

– Une balle du moins qui m'achève, si vous ne pouvez pas me sauver !

Le pauvre Mailly n'eut pas longtemps à souffrir. Les fossés à peine évacués par les grenadiers français, les Turcs y descendirent et coupèrent la tête à tous ceux qui y étaient restés.

Djezzar pacha crut faire un cadeau précieux à Sidney Smith : il fit mettre toutes ces têtes dans un sac et les fit porter au commodore anglais.

Sidney Smith regarda ce sombre trophée avec tristesse et se contenta de dire :

– Voilà ce que c'est que de se faire l'allié d'un barbare.

CHAPITRE VI

Ptolémaïs

Quelque indifférence qu'eût manifestée Bonaparte pour Jérusalem, à sept lieues de laquelle il passait sans s'arrêter, il n'en était pas moins curieux de l'histoire du sol qu'il foulait aux pieds. N'ayant pu, ou n'ayant pas voulu faire ce qu'avait fait Alexandre, qui, lors de sa conquête de l'Inde s'était dérangé de sa route pour venir visiter le grand prêtre à Jérusalem, il regardait comme un dédommagement de fouler le sol de l'ancienne Ptolémaïs et de dresser sa tente là où Richard Cœur de Lion et Philippe-Auguste avaient dressé la leur.

Loin d'être insensible à ces rapprochements historiques, son orgueil s'en réjouissait, et il avait choisi pour son quartier général cette petite colline d'où, le premier jour, il avait regardé le combat, bien sûr que ce devait être sur le même emplacement que les héros qui l'avaient précédé avaient posé leurs têtes.

Mais lui, le premier des chefs d'une croisade politique, suivant la bannière de sa propre fortune et laissant derrière lui toutes les idées religieuses qui avaient amené des millions d'hommes là où il était, depuis Godefroy de Bouillon jusqu'à Saint Louis, lui, au con- traire, il traînait derrière lui la science du XVIIIe siècle, Volney et Dupuis, c'est-à-dire le scepticisme.

Peu soucieux de la tradition chrétienne, il était, au contraire, fort curieux de la légende historique.

Le soir même de cet assaut manqué, où périt le pauvre Mailly de la même mort dont avait péri son frère, il réunit sous sa tente ses généraux et ses officiers, et ordonna à Bourrienne de tirer de leurs caisses le peu de livres dont se composait sa bibliothèque.

Par malheur, elle n'était pas considérable en fait de livres d'histoire parlant de la Syrie. Il n'avait que Plutarque : vies de Cicéron, de Pompée, d'Alexandre, d'Antoine ; et, en fait de livres de politique, il n'avait que le Vieux, le Nouveau Testament et la Mythologie.

Il remit chacun des livres que nous venons de nommer aux plus lettrés de ses généraux ou de ses jeunes amis, et en appela aux souvenirs historiques des autres, qui, réunis aux siens, devaient lui fournir les seuls renseignements qu'il pût obtenir dans ce désert.

Aussi, ces renseignements furent-ils bien incomplets. Nous qui, plus heureux que lui, avons sous les yeux la bibliothèque des croisades, nous allons lever, pour nos lecteurs, le voile des siècles, et leur dire l'histoire de ce petit coin de terre, depuis le premier jour où il tomba en partage à la tribu d'Aser dans la distribution de la Terre promise, jusqu'au jour où un autre Cœur de Lion venait essayer de la reprendre pour la troisième fois aux Sarrasins.

Son ancien nom était Acco, ce qui signifie sable brûlant. Aujourd'hui, les Arabes l'appellent encore Acca.

Soumise à l'Égypte par les rois de la dynastie grecque de Ptolémée, qui avaient hérité d'Alexandrie à la mort du vainqueur de l'Inde, elle prit, cent six ans à peu près avant Jésus-Christ, le nom de Ptolémaïs.

Vespasien, préparant son expédition contre la Judée, resta trois mois à Ptolémaïs, et y tint une cour de rois et de princes des contrées environnantes.

Ce fut là que Titus vit Bérénice, fille d'Agrippa Ier, et en devint amoureux.

Mais Bonaparte n'avait, sur cette période, que la tragédie de Racine, dont tant de fois il avait fait déclamer des fragments à Talma.

Les « Actes des Apôtres » disent : « De Tyr, nous vînmes à Ptolémaïs, où finit notre navigation, et, ayant salué les frères, nous demeurâmes un jour avec eux. » Vous le savez, c'est saint Paul qui dit cela, et c'est lui qui vint de Tyr à Ptolémaïs.

Le premier siège de Ptolémaïs par les croisés commença en 1189. Boan-Eddin, historien arabe, dit, en parlant des chrétiens, qu'ils étaient si nombreux, que Dieu seul pouvait en savoir le nombre. Mais, en revanche, un auteur chrétien, Gauthier Vinisauf, chroniqueur de Richard Cœur de Lion, assure que l'armée de Sala-Eddin était plus nombreuse que celle de Darius.

Après la bataille de Tibériade, dont nous aurons occasion de parler lors de la bataille du mont Thabor, Guy de Lusignan, sorti de captivité, vint assiéger Jérusalem ; les fortifications de cette ville venaient d'être rebâties ; de fortes tours la défendaient du côté de la mer.

L'une s'appelait la tour des Mouches, parce que c'était là que les païens faisaient leurs sacrifices et que les mouches y étaient attirées par la chair des victimes ; et l'autre, la tour Maudite, parce que, dit Gauthier Vinisauf dans son « Itinéraire du Roi Richard », ce fut dans cette tour que furent frappées les pièces d'argent contre lesquelles Judas vendit Notre-Seigneur. Aussi fut-ce par cette même tour, véritablement la tour Maudite, que, l'an 1291, les Sarrasins pénétrèrent dans la ville et s'en emparèrent.

Quoique ignorant ce détail, ce fut cette même tour qu'avait attaquée Bonaparte, et contre laquelle il venait d'échouer. Walter Scott, dans un de ses meilleurs romans : « Richard en Palestine », nous a raconté un épisode de ce fameux siège, qui dura deux ans.

Les relations arabes, beaucoup moins connues que les relations françaises, contiennent quelques détails curieux sur ce siège.

Ibn-Alatir, médecin de Sala-Eddin, nous a, entre autres, laissé une description curieuse du camp musulman.

« Au milieu du camp – c'est Ibn-Alatir qui parle – était une vaste place contenant les loges des maréchaux-ferrants. Il y en avait cent quarante. »

On peut juger du reste à proportion.

« Dans une seule cuisine étaient vingt-neuf marmites, pouvant contenir chacune un mouton entier. Je fis moi-même l'énumération des boutiques enregistrées chez l'inspecteur des marchés. J'en comptai jusqu'à sept mille. Notez que ce n'étaient pas des boutiques comme nos boutiques de ville. Une des boutiques du camp en eût fait cent des nôtres. Toutes étaient bien approvisionnées. J'ai ouï dire que, quand Sala-Eddin changea de camp pour se retirer à Ka- rouba, bien que la distance fût assez courte, il en coûta à un seul marchand de beurre soixante et dix pièces d'or pour le transport de son magasin. Quant aux marchés de vieux habits et d'habits neufs, c'est une chose qui dépasse l'imagination. On comptait dans le camp plus de mille bains. Ils étaient tenus par des hommes d'Afrique ; il en coûtait une pièce d'argent pour se baigner. Quant au camp des chrétiens, c'était une véritable ville forte. Tous les métiers et tous les arts mécaniques d'Europe y avaient leurs représentants. »

Les marchés étaient fournis de viande, de poisson et de fruits aussi complètement que l'eût été la capitale d'un grand royaume. Il y avait jusqu'à des églises avec leurs clochers. Aussi était-ce ordinairement à l'heure de la messe que les Sarrasins attaquaient le camp.

« Un pauvre prêtre d'Angleterre, dit Michaud, fit construire à ses frais, dans la plaine de Ptolémaïs, une chapelle consacrée aux trépassés. Il avait fait bénir autour de la chapelle un vaste cimetière dans lequel, chantant lui-même l'office des morts, il suivit les funérailles de plus de cent mille pèlerins. Quarante seigneurs de Brème et de Lubeck firent des tentes avec les voiles de leurs vaisseaux pour y recevoir les pauvres soldats de leur nation et les soigner dans leur maladie. Ce fut là l'origine d'un ordre célèbre qui existe encore aujourd'hui sous le nom d'Ordre teutonique. »

Quiconque a voyagé en Orient, en Égypte ou à Constantinople, a fait connaissance avec le fameux Polichinelle turc, nommé Cara-gous ; les exploits de notre Polichinelle, à nous, ne sont rien en comparaison des siens, et il rougirait, lui, le cynique par excellence, des plus innocentes plaisanteries de son collègue à turban.

C'est pendant ce siège, où jouèrent un si grand rôle Richard Cœur de Lion, Philippe-Auguste et Sala-Eddin, que l'on trouve l'aïeul du Caragous moderne.

Il était émir.

Une autre date historique, non moins importante à vérifier, est celle des billets à ordre. Emad-Eddin parle d'un ambassadeur du calife de Bagdad qui était porteur de deux charges de naphte et de roseaux, et il amenait cinq personnes habiles à distiller le naphte et à le lancer. On sait que le naphte et le feu grégeois sont une seule et même chose.

De plus, cet ambassadeur était porteur d'une cédule de vingt mille pièces d'or sur les marchands de Bagdad. Donc, la lettre de change et le billet à ordre ne sont point une invention du commerce moderne, puisqu'ils avaient cours en Orient, l'an 1191.

Ce fut pendant ces deux ans de siège que les assiégés inventèrent le *zenbourech,* dont les papes défendirent plus tard aux chrétiens de se servir entre eux. C'était une espèce de flèche de la longueur de trente centimètres et de l'épaisseur de douze. Elle avait quatre faces, une pointe de fer et la tête garnie de plumes.

Vinisauf raconte que cette terrible flèche, lancée par l'instrument qui lui donnait son impulsion, traversait parfois du même coup deux hommes armés de leur cuirasse, et, après les avoir traversés, allait encore s'enfoncer dans la muraille.

Ce fut vers la fin de ce siège que s'éleva la grande querelle, qui sépara Richard d'Angleterre et Léopold duc d'Autriche. Cœur de Lion, qui revenait quelquefois de l'assaut tellement criblé de flèches qu'ils semblait, dit son historien, une pelote couverte d'épingles, était fier, à juste titre, de son courage et de sa force.

Léopold, très brave lui-même, avait fait arborer son drapeau sur l'une des tours de la ville, où il était entré avec Richard. Richard eût pu y mettre le sien à côté de celui du duc Léopold, mais il préféra enlever le drapeau autrichien et le faire jeter dans les fossés de la ville. Tous les Allemands se soulevèrent et voulurent attaquer le roi dans ses quartiers ; mais Léopold s'y opposa.

Un an après, Richard, ne voulant pas revenir par la France, à cause de ses différends avec Philippe-Auguste, traversa l'Autriche déguisé ; mais, reconnu malgré son déguisement, il fut fait prisonnier et conduit au Château de Durenstein. Pendant deux ans, on ignora ce qu'il était devenu ; ce foudre de guerre s'était éteint comme un météore. De Richard Cœur de Lion, plus de traces.

Un gentilhomme d'Arras, nommé Blondel, se mit à sa recherche, et, un jour que, sans se savoir si près du roi d'Angleterre, il était assis au pied d'un vieux château, il chanta par hasard la première strophe d'une ballade qu'il avait faite avec Richard. Richard était poète dans ses moments perdus.

Richard, qui entendit le premier couplet de la chanson composée par lui avec Blondel, se douta de la présence de celui-ci et répondit par le second couplet.

On sait le reste de l'histoire, qui a fourni à Grétry l'occasion de faire un chef-d'œuvre.

Ptolémaïs se rendit aux chrétiens, comme nous l'avons dit, après un siège de deux ans. La garnison eut la vie sauve, contre la promesse de restituer la vraie croix, qui avait été prise à la bataille de Tibériade.

Il va sans dire qu'une fois en liberté, les Sarrasins oublièrent leur promesse.

Cent ans après, Ptolémaïs fut prise sur les chrétiens pour ne plus leur être jamais rendue.

Ce siège aussi eut ses chroniqueurs, ses péripéties, qui émurent l'Europe et l'Asie, son dévouement que signala plus d'un trait de courage et d'abnégation.

Saint Antonin raconte, à cette occasion, une curieuse légende.

« Il y avait, dit-il, à Saint-Jean-d'Acre un célèbre monastère de religieuses appartenant à l'ordre de sainte Claire. Au moment où les Sarrasins pénétraient dans la ville, l'abbesse fit sonner la cloche du couvent et rassembla toute la communauté.

» S'adressant alors aux religieuses : « Mes très chères filles et très excellentes sœurs, leur dit-elle, vous avez promis à Notre-Seigneur Jésus-Christ d'être ses épouses sans tache ; nous courons en ce moment un double danger, danger de la vie, danger de la pu- deur. Ils sont près de nous, les ennemis de notre corps, non pas tant de notre corps que de notre âme, qui, après avoir flétri celles qu'ils rencontrent les percent de leur épée. S'il ne nous est plus possible de leur échapper par la fuite, nous le pouvons par une résolution pé- nible mais sûre. C'est la beauté des femmes qui séduit le plus sou- vent les hommes : dépouillons-nous de cet attrait, servons-nous de notre visage pour sauver notre beauté, pour conserver notre chasteté intacte. Je vais vous donner l'exemple ; que celles qui veulent aller sans tache au-devant de l'époux immaculé imitent leur maîtresse. »

» Ayant dit cela, elle se détache le nez avec un rasoir, les autres suivent son exemple et se défigurent avec courage pour paraître plus belle devant Jésus-Christ.

» Par ce moyen, elles conservèrent leur pureté, car les musulmans, continue saint Antonin, en voyant leurs visages ensanglantés, ne conçurent que de l'horreur pour elles et se contentèrent de leur ôter la vie.

CHAPITRE VII

Les Éclaireurs

Pendant cette nuit où Bonaparte avait réuni son état-major, non pas pour un conseil de guerre, non pas pour un plan de bataille, mais en comité littéraire et historique, plusieurs messagers arrivèrent au cheik d'Aher, qui lui apprirent qu'une armée, sous les ordres du pacha de Damas, s'apprêtait à passer le Jourdain, pour venir faire lever à Bonaparte le siège de Saint-Jean-d'Acre.

Cette armée, forte de vingt-cinq mille hommes à peu près, disaient les rapports toujours exagérés des Arabes, traînait avec elle un bagage immense, et devait passer le Jourdain au pont de Jacob.

D'un autre côté, les agents de Djezzar avaient parcouru tout le littoral de Saïd, et ses contingents s'étaient joints à ceux d'Alep et de Damas avec d'autant plus de sécurité, que les envoyés du pacha avaient fait courir partout le bruit que les Français n'étaient plus qu'une poignée d'hommes, qu'ils n'avaient point d'artillerie, et qu'il suffirait au pacha de Damas de se montrer et de se réunir à lui pour exterminer Bonaparte et son armée.

Bonaparte, à ces nouvelles, jeta loin de lui un volume de Plutarque qu'il tenait, appela Vial, Junot et Murat ; envoya Vial au nord, pour prendre possession de Sour, l'ancienne Tyr ; envoya Murat au nord-est, pour s'assurer du fort de Zaphet, et Junot vers le sud, avec ordre de s'emparer de Nazareth, et, de ce village situé sur une hauteur, d'observer tout le pays environnant.

Vial traversa les montagnes du cap blanc et arriva le 3 avril en vue de la ville de Sour.

Du haut d'une colline, le général français put voir ses habitants effrayés quitter la ville en courant et en donnant des marques de la plus grande terreur. Il entra dans la ville sans combattre, promit aux habitants qui y étaient restés paix et protection, les rassura, les détermina à aller dans le voisinage chercher ceux qui s'étaient enfuis, et, au bout de deux ou trois jours, il avait eu la joie de les voir rentrer tous dans leurs foyers.

Vial était de retour sous Saint-Jean-d'Acre le 6 avril, après avoir laissé à Sour une garnison de deux cents hommes.

Murat avait été aussi heureux que Vial dans son expédition. Il était parvenu jusqu'au fort de Zaphet, d'où quelques coups de canon étaient parvenus à chasser la moitié de la garnison. L'autre moitié, qui était composée de Maugrabins, avait offert à Murat de se mettre sous ses ordres ; il avait, de là, gagné le Jourdain, avait reconnu toute sa rive droite, jeté un regard sur le lac de Tibériade, et, laissant une garnison française dans le fort largement approvisionné, il était de retour au camp le 6 avril, avec ses Maugrabins.

Junot s'était emparé de Nazareth, patrie de Notre-Seigneur, et là, il avait campé, moitié dans le village, moitié dehors, attendant de nouveaux ordres de Bonaparte, qui lui avait dit de ne point revenir qu'il ne le rappelât.

Mais Murat avait eu beau essayer de rassurer le général en chef, ses pressentiments et surtout les instances du cheik d'Aher, ne lui laissaient point de repos à l'endroit de cette armée invisible qu'on disait marcher contre lui. Aussi accepta-t-il la proposition que lui fit le cheik de l'envoyer en éclaireur du côté du lac de Tibériade.

Seulement, Roland, qui s'ennuyait au camp, où, sous les yeux de Bonaparte, il ne pouvait pas risquer sa vie comme il l'entendait, demanda d'accompagner le cheik d'Aher dans son exploration.

Le soir même ils partirent, profitant de la fraîcheur et de l'ombre de la nuit pour gagner les plaines d'Esdrelon, qui leur of- fraient un double refuge, à droite dans les montagnes de Naplouse, à gauche dans celles de Nazareth.

« Le 7 avril 1799, le promontoire sur lequel est bâtie Saint-Jean-d'Acre, l'ancienne Ptolémaïs, apparaissait enveloppé d'autant d'éclairs et de tonnerres que l'était le Mont-Sinaï le jour où le Seigneur dans le buisson ardent donna la loi à Moïse.

» D'où venaient ces détonations qui ébranlaient la côte de Syrie comme un tremblement de terre ? D'où sortait cette fumée qui couvrait le golfe du Carmel d'un nuage aussi épais que si la montagne d'Élie était changée en volcan ? »

Ainsi avons-nous commencé le premier chapitre de ce nouveau récit. Les autres n'ont servi qu'à expliquer ce qui avait précédé cette campagne de Syrie, huitième et probablement dernière croisade.

Bonaparte, en effet, donnait son second assaut ; et il avait profité du retour de Murat et de Vial pour tenter cette fois encore la fortune.

Il était dans la tranchée à cent pas à peine des remparts ; il avait près de lui le général Caffarelli, avec lequel il causait.

Le général Caffarelli avait le poing sur la hanche, pour faire équilibre à la gêne que lui causait sa jambe de bois. L'angle seul de son coude dépassait la tranchée.

La corne du chapeau de Bonaparte était en vue, une balle le lui enleva de dessus la tête.

Il se baissa pour ramasser son chapeau ; en se baissant, il vit la position du général, et s'approchant de lui :

– Général, lui dit-il, nous avons affaire à des Arnautes et à des Albanais, excellents tireurs, comme mon chapeau en est une preuve. Prenez garde qu'il n'en arrive autant à votre bras qu'à mon chapeau.

Caffarelli fit un mouvement de dédain.

Le brave général avait laissé une de ses jambes au bord du Rhin, et paraissait s'inquiéter peu de laisser quelque partie de son corps que ce fût au bord de la Kerdaneah.

Il ne bougea point.

Une minute après, Bonaparte le vit tressaillir ; il se retourna, son bras inerte pendait à côté de lui. Une balle l'avait atteint au coude et lui avait brisé l'articulation. En même temps, il leva les yeux et vit, à dix pas de là, Croisier debout sur la tranchée. C'était une bravade inutile. Aussi Bonaparte cria-t-il :

– Descendez, Croisier ! vous n'avez rien à faire là, descendez, je le veux !

– Est-ce que vous n'avez pas dit tout haut, un jour, que j'étais un lâche ? lui cria le jeune homme.

– J'ai eu tort, Croisier, répondit le général en chef ; mais vous m'avez prouvé depuis que je me trompais ; descendez.

Croisier fit un mouvement pour obéir, mais il ne descendit point, il tomba.

Une balle vint lui briser la cuisse.

– Larrey ! Larrey ! s'écria Bonaparte avec impatience et en frappant du pied. Tenez ! venez ici, il y a de la besogne pour vous.

Larrey s'approcha. On coucha Croisier sur des fusils ; quant à Caffarelli, il s'éloigna appuyé au bras du chirurgien en chef.

Laissons l'assaut, commençant sous d'aussi tristes auspices, suivre son cours, et jetons les yeux vers la belle plaine d'Esdrelon, toute couverte de fleurs et vers la rivière de Kison, dont une longue ligne de lauriers-roses marque le cours.

Sur le bord de cette rivière, deux cavaliers cheminent insoucieusement.

L'un, revêtu de l'uniforme vert des chasseurs à cheval, le sabre au côté, le chapeau à trois cornes sur la tête, se faisait de l'air avec un mouchoir parfumé comme il eût pu faire avec un éventail.

La cocarde tricolore qu'il portait à son chapeau indiquait qu'il appartenait à l'armée française.

L'autre portait une calotte rouge serrée autour de sa tête avec une corde de poil de chameau. Une coiffure aux éclatantes couleurs descendait de sa tête sur ses épaules. Il était complètement enveloppé d'un burnous de cachemire blanc, qui, en s'ouvrant, laissait voir un riche cafetan oriental de velours vert brodé d'or. Il avait une ceinture de soie nuancée de mille couleurs, s'harmonisant entre elles avec ce goût merveilleux qu'on ne retrouve que dans les étoffes d'Orient. Dans cette ceinture étaient passés du même côté deux pistolets à crosse de vermeil, travaillées comme la plus fine dentelle. Le sabre seul était de fabrique française. Il avait de larges pantalons de satin rouge perdus dans des bottes vertes brodées comme son cafetan et en velours comme lui. En outre, il portait à la main une longue et fine lance, légère comme un roseau, solide comme une tige de fer, ornée à son extrémité d'un bouquet de plumes d'autruche.

Les deux jeunes gens s'arrêtèrent dans un des coudes de la rivière, à l'ombre d'un petit bois de palmiers, et, là, tout en riant comme il convient à deux bons compagnons qui font route en- semble, ils se mirent à préparer leur déjeuner, qui consistait en quelques morceaux de biscuit que le jeune Français tira de ses fontes, et fit tremper un instant dans la rivière. Quant à l'Arabe, il se mit à regarder autour et au-dessus de lui ; puis, sans rien dire, il attaqua à coups de sabre un des palmiers dont le bois tendre et po- reux céda rapidement sous le tranchant de l'acier.

– Voilà, en vérité, un bon sabre dont le général en chef m'a fait cadeau, il y a quelques jours, et dont j'espère faire l'essai sur autre chose que des palmiers.

– Je crois bien, répondit le Français, en écrasant le biscuit entre ses dents, c'est un cadeau de la manufacture de Versailles. Mais est-ce seulement pour l'essayer que tu martyrises ce pauvre arbre ?

– Regarde, lui dit l'Arabe en levant le doigt en l'air.

– Ah ! par ma foi, dit le Français, c'est un dattier et notre déjeuner sera meilleur que je ne le croyais.

Et, en effet, en ce moment même, l'arbre tombait avec bruit, mettant à la portée des deux jeunes gens deux ou trois magnifiques régimes de dattes, arrivées à leur maturité.

Ils se mirent à attaquer avec des appétits de vingt-cinq ans la manne que le Seigneur leur envoyait.

Ils étaient au milieu de leur déjeuner lorsque le cheval de l'Arabe se mit à hennir d'une certaine façon.

L'Arabe poussa une exclamation, s'élança hors du bois de palmiers, et, la main sur les yeux, sonda les profondeurs de la plaine d'Esdrelon, au milieu de laquelle ils se trouvaient.

– Qu'est-ce ? demanda nonchalamment le Français.

– Un des nôtres, monté sur une jument, et par lequel nous allons savoir probablement les nouvelles que nous allions chercher.

Et il revint s'asseoir près de son compagnon, sans s'inquiéter de son cheval, qui, prenant le galop, allait au-devant de la jument dont il avait senti les effluves.

Dix minutes après on entendit le galop de deux chevaux.

Et un Druse, qui avait reconnu le cheval de son chef, s'arrêtait près du bouquet de palmiers, où un second cheval entravé lui indiquait, sinon un campement, du moins une halte.

– Azib ! cria le chef arabe.

Le Druse s'arrêta, sauta à bas de son cheval, auquel il jeta la bride sur le cou, et s'avança vers le cheik en croisant ses deux mains sur sa poitrine et en saluant profondément.

Celui-ci lui adressa quelques paroles en arabe.

– Je ne m'étais pas trompé, dit le cheik d'Aher en se retournant vers son compagnon, l'avant-garde du pacha de Damas vint de passer le pont d'Iacoub.

– C'est ce que nous allons voir, répondit Roland, que nos lecteurs ont sans doute déjà reconnu à son insouciance du danger.

– Inutile, reprit le cheik d'Aher, Azib a vu !

– Soit, reprit Roland ; mais Azib peut avoir mal vu. Je serai bien plus sûr de la chose quand j'aurai vu moi-même. Cette grande montagne, qui a l'air d'un pâté, doit être le Mont-Tabor. Le Jourdain, par conséquent, est derrière. Nous en sommes à un quart de lieue ; montons, jusqu'à ce que nous sachions nous-mêmes à quoi nous en tenir.

Et, sans s'inquiéter si le cheik et Azib le suivaient, Roland sauta sur son cheval rafraîchi par la halte qu'il venait de faire, et le lança au grand galop dans la direction du Mont-Tabor.

Une minute après, il entendait ses deux compagnons qui galopaient derrière lui.

CHAPITRE VIII

Les belles filles de Nazareth

Il traversa pendant une lieue à peu près cette splendide plaine d'Esdrelon, la plus vaste et la plus célèbre de la Palestine après celle du Jourdain. Autrefois, elle s'appelait le paradis et le grenier de la Syrie, la plaine de Jesraël, la campagne d'Esdrela, la plaine de Majeddo ; sous tous ces noms, elle est célèbre dans la Bible. Elle a vu la défaite des Madianites et des Amalécites par Gédéon. Elle a vu Saül, campant près de la fontaine de Jesraël pour combattre les Philistins, rassemblés à Aphec. Elle a vu Saül, vaincu, se jeter sur son épée et ses trois fils périr avec lui. C'est dans cette plaine que le pauvre Na- both avait sa vigne près du palais d'Achab, et que l'impie Jézabel le fit lapider comme blasphémateur, afin de s'emparer de son héritage. C'est là que Joram eut le cœur percé d'une flèche lancée par Jéhu. C'est enfin à peu près à la place où les deux jeunes gens avaient déjeuné que Jézabel fut, par ordre de Jéhu, précipitée d'une fenêtre, et que son corps fut dévoré par les chiens.

Au Moyen Âge, cette plaine, qui vit tant de choses, était la plaine de Sabas. Aujourd'hui, elle s'appelle Merdj ibn Amer, c'est-à- dire « pâturage du fils d'Amer ». Elle s'étend sur une largeur d'environ cinq lieues entre les montagnes de Gelboë et celles de Na- zareth. À son extrémité s'élève le Mont-Tabor, vers lequel galopaient les trois cavaliers, sans songer un instant à la célébrité des lieux qu'ils foulaient aux pieds de leurs chevaux.

Le Mont-Tabor est accessible de tous côtés, et surtout du côté de Fouli, où ils l'abordèrent.

Ils furent obligés de gravir jusqu'au sommet – tâche facile, du reste, pour les chevaux arabes – avant que leur vue pût s'étendre au-dessus des deux collines qui, à une hauteur moyenne, leur masquaient la vue du Jourdain et du lac de Tibériade.

Mais, au fur et à mesure qu'ils montaient, l'horizon s'élargissait autour d'eux. Bientôt ils découvrirent, comme une immense nappe d'azur, encadrée dans du sable d'or, d'un côté, et dans des collines d'une verdure fauve, de l'autre, le lac de Tibériade, relié à la mer Morte par le Jourdain, qui s'étend à travers la plaine nue comme un ruban jaune éclatant au soleil. Leurs yeux furent bientôt fixés de ce côté par la vue de toute l'armée du pacha de Damas, qui suivait la rive orientale du lac, et qui traversait le Jourdain au pont d'Iacoub. Toute l'avant-garde avait déjà disparu entre le lac et la montagne de Tibériade. Il était évident qu'elle se dirigeait vers le village.

Il était impossible aux trois jeunes gens de supputer, même approximativement, cette multitude. Les cavaliers, à eux seuls, marchant avec cette fantaisie des Orientaux, couvraient des lieues de terrain. Quoique à la distance de quatre lieues on voyait resplendir les armes, et il sortait comme des éclairs d'or de la poussière que les cavaliers soulevaient sous les pieds de leurs chevaux.

Il était à peu près trois heures de l'après-midi.

Il n'y avait pas de temps à perdre ; le cheik d'Aher et Azib, en faisant faire une halte d'une heure ou deux à leurs chevaux près du fleuve Kison, pouvaient arriver, vers la fin de la nuit ou au point du jour, au camp de Bonaparte et le prévenir.

Quant à Roland, il se chargeait d'aller à Nazareth et de mettre sur ses gardes Junot, près duquel il comptait combattre pour avoir plus de liberté d'action.

Les trois jeunes gens redescendirent rapidement le Tabor ; puis, au pied de la montagne, ils se séparèrent : les deux Arabes re- prenant la plaine d'Esdrelon dans toute sa longueur, Roland piquant droit sur Nazareth, dont il avait vu, du haut du Tabor, les maisons blanches couchées comme un nid de colombes au milieu de la sombre verdure de la montagne.

Quiconque a visité Nazareth sait par quels abominables che- mins on y arrive ; tantôt à droite, tantôt à gauche, la route est bordée de précipices, et des fleurs charmantes qui poussent partout où un peu de terre permet à leurs racines de germer, embellissent le sen- tier, mais ne le rendent pas moins dangereux : ce sont des lis blancs, des narcisses jaunes, des crocus bleus et roses d'une fraîcheur et d'une suavité dont on ne peut se faire une idée. Nezer, d'ailleurs, qui est l'étymologie de Nazareth, ne veut-il pas dire fleur en hébreu ?

Roland vit et revit, grâce aux détours du chemin, trois ou quatre fois Nazareth avant d'y arriver. À dix minutes de chemin des premières maisons, il rencontra un poste de grenadiers de la 12ᵉ demi-brigade. Il se fit reconnaître et s'informa si le général était à Nazareth ou dans les environs.

Le général était à Nazareth, et il n'y avait pas un quart d'heure qu'il était venu visiter les avant-postes.

Force fut à Roland de mettre son cheval au pas. La noble bête venait de faire dix-huit à vingt lieues sans autre repos que celui qui lui avait été donné à l'heure du déjeuner ; mais, comme il était sûr de trouver maintenant le général, il n'avait nullement besoin de forcer son cheval.

Aux premières maisons de Nazareth, Roland trouva un poste de dragons commandé par un de ses amis, le chef de brigade Des- noyers. Il confia son cheval à un soldat, et demanda où était logé le général Junot.

Il pouvait être cinq heures et demie du soir.

Le chef de brigade Desnoyers consulta le soleil près de disparaître derrière les montagnes de Naplouse, et répondit en riant :

– C'est l'heure où les femmes de Nazareth vont puiser de l'eau ; le général Junot doit être sur le chemin de la fontaine.

Roland haussa les épaules ; sans doute pensa-t-il que la place d'un général était partout ailleurs et qu'il avait d'autres revues à passer que celle des belles filles de Nazareth. Il n'en suivit pas moins les indications données et arriva à l'autre bout du village.

La fontaine est située à dix minutes à peu près de la dernière maison ; l'avenue qui y conduit est bordée de chaque côté d'immenses cactus, qui forment comme une muraille. À cent pas de la fontaine et suivant, en effet, des yeux les femmes qui y allaient ou qui en venaient, Roland aperçut le général et ses deux aides de camp.

Junot le reconnut pour l'officier d'ordonnance de Bonaparte. On savait l'amitié que le général en chef lui portait, et c'eût été une raison pour que tout le monde lui voulût du bien ; mais sa courtoise familiarité et son courage proverbial dans l'armée lui eussent fait des amis, lors même qu'il n'eût eu qu'une part moindre à la bienveillance du commandant. Junot vint à lui, la main ouverte.

Roland, rigide observateur des convenances, le salua en inférieur, car il ne craignait rien tant que de laisser croire qu'il attribuât à son mérite les bontés que le général en chef avait pour lui.

– Nous apportez-vous de bonnes nouvelles, mon cher Roland ? lui demanda Junot.

– Oui, général, répondit Roland, puisque je viens vous annoncer l'ennemi.

– Ma foi, dit Junot, après la vue de ces belles filles, qui portent toutes leurs cruches comme de véritables princesses Nausicaa, je ne connais rien de plus agréable que la vue de l'ennemi. Regardez donc, mon cher Roland, comme ces drôlesses ont l'air superbe, et si on ne dirait pas autant de déesses antiques !... Et pour quand l'ennemi ?

– Pour quand vous voudrez, général, attendu qu'il n'est guère qu'à cinq ou six lieues d'ici.

– Savez-vous ce qu'elles vous répondent, quand on leur dit qu'elles sont belles ? « C'est la vierge Marie qui le veut ainsi. » Et, en effet, c'est la première fois, depuis que nous sommes entrés en Syrie, que nous apercevons de jolies femmes... Ainsi vous l'avez vu, l'ennemi ?

– De mes yeux vu, général.

– D'où vient-il ? Où va-t-il ? Que nous veut-il ?

– Il vient de Damas, il voudrait nous battre, à ce que je pense ; il va à Saint-Jean-d'Acre, si je ne me trompe, pour en faire lever le siège.

– Rien que cela ? Oh ! nous nous mettrons en travers. Restez-vous avec nous ou retournez-vous près de Bonaparte ?

– Je reste avec vous, général ; j'ai une envie énorme de me couper la gorge avec tous ces gaillards-là. Nous nous ennuyons à mourir au siège. À part deux ou trois sorties que Djezzar pacha a eu la bêtise de faire, pas la moindre distraction.

– Eh bien ! dit Junot, je vous en promets pour demain, de la distraction. À propos, j'ai oublié de vous demander combien ils étaient.

– Ah ! mon cher général, je vous répondrai comme vous répondrait un Arabe : « Autant vaudrait compter les sables de la mer ! » Ils doivent être au moins dans les vingt-cinq ou trente mille.

Junot se gratta le front.

– Diable ! dit-il, il n'y a pas grand-chose à faire avec ce que j'ai d'hommes sous mes ordres.

– Et combien en avez-vous ? demanda Roland.

– Juste cent hommes de plus que les trois cents Spartiates. Mais, au fait, on peut faire ce qu'ils ont fait, et ce ne serait déjà pas si mal. Au reste, il sera temps de songer à tout cela demain matin. Vou- lez-vous voir les curiosités de la ville, ou voulez-vous souper ?

– En effet, dit Roland, nous sommes ici à Nazareth, et les légendes ne doivent pas manquer. Mais pour le moment, je ne vous cacherai pas, général, que j'ai l'estomac plus impatient que les yeux. J'ai déjeuné ce matin près de Kison avec un biscuit de matelot et une douzaine de dattes, je vous avoue que j'ai faim et soif.

– Si vous voulez me faire le plaisir de souper avec moi, nous tâcherons de calmer votre appétit. Quant à votre soif, vous ne trouverez jamais plus belle occasion de l'étancher.

Puis, s'adressant à une jeune fille qui passait devant lui :

– De l'eau ! lui demanda-t-il en arabe. Ton frère a soif.

Et il indiquait Roland à la jeune fille.

Elle s'approcha, grande et sévère, avec sa tunique aux longues manches tombantes, qui laissaient les bras nus, et, courbant la cruche qu'elle portait sur son épaule droite jusqu'à la hauteur de son poignet gauche, elle offrit, par un geste plein de grâce, l'eau qu'elle portait à Roland.

Roland but longuement, non point parce que la porteuse était belle, mais parce que l'eau était fraîche.

– Mon frère a-t-il bu suffisamment ? demanda la jeune fille.

– Oui, dit Roland, dans la même langue, et ton frère te remercie.

La jeune fille salua de la tête, redressa sa cruche sur son épaule, et reprit son chemin vers le village.

– Savez-vous que vous parlez l'arabe tout couramment ? dit en riant Junot au jeune homme.

– Est-ce que je n'ai pas été un mois blessé et prisonnier de ces brigands-là, dit Roland, lors de l'insurrection du Caire ? Il m'a bien fallu apprendre un peu d'arabe malgré moi. Et, depuis que le général en chef s'est aperçu que je baragouine la langue du prophète, il a la rage en toute occasion de me prendre pour interprète.

– Parole d'honneur ! dit Junot, si je croyais au même prix et au bout d'un mois savoir l'arabe comme vous le savez, je me ferais blesser et prendre demain.

– Eh bien ! général, répondit Roland, en riant d'un rire strident et nerveux qui lui était particulier, si j'ai un conseil à vous donner, c'est d'apprendre une autre langue et surtout d'une autre façon ! Allons souper, général.

Et Roland reprit le chemin du village, sans même jeter un dernier coup d'œil sur ces belles Nazaréennes que le général Junot et ses aides de camp s'arrêtaient à tout moment pour regarder.

CHAPITRE IX

La bataille de Nazareth

Le lendemain au point du jour, c'est-à-dire à six heures du matin, tambours et trompettes battaient et sonnaient la diane.

Comme Roland avait dit à Junot que l'avant-garde des Damasquins s'était dirigée vers Tibériade, Junot, ne voulant pas leur donner le temps de l'assiéger sur sa montagne, franchit la gorge des monts qui dominent Nazareth et descendit par la vallée jusqu'au village de Cana.

Il ne l'aperçut qu'à la distance d'un quart de lieue, une rampe de la montagne le couvrant complètement.

L'ennemi devait être ou dans la vallée de Batouf, ou dans la plaine qui s'étend au pied du Mont-Tabor. En tout cas, comme on descendait des lieux hauts, ainsi qu'il est dit dans l'Écriture, il n'y avait pas de danger d'être surpris par lui, et au contraire, on le verrait de loin.

Les soldats étaient plus instruits du miracle que Jésus-Christ fit à Cana que de ses autres miracles, et, de tous les lieux sanctifiés par sa présence, Cana était celui qui tenait la plus grande place dans leur mémoire.

En effet, ce fut aux noces de Cana que Jésus changea l'eau en vin. Et, quoique nos soldats fussent bien heureux, les jours où ils avaient de l'eau, il est évident qu'ils eussent été encore plus heureux les jours où ils eussent eu du vin.

C'est à Cana que Jésus fit encore un autre miracle rapporté par saint Jean :

« Il y avait un grand de la cour dont le fils était malade à Capharnaüm ; ayant appris que Jésus était venu en Galilée, il alla vers lui et le pria de descendre et de guérir son fils, qui était près de mourir.

» Jésus lui dit : « Allez, votre fils se porte bien. »

» Cet homme crut à la parole que Jésus lui avait dite, et il s'en alla.

» Et, comme il descendait, ses serviteurs vinrent au-devant de lui, et lui annoncèrent que son fils se portait bien. »

Aux premières maisons du village de Cana, Junot trouva le cheik El-Beled qui venait au-devant de lui pour l'inviter à ne pas aller plus loin, attendu, disait-il, que l'ennemi se trouvait dans la plaine au nombre de deux ou trois mille chevaux.

Junot avait cent cinquante grenadiers de la 19ᵉ de ligne, cent cinquante carabiniers de la 2ᵉ légère, et à peu près cent chevaux commandés par le chef de brigade Duvivier appartenant au 14ᵉ de dragons. Cela lui faisait juste quatre cents hommes, comme il l'avait dit la veille.

Il remercia le cheik El-Beled, et, à la grande admiration de celui-ci, il continua son chemin. Arrivé sur une des branches d'une petite rivière qui prend sa source à Cana même, il côtoya cette branche en la remontant. Parvenu au défilé qui sépare Loubi des montagnes de Cana, il vit, en effet, deux ou trois mille cavaliers divi- sés en plusieurs corps, qui caracolaient entre le Mont-Tabor et Lou- bi.

Pour mieux juger leurs positions, il mit son cheval au galop et arriva jusqu'aux ruines d'un village qui couronnent la colline et que les gens du pays appellent Meschenah.

Mais, en ce moment, il s'aperçut qu'un second corps marchait sur le village de Loubi. Il était composé de mamelouks, de Turcomans et de Maugrabins.

Cette troupe était à peu près aussi forte que l'autre, c'est-à-dire que, ayant quatre cents hommes sous ses ordres, Junot en avait contre lui cinq mille.

En outre, cette troupe marchait en masse contre la coutume des Orientaux, au petit pas et en bon ordre. On apercevait dans ses rangs une grande quantité d'étendards, de bannières, de queues de chevaux.

Ces queues de chevaux, qui servaient d'enseigne aux pachas, avaient été pour les Français un objet de risée, jusqu'à ce qu'ils connussent l'origine de ce singulier étendard. On leur avait alors raconté qu'à la bataille de Nicopolis, Bajazet, ayant vu son étendard enlevé par les croisés, avait d'un coup de sabre coupé la queue à son cheval, avait mis cette queue au bout d'une pique, et non seulement avait rallié les siens autour de ce nouvel étendard, mais avait gagné cette fameuse bataille, l'une des plus désastreuse pour la chrétienté.

Junot jugea avec raison qu'il n'avait à craindre que de la troupe qui marchait en bon ordre. Il envoya une cinquantaine de grenadiers pour contenir les cavaliers qu'il avait aperçus d'abord, et qu'il reconnut pour des Bédouins qui se contenteraient de harceler la troupe pendant le combat.

Mais, à la troupe régulière, il opposa les cent grenadiers de la 19e et les cent cinquante carabiniers de la 2e légère, gardant sous sa main les cent dragons, afin de les lancer où besoin serait.

Les Turcs, en voyant cette poignée d'hommes s'arrêter et les attendre, supposèrent qu'ils étaient immobiles de terreur. Ils approchèrent jusqu'à portée de pistolet ; mais, alors, carabiniers et grenadiers, choisissant chacun son homme, firent feu, et tout le premier rang des Turcs fut abattu, tandis que des balles, pénétrant dans les profondeurs, allaient atteindre des hommes et des chevaux au troisième et au quatrième rang.

Cette décharge jeta un grand trouble parmi les musulmans et donna le temps aux grenadiers et aux carabiniers de recharger leurs fusils. Mais, cette fois-ci, ils ne firent plus feu que du premier rang, ceux du second passant les fusils chargés à ceux du premier, et ceux du premier leur repassant leurs fusils déchargés.

Cette fusillade continue avait jeté l'hésitation parmi les Turcs ; mais ceux-ci, voyant leur nombre, et combien petit était celui de leurs ennemis, chargèrent avec de grands cris.

C'était le moment qu'attendait Roland ; tandis que Junot ordonnait à ses deux cent cinquante hommes de former le bataillon carré, Roland, à la tête des cent dragons, s'élançait sur cette troupe chargeant en désordre, et la prenait en flanc.

Les Turcs n'étaient point habitués à ces sabres droits, qui les perçaient comme des lances à une distance à laquelle leurs sabres recourbés ne pouvaient atteindre. L'effet de la charge fut donc terrible ; les dragons traversèrent la masse musulmane de part en part, reparurent de l'autre côté, donnèrent le temps au carré de faire sa décharge, pénétrèrent dans le trou que les balles venaient de pratiquer, et, là, se mettant à pointer chacun devant soi, ils élargirent la trouée de telle façon que la masse sembla éclater, et que les cavaliers turcs, au lieu de continuer à marcher serrés, commencèrent à s'éparpiller dans la plaine.

Roland s'était attaché à un porte-étendard des principaux chefs ennemis ; n'ayant point le sabre droit et pointu des dragons, mais le sabre recourbé des chasseurs, il se trouvait combattre à arme égale avec son ennemi. Deux ou trois fois, laissant flotter la bride sur le cou de son cheval et le manœuvrant des jambes, il porta la main gauche à ses fontes pour en tirer un pistolet, mais il pensa qu'il était indigne de lui de se servir de ce moyen ; il poussa son cheval sur celui de son adversaire, prit l'homme à bras-le-corps et la lutte continua, tandis que les chevaux, se reconnaissant pour ennemis, se mordaient et se déchiraient de leur mieux. Un instant ceux qui entouraient les deux combattants s'arrêtèrent ; Français et musulmans, on voulait voir la fin de la lutte. Mais Roland, lâchant ses arçons, éperonna son cheval, qui glissa, pour ainsi dire, entre ses jambes et entraîna par son poids le cavalier turc, lequel tomba la tête en bas, pendu à ses étriers. En une seconde, Roland se releva, son sabre ensanglanté d'une main et l'étendard turc de l'autre. Quant au musulman, il était mort, et son cheval, piqué par Roland d'un coup de sabre, l'entraîna dans les rangs de ses compagnons, où il alla porter le désordre.

Cependant les Arabes de la plaine, du Mont-Tabor, étaient accourus à la fusillade.

Deux chefs, supérieurement montés, précédaient leurs cavaliers de cinq cents pas.

Junot s'élança seul au-devant d'eux, ordonnant à ses soldats de les lui laisser pour son compte.

À cent pas en avant des cinquante hommes qu'il avait opposés comme une dérision aux Arabes de la plaine, il s'arrêta, et, voyant qu'il y avait une distance d'une dizaine de pas entre les deux cavaliers qu'il chargeait, il laissa pendre son sabre à sa dragonne, prit dans ses fontes un pistolet, et entre les deux oreilles du cheval d'un de ses ennemis qui venait sur lui ventre à terre, apercevant deux yeux flamboyants, il lui mit (nous avons dit quelle était son adresse à cette arme) la balle juste au milieu du front.

Le cavalier tomba ; le cheval, emporté par sa course, alla se faire prendre par un des cinquante grenadiers, tandis que, remettant son pistolet dans la fonte où il l'avait pris, et saisissant la poignée de son sabre, il fendit, d'un coup de taille, la tête de son second adver- saire.

Alors, chaque officier, électrisé par l'exemple de son général, sortit des rangs. Dix ou douze combats singuliers, dans le genre de celui que nous venons de décrire, s'engagèrent aux yeux des deux armées, qui battaient des mains. Dans tous, les Turcs furent vaincus.

Le combat dura de neuf heures et demie du matin jusqu'à trois heures de l'après-midi, au moment où Junot ordonna d'effectuer la retraite pas à pas et toujours dans les montagnes de Cana. En des- cendant le matin, il avait vu un large plateau qui lui avait paru favo- rable à ses desseins, car il savait bien qu'avec ses quatre cents hommes, il ne pouvait que livrer un brillant combat, mais non pas vaincre. Le combat était livré ; quatre cents Français avaient tenu pendant cinq heures contre cinq mille Turcs ; ils avaient couché huit cents morts et trois cents blessés sur le champ de bataille.

Eux avaient eu cinq hommes tués et un blessé.

Junot ordonna que le blessé fût emporté, et, comme il avait la cuisse cassée, on le coucha sur une civière que portèrent, en se relayant, quatre de ses camarades.

Roland était remonté à cheval ; il avait échangé son sabre courbe contre un sabre droit ; il avait dans ses fontes ses pistolets, avec lesquels il abattait à vingt pas une fleur de grenade. Il se mit, avec les deux aides de camp de Junot, à la tête des cent dragons qui formaient la cavalerie du général, et, les trois jeunes gens rivalisant entre eux, faisant de cette œuvre de mort une partie de plaisir, soit qu'ils combattissent corps à corps à l'arme blanche avec les Turcs, soit qu'ils se contentassent, encouragés par le général, de tirer sur eux comme sur des cibles, ils semèrent cette journée de scènes pitto- resques qui défrayèrent longtemps d'anecdotes héroïques et de récits joyeux les bivacs de l'armée d'Orient.

À quatre heures, Junot, établi sur son plateau, ayant à ses pieds une des sources du petit fleuve qui va se jeter dans la mer près du Carmel, en communication avec les moines grecs et catholiques de Cana et de Nazareth, était à l'abri d'une attaque par sa position et assuré de ses vivres.

Il pouvait donc attendre tranquillement les renforts que, prévenu qu'il était par le cheik d'Aher, Bonaparte ne pouvait manquer de lui envoyer.

CHAPITRE X

Le Mont-Tabor

Comme l'avait pensé Roland, le cheik d'Aher était arrivé au point du jour au camp. En raison de son axiome : « Réveillez-moi toujours pour les mauvaises nouvelles, mais jamais pour les bonnes », on avait éveillé Bonaparte.

Le cheik, introduit près de lui, lui avait dit ce qu'il avait vu, comment vingt-cinq à trente mille hommes avaient passé le Jourdain, et venaient d'entrer sur le territoire de Tibériade.

Sur la question de Bonaparte qui lui demandait ce qu'était devenu Roland, il lui dit que le jeune aide de camp s'était chargé de prévenir Junot, qui était à Nazareth, et faisait dire à Bonaparte qu'il y avait au pied du Tabor, entre cette montagne et celles de Naplouse, une grande plaine dans laquelle, sans être gênés, vingt-cinq mille Turcs pouvaient dormir couchés les uns près des autres.

Bonaparte avait fait éveiller Bourrienne, avait demandé sa carte, et mandé Kléber.

Devant celui-ci, par le jeune Druse auquel il avait donné un crayon, il s'était fait indiquer le passage précis des musulmans, la route qu'ils avaient prise et celle que lui, cheik d'Aher, avait suivie pour revenir au camp.

– Vous allez prendre votre division, dit Bonaparte à Kléber ; elle doit se composer de deux mille hommes à peu près. Le cheik d'Aher vous servira de guide, pour que vous ne passiez pas justement par la même route qu'il a prise avec Roland. Vous suivrez le chemin le plus court pour aller à Safarié ; demain, dès le matin, vous pourrez être à Nazareth. Que vos hommes prennent chacun de l'eau pour la journée. Quoique je voie un fleuve tracé sur la carte, j'ai peur qu'à l'époque de l'année où nous sommes, il ne soit desséché. Engagez, si vous pouvez, la bataille dans la plaine qui est en avant ou en arrière du Mont-Tabor, à Loubi ou à Fouli. Nous avons une revanche à prendre de la bataille de Tibériade, gagnée par Saladin sur Guy de Lusignan en 1187. Tâchons que les Turcs n'aient rien perdu pour attendre. Ne vous inquiétez pas de moi ; j'arriverai à temps.

Kléber réunit sa division, bivaqua le soir près de Safarié, ville que la tradition veut avoir été habitée par saint Joachim et par sainte Anne.

Le même soir, il se mit en communication avec Junot, qui avait laissé une avant-garde à Cana et était remonté à Nazareth, pour laquelle il avait un faible.

Il apprit de lui que l'ennemi n'avait point quitté sa position de Loubi, et que, par conséquent, il le trouverait sur un des deux points que lui avait indiqués Bonaparte, c'est-à-dire en avant du Mont-Tabor.

À un quart de lieue de Loubi était un village nommé Seïd-Jarra, occupé par une portion de l'armée turque, c'est-à-dire par sept ou huit mille hommes. Il le fit attaquer par Junot avec une partie de sa division, tandis qu'avec le reste de ses hommes, formés en carré, il chargeait la cavalerie.

Au bout de deux heures, l'infanterie des pachas était chassée de Seïd-Jarra, et la cavalerie, de Loubi.

Les Turcs, culbutés, se retirèrent en désordre jusqu'au Jourdain. Junot, dans ce combat, eut deux chevaux tués sous lui ; ne trouvant sous sa main qu'un dromadaire, il le monta, et, emporté par lui, se trouva bientôt au milieu des cavaliers turcs, parmi lesquels il semblait un géant.

Les jarrets coupés, son dromadaire s'abattit, ou plutôt s'écroula sous lui. Heureusement, Roland ne l'avait pas perdu de vue ; il arriva avec son aide de camp Teinturier, le même qui regardait avec lui passer les belles filles de Nazareth.

Tous deux tombèrent comme la foudre sur la masse qui l'enveloppait, s'ouvrirent un passage et arrivèrent jusqu'à Junot. Ils le remontèrent sur le cheval d'un mamelouk tué, et tous trois, le pistolet au poing, perçant une muraille vivante, reparurent au milieu des soldats qui les croyaient perdus, et qui se hâtaient, sans autre espérance que celle de retrouver leurs cadavres.

Kléber était venu tellement vite, qu'il n'avait pu se faire suivre par ses fourgons ; il en résulta que, faute de munitions, il ne put poursuivre l'ennemi.

Il se retira sur Nazareth et se fortifia dans la position de Safarié.

Le 13, Kléber fit reconnaître l'ennemi. Les mamelouks d'Ibrahim bey, les janissaires de Damas, les Arabes d'Alep et des différentes tribus de Syrie, avaient opéré leur jonction avec les Naplousins, et toute cette nuée d'hommes campait dans la plaine de Fouli, c'est-à-dire d'Esdrelon.

Kléber informa aussitôt le général en chef de ces détails. Il lui dit qu'il avait reconnu l'armée ennemie, qu'elle pouvait monter à une trentaine de mille hommes, dont vingt mille de cavalerie, et lui annonça que, le lendemain, avec ses deux mille cinq cents hommes, il allait attaquer toute cette multitude. Il terminait sa lettre par ces mots :

L'ennemi est justement où vous le vouliez ; tâchez d'être de la fête.

Le cheik d'Aher fut chargé de porter cette dépêche ; mais, comme la plaine était inondée de coureurs ennemis, elle fut envoyée en triple expédition et par trois messagers différents.

Sur les trois dépêches, Bonaparte en reçut deux : l'une à onze heures du soir, l'autre à une heure du matin. On n'entendit jamais parler du troisième messager.

Bonaparte n'avait garde de manquer d'être de la fête. Il était urgent d'en venir à une action générale et de livrer une bataille décisive pour éloigner cette masse formidable qui pouvait venir l'écraser contre les murailles de Saint-Jean-d'Acre.

Murat fut envoyé, à deux heures du matin, en avant avec mille hommes d'infanterie, une pièce d'artillerie légère et un détachement de dragons. Il avait l'ordre de marcher jusqu'à ce qu'il rencontrât le Jourdain, où il s'emparerait du pont d'Iacoub, pour empêcher la retraite de l'armée turque. Il avait plus de dix lieues à faire.

Bonaparte partit à trois heures du matin ; il emmenait avec lui tout ce qui n'était pas strictement nécessaire pour maintenir les assiégés dans leurs murailles. Au point du jour, il bivaquait sur les hauteurs de Safarié, faisait faire à ses hommes une distribution de pain, d'eau et d'eau-de-vie ; il avait été obligé de prendre la route la plus longue, parce que son artillerie et ses fourgons n'eussent pu le suivre sur les rives du Kison.

À neuf heures, il se remit en marche, et, à dix heures du matin, il était au pied du Mont-Tabor.

Là, dans la vaste plaine d'Esdrelon, à trois lieues de distance environ, il aperçut la division Kléber, forte de deux mille cinq cents hommes à peine, comme nous l'avons dit, aux prises avec la masse entière de l'armée ennemie qui l'enveloppait de tous côtés, et au milieu de laquelle elle faisait un point noir entouré de feu.

Plus de vingt mille cavaliers l'assaillaient, tantôt tournant autour d'elle comme un tourbillon, tantôt fondant sur elle comme une avalanche ; jamais ces hommes, qui avaient vu tant de choses cependant, n'avaient vu tant de cavaliers se mouvoir, charger, caracoler autour d'eux ; et cependant, chaque soldat, pressant du pied le pied de son voisin, conservait ce sang-froid terrible qui pouvait seul faire son salut, recevait les Turcs au bout de son fusil, ne faisant feu que lorsqu'il était sûr d'atteindre son homme ; frappant les chevaux de sa baïonnette quand les chevaux s'approchaient de trop près, mais gardant les balles pour les cavaliers.

Chaque homme avait reçu cinquante cartouches ; mais à onze heures du matin, on fut obligé de faire une seconde distribution de cinquante autres. Ils avaient fait autour d'eux un rempart d'hommes et de chevaux tués, et ils étaient abrités par cet horrible abatis, par cette sanglante muraille, comme par un rempart.

Voilà ce que voyaient Bonaparte et son armée lorsqu'ils débouchèrent du Mont-Tabor.

Aussi, à cette vue, un cri d'enthousiasme s'échappa-t-il de toutes les poitrines :

– À l'ennemi ! à l'ennemi !

Mais Bonaparte cria : « Halte ! » Il les força de prendre un quart d'heure de repos. Il savait que Kléber tiendrait, s'il le fallait, des heures encore, et il voulait que la journée fût complète.

Puis il forma ses six mille hommes en deux carrés de trois mille hommes chacun, et les divisa de manière à prendre toutes ces hordes sauvages, cavalerie et infanterie, dans un triangle de fer et de feu.

Les combattants étaient si acharnés que, pareils aux Romains et aux Carthaginois qui, pendant la bataille de Trasimène, ne sentirent pas un tremblement de terre qui renversa vingt-deux villes, ni Turcs ni Français ne virent s'approcher ces deux masses armées qui roulaient dans leurs flancs des tonnerres muets encore, mais dont les armes brillantes envoyaient des milliers d'éclairs, précurseurs de l'orage qui allait gronder.

Tout à coup, on entendit un coup de canon isolé.

C'était le signal par lequel Bonaparte était convenu de prévenir Kléber.

Les trois carrés n'étaient plus qu'à une lieue les uns des autres, et leurs triples feux allaient porter sur une masse de vingt-cinq mille hommes.

Le feu éclata des trois côtés à la fois.

Les mamelouks, les janissaires, tous les cavaliers enfin tourbillonnèrent sur eux-mêmes, ne sachant comment sortir de la fournaise, tandis que les dix mille hommes d'infanterie, ignorants de toute science et de toute théorie militaire, se débandèrent et allèrent se heurter à ces triples feux.

Tout ce qui eut le bonheur de donner dans les intervalles parvint à peu près à s'échapper. Au bout d'une heure, les fugitifs avaient disparu comme une poussière balayée par le vent, laissant la plaine couverte de morts, abandonnant leur camp, leurs étendards, quatre cents chameaux, un butin immense.

Les fuyards se croyaient sauvés ; ceux qui gagnèrent les montagnes de Naplouse y trouvèrent, en effet, un refuge ; mais ceux qui voulurent rejoindre le Jourdain, par lequel ils étaient venus, rencontrèrent Murat et ses mille hommes qui gardaient le passage du fleuve.

Les Français ne s'arrêtèrent que lorsqu'ils furent las de tuer.

Bonaparte et Kléber se joignirent sur le champ de bataille, et, au milieu des acclamations des trois carrés, se jetèrent dans les bras l'un de l'autre.

Ce fut là que, suivant la tradition militaire, le colosse Kléber, posant la main sur l'épaule de Bonaparte, qui atteignait à peine à sa poitrine, lui dit ces paroles tant contestées depuis :

– Général, vous êtes grand comme le monde !

Bonaparte devait être content.

C'était bien sur le même point où Guy de Lusignan avait été vaincu qu'il venait de vaincre ; c'était là que, le 5 juillet 1187, les Français, ayant épuisé jusqu'à l'eau de leurs larmes, dit l'auteur arabe, en vinrent à une action désespérée avec les musulmans, commandés par Sala-Eddin.

« Au commencement, dit ce même auteur, ils se battaient comme des lions ; mais à la fin ils n'étaient plus que des brebis dispersées. Entourés de toutes parts, ils furent repoussés jusqu'au pied de la montagne des Béatitudes, où le Seigneur, instruisant le peuple, dit : « Bienheureux les pauvres d'esprit, bienheureux ceux qui pleurent, bienheureux ceux qui souffrent persécution pour la justice » et où il leur dit : « Vous prierez ainsi : « Notre Père, qui êtes aux cieux ! »

Toute l'action se porta donc vers cette montagne, que les infidèles appellent la montagne d'Hittin.

Guy de Lusignan se réfugia sur la colline et défendit tant qu'il put la vraie croix, dont il ne put empêcher les musulmans de s'emparer, après qu'ils eurent blessé mortellement l'évêque de Saint-Jean-d'Acre, qui la portait.

Raymond s'ouvrit un passage avec les siens et s'enfuit à Tripoli, où il mourut de douleur.

Tant qu'un groupe de chevaliers resta, ce groupe revint à la charge, mais il fondait bientôt au milieu des Sarrasins, comme la cire dans un brasier.

Enfin, le pavillon du roi tomba pour ne plus se relever ; Guy de Lusignan fut fait prisonnier, et Saladin, en prenant des mains de celui qui lui apportait l'épée du roi de Jérusalem, descendit de cheval et rendit grâce à Mahomet de sa victoire.

Jamais les chrétiens, ni en Palestine, ni ailleurs, n'avaient subi une pareille défaite. « En voyant le nombre des morts, dit un témoin oculaire, on ne croyait pas qu'il y eût des prisonniers ; en voyant les prisonniers, on ne pouvait croire qu'il y eût des morts. »

Le roi, après avoir juré la renonciation de son royaume, fut envoyé à Damas. Tous les chevaliers du Temple et les hospitaliers eurent la tête tranchée. Sala-Eddin, qui craignait que ses soldats ne ressentissent une pitié qu'il n'éprouvait pas, et qui appréhendait qu'ils n'épargnassent quelques-uns de ces moines-soldats, paya cinquante pièces d'or pour chacun de ceux qu'on lui livra.

De toute l'armée chrétienne, à peine resta-t-il mille hommes debout. « On vendit, disent les auteurs arabes, un prisonnier pour une paire de sandales, et l'on exposa dans les rues de Damas des têtes de chrétiens en guise de melons. »

Monseigneur Mislin dit, dans son beau livre des « Saints Lieux », qu'un an après cet horrible carnage, en traversant les champs d'Hittin, il trouva encore des monceaux d'ossements, et que les montagnes et les vallées d'alentour étaient couvertes des restes qu'y avaient traînés les bêtes sauvages.

Après la bataille du Mont-Tabor, les chacals de la plaine d'Esdrelon n'eurent rien à envier aux hyènes de la montagne de Tibériade.

CHAPITRE XI

Le marchand de boulets

Depuis que Bonaparte était revenu du Mont-Tabor, c'est-à-dire depuis, près d'un mois, pas un jour les batteries n'avaient cessé de tonner, pas un jour il n'y avait eu trêve entre les assiégeants et les assiégés.

C'était la première résistance que la fortune opposait à Bonaparte.

Le siège de Saint-Jean-d'Acre durait depuis soixante jours ; il y avait eu sept assauts et douze sorties. Caffarelli était mort des suites de l'amputation de son bras, Croisier était toujours sur son lit de douleur.

Mille hommes avaient été tués, ou étaient morts de la peste. On avait encore de la poudre, mais on manquait de boulets.

Le bruit s'en répandit dans l'armée ; on ne peut point cacher ces choses-là aux soldats. Un matin que Bonaparte visitait la tran- chée avec Roland, un sergent-major s'approcha de Roland.

– Est-ce vrai, mon commandant, lui demanda-t-il, que le général en chef manque de boulets ?

– Oui, répondit Roland ; pourquoi cette question ?

– Oh ! répondit le sergent-major avec un mouvement de cou qui lui était particulier et qui semblait remonter aux premiers jours où il avait mis une cravate, et où il avait été gêné dedans, c'est que, s'il en manque, je lui en procurerai.

– Toi ?

– Oui, moi et pas cher : à cinq sous.

– À cinq sous ! et ils en coûtent quarante au gouvernement !

– Vous voyez bien que c'est une bonne affaire.

– Tu ne plaisantes pas ?

– Allons donc, est-ce que l'on plaisante avec ses chefs ?

Roland s'approcha de Bonaparte, et lui fit part de la proposition du sergent-major.

– Ces drôles-là ont parfois de bonnes idées, dit-il ; appelle-le.

Roland fit signe au sergent de s'avancer.

Il arriva au pas militaire, et se planta à deux mètres de Bonaparte, la main à la visière du shako.

– C'est toi qui es marchand de boulets ? lui demanda Bonaparte.

– C'est-à-dire que j'en vends, mais je n'en fabrique pas.

– Et tu peux les donner à cinq sous ?

– Oui, mon général.

– Comment fais-tu ?

– Ah ! cela, c'est mon secret ; si je le dis, tout le monde en vendra.

– Et combien peux-tu en fournir ?

– Ce que tu en voudras, citoyen général, dit le sergent-major en appuyant sur le tu.

– Que faut-il te donner pour cela ? demanda Bonaparte.

– La permission de me baigner avec ma compagnie.

Bonaparte éclata de rire, il avait compris.

– C'est bien, dit-il, tu l'as.

Le sergent-major salua et s'en alla tout courant.

– Voilà, dit Roland, un drôle qui est bien attaché au vocabu- laire républicain. Avez-vous remarqué, général, l'accent avec lequel il a dit : « Ce que tu en voudras » ?

Bonaparte sourit, mais sans répondre.

Presque aussitôt le général en chef et son aide de camp virent passer la compagnie qui avait permission de se baigner, sergent-major en tête.

– Viens voir quelque chose de curieux, dit Bonaparte à son aide de camp.

Et, prenant le bras de Roland, il gagna un petit mamelon du haut duquel on découvrait tout le golfe.

Alors, il vit le sergent-major, donnant l'exemple de courir à l'eau, comme il eût certainement donné celui de courir au feu, se déshabiller le premier avec une partie de ses hommes et se mettre à la mer, tandis que l'autre s'éparpillait sur le rivage.

Jusque-là, Roland n'avait pas compris.

Mais à peine la manœuvre commandée par le sergent-major fut-elle exécutée, que, des deux frégates anglaises et du haut des remparts de Saint-Jean-d'Acre, commença de tomber une pluie de boulets ; mais, comme les soldats, tant ceux qui se baignaient que ceux qui étaient éparpillés sur le sable, avaient soin de se tenir éloignés les uns des autres, les boulets portaient dans les intervalles, où ils étaient aussitôt recueillis, sans qu'un seul fût perdu, pas même ceux qui tombaient dans l'eau. La plage allant en pente douce, les soldats n'avaient qu'à se baisser et à les ramasser au fond de la mer.

Ce jeu étrange dura deux heures.

Au bout de deux heures, il y avait trois hommes tués, et l'inventeur du système avait recueilli mille à douze cents boulets, ce qui faisait trois cents francs pour la compagnie.

Cent francs par homme perdu. La compagnie trouvait le marché des plus avantageux.

Comme les batteries des frégates et de la place étaient du même calibre que celles de l'armée, c'est-à-dire du calibre 16 et du 12, il ne devait pas y avoir un boulet perdu.

Le lendemain, la compagnie retourna au bain, et, en entendant la canonnade que frégates et remparts dirigeaient sur eux, Bonaparte ne put s'empêcher de retourner voir le même spectacle, auquel cette fois assistait une partie des chefs de l'armée.

Roland ne put y tenir. C'était un de ces hommes que le bruit du canon exalte, que l'odeur de la poudre enivre.

En deux bonds, il fut sur la plage, et, jetant ses habits sur le sable, ne conservant que son caleçon, il s'élança à la mer.

Deux fois Bonaparte l'avait rappelé, mais il avait fait semblant de ne point entendre.

– Qu'a-t-il donc, ce fou-là, murmura-t-il, pour ne pas manquer une occasion de se faire tuer ?

Roland n'était plus là pour répondre à son général, et probablement ne lui eût-il pas répondu.

Bonaparte le suivait des yeux.

Bientôt il dépassa le cercle des baigneurs et s'avança, en nageant, presque à portée du mousquet du *Tigre*.

On fit feu sur lui, et l'on vit les balles faire jaillir l'eau tout autour du nageur.

Lui, ne s'en inquiéta aucunement, mais son action semblait tellement une bravade, qu'un officier du *Tigre* ordonna de mettre une chaloupe à la mer.

Roland voulait bien être tué, mais il ne voulait pas être pris. Il nagea avec énergie pour gagner les écueils semés au pied de Saint-Jean-d'Acre.

Il était impossible à la barque de s'engager parmi ces écueils.

Roland disparut un instant à tous les yeux. Bonaparte commençait à craindre qu'il ne lui fût arrivé quelque accident, lorsqu'il le vit reparaître au pied des murailles de la ville, et sous le feu de la mousqueterie.

Les Turcs, voyant un chrétien à portée de leurs fusils, ne se firent pas faute de tirer sur lui ; mais Roland semblait avoir fait un pacte avec les balles. Il suivait le bord de la mer, au pas. Le sable d'un côté, l'eau de l'autre, jaillissaient presque sous ses pieds. Il regagna l'endroit où il avait déposé ses habits, les revêtit et s'achemina vers Bonaparte.

Une vivandière, qui s'était cette fois mise de la partie et qui distribuait le contenu de son baril aux ramasseurs de boulets, vint lui offrir un petit verre.

— Ah ! c'est toi, déesse Raison ! dit Roland ; tu sais bien que je ne bois jamais d'eau-de-vie.

— Non, dit celle-ci ; une fois n'est pas coutume, et ce que tu viens de faire vaut bien la goutte, citoyen commandant.

Et, lui présentant un petit verre d'argent plein de liqueur :

— À la santé du général en chef, et à la prise de Saint-Jean-d'Acre ! dit-elle.

Roland but en levant son verre du côté de Bonaparte ; puis il offrit à la cantinière un talaro.

– Bon ! dit-elle, je vends mon eau-de-vie à ceux qui ont besoin d'acheter du courage, mais pas à toi. D'ailleurs, mon mari fait de bonnes affaires.

– Que fait-il donc, ton mari ?

– Il est marchand de boulets.

– En effet, à la façon dont marche la canonnade, il peut faire fortune en peu de temps... Et où est-il, ton mari ?

– Le voilà, dit-elle.

Et elle montra à Roland le sergent-major qui était venu faire à Bonaparte la proposition de lui vendre des boulets cinq sous.

Au moment où la déesse Raison faisait cette démonstration, un obus vint s'enterrer dans le sable, à quatre pas du spéculateur.

Le sergent-major, qui paraissait familier avec tous les projectiles, se jeta la face contre terre et attendit.

Au bout de trois secondes, l'obus éclata en faisant voler un nuage de sable.

– Ah ! par ma foi, déesse Raison, dit Roland, j'ai peur pour le coup que tu ne sois veuve.

Mais, au milieu du sable et de la poussière soulevée autour de lui, le sergent-major se releva.

Il semblait sortir du cratère d'un volcan.

– Vive la République ! cria-t-il en se secouant.

Et, à l'instant même, dans l'eau et sur la plage, fut répété par tous les spectateurs ce cri sacré, qui faisait immortels les morts eux-mêmes.

CHAPITRE XII

Comment le citoyen Pierre-Claude Faraud fut nommé sous-lieutenant

Cette récolte de boulets dura quatre jours. Les Anglais et les Turcs avaient deviné le but de la spéculation, qu'ils avaient prise d'abord pour une bravade. Le compte fait des boulets, il y en avait trois mille quatre cents.

Bonaparte les avait fait payer très exactement au sergent-major par le payeur de l'armée Estève.

– Ah ! dit Estève en reconnaissant le sergent, décidément tu spécules sur l'artillerie. Je t'ai payé un canon à Frœschwiller, et je te paie trois mille quatre cents boulets à Saint-Jean-d'Acre.

– Bon ! dit le sergent-major, je ne suis pas plus riche pour ce-la ; les six cents francs des canons de Frœschwiller ont servi, avec le trésor du prince de Condé, à faire des pensions aux veuves et aux orphelins de Dawendorf.

– Et cet argent-ci, qu'en vas-tu faire ?

– Il a sa destination.

– Peut-on la connaître ?

– D'autant mieux que c'est toi, citoyen payeur, qui vas te charger de la commission. Cet argent est destiné à la vieille mère de notre brave capitaine Guillet, qui a été tué au dernier assaut. Il est mort en la léguant à sa compagnie. La République n'est pas assez riche, elle pourrait oublier de lui faire une pension. Eh bien ! à défaut de pension, la compagnie lui fera un capital. C'est malheureux seulement que ces démons d'Anglais et ces imbéciles de Turcs se soient aperçus de la farce et n'aient pas voulu rendre plus longtemps ; on lui aurait complété la somme de mille francs, à la pauvre femme ; mais, que veux-tu, citoyen payeur, la plus belle fille du monde ne peut donner que ce qu'elle a, et la troisième compagnie de la 32e demi-brigade, quoiqu'elle soit la plus belle fille de l'armée, n'a que huit cent cinquante francs à lui offrir.

– Et où demeure-t-elle, la mère du capitaine Guillet ?

– À Châteauroux, capitale de l'Indre... Ah ! l'on est fidèle à son vieux régiment, et il en était, le brave capitaine Guillet !

– C'est bien, on lui fera passer la somme, au nom de la troisième compagnie de la 32e demi-brigade et de...

– Pierre-Claude Faraud, exécuteur testamentaire.

– Merci. Maintenant, Pierre-Claude Faraud, je suis chargé par le général en chef de te dire qu'il veut te parler.

– Quand il voudra, fit le sergent-major, avec le mouvement de cou qui lui était particulier. Pierre-Claude Faraud n'est pas embarrassé sur la parole.

– Il te le fera dire.

– J'attends !

Et le sergent-major pivota sur ses talons, et alla attendre à la 32e demi-brigade l'avis qui lui était annoncé. Bonaparte était à dîner sous sa tente, lorsqu'on le prévint que le sergent-major qu'il avait envoyé chercher attendait son bon plaisir.

– Qu'il entre ! fit Bonaparte.

Le sergent-major entre.

– Ah ! c'est toi ?

– Oui, citoyen général, dit Faraud ; ne m'as-tu pas fait demander ?

– À quelle brigade appartiens-tu ?

– À la 32e.

– À quelle compagnie ?

– À la troisième.

– Capitaine ?

– Capitaine Guillet, défunt.

– Non remplacé ?

– Non remplacé.

– Quel est le plus brave des deux lieutenants ?

– Il n'y a pas de plus brave dans la 32e, ils sont tous aussi braves l'un que l'autre.

– Le plus ancien, alors ?

– Le lieutenant Valats, resté à son poste avec un coup de feu dans la poitrine.

– Le second lieutenant n'a point été blessé, lui ?

– Ce n'est pas sa faute.

– C'est bien. Valats passera capitaine, le second lieutenant passera lieutenant en premier. N'y a-t-il pas un sous-lieutenant qui se soit distingué ?

– Tout le monde s'est distingué.

– Mais je ne puis pas faire tout le monde lieutenant, animal !

– C'est juste ; alors, il y a Taberly.

– Taberly ? qu'est-ce que Taberly ?

– Un brave.

– Sa nomination sera-t-elle bien vue ?

– Acclamée.

– En ce cas, il va manquer une sous-lieutenance ; quel est le plus vieux sergent-major ?

Celui auquel s'adressait la question fit un mouvement de cou, à croire qu'il s'étranglait dans sa cravate.

– C'est un nommé Pierre-Claude Faraud, dit-il.

– Qu'as-tu à dire sur lui ?

– Pas grand-chose.

– Tu ne le connais pas, peut-être ?

– C'est justement parce que je le connais.

– Eh bien, moi aussi, je le connais.

– Tu le connais, général ?

– Oui, c'est un aristocrate de l'armée du Rhin.

– Oh !

– Un querelleur.

– Général !

– Que j'ai surpris se battant en duel à Milan avec un brave républicain.

– C'est un ami, général ; on peut bien se battre entre amis.

– Et que j'ai envoyé à la salle de police pour quarante-huit heures.

– Pour vingt-quatre, général.

– Alors, je lui ai fait tort des vingt-quatre autres.

– On est prêt à les faire, général.

– Quand on est sous-lieutenant, on ne va plus à la salle de police, on va aux arrêts.

– Mon général, Pierre-Claude Faraud n'est pas sous-lieutenant. Il n'est que sergent-major.

– Si fait, il est sous-lieutenant.

– Oh ! en voilà une bonne, par exemple ! et depuis quand ?

– Depuis ce matin ; voilà ce que c'est que d'avoir des protecteurs.

– Moi, des protecteurs ? s'écria Faraud.

– Ah ! c'est donc toi ? dit Bonaparte.

– Oui, c'est moi, et je voudrais bien savoir qui me protège.

– Moi, dit Estève, qui t'ai vu deux fois donner généreusement l'argent que tu avais gagné.

– Et moi, dit Roland, qui ai besoin d'un brave qui me seconde dans une expédition dont pas beaucoup ne reviendront.

– Prends-le, dit Bonaparte ; mais je ne te conseille pas de le mettre en sentinelle perdue dans un pays où il y aura des loups.

– Comment, général, tu sais cette histoire-là ?

– Je sais tout, monsieur.

– Général, dit Faraud, c'est toi qui feras mes vingt-quatre heures de salle de police.

– Comment cela ?

– Tu viens de dire monsieur !

– Allons, allons, tu es un garçon d'esprit, dit en riant Bonaparte, et je me souviendrai de toi ; en attendant, tu vas boire un verre de vin à la santé de la République.

– Général, reprit en riant Roland, le citoyen Faraud ne boit à la République qu'avec de l'eau-de-vie.

– Bon ! et moi qui n'en ai pas, fit Bonaparte.

– J'ai prévu le cas, dit Roland.

Puis, allant à la porte de la tente :

– Entre, citoyenne Raison, dit-il.

La citoyenne Raison entra.

Elle était toujours belle, quoique le soleil d'Égypte eût hâlé son teint.

– Rose ici ! s'écria Faraud.

– Tu connais la citoyenne ? demanda en riant Roland.

– Je crois bien ! répliqua Faraud, c'est ma femme.

– Citoyenne, dit Bonaparte, je t'ai vu opérer au milieu des boulets ; Roland a voulu te payer le petit verre que tu lui as donné au moment où il sortait de l'eau, tu as refusé ; comme je n'ai pas d'eau-de-vie dans ma cantine et que mes convives en désiraient chacun un petit verre, Roland a dit : « Faites venir la citoyenne Raison, nous lui paierons le tout ensemble. » On t'a fait venir, verse donc.

La citoyenne Raison tourna son petit tonneau, et versa à chacun son petit verre.

Elle oubliait Faraud.

– Quand on boit au salut de la République, dit Roland, tout le monde boit.

– Seulement, on est libre de boire de l'eau, dit Bonaparte. Et, levant son verre :

– Au salut de la République ! prononça-t-il.

Le toast fut répété en chœur.

Alors, Roland tirant un parchemin de sa poche :

– Tiens, dit-il, voilà une lettre de change sur la postérité ; seulement elle est au nom de ton mari ; tu peux l'endosser, mais lui seul la touchera.

La déesse Raison, les mains tremblantes, ouvrit le parchemin que Faraud suivait d'un œil étincelant.

– Tiens, Pierre, dit-elle en le lui tendant, lis ! ton brevet de sous-lieutenant en remplacement de Taberly.

– Est-ce vrai ? demanda Faraud.

– Regarde plutôt.

Faraud regarda.

– Cré mille tonnerres ! Faraud, sous-lieutenant ! s'écria-t-il. Vive le général Bonaparte !

– Vingt-quatre heures d'arrêts forcés pour avoir crié : « Vive le général Bonaparte ! » au lieu de crier : « Vive la République ! » dit Bonaparte.

– Décidément, je ne pouvais pas y échapper, répliqua Faraud ; mais, ces vingt-quatre heures-là, on les fera avec plaisir.

CHAPITRE XIII

Dernier assaut

Pendant la nuit qui suivit la nomination de Faraud au grade de sous-lieutenant, Bonaparte reçut huit pièces de grosse artillerie et des munitions en abondance.

Les trois mille quatre cents boulets de Faraud avaient servi à repousser les sorties de la place.

La tour Maudite était détruite presque en entier. Bonaparte résolut de faire un dernier effort.

D'ailleurs, les circonstances le commandaient.

Le 8 mai, on aperçut au loin une flotte turque de trente voiles, escortée par des bâtiments de guerre anglais.

Il faisait à peine jour lorsque Bonaparte en fut prévenu ; il monta sur une colline d'où l'on découvrait toute la mer.

Son appréciation fut que cette escadre venait de l'île de Rhodes, et qu'elle apportait aux assiégés un renfort de troupes, de munitions et de vivres.

Il s'agissait d'emporter Saint-Jean-d'Acre avant que le convoi y entrât et que les forces de la garnison fussent doublées.

Lorsque Roland vit l'attaque bien décidée, il demanda au général en chef la disposition de deux cents hommes, avec carte blanche pour faire d'eux et avec eux tout ce qu'il voudrait.

Bonaparte exigea une explication.

Il avait une grande confiance dans le courage de Roland, courage qui allait jusqu'à la témérité ; mais, à cause de cette témérité même, il hésitait à lui confier la vie des deux cents hommes.

Alors, Roland lui expliqua que, le jour où il s'était baigné, il avait aperçu du côté de la mer une brèche que l'on ne pouvait voir du côté de la terre et dont les assiégés ne s'étaient point inquiétés, dé- fendue qu'elle était par une batterie intérieure et par le feu des vais- seaux anglais.

Par cette brèche, il entrerait dans la ville et ferait diversion avec ses deux cents hommes.

Bonaparte autorisa Roland.

Roland choisit deux cents hommes de la 32e demi-brigade, au nombre desquels était le nouveau sous-lieutenant Faraud.

Bonaparte ordonna une attaque générale : Murat, Rampon, Vial, Kléber, Junot, généraux de division, généraux de brigade, chefs de corps, tous s'élancèrent à la fois.

À dix heures du matin, tous les ouvrages extérieurs repris par l'ennemi étaient enterrés de nouveau : cinq drapeaux étaient conquis, trois canons enlevés et quatre encloués. Cependant, les assiégés ne reculaient pas d'une semelle ; on les abattait et l'on prenait la place de ceux qui étaient abattus. Jamais pareille audace, jamais valeur semblable, jamais plus impétueuse ardeur, jamais courage plus obstiné, n'avaient lutté pour la possession et la défense d'une ville. Jamais, depuis l'époque où l'enthousiasme religieux avait mis l'épée aux mains des croisés, et le fanatisme mahométan, le cime-terre au bras des Turcs, jamais lutte si mortelle, si meurtrière, si sanglante n'avait effrayé une population, dont un tiers faisait des vœux pour les chrétiens, et les deux autres tiers pour Djezzar. Du haut des remparts qu'ils occupaient déjà en partie et où retentissaient déjà les cris de victoire, nos soldats pouvaient voir les femmes parcourant les rues et poussant leurs cris qui ressemblent à la fois aux houhoulements des hiboux et aux glapissements de l'hyène, ces cris qu'aucun de ceux qui les a entendus n'oubliera jamais, et jetant de la poussière en l'air, avec des invocations et des malédictions !

Généraux, officiers, soldats, combattaient pêle-mêle dans la tranchée ; Kléber, armé d'un fusil albanais qu'il avait arraché à son maître, s'en était fait une massue, et, le levant au-dessus de sa tête comme un batteur en grange fait d'un fléau, à chaque coup, il abattait un homme. Murat, la tête découverte, ses longs cheveux flottants, faisait tournoyer son sabre, dont la fine trempe abattait tout ce qu'il rencontrait. Junot, tantôt le fusil, tantôt le pistolet à la main, tuait un homme à chaque fois qu'il faisait feu.

Le chef de la 18ᵉ demi-brigade, Boyer, était tombé dans la mêlée avec dix-sept officiers, et plus de cent cinquante soldats de son corps ; mais, sur leurs cadavres qui avaient servi d'épaulement, Lannes, Bon et Vial avaient passé.

Bonaparte, non pas dans la tranchée, mais sur la tranchée, dirigeant lui-même l'artillerie, immobile et offert comme une cible à tous les coups, faisait battre en brèche, avec les canons mêmes de la tour, la courtine qui était à sa droite ; au bout d'une heure, l'ouverture était praticable. On manquait de fascines pour combler le fossé ; là, comme on avait déjà fait sur un autre point un rempart, on jeta les cadavres : musulmans et chrétiens, Français et Turcs, préci- pités par les fenêtres de la tour qu'ils encombraient, élevèrent un pont à la hauteur des remparts.

Les cris de « Vive la République ! » se firent entendre, mêlés aux cris « À l'assaut ! à l'assaut ! » La musique joua la *Marseillaise,* et le reste de l'armée prit part au combat.

Bonaparte envoya un de ses officiers d'ordonnance, nommé Raimbaud, dire à Roland que le moment était venu de faire son mouvement ; seulement, lorsqu'il sut de quoi il s'agissait, Raimbaud, au lieu de revenir près de Bonaparte, demanda à Roland de rester avec lui.

Les deux jeunes gens étaient liés, et, un jour de bataille, on ne se refuse pas ces choses-là entre amis.

Faraud était parvenu à se procurer l'habit et les épaulettes d'un sous-lieutenant tué, et il étincelait à la tête de sa compagnie.

La déesse Raison, plus fière de son grade que son mari, marchait sur le même rang que lui, une paire de pistolets à la ceinture.

À peine l'ordre reçu, Roland prend la tête de ses deux cents hommes, se jette à la mer avec eux, tourne le bastion avec de l'eau jusqu'à la ceinture, et se présente à la brèche, clairons en tête.

Cette attaque était si inattendue, depuis deux mois que durait le siège, que les artilleurs n'étaient pas même à leurs pièces. Roland s'en empare et, n'ayant pas d'artilleurs pour les servir, les encloue.

Puis, au milieu des cris de « Victoire ! victoire ! » il s'élance dans les rues tortueuses de la ville.

Ces cris sont entendus des remparts et redoublent l'ardeur des assiégeants. Pour la seconde fois, Bonaparte croit être maître de Saint-Jean-d'Acre, et s'élance lui-même dans la tour Maudite, que l'on a eu tant de mal à emporter.

Mais, arrivé là, il reconnaît avec désespoir une seconde enceinte, par laquelle sont arrêtés nos soldats.

C'est celle que le colonel Phélippeaux, son ancien condisciple de Brienne, a fait construire derrière la première.

À moitié penché hors de la fenêtre, il crie, il encourage ses soldats. Les grenadiers, furieux de se trouver en face de ce nouvel obstacle, essaient, à défaut d'échelles, de monter sur les épaules les uns des autres ; mais tout à coup, en même temps que les assaillants sont attaqués en face par ceux qui garnissent la seconde enceinte, ils sont foudroyés par une batterie destinée à les prendre en flanc. Une fusillade immense éclate de tous les côtés, des maisons, des rues, des barricades, du sérail même, de Djezzar. Une fumée épaisse monte de l'intérieur de la ville : c'est Roland, Raimbaud et Faraud qui mettent le feu à un bazar. Au milieu de la fumée ils apparaissent sur les terrasses des maisons, pour se mettre en communication avec ceux des remparts ; à travers la brume de l'incendie et de la fusillade, on voit briller les plumets tricolores, et, de la ville et des remparts, le cri « Victoire ! » s'élance pour la troisième fois de la journée ; ce sera la dernière !

Les soldats destinés à faire, par le rempart, leur jonction avec les deux cents hommes de Roland, et dont une partie vient de se laisser rouler dans la ville, tandis que l'autre combat sur la muraille et se débat dans les fossés, écrasés par une quadruple fusillade, hésitent, au sifflement des balles et au grondement des boulets qui tombent comme une grêle et passent comme un ouragan. Lannes, blessé à la tête d'un coup de feu, tombe sur le genou et est emporté par ses grenadiers... Kléber, comme un géant invulnérable, tient encore au milieu du feu. Bon et Vial sont repoussés dans le fossé.

Bonaparte cherche par qui il peut faire soutenir Kléber. Tout son monde est engagé. Lui-même alors ordonne la retraite en pleurant de rage ; car, il n'en doute point, tout ce qui est entré dans la ville avec Roland, tout ce qui s'est glissé à bas du rempart pour aller le rejoindre, deux cent cinquante ou trois cents hommes, tout cela est perdu. Et le lendemain, il y aura une moisson de têtes à faire dans le fossé de la ville !

Il se retire le dernier et s'enferme dans sa tente avec ordre de ne laisser pénétrer personne jusqu'à lui.

C'est, depuis trois ans, la première fois qu'il doute de sa fortune.

Quelle sublime page écrirait l'historien qui pourrait dire ce qui se passa dans cet esprit et dans cette âme pendant cette heure douloureuse !

CHAPITRE XIV

Le dernier bulletin

Pendant ce temps, Roland et les cinquante hommes qui étaient descendus dans la ville, et qui avaient fait leur jonction avec lui, après avoir eu l'espoir d'être soutenus, commençaient à craindre d'être abandonnés.

En effet, les cris de victoire qui avaient répondu aux leurs s'éteignaient peu à peu ; puis la fusillade et la canonnade allaient diminuant, et enfin, au bout d'une heure, avaient entièrement cessé.

À travers les autres bruits dont il était environné, Roland avait même cru entendre les clairons sonnant et les tambours battant la retraite.

Puis, comme nous l'avons dit, tous les bruits s'étaient éteints.

Alors, pareils à une marée qui de tous côtés monte à la fois, de tous côtés sur la petite troupe s'était rués Anglais, Turcs, mame- louks, Arnautes, Albanais, la garnison entière, huit mille hommes.

Alors, Roland avait fait former le carré à sa petite troupe, avait appuyé une de ses faces à la porte d'une mosquée, avait fait entrer cinquante de ses hommes dans la mosquée, convertie par lui en forteresse, et là, après avoir fait jurer à ses hommes de se défendre jusqu'à la mort contre des ennemis dont il n'y avait pas de quartier à espérer, ils attendirent, la baïonnette en avant.

Comme toujours, les Turcs, pleins de confiance dans leur cavalerie, la lancèrent sur le carré avec une telle furie, que, quoique le feu des Français eût abattu dans sa double fusillade une soixantaine d'hommes et de chevaux, ceux qui venaient ensuite montèrent par-dessus les cadavres d'hommes et de chevaux, comme ils eussent fait par-dessus une montagne, et vinrent se heurter aux baïonnettes encore fumantes.

Mais, là, force leur fut de s'arrêter.

Le second rang eut le temps de recharger et de faire, feu à bout portant.

Il fallut reculer ; mais comme ils ne pouvaient pas repasser la montagne de morts et de blessés à reculons, ils s'échappèrent par la droite et par la gauche.

Deux effroyables fusillades les accompagnèrent dans leur fuite et les décimèrent.

Mais ils n'en revinrent que plus acharnés.

Alors, une lutte effroyable commença, véritable combat corps à corps, où les cavaliers turcs, affrontant la fusillade à bout portant, venaient, jusque sur les baïonnettes de nos soldats, décharger leurs pistolets.

D'autres, voyant que le reflet du soleil sur les canons des fusils effrayait leurs chevaux, les faisaient marcher à reculons, et, les forçant de se cabrer, se renversaient avec eux sur les baïonnettes.

Les blessés se traînaient à terre, et, comme des serpents se glissant sous le canon des fusils, coupaient les jarrets de nos soldats.

Roland, armé d'un fusil double, selon son habitude dans ces sortes de combats, abattait un chef à chaque coup qu'il tirait.

Faraud, dans la mosquée, dirigeait le feu, et plus d'un bras qui levait déjà le sabre pour frapper, retomba inerte, atteint d'une balle venant d'une fenêtre de la galerie du minaret.

Roland, voyant que le nombre de ses hommes diminuait, et que, malgré le triple rang de cadavres qui faisait un rempart à sa petite troupe, il ne pouvait soutenir longtemps encore une pareille lutte, fit ouvrir la porte de la mosquée, et, avec le plus grand calme et continuant de faire un feu meurtrier, y fit rentrer ses hommes et y rentra lui-même le dernier.

Alors, le feu commença par toutes les ouvertures de la mos- quée ; mais les Turcs firent avancer une pièce de canon et la pointè- rent vers la porte.

Roland, lui, se tenait près d'une fenêtre, et l'on vit tomber les uns après les autres les trois premiers artilleurs qui approchèrent la mèche de la lumière.

Alors, un cavalier passa à toute bride près du canon, et, avant que l'on s'aperçût de son intention, il lâcha son pistolet sur la lumière.

La pièce éclata, le cheval et le cavalier roulèrent à dix pas, mais la porte était brisée.

Seulement, par cette porte brisée, sortit une telle fusillade, que trois fois les Turcs se présentèrent pour entrer dans la mosquée et trois fois ils furent repoussés.

Furieux, ils se rallient et reviennent une quatrième fois ; mais, cette fois, quelques coups de fusil à peine répondent à leurs cris de mort.

Les munitions de la petite troupe sont épuisées.

Les grenadiers attendent l'ennemi la baïonnette en avant.

– Amis, crie Roland, rappelez-vous que vous avez juré de mourir plutôt que d'être les prisonniers de Djezzar le Boucher, qui a fait couper les têtes de nos compagnons.

– Nous le jurons ! crient d'une seule voix les deux cents hommes de Roland.

– Vive la République ! dit Roland.

– Vive la République ! répétèrent-ils tous après lui.

Et chacun s'apprête à mourir, mais à tuer en mourant.

En ce moment, un groupe d'officiers paraît à la porte ; à leur tête marche Sidney Smith. Tous ont l'épée au fourreau.

Smith lève son chapeau et fait signe qu'il veut parler.

On fait silence.

– Messieurs, dit-il en excellent français, vous êtes des braves, et il ne sera pas dit que, devant moi, on massacre des hommes qui se sont conduits en héros. Rendez-vous : je vous assure la vie sauve.

– C'est trop ou pas assez, répondit Roland.

– Que voulez-vous donc ?

– Tuez-nous tous jusqu'au dernier ou renvoyez-nous tous.

– Vous êtes exigeants, messieurs, dit le commodore, mais on ne peut rien refuser à des hommes comme vous. Seulement, vous me permettrez de vous donner une escorte anglaise jusqu'à la porte de la ville ; sans quoi, pas un de vous n'y arriverait vivant. Est-ce conve- nu ?

– Oui, milord, dit Roland, et nous ne pouvons que vous remercier de votre courtoisie.

Sidney Smith laissa deux officiers anglais pour garder la porte, et, entrant dans la mosquée, vint tendre la main à Roland.

Dix minutes après, l'escorte anglaise était arrivée.

Les soldats français, la baïonnette au bout du fusil, les officiers le sabre à la main, traversèrent, au milieu des imprécations des musulmans, des hurlements des femmes et des cris des enfants, la rue qui conduisait au camp français.

Dix ou douze blessés, au nombre desquels était Faraud, étaient portés sur des civières improvisées avec des fusils. La déesse Raison marchait près du brancard du sous-lieutenant, un pistolet à la main.

Jusqu'à ce qu'ils fussent hors de la portée des balles turques, Smith et les soldats anglais accompagnèrent les grenadiers, qui défilèrent devant le double rang de soldats rouges leur présentant les armes.

Bonaparte, nous l'avons dit, s'était retiré dans sa tente. Il avait demandé Plutarque et lisait la biographie d'Auguste ; et, pensant à Roland et à ses braves, qu'à cette heure on égorgeait sans doute, il murmurait, comme Auguste après la bataille de Teutberg : « Varus, rends-moi mes légions ! »

Cette fois, il n'avait à redemander ses légions à personne, il était son propre Varus.

Tout à coup, une grande rumeur se fit entendre et le chant de la *Marseillaise* arriva jusqu'à lui.

Qu'avaient-ils à se réjouir et à chanter, ces soldats, quand leur général pleurait de rage et de douleur ?

Il bondit jusqu'à la porte de sa tente.

La première personne qu'il vit fut Roland, son aide de camp Raimbaud et le sous-lieutenant Faraud, sur une jambe comme un héron ; l'autre avait été traversée d'une balle.

Le blessé s'appuyait sur l'épaule de la déesse Raison.

Derrière eux étaient les deux cents hommes que Bonaparte croyait perdus.

– Ah ! par exemple, mon bon ami, dit-il en serrant les mains de Roland, j'avais déjà fait mon deuil de toi, car je te croyais flambé… Comment, diable, vous êtes vous tirés de là ?

– Raimbaud vous racontera cela, dit Roland, de mauvaise humeur de devoir la vie à un Anglais. Moi, j'ai trop soif pour parler, je vais boire.

Et, prenant une gargoulette pleine d'eau qui se trouvait sur la table, il la vida d'un seul trait, tandis que Bonaparte allait au-devant du groupe des soldats, qu'il voyait avec d'autant plus de plaisir qu'il avait cru ne plus les revoir.

CHAPITRE XV

Rêves évanouis

Napoléon a dit à Saint-Hélène, en parlant de Saint-Jean- d'Acre :

« Le sort de l'Orient était dans cette bicoque. Si Saint-Jean-d'Acre fût tombé, je changeais la face du monde ! »

Ce regret, exprimé vingt ans après, donne la mesure de ce que dut souffrir Bonaparte lorsque, devant l'impossibilité de prendre Saint-Jean-d'Acre, il publia cet ordre du jour dans toutes les divisions de l'armée.

Ce fut, comme toujours, Bourrienne qui l'écrivit sous sa dictée :

Soldats !

Vous avez traversé le désert qui sépare l'Afrique de l'Asie avec plus de rapidité qu'une armée d'Arabes.

L'armée qui était en marche pour envahir l'Égypte est détruite. Vous avez pris son général, son équipage de campagne, ses bagages, ses outres, ses chameaux.

Vous vous êtes emparés de toutes les places fortes qui défendent les puits du désert.

Vous avez dispersé, aux champs du Mont-Tabor, cette nuée d'hommes accourus de toutes les parties de l'Asie, dans l'espoir de piller l'Égypte.

Enfin, après avoir, avec une poignée d'hommes, nourri la guerre pendant trois mois dans le cœur de la Syrie, pris quarante pièces de campagne, cinquante drapeaux, fait six mille prisonniers, rasé les fortifications de Gaza, de Jaffa, de Kaïffa et d'Acre, nous allons rentrer en Égypte ; la saison des débarquements m'y rappelle.

Encore quelques jours, et vous aurez l'espoir de prendre le pacha même au milieu de son palais ; mais, dans cette saison, le prix du château d'Acre ne vaut pas la perte de quelques jours, et les braves que je devrais y perdre me sont aujourd'hui trop nécessaires pour des opérations essentielles.

Soldats, nous avons une carrière de fatigues et de dangers à parcourir. Après avoir mis l'Orient hors d'état de rien faire contre nous pendant cette campagne, il nous faudra peut-être repousser les efforts d'une partie de l'Occident.

Vous y trouverez de nouvelles occasions de gloire, et si, au milieu de tant de combats, chaque jour est marqué par la mort d'un brave, il faut que de nouveaux braves se forment et prennent place à leur tour parmi ce petit nombre qui donne l'élan dans le danger et qui maîtrise la victoire.

En achevant de dicter ce bulletin à Bourrienne, Bonaparte se leva et sortit de sa tente comme pour respirer.

Bourrienne le suivit, inquiet. Les événements n'avaient pas l'habitude de faire sur ce cœur de bronze une si profonde empreinte. Bonaparte gravit la petite colline qui dominait le camp, s'assit sur une pierre, et resta longtemps le regard fixé sur la forteresse à moitié détruite, et sur l'océan qui lui faisait un immense horizon.

Enfin, au bout d'un instant de silence :

– Les gens qui écriront ma vie, dit-il, ne comprendront pas pourquoi je me suis acharné si longtemps à cette misérable bicoque. Ah ! si je l'avais prise, comme je l'espérais !

Il laissa tomber sa tête dans sa main.

– Si vous l'aviez prise ? demanda Bourrienne.

– Si je l'avais prise, s'écria Bonaparte en lui saisissant la main, je trouvais dans la ville les trésors du pacha et des armes pour trois cent mille hommes ; je soulevais et j'armais toute la Syrie ; je marchais sur Damas et sur Alep ; je grossissais mon armée de tous les mécontents ; j'annonçais aux peuples l'abolition de la servitude et du gouvernement tyrannique des pachas ; j'arrivais à Constantinople avec des masses armées ; je renversais l'empire turc, je fondais en

Orient un nouvel et grand empire qui fixait ma place dans la postérité, et peut-être retournais-je à Paris par Andrinople et par Vienne, après avoir anéanti la maison d'Autriche.

C'était, comme on le voit, tout simplement le projet de César au moment où il tomba sous le poignard des assassins ; c'était sa guerre commencée chez les Parthes et qui ne devait s'achever qu'en Germanie.

Autant il y avait loin de l'homme du 13 vendémiaire au vainqueur de l'Italie, autant il y avait loin aujourd'hui du vainqueur de l'Italie au conquérant des Pyramides.

Proclamé en Europe le plus grand des généraux contemporains, il cherche, sur les rivages où ont combattu Alexandre, Annibal et César, à égaler sinon à surpasser les noms des capitaines antiques et il les surpassera, puisque, ce qu'ils ont rêvé, il veut le faire.

« Que serait-il arrivé de l'Europe, dit Pascal à propos de Cromwell mort de la gravelle, si ce grain de sable ne se fût trouvé dans ses entrailles ? »

Que serait-il arrivé de la fortune de Bonaparte, si cette bicoque de Saint-Jean-d'Acre ne se fût trouvée sur son chemin ?

Il rêvait à ce grand mystère de l'inconnu, quand son regard fut attiré par un point noir qui allait grandissant entre deux montagnes de la chaîne du Carmel.

Au fur et à mesure qu'il approchait, on pouvait reconnaître un soldat de ce corps des dromadaires créé par Bonaparte, « avec le-quel, après la bataille, il donnait la chasse aux fugitifs ». Cet homme venait au pas le plus allongé de sa monture.

Bonaparte tira sa lunette de sa poche, et, après avoir regardé un instant :

— Bon ! dit-il, voici des nouvelles d'Égypte qui nous arrivent.

Et il se tint debout.

Le messager le reconnut, de son côté ; il dirigea aussitôt vers la colline son dromadaire, qui obliquait du côté du camp. Bonaparte descendit alors, s'assit sur une pierre et attendit.

Le soldat, qui paraissait excellent cavalier, mit son dromadaire au galop. Il portait les insignes de maréchal des logis-chef.

— D'où viens-tu ? lui cria Bonaparte, impatient du moment où il crut que celui-ci pouvait l'entendre.

— De la Haute-Égypte, lui cria le maréchal des logis.

— Quelles nouvelles ?

— Mauvaises, mon général.

Bonaparte frappa du pied.

– Viens ici, dit-il.

En quelques secondes, l'homme au dromadaire était près de Bonaparte ; sa monture plia les genoux, et il se laissa glisser à terre.

– Tiens, citoyen général, lui dit-il.

Et il lui remit une dépêche.

Bonaparte la passa à Bourrienne :

– Lisez, dit-il.

Bourrienne lut :

Au général en chef Bonaparte.

Je ne sais si cette dépêche te parviendra, citoyen général, et, en supposant qu'elle te parvienne, si tu seras en état de remédier au désastre dont je suis menacé.

Pendant que le général Desaix poursuit les mamelouks du côté de Syout, la flottille, composée de la djerme L'Italie *et de plusieurs autres bateaux armés, qui portent presque tous les munitions de la division, beaucoup d'objets d'artillerie, des blessés et des malades, a été retenue à la hauteur de Beyrouth par le vent.*

La flottille va être attaquée dans un quart d'heure par le chérif Hassan et trois ou quatre mille hommes. Nous ne sommes pas en mesure de résister ; nous résisterons.

Seulement, à moins d'un miracle, nous ne pouvons échapper à la mort.

Je prépare cette dépêche, à laquelle j'ajouterai les détails du combat au fur et à mesure qu'avancera la bataille.

Le chérif nous attaque par une vive fusillade ; je commande le feu, il est deux heures de l'après-midi.

Trois heures. Après un carnage horrible fait par notre artillerie, les Arabes reviennent pour la troisième fois à la charge. J'ai perdu le tiers de mes hommes.

Quatre heures. Les Arabes se jettent dans le fleuve et s'emparent des petits bateaux. Je n'ai plus que douze hommes, tous les autres sont blessés ou morts. J'attendrai que les Arabes encombrent l'Italie et je me ferai sauter avec eux.

Je remets cette dépêche à un homme brave et adroit qui me promet, s'il n'est pas tué, d'arriver partout où vous serez.

Dans dix minutes, tout sera fini.

Le capitaine Morandi.

– Après ? demanda Bonaparte.

– Voilà tout, dit Bourrienne.

– Mais Morandi ?

– S'est fait sauter, général, dit le messager.

– Et toi ?

– Moi, je n'ai pas attendu qu'il sautât ; j'ai sauté d'avance après avoir eu le soin de mettre ma dépêche dans ma blague à tabac, et j'ai nagé entre deux eaux jusqu'à un endroit où je me suis caché dans de grandes herbes. La nuit venue, je suis sorti de l'eau, et, me traînant à quatre pattes jusqu'au camp, je parvins près d'un Arabe endormi ; je le poignardai, et m'emparant de son dromadaire, je m'éloignai au grand galop.

– Et tu arrives de Beyrouth ?

– Oui, citoyen général.

– Sans accident ?

– Si tu appelles des accidents quelques coups de fusil tirés sur moi ou par moi, j'ai eu pas mal d'accidents, au contraire, et mon chameau aussi. Nous avons reçu à nous deux quatre balles, lui trois, dans les cuisses, moi une dans l'épaule ; nous avons eu soif, nous avons eu faim ; lui n'a rien mangé du tout ; moi, j'ai mangé du cheval. Enfin, nous voilà. Tu te portes bien, citoyen général ! c'est tout ce qu'il faut.

– Mais Morandi ? demanda Bonaparte.

– Dame ! comme il a mis le feu à la poudre, je crois qu'il serait difficile d'en retrouver un morceau gros comme une noix.

– Et l'*Italie* ?

– Oh ! l'*Italie,* il n'en reste pas de quoi faire une boîte d'allumettes.

– Tu avais raison, mon ami, ce sont là de mauvaises nouvelles ! Bourrienne, tu diras que je suis superstitieux ; as-tu entendu le nom de la djerme qui a sauté ?

– L'*Italie.*

– Eh bien ! écoute ici, Bourrienne. L'Italie est perdue pour la France ; c'en est fait : mes pressentiments ne me trompent jamais.

Bourrienne haussa les épaules.

– Quel rapport voulez-vous qu'il y ait entre une barque qui saute à huit cent lieues de la France, et sur le Nil, avec l'Italie ?

– J'ai dit, reprit Bonaparte avec un accent prophétique ; tu verras !

Puis après un instant de silence :

– Emmène ce garçon, Bourrienne, dit-il en montrant le messager ; donne-lui trente talari et fais-toi dicter par lui la relation du combat de Beyrouth.

– Si, au lieu de trente talari, citoyen, dit le maréchal des logis, tu voulais me faire donner un verre d'eau, je te serais bien reconnaissant.

– Tu auras tes trente talari, tu auras une gargoulette d'eau tout entière, et tu aurais un sabre d'honneur, si tu n'avais déjà celui du général Pichegru.

– Il m'a reconnu ! s'écria le maréchal des logis.

– On n'oublie pas les braves comme toi, Falou ; seulement, ne te bats pas en duel, ou gare à la salle de police !

CHAPITRE XVI

La retraite

Dès le soir, pour dissimuler le mouvement à l'ennemi et pour éviter la chaleur du jour, l'armée se mit en retraite.

Ordre était donné de suivre la Méditerranée, pour profiter de la fraîcheur de la mer.

Avant le départ, Bonaparte avait appelé Bourrienne près de lui, et lui avait dicté un ordre pour que tout le monde allât à pied, et que les chevaux, les mules et les chameaux fussent réservés pour les malades et les blessés.

Une anecdote donne parfois une idée plus complète de la situation de l'esprit d'un homme que toutes les descriptions impossibles.

Bonaparte venait de dicter l'ordre à Bourrienne, lorsque son écuyer, Vigogne père, entra sous sa tente et, portant la main à son chapeau, lui demanda :

– Général, quel cheval vous réservez-vous ?

Bonaparte commença par le regarder de travers et, lui appliquant un coup de cravache sur la figure :

– N'avez-vous pas entendu l'ordre, imbécile ? Tout le monde va à pied, moi comme les autres. Sortez !

Vigogne sortit.

Il y avait trois pestiférés au Mont-Carmel ; ils étaient trop malades pour qu'on essayât de les transporter. On les confia à la générosité des Turcs et à la garde des pères carmélites.

Sidney Smith, par malheur, n'était plus là pour les sauver. Les Turcs les égorgèrent. À deux lieues de là, la nouvelle fut apportée à Bonaparte.

Alors, Bonaparte entra dans une fureur dont le coup de cravache de Vigogne père n'avait été que la préface. Il fit arrêter des caissons d'artillerie et distribuer des torches à l'armée.

Ordre fut donné d'allumer ces torches et d'incendier les petites villes, les bourgades, les hameaux, les maisons.

Les orges étaient en pleine maturité.

Le feu y fut mis.

C'était un spectacle terrible et magnifique tout à la fois. La côte était tout en flammes sur une longueur de dix lieues, et la mer, miroir gigantesque, reflétait l'immense incendie.

Il semblait qu'on marchât entre deux murailles de flammes tant la mer reproduisait fidèlement l'image de la côte. La plage, couverte de sable, et seule préservée du feu, semblait un pont jeté sur le Cocyte.

Cette plage présentait un spectacle déplorable.

Quelques blessés, ceux qui l'étaient le plus grièvement, étaient portés sur des brancards, les autres sur des mulets, des chevaux et des chameaux. Le hasard avait fait donner à Faraud, le blessé de la veille, le cheval que montait habituellement Bonaparte. Celui-ci reconnut l'homme et sa monture.

– Ah ! voilà comme tu fais tes vingt-quatre heures d'arrêts, lui cria-t-il.

– Je les ferai au Caire, répondit Faraud.

– Tu n'as rien à boire, déesse Raison ? demanda Bonaparte.

– Un verre d'eau-de-vie, citoyen général.

Il secoua la tête.

– Allons, dit-elle, je sais ce qu'il vous faut.

Et, fouillant au fond de sa petite charrette :

– Tenez, dit-elle.

Et elle lui donna une pastèque des jardins du Carmel. C'était un présent royal.

Bonaparte s'arrêta, envoya chercher Kléber, Bon, Vial, pour partager sa bonne fortune. Lannes, blessé à la tête, passa sur une mule. Bonaparte le fit arrêter, et les cinq généraux achevèrent leur déjeuner en vidant une gargoulette et en buvant à la santé de la déesse Raison.

En reprenant la tête de la colonne, Bonaparte fut épouvanté.

Une soif dévorante, le manque total d'eau, une chaleur excessive, une marche fatigante dans des dunes enflammées, avaient démoralisé les hommes et fait succéder à tous les sentiments généreux le plus cruel égoïsme, la plus affligeante indifférence.

Et cela, sans transition, du jour au lendemain.

On commença par se débarrasser des pestiférés, sous le prétexte que leur transport était dangereux.

Puis vint le tour des blessés.

Les malheureux criaient :

– Je ne suis pas pestiféré, je ne suis que blessé !

Et ils découvraient leurs anciennes blessures ou s'en faisaient de nouvelles.

Les soldats ne se détournaient même pas.

– Ton affaire est faite, disaient-ils.

Et ils passaient.

Bonaparte vit cela et frissonna de terreur.

Il barra la route. Il força tous les hommes valides qui étaient montés sur des chevaux, des dromadaires ou des mulets, d'abandonner leur monture aux malades.

On arriva à Tentoura le 20 mai, par une chaleur étouffante. On cherchait inutilement un peu de verdure et d'ombre pour fuir un ciel embrasé. On se couchait sur le sable, le sable brûlait. À chaque instant, un homme tombait pour ne plus se relever. Un blessé porté sur une civière demandait de l'eau. Bonaparte s'en approcha.

– Qui portez-vous là ? demanda-t-il aux soldats.

– Nous ne savons pas, citoyen général, dirent-ils ; c'est une double épaulette ; voilà tout.

La voix cessa de se plaindre et de demander de l'eau.

– Qui êtes-vous ? demanda Bonaparte.

Le blessé garda le silence.

Bonaparte leva un des côtés de la toile qui abritait la civière et reconnut Croisier.

– Ah ! mon pauvre enfant ! s'écria-t-il.

Croisier se mit à sangloter.

– Allons, lui dit Bonaparte, un peu de courage.

– Ah ! dit Croisier en se soulevant dans sa litière, croyez-vous que je pleure parce que je vais mourir ? Je pleure parce que vous m'avez appelé lâche ; et c'est parce que vous m'avez appelé lâche que j'ai voulu me faire tuer.

– Mais, dit Bonaparte, depuis, je t'ai envoyé un sabre. Roland ne te l'a-t-il pas donné ?

– Le voilà, dit Croisier en saisissant son arme, qui était couchée près de lui et en la portant à ses lèvres. Ceux qui me portent savent que je veux qu'il soit enterré avec moi. Donnez-en-leur l'ordre, général.

Et le blessé, suppliant, joignit les deux mains.

Bonaparte laissa retomber le coin de toile qui couvrait la civière, donna l'ordre et s'éloigna.

En sortant de Tentoura, le lendemain, on rencontra toute une mer de sable mouvant. Il n'y avait pas d'autre route ; l'artillerie fut forcée de s'y engager, et les canons s'y enfoncèrent. Un instant, l'on déposa les malades et les blessés sur la grève, et l'on attela tous les chevaux aux affûts et aux fourgons. Tout fut inutile : caissons et canons avaient du sable jusqu'aux moyeux. Les soldats valides demandèrent qu'on leur laissât faire un dernier effort. Ils essayèrent ; comme les chevaux, ils s'y épuisèrent sans résultat.

Ils abandonnèrent en pleurant ce bronze si souvent béni, et le témoin de leurs triomphes, et dont le retentissement avait fait trembler l'Europe.

On coucha le 22 mai à Césarée.

Tant de malades et de blessés étaient morts, que les chevaux étaient moins rares. Bonaparte, mal portant lui-même, avait, la veille, failli mourir de fatigue. On le supplia tant, qu'il consentit à remonter à cheval. À peine était-il à trois cents pas de Césarée, que, vers le point du jour, un homme caché dans un buisson tira un coup de fusil sur lui, presque à bout portant, et le manqua.

Les soldats qui entouraient le général en chef s'élancèrent dans le bois, le fouillèrent et le Naplousien fut pris et condamné à être fusillé sur place.

Les quatre guides, avec le bout de leurs carabines, le poussèrent vers la mer ; là, ils lâchèrent la détente, mais aucune des carabines ne partit.

La nuit avait été très humide, la poudre était mouillée.

Le Syrien, étonné de se voir encore debout, retrouva à l'instant même toute sa présence d'esprit, se jeta à la mer et très rapidement gagna un récif assez éloigné.

Dans le premier moment de stupéfaction, les soldats le regardèrent s'éloigner sans songer à tirer sur lui. Mais Bonaparte, qui pensait au mauvais effet que ferait sur ces populations superstitieuses une pareille tentative restée impunie, ordonna à un peloton de faire feu sur lui.

Le peloton obéit, mais l'homme était hors de portée ; les balles écorchèrent la mer sans arriver jusqu'au rocher.

Le Naplousien tira de sa poitrine un kandjiar et fit avec cette arme un geste menaçant.

Bonaparte ordonna de mettre une charge et demie dans les fusils et de recommencer le feu.

– Inutile, dit Roland, j'y vais.

Et déjà le jeune homme avait jeté bas ses habits, à l'exception de son caleçon.

– Reste ici, Roland, dit Bonaparte. Je ne veux pas que tu risques ta vie contre celle d'un assassin.

Mais, soit qu'il n'entendît pas, soit qu'il ne voulût pas entendre, Roland avait déjà pris le kandjiar du cheik d'Aher, qui battait en retraite avec l'armée, et, ce kandjiar aux dents, s'était jeté à la mer.

Les soldats, qui connaissaient tous le jeune capitaine pour l'officier le plus aventureux de l'armée, firent cercle et crièrent bravo.

Il fallut bien que Bonaparte se décidât à assister au duel qui allait avoir lieu.

Le Syrien, en voyant venir à lui un seul homme, n'essaya point de fuir plus loin. Il attendit.

Il était vraiment beau à voir sur son rocher ; un poing crispé, le poignard dans l'autre ; il semblait la statue de Spartacus sur son piédestal.

Roland avançait sur lui, suivant une ligne directe, comme celle d'une flèche.

Le Naplousien n'essaya point de l'attaquer avant qu'il eût pris pied, et, dans une certaine chevalerie, il recula autant que le lui permettait l'étendue de son rocher.

Roland sortit de l'eau, jeune, beau et ruisselant comme un dieu marin.

Tous deux se trouvèrent en face l'un de l'autre. Le terrain sur lequel ils allaient combattre et qui sortait de l'eau semblait l'écaillé d'une immense tortue.

Les spectateurs s'attendaient à un combat où chacun, prenant ses précautions contre son adversaire, donnerait le spectacle d'une lutte savante et prolongée.

Il n'en fut point ainsi.

À peine Roland se fut-il affermi sur ses jambes et eut-il secoué l'eau qui l'aveuglait en ruisselant de ses cheveux, que, sans songer à se garantir du poignard de son adversaire, il s'élança sur lui, non pas comme un homme s'élance sur un autre homme, mais comme un jaguar sur le chasseur.

On vit étinceler les lames des kandjiars ; puis, comme déracinés de leur piédestal, les deux hommes tombèrent à la mer.

Il se fit un grand bouillonnement.

Après quoi, on vit reparaître une tête, la tête blonde de Roland.

Il s'accrocha d'une main aux aspérités du rocher, puis, du genou, puis il se dressa tout entier, tenant de la main gauche, par sa longue mèche de cheveux, la tête du Naplousien.

On eût dit Persée venant de couper la tête à la Gorgone.

Un immense hourra s'élança de la poitrine des spectateurs et parvint jusqu'à Roland, sur les lèvres duquel se dessina un sourire d'orgueil.

Puis, prenant son poignard entre ses dents, il s'élança à la mer et nagea du côté du rivage.

L'armée avait fait halte. Les hommes sains et saufs ne pensaient plus à la chaleur et à la soif.

Les blessés oubliaient leurs blessures.

Les mourants eux-mêmes avaient trouvé un peu de force pour se soulever sur leur coude.

Roland aborda à dix pas de Bonaparte.

– Tiens, lui dit-il en jetant à ses pieds son sanglant trophée, voici la tête de ton assassin.

Bonaparte recula malgré lui ; mais quant à Roland, calme comme s'il sortait d'un bain ordinaire, il alla droit à ses vêtements et se rhabilla avec des soins de pudeur que lui eût enviés une femme.

CHAPITRE XVII

Où l'on voit que les pressentiments de Bonaparte ne l'avaient pas trompé

Le 24, on arriva à Jaffa.

On y séjourna les 25, 26, 27 et 28.

Jaffa était véritablement pour Bonaparte une ville de malheur !

On se rappelle les quatre mille prisonniers d'Eugène et de Croisier, que l'on ne pouvait nourrir, que l'on ne pouvait garder, que l'on ne pouvait envoyer au Caire, mais que l'on pouvait fusiller et qu'on fusilla.

Une plus grave et plus douloureuse nécessité peut-être attendait Bonaparte à son retour.

Il existait à Jaffa un hôpital de pestiférés.

Nous avons au musée un magnifique tableau de Gros représentant Bonaparte touchant les pestiférés de Jaffa.

Pour représenter un fait inexact, le tableau n'en deviendra pas moins beau.

Voici ce que dit M. Thiers. Nous sommes fâché, nous, chétif romancier, de nous trouver cette fois encore en opposition avec le géant de l'Histoire.

C'est l'auteur de la « Révolution », du « Consulat » et de l' » Empire », qui parle :

« Arrivé à Jaffa, Bonaparte en fit sauter les fortifications. Il y avait là une ambulance pour nos pestiférés. Les emporter était impossible ; en ne les emportant pas, on les laissait exposés à une mort inévitable, soit par la maladie, soit par la faim, soit par la cruauté de l'ennemi. Aussi Bonaparte dit-il au médecin Desgenettes qu'il y aurait bien plus d'humanité à leur administrer de l'opium qu'à leur laisser la vie ; à quoi ce médecin fit cette réponse fort vantée : « Mon métier est de les guérir, non de les tuer. » On ne leur administra point d'opium, et ce fait servit à propager une calomnie indigne et aujourd'hui détruite. »

J'en demande humblement pardon à M. Thiers, mais cette réponse de Desgenettes, que j'ai beaucoup connu, comme Larrey, comme tous les Égyptiens, enfin, compagnons de mon père dans cette grande expédition, la réponse de Desgenettes est aussi apo- cryphe que celle de Cambronne.

Dieu me garde de calomnier, c'est le terme dont se sert M. Thiers, l'homme qui a illuminé la première moitié du XIXe siècle du flambeau de sa gloire, et, quand nous en serons à Pichegru et au duc d'Enghien, on verra si je me fais l'écho de bruits infâmes ; mais la vérité est une, et il est du devoir de quiconque parle à la foule de la dire hautement.

Nous avons dit que le tableau de Gros représentait un fait inexact, prouvons-le. Voici le rapport de Davout, écrit sous les yeux et par ordre du général en chef dans sa relation officielle.

L'armée arriva à Jaffa le 5 prairial (24 mai). On y séjourna les 6, 7 et 8 (25, 26 et 21 mai). Ce temps est employé à punir les villages qui se sont mal conduits. On fait sauter les fortifications de Jaffa. On jette à la mer toute l'artillerie en fer de la place. Les blessés sont évacués par mer et par terre. Il n'y avait qu'un petit nombre de bâtiments, et, pour donner le temps d'achever l'évacuation par terre, on fut forcé de différer jusqu'au 9 (28 mai) le départ de l'armée.

La division Kléber forme l'arrière-garde et ne quitte Jaffa que le 10 (29 mai).

Vous le voyez, pas un mot des pestiférés, pas un mot de la visite à l'hôpital et surtout de l'attouchement des pestiférés.

Pas un mot dans aucun rapport officiel.

De la part de Bonaparte, dont les yeux, depuis qu'ils ont quitté l'Orient, sont tournés vers la France, c'eût été une modestie bien mal appliquée que de garder le silence sur un fait si remarquable et qui eût fait honneur, non pas à sa raison peut-être, mais à sa témérité.

Au reste, voici comment Bourrienne, témoin oculaire et acteur fort impressionné, raconte le fait :

« Bonaparte se rendit à l'hôpital. Il y avait là des amputés, des blessés, beaucoup de soldats affligés d'ophtalmie, qui poussaient de lamentables cris, et des pestiférés. Les lits des pestiférés étaient à droite en entrant dans la première salle. Je marchais à côté du général. J'affirme ne l'avoir pas vu toucher un pestiféré. Et pourquoi en aurait-il touché ? Ils étaient à la dernière période de la maladie ; aucun ne disait mot. Bonaparte savait bien qu'il n'était point à l'abri de la contagion. Fera-t-on intervenir la fortune ? Elle l'avait, en véri- té, trop peu secondé dans les derniers mois pour qu'il se confiât à ses faveurs.

» Je le demande. Se serait-il exposé à une mort certaine, pour laisser son armée au milieu d'un désert que nous venions de créer par nos ravages, dans une bicoque démolie, sans secours, sans espé- rance d'en recevoir ; lui, si nécessaire, si indispensable, on ne peut le nier, à son armée ; lui sur la tête duquel reposait en ce moment, sans aucun doute, la vie de tous ceux qui avaient survécu au dernier dé- sastre et qui venaient de lui prouver par leur dévouement, leurs souffrances et leurs privations, leur inébranlable courage, qui fai- saient tout ce qu'il pouvait humainement exiger d'eux, et qui n'avaient confiance qu'en lui ? »

Voilà déjà qui est logique ; mais voici qui est convaincant.

Bonaparte traversa rapidement les salles, frappant légèrement le revers jaune de sa botte avec la cravache qu'il tenait à la main. Il répétait, en marchant à grands pas, ces paroles :

« – Les fortifications sont détruites ; la fortune m'a été contraire à Saint-Jean-d'Acre. Il faut que je retourne en Égypte pour la préserver des ennemis qui vont arriver. Dans peu d'heures, les Turcs seront ici ; que tous ceux qui se sentent la force de se lever viennent avec nous, ils seront transportés sur les brancards et les chevaux. »

Il y avait à peine une soixantaine de pestiférés, tout ce que l'on a dit au-delà de ce nombre est exagéré : leur silence absolu, leur complet abattement, une atonie générale annonçaient leur fin prochaine ; les emmener dans l'état où ils étaient, c'était évidemment inoculer la peste dans le reste de l'armée. On veut sans cesse des conquêtes, de la gloire, des faits brillants, que l'on fasse donc aussi la part des malheurs. Lorsque l'on croit pouvoir reprocher une action à un chef qui est précipité par les revers et par de désastreuses circonstances à de funestes extrémités, il faut, avant de prononcer, se bien identifier avec la position donnée et connue, et se demander, la main sur la conscience, si l'on n'aurait pas agi de même. Il faut alors plaindre celui qui est forcé de commettre ce qui paraît toujours cruel, mais il faut l'absoudre, car la victoire, il faut le dire franchement, ne peut s'acquérir que par ces horreurs ou d'autres qui leur ressemblent.

D'ailleurs, voici celui qui a tout intérêt à dire la vérité qui prend la parole.

Écoutez :

« Il ordonna d'examiner ce qu'il y aurait de mieux à faire. Le rapport fut que sept ou huit hommes étaient si dangereusement malades, qu'ils ne pouvaient vivre au-delà de vingt-quatre heures ; qu'en outre, atteints de la peste comme ils l'étaient, ils répandraient cette maladie parmi tous les soldats qui communiqueraient avec eux. Plusieurs demandèrent instamment la mort. On pensa que ce serait un acte de charité de devancer leur mort de quelques heures. »

Doutez-vous encore ? Napoléon va s'exprimer à la première personne :

« Quel est l'homme qui n'aurait pas préféré une mort prompte à l'horreur de vivre exposé aux tortures de ces barbares ! Si mon fils — et cependant, je crois l'aimer autant qu'on peut aimer ses enfants — était dans une situation pareille à celle de ces malheureux, mon avis serait qu'on en agît de même, et si je m'y trouvais moi-même, j'exigerais qu'on en agît ainsi envers moi. »

Rien n'est plus clair, il me semble, que ces quelques lignes. Comment M. Thiers ne les a-t-il pas lues, et, s'il les a lues, comment a-t-il démenti un fait avoué par celui qui avait le plus d'intérêt à le nier ? Aussi, quand nous rétablissons la vérité, n'est-ce point pour accuser Bonaparte qui ne pouvait agir autrement que de faire ce qu'il a fait, mais pour montrer aux partisans de l'histoire pure qu'elle n'est pas toujours de l'histoire vraie.

La petite armée suivit, pour rentrer au Caire, la même route qu'elle avait suivie pour en sortir. Seulement, la chaleur alla chaque jour augmentant. En sortant de Gaza, elle était de trente-cinq de- grés, et, si l'on faisait toucher le sable au mercure, elle montait à quarante-cinq degrés.

Un peu avant d'arriver à El-Arich, au milieu du désert, Bonaparte vit deux hommes qui recouvraient une fosse.

Il crut les reconnaître pour leur avoir parlé une quinzaine de jours auparavant.

En effet, ces hommes, interrogés, répondirent que c'étaient eux qui portaient le brancard de Croisier.

Le pauvre garçon venait de mourir du tétanos.

– Avez-vous enterré son sabre avec lui ? demanda Bonaparte.

– Oui, répondirent-ils tous deux en même temps.

– Bien sûr ? insista Bonaparte.

Un des hommes descendit dans la fosse, fouilla le sable mouvant avec son bras et amena la poignée de l'arme jusqu'à la surface du sable.

– C'est bien, dit Bonaparte ; achevez.

Il demeura jusqu'à ce que la fosse fût comblée ; puis, craignant quelque spoliation :

– Un homme de bonne volonté qui reste en sentinelle ici jusqu'à ce que l'armée soit passée, dit-il.

– Voilà, dit une voix qui semblait venir du ciel.

Bonaparte se retourna et aperçut, perché sur son dromadaire, le maréchal des logis-chef Falou.

– Ah ! c'est toi, fit-il.

– Oui, citoyen général.

– Et comment se fait-il que tu sois à dromadaire quand les autres sont à pied ?

– Parce que deux pestiférés sont morts sur le dos de mon dromadaire et que personne ne veut plus le monter.

– Et tu n'as pas peur de la peste, toi, à ce qu'il paraît ?

– Je n'ai peur de rien, citoyen général.

– C'est bien, dit Bonaparte, on s'en souviendra ; cherche ton ami Faraud, et venez me voir tous les deux au Caire.

– On ira, citoyen général.

Bonaparte abaissa une dernière fois son regard vers la fosse de Croisier.

– Dors en paix, pauvre Croisier ! dit-il, ta modeste tombe ne sera pas souvent troublée.

CHAPITRE XVIII

Aboukir

Le 14 juin 1799, après une retraite presque aussi désastreuse à travers les sables brûlants de la Syrie que celle de Moscou à travers les neiges de la Bérésina, Bonaparte rentra au Caire au milieu d'un peuple immense.

Le cheik qui l'attendait lui fit présent tout ensemble d'un magnifique cheval et du mamelouk Roustan.

Bonaparte avait dit, dans son bulletin daté de Saint-Jean-d'Acre, qu'il revenait pour s'opposer au débarquement d'une armée turque, formée dans l'île de Rhodes.

Sur ce point, il avait été bien renseigné, et, le 11 juillet, les vigies d'Alexandrie signalèrent en pleine mer soixante-seize bâtiments, dont douze de guerre avec le pavillon ottoman.

Le général Marmont, qui commandait Alexandrie, expédia courrier sur courrier au Caire et à Rosette, ordonna au commandant de Ramanieh de lui envoyer toutes les troupes disponibles, et fit passer deux cents hommes au fort d'Aboukir pour renforcer ce poste.

Le même jour, le commandant d'Aboukir, le chef de bataillon Godard, écrivit de son côté à Marmont :

La flotte turque est mouillée dans la rade ; mes hommes et moi, nous nous ferons tuer jusqu'au dernier plutôt que de nous rendre.

Les journées du 12 et du 13 furent employées par l'ennemi à hâter l'arrivée des bataillons en retard.

Le 13 au soir, on comptait dans la rade cent treize bâtiments, dont treize vaisseaux de soixante-quatorze, neuf frégates, dix-sept chaloupes canonnières. Le reste était composé de bâtiments de transport.

Le lendemain soir, Godard avait tenu parole ; lui et ses hommes étaient morts, mais la redoute était prise.

Restaient trente-cinq hommes enfermés dans le fort. Ils étaient commandés par le colonel Vinache.

Il tint deux jours contre toute l'armée turque.

Bonaparte reçut toutes ces nouvelles tandis qu'il était aux Pyramides.

Il partit pour Ramanieh, où il arriva le 19 juillet.

Les Turcs, maîtres de la redoute et du fort, avaient débarqué toute leur artillerie ; Marmont, dans Alexandrie, n'ayant à opposer aux Turcs que dix-huit cents hommes de troupes de ligne et deux cents marins composant la légion nautique, envoyait courrier sur courrier à Bonaparte.

Par bonheur, au lieu de marcher sur Alexandrie, comme le craignait Marmont, ou sur Rosette, comme le craignait Bonaparte, les Turcs, avec leur indolence ordinaire, se contentèrent d'occuper la presqu'île et de tracer à gauche de la redoute une grande ligne de retranchements s'appuyant au lac Madieh.

En avant de la redoute, à neuf cents toises à peu près, ils avaient fortifié deux mamelons, avaient mis dans l'un mille hommes et dans l'autre deux mille.

Ils avaient dix-huit mille hommes en tout.

Seulement, ces dix-huit mille hommes ne semblaient être venus d'Égypte que pour se faire assiéger.

Bonaparte attendait Mustapha pacha ; mais, voyant qu'il ne faisait aucun mouvement pour marcher à lui, il prit la résolution de l'attaquer.

Le 23 juillet, il ordonna à l'armée française, qui n'était plus séparée de l'armée turque que par deux heures de marche, de se mettre en mouvement.

L'avant-garde, composée de la cavalerie de Murat et de trois bataillons du général Destaing, avec deux pièces de canon, formait le centre.

La division du général Rampon, ayant sous ses ordres les généraux Fugière et Lanusse, marchait à gauche.

Par la droite s'avançait, le long du lac Madieh, la division du général Lannes.

Placé entre Alexandrie et l'armée avec deux escadrons de cavalerie et cent dromadaires, Davout était chargé de faire face soit à Mourad bey, soit à tout autre qui eût pu venir au secours des Turcs, et de maintenir les communications entre Alexandrie et l'armée.

Kléber, que l'on attendait, était chargé de faire la réserve.

Enfin Menou, qui s'était dirigé sur Rosette, se trouvait, au soleil levant, à l'extrémité de la barre du Nil, près du passage du lac Madieh.

L'armée française arriva en vue des retranchements avant, pour ainsi dire, que les Turcs fussent prévenus de son voisinage. Bonaparte fit former les colonnes d'attaque. Le général Destaing, qui les commandait, marcha droit au mamelon retranché, tandis que deux cents hommes de cavalerie de Murat, placés entre les deux mamelons, se détachaient et, décrivant une courbe, coupaient la retraite aux Turcs attaqués par le général Destaing.

Pendant ce temps, Lannes marchait sur le mamelon de gauche, défendu par deux mille Turcs, et Murat faisait filer deux cents autres cavaliers derrière ce mamelon.

Destaing et Lannes attaquèrent à peu près en même temps et avec un succès pareil ; les deux mamelons sont emportés à la baïonnette ; les Turcs fugitifs rencontrent notre cavalerie et, à droite et à gauche de la presqu'île, se jettent à la mer.

Destaing, Lannes et Murat se portent alors sur le village qui fait le centre de la presqu'île, et l'attaquent de front.

Une colonne se détache du camp d'Aboukir et vient pour soutenir le village.

Murat tire son sabre, ce qu'il ne faisait jamais qu'au dernier moment, enlève sa cavalerie, charge la colonne et la rejette dans Aboukir.

Pendant ce temps Lannes et Destaing emportent le village ; les Turcs fuient de tous côtés et rencontrent la cavalerie de Murat qui revient sur eux.

Quatre ou cinq mille cadavres jonchent déjà le champ de bataille.

Les Français ont un seul homme blessé : c'est un mulâtre compatriote de mon père, le chef d'escadron des guides Hercule.

Les Français se trouvaient en face de la grande redoute défendant le front des Turcs.

Bonaparte pouvait resserrer les Turcs dans Aboukir, et, en attendant l'arrivée des divisions Kléber et Régnier, les écraser de bombes et d'obus, mais il préféra donner un coup de collier et achever leur défaite.

Il ordonna de marcher droit sur la seconde ligne.

C'est toujours Lannes et Destaing, appuyés de Lanusse, qui feront les frais de la bataille et auront les honneurs de la journée.

La redoute qui couvre Aboukir est l'œuvre des Anglais et, par conséquent, est exécutée dans toutes les règles de la science.

Elle est défendue par neuf à dix mille Turcs ; un boyau la joint à la mer. Les Turcs n'ont pas eu le temps de creuser l'autre dans toute sa longueur, de sorte qu'il ne joint pas le lac de Madieh.

Un espace de trois cents pas à peu près reste ouvert, mais il est à la fois occupé par l'ennemi et balayé par des canonnières.

Bonaparte ordonne d'attaquer de front et à droite. Murat, embusqué dans un bois de palmiers, attaquera par la gauche et traversera l'espace où le boyau manque, sous le feu des canonnières et en chassant l'ennemi devant lui.

Les Turcs, en voyant ces dispositions, font sortir quatre corps de deux mille hommes à peu près chacun, et viennent à notre ren- contre.

Le combat allait devenir terrible, car les Turcs comprenaient qu'ils étaient enfermés dans la presqu'île, ayant derrière eux la mer et devant eux la muraille de fer de nos baïonnettes.

Une forte canonnade, dirigée sur la redoute et les retranchements de droite, indique une nouvelle attaque ; le général Bonaparte fait alors avancer le général Fugière. Il suivra le rivage pour enlever, au pas de course, la droite des Turcs ; la 32e, qui occupe la gauche du hameau qu'on vient d'emporter, tiendra l'ennemi en échec et soutiendra la 18e.

C'est alors que les Turcs sortent de leurs retranchements et viennent au-devant de nous.

Nos soldats poussèrent un cri de joie ; c'était cela qu'ils demandaient. Ils se ruèrent sur l'ennemi, la baïonnette en avant.

Les Turcs déchargèrent alors leurs fusils, puis leurs deux pistolets, et enfin tirèrent leurs sabres.

Nos soldats, que cette triple décharge n'avait point arrêtés, les joignirent à la baïonnette.

Ce fut alors seulement que les Turcs virent à quels hommes et à quelles armes ils avaient affaire.

Leurs fusils derrière le dos, leurs sabres pendus à leurs dragonnes, ils commencèrent une lutte corps à corps, essayant d'arracher aux fusils cette terrible baïonnette qui leur traversait la poitrine, au moment où ils étendaient les mains pour la saisir.

Mais rien n'arrêta la 18ᵉ : elle continua de marcher du même pas, poussant les Turcs devant elle, jusqu'au pied des retranchements, qu'elle essaya d'emporter de vive force ; mais, là, les soldats furent repoussés par un feu plongeant qui les prenait en écharpe. Le général Fugière, qui conduisait l'attaque, reçut d'abord une balle à la tête ; la blessure étant légère, il continua de marcher et d'encourager ses soldats ; mais, un boulet lui ayant enlevé le bras, force lui fut de s'arrêter !

L'adjudant général Lelong, qui venait d'arriver avec le bataillon de la 75ᵉ, fit des efforts inouïs pour faire braver aux soldats cet ouragan de fer. Deux fois il les y conduit, et deux fois il est repoussé ; à la troisième, il s'élance, et, au moment où il vient de franchir les retranchements, il tombe mort.

Depuis longtemps Roland, qui se tenait près de Bonaparte, lui demandait un commandement quelconque, que celui-ci hésitait à lui donner, lorsque le général en chef sent qu'on en est arrivé à ce moment où il faut faire un suprême effort.

Il se tourne vers lui.

– Allons, va ! dit-il.

– À moi la 32ᵉ brigade ! crie Roland.

Et les braves de Saint-Jean-d'Acre accourent, conduits par leur chef de brigade d'Armagnac.

Au premier rang est le sous-lieutenant Faraud, guéri de sa blessure.

Pendant ce temps, une autre tentative avait été faite par le chef de brigade Morange ; mais lui aussi fut repoussé, blessé, laissant une trentaine d'hommes sur les glacis et dans les fossés.

Les Turcs se croyaient vainqueurs. Emportés par leur habitude de couper les têtes des morts, qu'on leur payait cinquante paras la pièce, ils sortent en désordre de la redoute et se mettent à la sanglante besogne.

Roland les montre à ses soldats indignés.

– Tous nos hommes ne sont pas morts, s'écrièrent-ils, il y a des blessés parmi eux. Sauvons-les.

En même temps, à travers la fumée, Murat voit ce qui se passe. Il s'élance sous le feu des canonniers, le franchit, sépare avec sa cavalerie la redoute du village, tombe sur les trancheurs de têtes qui accomplissent leur horrible opération de l'autre côté de la redoute, tandis que Roland l'attaque de front, se jette au milieu des Turcs avec sa témérité accoutumée et fauche les sanglants moissonneurs.

Bonaparte voit les Turcs qui se troublent sous cette double attaque, il fait avancer Lannes à la tête de deux bataillons. Lannes, avec son impétuosité ordinaire, aborde la redoute par la face gauche et par la gorge.

Pressés ainsi de tous côtés, les Turcs veulent gagner le village d'Aboukir ; mais, entre le village et la redoute, ils trouvent Murat et sa cavalerie ; derrière eux, Roland et la 32e demi-brigade ; à leur droite, Lannes et ses deux bataillons.

Pour tout refuge, la mer !

Ils s'y jettent, tout affolés de terreur ; car ne faisant pas grâce à leurs prisonniers, ils aiment encore mieux la mer, qui leur laisse la chance d'arriver jusqu'à leurs vaisseaux, que la mort reçue de la main de ces chrétiens qu'ils méprisent tant.

Arrivé à ce point de la bataille, on est maître des deux mamelons par lesquels on a commencé l'attaque ;

Du hameau où les débris des défenseurs des deux mamelons se sont réfugiés ;

De la redoute qui vient de coûter la vie à tant de braves ;

Et l'on se trouve en face du camp et de la réserve turcs.

On tomba sur eux.

Rien ne pouvait plus arrêter nos soldats enivrés du carnage qu'ils venaient de faire. Ils se jetèrent au milieu des tentes, se ruè- rent sur cette réserve.

Murat et sa cavalerie, comme un tourbillon, comme l'ouragan, comme le simoun, vint heurter la garde du pacha.

Ignorant du sort de la bataille, à ce bruit, à ces cris, à ce tumulte, Mustapha monte à cheval, se met à la tête de ses icoglans, se précipite au-devant des nôtres, rencontre Murat, tire sur lui à bout portant et lui fait une légère blessure. D'un premier coup de sabre, Murat lui coupe deux doigts ; d'un second, il va lui fendre la tête : un Arabe se jette entre lui et le pacha, reçoit le coup, tombe mort. Mustapha tend son cimeterre. Murat l'envoie prisonnier à Bonaparte.

Voir le magnifique tableau de Gros !

Le reste de l'armée se retire dans le fort d'Aboukir, les autres sont tués ou noyés.

Jamais, depuis que deux armées ont pour la première fois marché l'une contre l'autre, on ne vit destruction si complète. À part deux cents janissaires et les cent hommes renfermés dans le fort, il ne restait rien des dix-huit mille Turcs qui avaient débarqué.

À la fin de la bataille, Kébler arriva. Il se fit renseigner sur le résultat de la journée et demanda où était Bonaparte.

Bonaparte, rêveur, était sur la pointe la plus avancée d'Aboukir. Il regardait le golfe où s'était engloutie notre flotte, c'est-à-dire son seul espoir de retour en France.

Kléber alla à lui, le prit à bras-le-corps, et, tandis que l'œil de Bonaparte restait vague et voilé :

– Général, lui dit-il, vous êtes grand comme le monde !

CHAPITRE XIX

Départ

Pendant un an qu'avait duré cette huitième croisade, la neuvième si l'on compte pour deux la double tentative de Saint Louis, Bonaparte avait fait tout ce qu'il était humainement possible de faire.

Il s'était emparé d'Alexandrie, avait vaincu les mamelouks à Chebreïs et aux Pyramides, avait pris Le Caire, avait achevé la conquête du Delta, complétait par les marais du Delta celle de la Haute-Égypte, avait pris Gaza, Jaffa, détruit l'armée turque de Djezzar au Mont-Tabor ; enfin, il venait d'anéantir une seconde armée turque à Aboukir.

Les trois couleurs avaient flotté triomphantes sur le Nil et sur le Jourdain.

Seulement, il ignorait ce qui se passait en France, et voilà pourquoi, le soir de la bataille d'Aboukir, il regardait rêveur cette mer où s'étaient engloutis ses vaisseaux.

Il avait fait venir près de lui le maréchal des logis Falou, devenu sous-lieutenant, et l'avait une seconde fois interrogé sur le combat de Beyrouth, le désastre de la flottille et la perte de la cange *L'Italie,* et plus que jamais les pressentiments l'avaient poursuivi.

Dans l'espérance d'avoir des nouvelles, il appela Roland.

– Mon cher Roland, lui dit-il, j'ai bien envie de t'ouvrir une nouvelle carrière.

– Laquelle ? demande Roland.

– Celle de la diplomatie.

– Oh ! quelle triste idée vous avez là, général !

– Il faut cependant que tu t'y conformes.

– Comment ! vous ne me permettez pas de refuser ?

– Non !

– Parlez, alors.

– Je vais t'envoyer en parlementaire à Sidney Smith.

– Mes instructions ?

– Tu viseras à savoir ce qui se passe en France, et tu tâcheras, dans ce que te dira le commodore, de distinguer le faux du vrai, ce qui ne sera pas chose facile.

– Je ferai de mon mieux. Quel sera le prétexte de mon ambassade ?

– Un échange de prisonniers ; les Anglais ont vingt-cinq hommes à nous ; nous avons deux cent cinquante Turcs ; nous lui rendrons les deux cent cinquante Turcs, il nous rendra nos vingt- cinq Français.

– Et quand partirai-je ?

– Aujourd'hui.

On était au 26 juillet.

Roland partit, et, le même soir, il revint avec une liasse de journaux.

Sidney l'avait reconnu pour son héros de Saint-Jean-d'Acre et n'avait fait aucune difficulté de lui dire ce qui s'était passé en Eu- rope.

Puis, comme il avait lu l'incrédulité dans les yeux de Roland, il lui avait donné tous les journaux français, anglais et allemands qu'il avait à bord du *Tigre*.

Les nouvelles que contenaient ces journaux étaient désastreuses.

La République, battue à Sockah et à Magnano, avait perdu, à Sockah, l'Allemagne, et à Magnano, l'Italie.

Masséna, retranché en Suisse, s'était rendu inattaquable sur l'Albis.

L'Apennin était envahi et le Var menacé.

Le lendemain, en revoyant Roland :

– Eh bien ? fit Bonaparte.

– Eh bien ? demanda le jeune homme.

– Je le savais bien, moi, que l'Italie était perdue.

– Il faut la reprendre, dit Roland.

– Nous tâcherons, répliqua Bonaparte. Appelle Bourrienne.

On appela Bourrienne.

– Sachez de Berthier où est Gantheaume, lui dit Bonaparte.

– Il est à Ramanieh, où il surveille la construction de la flottille qui doit partir pour la Haute-Égypte.

– Vous en êtes certain ?

– Hier, j'ai reçu une lettre de lui.

– J'ai besoin d'un messager sûr et brave, dit Bonaparte à Roland ; fais-moi chercher Falou et son dromadaire.

Roland sortit.

– Écrivez ces quelques mots à Alexandrie, Bourrienne, continua Bonaparte :

Aussitôt la présente reçue, l'amiral Gantheaume se rendra près du général Bonaparte.

Bourrienne.

26 juillet 1799.

Dix minutes après, Roland revenait avec Falou et son dromadaire.

Bonaparte jeta un regard de satisfaction sur son futur messager.

– La monture, lui demanda-t-il, est-elle en aussi bon état que toi ?

– Mon dromadaire et moi, général, nous sommes en état de faire vingt-cinq lieues par jour.

– Je ne vous en demande que vingt.

– Bagatelle !

– Il faut porter cette lettre.

– Où ?

– À Ramanieh.

– Ce soir, elle sera remise à son adresse.

– Lis la suscription.

– « À l'amiral Gantheaume. »

– Maintenant, si tu la perdais ?...

– Je ne la perdrai pas.

– Il faut tout supposer. Écoute ce qu'elle contient.

– Ce n'est pas bien long ?

– Une seule phrase.

– Tout va bien, alors : voyons la phrase.

– « L'amiral Gantheaume est prié de se rendre immédiatement auprès du général Bonaparte. »

– Ce n'est pas difficile à retenir.

– Pars, alors.

Falou fit plier les genoux à son dromadaire, grimpa sur sa bosse, et le lança au trot.

– Je suis parti ! cria-t-il.

Et, en effet, il était déjà loin.

Le lendemain au soir, Falou reparut.

– L'amiral me suit, dit-il.

L'amiral, en effet, arriva dans la nuit. Bonaparte ne s'était pas couché. Gantheaume le trouva écrivant.

– Vous préparerez, lui dit Bonaparte, deux frégates, la *Muiron* et la *Carrière,* et deux petits bâtiments, la *Revanche* et la *Fortune,* avec des vivres pour quarante ou cinquante hommes et pour deux mois. Pas un mot sur cet armement... Vous venez avec moi.

Gantheaume se retira en promettant de ne pas perdre une minute.

Bonaparte fit venir Murat.

– L'Italie est perdue, dit-il. Les misérables ! Ils ont gaspillé le fruit de nos victoires. Il faut que nous partions. Choisissez-moi cinq cents hommes sûrs.

Puis, se tournant vers Roland :

– Vous veillerez à ce que Falou et Faraud fassent partie de ce détachement.

Roland fit de la tête un signe d'adhésion.

Le général Kléber, auquel Bonaparte destinait le commandement de l'armée, fut invité à venir de Rosette, pour conférer avec le général en chef sur des affaires extrêmement importantes.

Bonaparte lui donnait un rendez-vous auquel il savait bien qu'il ne viendrait pas ; mais il voulait éviter les reproches et la dure franchise de Kléber.

Il lui écrivit tout ce qu'il aurait dû lui dire, lui donna pour motif de ne pas se trouver au rendez-vous, la crainte où il était de voir la croisière anglaise reparaître d'un moment à l'autre.

Le vaisseau destiné à Bonaparte allait de nouveau porter César et sa fortune ; mais ce n'était plus César s'avançant vers l'Orient pour ajouter l'Égypte aux conquêtes de Rome. C'était César roulant dans son esprit les vastes desseins qui firent franchir le Rubicon au vainqueur des Gaules : il revenait, ne reculant point devant l'idée de renverser le gouvernement pour lequel il avait combattu le 13 vendémiaire, et qu'il avait soutenu le 18 fructidor.

Un rêve gigantesque s'était évanoui devant Saint-Jean-d'Acre ; un rêve peut-être plus grand encore s'échauffait dans sa pensée en quittant Alexandrie.

Le 23 août, par une nuit sombre, une barque se détachait de la terre d'Égypte et conduisait Bonaparte à bord de la *Muiron*.

Printed in France by Amazon
Brétigny-sur-Orge, FR

14727399R00280